William Shakespeare, Friedrich Bodenstedt

William Shakespeares dramatische Werke

Erstes Bündchen

William Shakespeare, Friedrich Bodenstedt

William Shakespeares dramatische Werke
Erstes Bündchen

ISBN/EAN: 9783743642331

Hergestellt in Europa, USA, Kanada, Australien, Japan

Cover: Foto ©Andreas Hilbeck / pixelio.de

Weitere Bücher finden Sie auf **www.hansebooks.com**

William Shakespeare's
Dramatische Werke.

Uebersetzt
von

Friedrich Bodenstedt, Ferdinand Freiligrath, Otto Gildemeister,
Paul Heyse, Hermann Kurz, Adolf Wilbrandt u. a.

Nach der Textrevision und unter Mitwirkung von Nicolaus Delius.

Mit Einleitungen und Anmerkungen.

Herausgegeben

von

Friedrich Bodenstedt.

Erstes Bändchen.

Leipzig:
F. A. Brockhaus.
1867.

Othello,

der Mohr von Venedig.

Von

William Shakespeare.

—·········—

Uebersetzt

von

Friedrich Bodenstedt.

—·····—

Mit Einleitung und Anmerkungen.

Leipzig:

F. A. Brockhaus.

—

1867.

Othello,

der Mohr von Venedig.

Einleitung.

Die erste gedruckte Ausgabe von Shakespeare's „Othello" er=
schien (in Quart) im Jahre 1622, also fünf Jahre nach des Dich=
ters Tode, nachdem der Verleger Thomas Walkley sie unterm
6. Oct. 1621 in die Register der Buchhändlergilde hatte als sein
Eigenthum eintragen lassen. Der Titel der Tragödie besagt zu=
gleich, daß dieselbe durch die Shakespeare'sche Schauspielergesell=
schaft abwechselnd im Globus und im Blackfriars=Theater zur Auf=
führung gekommen sei. Die älteste Ausgabe scheint nach einem
gekürzten Bühnenmanuscript gedruckt zu sein, wie die verschiedenen
für die Darstellung berechneten Auslassungen schließen lassen. Den
ursprünglichen Text brachte zuerst die im Jahre 1623 erschienene
Gesammtausgabe der Shakespeare'schen Dramen in Folio, unter
dem Titel: „The Tragedie of Othello, the Moore of Venice."
Sieben Jahre später erschien eine zweite Ausgabe in Quart, welche
wieder nach einer besondern Handschrift gedruckt sein muß und von
den spätern Herausgebern bei der Feststellung des Textes mit in
Betracht gezogen wurde.

Die Zeit der Abfassung des Stücks läßt sich nicht mit Be=
stimmtheit angeben; höchst wahrscheinlich entstand es zu Anfang des
17. Jahrhunderts.

Den Stoff zu seiner Tragödie entlehnte der Dichter einer No=
velle in der italienischen Sammlung der „Hecatomithi" von Gi=
raldi Cinthio, den äußern Gang der Fabel und verschiedene Neben=
züge theilweise beibehaltend, alles Wesentliche aber den höhern
Forderungen der Tragödie gemäß aus sich selbst gestaltend.

Die Novelle des Cinthio erzählt von einem sehr tapfern Moh=
ren, der sich durch seltene Kriegstüchtigkeit zu hohem Amt und
Ansehen in der Republik Venedig emporschwang und durch den
Ruf seiner Thaten das Herz Desdemona's, einer tugendhaften Dame
von ausgezeichneter Schönheit, gewann. Dabei wird ausdrücklich

* 2

hervorgehoben, daß Desdemona nicht aus weiblicher Begierde, sondern von der Tugend des Mohren angezogen sich in ihn verliebte, und daß er, von ihrer Schönheit und ihrem edeln Geiste besiegt, sie von ganzem Herzen wieder liebte. So vermählten sie sich, trotz der Hindernisse, welche die Verwandten der Dame ihrer Verbindung mit dem Mohren in den Weg zu legen suchten, und lebten in solcher Eintracht und Ruhe miteinander, daß nichts ihr Glück störte, solange sie in Venedig waren. Da begab es sich, daß bei einem Truppenwechsel der Mohr vom Senate zum Oberbefehlshaber in Cypern ernannt wurde. Dorthin begleiteten ihn, außer Desdemona, zwei vertraute Freunde: sein Fähnrich, der ein boshaftes, heimtückisches Gemüth unter biederer Außenseite zu verbergen wußte, und ein junger Hauptmann von bewährter Tapferkeit und redlichem Herzen, der deshalb von Desdemona ebenso wie von ihrem Gemahl geschätzt wurde. Der Fähnrich war mit einer jungen, wackern Italienerin verheirathet, sann aber trotzdem beständig darauf, seinen General zu entehren und dessen reizende Gemahlin zu verführen. Allein da seine Plane an der sichern Tugend der arglosen Desdemona scheiterten, die seine Werbung weder verstand noch beachtete, so schob er die Schuld davon auf den Hauptmann, den er für einen beglückern Nebenbuhler hielt und den er deshalb beim Mohren zu verdächtigen suchte. Anlaß dazu mußte die Bemühung Desdemona's bieten, den wegen eines Dienstfehlers entlassenen Hauptmann wieder mit ihrem Gemahl auszusöhnen. Es gelingt der erfindungsreichen Schlauheit des heimtückischen Fähnrichs, das Vertrauen des Mohren zu seiner Gemahlin, an der sein ganzes Glück hängt, zu erschüttern. Allein der Mohr verlangt einen sichtlichen Beweis der Untreue Desdemona's und ihres sträflichen Einverständnisses mit dem Hauptmann, welches dieser, unfähig sein Glück zu verschweigen, dem Fähnrich ausgeplaudert haben soll. Da stiehlt der Fähnrich, während Desdemona in seinem Hause mit seinem dreijährigen Kinde spielt, ihr auf maurische Art feingesticktes Taschentuch, ein von ihrem Gatten wie von ihr selbst sehr werthgehaltenes Geschenk des letztern. Er legt das Taschentuch heimlich auf das Bett des Hauptmanns, der es bald erkennt und Desdemona zurückbringen will, wobei er dem Mohren begegnet, dessen Verdacht erregt und verwirrt umkehrt. Bevor er nun das Taschentuch der Eigenthümerin zustellen kann, macht eine Frau in seinem Hause die schöne Stickerei nach. Der Fähnrich weiß davon und lenkt die Blicke des Mohren darauf, dem das Taschentuch als neuer Schuldbeweis gelten muß. Nun wird der Tod des vermeintlichen Verbrechers beschlossen; der Fähnrich soll ihn, gegen große Geldbelohnung, heimlich umbringen und versetzt dem spät von einer Courtisane Heimkehrenden unerkannt im Dunkel der Nacht einen Stoß von hinten ins Bein. Der Verwundete stürzt nieder, sein Geschrei zieht Leute herbei, und der Fähnrich mischt sich unter diese, den Hauptmann heuchlerisch wie einen Bruder beklagend. Auch Desdemona beklagt ihn laut, und dies gilt dem Mohren als überzeugender Beweis ihrer Schuld. Er sinnt darauf, sie aus der Welt zu schaffen, und der Fähnrich soll ihm wieder dazu behülflich sein. Dieser räth dem Mohren, sie mit einem Sack voll Sand todtzuschlagen und dann einen Theil der Zimmerdecke auf sie niederstürzen zu lassen, um die Leute glauben zu machen, daß sie von dem Einsturz erschlagen sei. Die Ermordung der unschuldigen Desdemona wird darauf in schauerlicher Weise ausgeführt: erst wird sie durch einen mit Sand gefüllten Strumpf niedergeschlagen, dann ihr der Kopf zerschmettert, und endlich läßt man die Zimmerdecke auf sie herabstürzen, sodaß wirklich die Leute glauben, sie sei durch einen unglücklichen Zufall ums Leben gekommen. Aber kaum war die Unthat vollbracht, als der Mohr von nagender Reue um das Geschehene und von grimmigem Hasse gegen den Fähnrich, der schuld an allem war, erfüllt wurde. Er enthob den Fähnrich seiner Stelle, der, darüber erbittert, sich mit dem von seiner Wunde genesenen Hauptmann verband, um sich an dem Mohren zu rächen. Beide gingen nach Venedig und verklagten ihn beim Senate. Der Mohr wurde verhaftet und auf die Folter gespannt, aber selbst die grausamste Marter vermochte ihm kein Geständniß zu entlocken. Lange hielt man ihn nun in hartem Gefängniß und sandte ihn darauf in die Verbannung, wo er durch die Verwandten Desdemona's ums Leben kam. Auch der Fähnrich starb später, wegen einer falschen Anklage auf die Folter gespannt, an den Folgen seiner Marterqualen. Die Novelle schließt mit den Worten: „So rächte Gott Desdemona's Unschuld. Und diesen ganzen Hergang erzählte des Fähnrichs Frau, welche um die That wußte, nach seinem Tode, so wie ich es euch erzählt habe."

Hauptsächlich darin liegt hier der Unterschied zwischen der Novelle Cinthio's und dem Drama Shakespeare's, daß jene dürftig als etwas Geschehenes erzählt, was dieses vor unsern Augen gleichsam aus dem Kern entstehen und mit innerer Nothwendigkeit sich entwickeln läßt. Nicht blos eine größere Vertiefung, sondern auch eine größere Mannichfaltigkeit der Charaktere bedingte die Tragödie, denn zu den Hauptpersonen, in welchen die tragische Handlung gipfelt (Othello und Desdemona), und denjenigen, durch welche der Conflict erzeugt wird (Jago, Cassio, Roderigo, Emilie), brauchte der Dichter noch Nebenpersonen (Brabantio, den Senat Venedigs, Montano u. a.) als Repräsentanten der Zeit und der Verhältnisse, welche das Dargestellte möglich und glaubwürdig erscheinen lassen.

In einer Stadt, wo Reichthum und Ueppigkeit in höchster Blüte stehen, an tüchtigen Männern aber ein solcher Mangel ist, daß man den Oberbefehl im Kriege einem fremden Abenteurer, einem Mohren, anvertrauen muß, gewinnt dieser das Herz der edeln Desdemona. Sie ist licht und schön wie ein sonniger Maientag, er ist schwarz und häßlich wie eine umwölkte Herbstnacht und dabei so wenig in Selbsttäuschung über sein abschreckendes Aeußere befangen, daß er gar nicht gewagt haben würde, um Desdemona zu werben, wenn sie ihm nicht selbst entgegengekommen wäre. Sie hat ihn lieb gewonnen wegen seiner hohen männlichen Eigenschaften, wegen seines Heldenmuths und seines edeln, offenen Charakters. Die rührende Geschichte seines gefahrvollen und vielfach unglücklichen Lebens, wie er sie selbst mit unwillkürlich ausschmückender Mohrenphantasie erzählt, hat ihr Mitleid, ihre innigste Theilnahme geweckt; sie sieht sein Antlitz in seinem Gemüth und reicht ihm ihre Hand als dem würdigsten Manne, den sie kennt. Er, der freundlose, alleinstehende, in Jahren schon vorgerückte, einer verachteten Rasse angehörende Mann, der trotz seiner makellosen Ehrenhaftigkeit und trotz des hohen Rangs und Ansehens, zu welchem er durch persönliche Tüchtigkeit sich emporgeschwungen, doch immer unter den Weißen wie ein Ausgestoßener erscheint, den man benutzt, weil man ihn braucht, und den man ehrt, weil man muß, ist überglücklich, zum ersten mal im Leben inniges Verständniß und wahre Liebe zu finden, von den Lippen Desdemona's Vergessenheit des Makels seiner Schwärze, den keine Tugend abwaschen konnte, zu trinken. Im Strahl ihres Auges, umschlungen von ihren Armen, erglänzt der schwarze Edelstein zum ersten mal in ebenbürtiger Werthschätzung und Fassung. Die edelsten Motive haben die beiden reinen Herzen zusammengeführt; wir fühlen, daß eines des andern werth ist, und doch können wir uns von vornherein einer sich unwillkürlich aufdrängenden Furcht vor den Folgen dieses Bundes nicht erwehren. Jeder unbefangene Leser oder Zuschauer der Tragödie wird dies Gefühl theilen. Wir sehen die höchste Weiblichkeit in anmuthigster Hülle und die höchste Männlichkeit in abschreckendster Hülle vor uns, und es ist uns, als ob Tag und Nacht zusammenkämen: beide können nicht zusammen bestehen!

Neben diesem bangen Vorgefühle, das uns unwillkürlich beschleicht, erscheint der Umstand, daß Desdemona gegen den Willen und ohne den Segen ihres stolzen, aber sie zärtlich liebenden Vaters, dessen einziges Kind sie ist, ihre Ehe eingeht, fast von untergeordneter Bedeutung, obgleich er den Ausgangspunkt, das dramatische Motiv für den Untergang Desdemona's bildet. In der Seligkeit seiner Verbindung mit Desdemona konnte es Othello's

Liebe und Verehrung für sie nur steigern, daß sie ihn nicht allein
den schönsten und angesehensten Männern Venedigs vorzog, son=
dern selbst die heiligsten kindlichen Bande zerriß, den eigenen Va=
ter hinterging und heimlich verließ, um ihm, dem Fremdling, allein
zu gehören. Später aber, als schon die Saat des Mistrauens in
seine Seele gesäet war, mußte dem von Jago getäuschten Othello
die Sache in ganz anderm Lichte erscheinen. Statt die günstige
Gelegenheit zu benutzen, das durch Jago's Heimtücke erzeugte und
durch das verhängnißvolle Taschentuch genährte Mistrauen gründlich
zu beseitigen, steift sich Desdemona auf die Erfüllung ihrer Bitte
für Cassio und stürmt so unbewußt ihrem Verderben entgegen. Mit
bewundernswürdiger Kunst und Herzenskenntniß macht der Dichter
gerade die innere Reinheit seiner Helden zu Mitursachen ihres Unter=
gangs. Desdemona ist so kindlich unschuldig und zugleich so unbe=
kannt mit der Verderbniß der Welt, daß sie eheliche Untreue für
durchaus unmöglich hält, die Anspielungen darauf gar nicht ver=
steht und am allerwenigsten eine Ahnung hat, daß man schlimm
von ihr denken könne. Daher die Unbefangenheit in ihrem Verkehr
mit Cassio und Jago, sowie das gänzliche Mißverstehen des plötz=
lich veränderten Benehmens ihres Gemahls, den sie durch ihren
hartnäckigen Eifer, ihn mit Cassio auszusöhnen, immer mehr in
seinem Argwohn bestärken und reizen muß.

Von Othello sagt Jago selbst: er werde seiner Gemahlin ge=
wiß ein treuer Gatte sein. Zudem ist der Mohr, obgleich in den
Stürmen des Kriegslebens aufgewachsen, so unbekannt mit der
Welt, so aller Menschenkenntniß bar, so edel und arglos von Na=
tur — eben weil er infolge seiner afrikanischen Abkunft immer ver=
einsamt stand und die Ehre sein einziger Hort und Halt im Leben
war —, daß ein Meister der Verstellungskunst wie Jago leichtes
Spiel mit ihm hat.

Ein Glück, wie er es im Besitze Desdemona's gefunden, hatte
der heimatlose, vereinsamte Othello sich nie träumen lassen: von
der Höhe dieses Glücks plötzlich herabgerissen zu werden in den
Abgrund der Verzweiflung, mit einem Schlage Liebe, Ehre, Freund=
schaft, Vertrauen, sein Alles in der Welt zertrümmert zu sehen,
mußte den starken Mann in den Grundfugen seines Baues erschüt=
tern und den späten Sonnenschein seines Herzens in grause Nacht
verkehren. Das tragische Ende ergibt sich daraus von selbst. Kann
er Desdemona nicht mehr lieben, so „kehrt das Chaos zurück",
wie er sich bedeutungsvoll ausdrückt: in diesem einen Worte alles
erschöpfend, was wir von seinen frühern Gemüthszuständen und
Kämpfen zu wissen brauchen.

Verschiedene Ausleger haben es grausam gefunden, daß der
Dichter zwei so grundedle Naturen wie Othello und Desdemona

den Ränken eines so verruchten Bösewichts wie Jago zum Opfer
fallen läßt. Wer bei Shakespeare's tragischen Charakteren das Verhältniß zwischen Schuld und Sühne bemißt, wird leicht diese größer
finden als jene; denn bei dem Dichter ist die Schuld nicht immer
ein Verbrechen nach gewöhnlichen Begriffen, sondern ebenso oft ein
bloßer Fehler der Klugheit oder des Verstandes, oder ein Vorherr-
schen des Gefühls zum Nachtheil der Klugheit und des Verstandes.
Desgleichen ist der Tod bei ihm nicht immer als Strafe zu nehmen, sondern ebenso oft als Erlösung von einem qualvollen Leben
oder als Vorbeugung einer unseligen Zukunft.

Der Dichter läßt die Helden seines Trauerspiels ihr Schicksal
sich selbst bereiten. Aus freiem Entschlusse vertauscht Desdemona
den Frieden ihres Vaterhauses mit dem stürmischen Leben, welchem
sie als Gattin Othello's entgegensehen muß. Sie ist sich der ver-
hängnißvollen Bedeutung dieses Schrittes vollkommen bewußt und
wird so wenig dazu gezwungen, daß sie vielmehr der ganzen Welt
Trotz bietet, um ihn zu thun. Indem sie auch nicht einmal einen
Versuch macht, den Segen ihres Vaters zu dem Bunde mit Othello
zu erlangen, nimmt sie alle Verantwortung und Folgen ihrer That
auf sich allein. Sie verschmäht es selbst nach heimlich vollbrachter
That, irgendeinen Schritt zu thun, sich mit ihrem Vater auszusöhnen; sie bricht ihm das Herz, um ihrem eigenen Herzen zu folgen.

Nach solchem Anfange wird kein gesundes Gefühl einen glücklichen Ausgang erwarten; die tragische Schuld einer Heldin, die
uns, abgesehen von ihrem Mangel an kindlicher Pietät, als
ein Muster echtester, holdester Weiblichkeit erscheint, konnte nicht
stärker motivirt werden, als hier geschehen. Othello theilt diese
Schuld. Auch er ist zu stolz, dem alten Brabantio ein entgegen-
kommendes Wort zu gönnen, wo er fürchtet, eine abschlägige Antwort zu erhalten; dafür gibt ihm dieser einen unheilvollen Spruch
mit auf den Weg, dessen Widerhall aus Jago's Munde Othello's
Verderben weckt.

Nicht durch Jago allein gehen die beiden Liebenden zu Grunde:
er beschleunigt durch seine verruchten Anschläge nur ein Unglück,
welches früher oder später doch hätte eintreten müssen, wenn auch
aus andern Gründen und in anderer Form.

Jago ist der fleischgewordene Genius des Bösen in bieder-
männisch plebejischer Hülle. Man hat oft an der psychologischen
Wahrheit dieses Charakters gezweifelt — gewiß mit Unrecht.

Um ihn zu begreifen, muß man von den reinen Höhen des
Lebens, auf welchen Othello und Desdemona wandeln, tief herab-
steigen in die niedere Region gemeiner Naturen, deren Herz nur
ein Schleifstein ist zur Schärfung ihres Verstandes. Sie sehen, wie
Macht vor Recht geht in der Welt, und ahmen im kleinen nach,

was sie von den Großen lernen. Der innern Ruhe und dem Glücke fremd, welche nur einem guten Gewissen entspringen, spähen sie in rastloser Thätigkeit nach äußerm Gewinn und Vortheil umher und bringen es in listigen Anschlägen und schlauer Verstellungskunst zu einer Virtuosität, welche harmonisch angelegten Naturen unbegreiflich erscheint. Jede gelungene Täuschung und Uebervortheilung eines andern wird ihnen zum Triumph und zugleich zum Sporn neuer Unternehmungen, denn die Kraft wirkt fort in der gegebenen Richtung, wie der Strom unaufhaltsam weiter fließt in seinem Bette. Dazu kommt, daß jede planvolle und zweckmäßige Thätigkeit selbst dem Bösewicht eine gewisse innere Befriedigung gewährt. Mit den Erfolgen mehrt sich die Sicherheit und mindert sich bis zum Verschwinden der Glaube an die Macht des Guten.

Ein solcher Mensch in höchster Potenz ist Jago. Im Kriege, wo Raub und Plünderung erlaubt ist, haben sich auch für ihn die Scheidelinien zwischen mein und dein verwischt. Er hat gelernt, Menschen auf Commando umzubringen, und der Mord erscheint ihm nicht mehr als Sünde. Dabei ist er rachsüchtig, heimtückisch, ein scharfer Beobachter voll umsichtiger Schlauheit und verwegener Entschlossenheit, und alles das unter der Maske des ehrlichen Biedermannes. Er ist und bleibt „der ehrliche Jago" selbst im Urtheil derer, zu deren Verderben er seine ganze Thätigkeit anspannt. Um aber sein entscheidendes Einwirken auf das Schicksal Othello's zu motiviren, mußte der Dichter ihm eine wirkliche Berechtigung dazu geben. Wir sind gezwungen, Jago beizustimmen, wenn er sich gegen Roderigo beklagt über die Zurücksetzung, die er von Othello erfahren, der ihn als einen im Felde gegen Heiden und Christen bewährten Krieger kennen gelernt und ihm doch den unbärtigen, mehr einem schönen Weibe als einem Manne ähnlichen Cassio vorgezogen hat. Der ehrsüchtige Jago, der von der Pike auf gedient und jetzt nach der Anciennetät gerechten Anspruch darauf hat, Othello's Lieutenant zu werden, wozu er außerdem durch drei hochgestellte Venetianer empfohlen wird, sieht sich plötzlich in den Schatten gestellt durch einen Milchbart, der den Krieg nur aus Büchern kennt. Der Mohr wählt Cassio, weil dieser ihm persönlich näher steht als Zwischenträger zwischen ihm und Desdemona, und wol auch, um in seinem Stolze dem Ansuchen der vornehmen Venetianer nicht nachzugeben, wo er es nicht nöthig hat.

Jago hat seinen Plan darauf angelegt, Othello, Desdemona und Cassio durch einander und miteinander ins Verderben zu locken und dabei für sich im Trüben zu fischen. Seine Frau, die scheinbar leichtfertige, aber im Grunde kreuzbrave Emilie, muß ihm helfen, seine Zwecke zu fördern, was sie willig solange thut, als sie seine verruchten Absichten nicht kennt; auch der verliebte Gimpel

Roderigo, der sich ernstlich einbildet (und in dieser Einbildung sich durch den schlauen Jago bestärken läßt), Desdemona's Gunst durch Gold und Juwelen (die in Jago's Tasche wandern) gewinnen zu können, muß ihm als Werkzeug dienen, um Cassio zu stürzen und dann selbst vernichtet zu werden.

Wie nun Jago seinen von vornherein nur allgemein entworfenen und im Verlauf der Handlung den Umständen sich anschmiegenden Plan ins Werk setzt, Cassio um seine Stelle und ihn mit Desdemona in Verdacht bringt, während er in demselben Maße, als er Othello's Glück und Ruhm untergräbt, dessen Vertrauen zu gewinnen weiß; wie er den Gimpel Roderigo von einem Tage zum andern hinhält und bei aller Teufelei immer „der ehrliche Jago" bleibt, bis ihn seine Frau in seinem eigenen Netze fängt, an dessen Maschen sie arglos mitgestrickt hat — kurz, alle die vielfach verschlungenen Krummwege, Kniffe, Listen und Ränke zu schildern, die er braucht, um sein Ziel zu erreichen, ist hier überflüssig, wo es sich nicht darum handelt, einen prosaischen Auszug der hochpoetischen Dichtung zu geben, sondern nur auf das Verständniß derselben vorzubereiten.

Die Composition des Stücks ist so einfach und leicht übersichtlich, die Zeichnung der Charaktere so scharf und lebenswahr, die Sprache so markig und gedrungen, der Gang der Handlung, wie sich diese aus den Charakteren entwickelt, so rasch und natürlich, daß eine erschöpfende Reproduction des Ganzen in Prosa mindestens das Dreifache des Raums der Dichtung selbst in Anspruch nehmen müßte, während ein leichter Umriß genügt, die Harmonie des künstlerischen Baues zu veranschaulichen. Solch ein Umriß gleicht der Zeichnung eines schönen Baums im Winter, wenn er seines Laub- und Blütenschmucks beraubt ist, aber eben dadurch die reinen Linien seiner Auslaubungen und Verzweigungen von der Wurzel bis zum Wipfel am deutlichsten erkennen läßt.

Der in Venedig spielende erste Act zerfällt in drei Scenen. Erste Scene: Roderigo hat ohne Erfolg um Desdemona geworben und macht dem Jago Vorwürfe, daß dieser ihm ihre bereits erfolgte heimliche Vermählung mit Othello verschwiegen habe. Jago behauptet, selbst dadurch überrascht worden zu sein. Er begründet seinen tiefwurzelnden Haß gegen den Mohren und erklärt, daß er ihm nur diene, um Vortheil daraus zu ziehen, aber Liebe zu ihm heuchle, um sein Vertrauen zu gewinnen. Sie wecken Brabantio und bringen den alten Mann außer sich durch den Bericht über die Entführung seiner Tochter. Mit seiner ganzen Sippschaft stürmt er durch die Stadt, um den Mohren zu suchen und umzubringen.

Zweite Scene: Brabantio trifft Othello, aber dieser ist eben durch Cassio in einer wichtigen Angelegenheit vor den Senat entboten. Dort will Brabantio öffentlich seine Klage gegen ihn vorbringen.

Dritte Scene: Der Herzog und Senat sind in voller Sitzung versammelt, um sich über einen schleunigen Kriegszug gegen die Türken zu berathen, deren Flotte eben eingetroffenen Nachrichten zufolge Cypern oder Rhodus bedroht. Othello, als der bewährteste Führer, soll den Oberbefehl erhalten. Zugleich mit Brabantio, Jago und Roderigo tritt Othello ein. Brabantio unterbricht die Berathungen durch die Erklärung, sein persönlicher Gram sei so überwältigender Natur, daß er alle Sorge um das Staatswohl verschlinge. Er klagt Othello an, Desdemona durch Zaubermittel verführt zu haben; denn daß sie ihm freiwillig gefolgt sei, kann er sich gar nicht denken. Othello weist die heftige Beschuldigung ruhig zurück und verlangt, daß man Desdemona selbst höre. Während nach dieser geschickt wird, berichtet er den einfachen Hergang seiner Liebesgeschichte: wie die bloße Erzählung seines stürmevollen Lebens Desdemona's Herz gewonnen habe, sodaß er nur durch ihr eigenes Entgegenkommen ermuthigt worden sei, um ihre Hand zu werben. Der Herzog erklärt, diese Erzählung würde seine Tochter auch gewonnen haben. Desdemona erscheint und bestätigt alles von Othello Gesagte. Auf die Frage ihres Vaters: wem sie in diesem Kreise am meisten Gehorsam schuldig sei, antwortet sie einfach: ihre Pflicht sei hier getheilt; dem Vater verdanke sie Leben und Erziehung, und beide lehrten sie ihn ehren, aber gerade so viel Pflicht, als ihre Mutter ihm gezeigt, da sie ihn dem Vater vorzog, nehme sie auch für sich als dem Mohren schuldig in Anspruch. Brabantio erwidert: „Gott sei mit dir! Ich bin fertig. — Jetzt zu den Staatsgeschäften." Othello erklärt sich trotz seiner jungen Ehe bereit, den Kriegszug gegen die Ottomanen noch in derselben Nacht anzutreten, und bittet den Senat nur um passendes Unterkommen für seine Gattin. Diese aber will nicht zurückbleiben und bittet den Herzog, ihrem Gemahl folgen zu dürfen, den sie als Krieger liebe, dem sie ganz leben und mit dem sie Sturm und Gefahr theilen wolle. Othello unterstützt ihre Bitte und betheuert, daß keine Liebeständelei noch Sinnenlust ihn je abhalten werde, seine Pflicht auf das strengste zu erfüllen. Aus allem ergibt sich, daß die Sinnlichkeit in dieser nur auf höhere Eigenschaften begründeten Ehe keine vorherrschende Rolle spielt. Desdemona's Bitte wird gewährt; da aber Othello gleich fort muß, vertraut er sie der Obhut Jago's an, um ihm zu folgen. Brabantio gibt ihm die verhängnißvolle Warnung mit auf den Weg:

> Merk' auf sie, Mohr, hast Augen du, zu sehn:
> Sie trog den Vater, so mag dir's geschehn!

Roderigo, welcher Zeuge der ganzen Scene gewesen, will sich, verzweifelnd, jemals Desdemona's Gunst zu erlangen, ertränken;

aber Jago weiß ihn wieder aufzurichten, indem er ihm klar macht, daß ihre Liebe zu Othello nicht lange dauern könne. Er beredet Roderigo, sich tüchtig mit Geld zu versorgen und den Kriegszug nach Cypern mitzumachen. Jago verräth nun in einem Monologe seinen ganzen Plan. Seinen Haß gegen Othello sucht er durch die Einbildung zu verstärken, daß der Mohr ihm bei seiner Frau ins Gehege gekommen sei; er glaubt eigentlich nicht daran, aber er will daran glauben und, um sich zu rächen, bei günstiger Gelegenheit den Mohren glauben machen, Desdemona sei in Cassio verliebt.

Damit schließt der erste Act und die Exposition, die uns schon auf alles Kommende vollständig vorbereitet.

Der zweite Act spielt auf der Insel Cypern und zerfällt ebenfalls in drei Scenen. Erste Scene: Montano und ein paar Edelleute, nach einem fürchterlichen Sturme aufs Meer hinausspähend, erfahren, daß die Türkenflotte durch den Orkan kampfunfähig gemacht, und daß durch den glücklich eingelaufenen Cassio die Nachricht von der bevorstehenden Ankunft Othello's gebracht sei. Gleich darauf wird auch das Eintreffen Jago's mit Desdemona gemeldet, die Cassio dem Montano als ein über alle Beschreibung holdseliges und vollkommenes Weib schildert. Sie erscheint nun selbst mit Jago, Emilie und Roderigo. In der Unterhaltung, welche sie bis zu Othello's Ankunft mit den Männern führt, haben verschiedene Ausleger allerlei Anstößiges gefunden und daraus nachtheilige, aber sicher ungerechtfertigte Rückschlüsse auf ihren Charakter gezogen. Das Wiedersehen der Liebenden, nach den überstandenen Stürmen der Meerfahrt (die der Dichter so betont, daß sie andere, kommende Stürme ahnen lassen), zeigt sie auf dem Gipfel ihres Glücks. Othello ist so selig, daß er sterben möchte, denn er fühlt, daß größere Seligkeit nicht möglich sei. Jago, der aufmerksame Zeuge dieser hochpoetischen Scene, kennt sehr genau das Gesetz des Umschwungs in den menschlichen Dingen, er weiß, daß es wieder abwärts gehen muß, wenn der Gipfel des Bergs erstiegen ist, und er berechnet danach sein Vorgehen. Für Desdemona's Tugend hat er kein Verständniß, weil er überhaupt nicht an weibliche Tugend glaubt, und er spricht gewiß seine Herzensmeinung aus, wenn er die kleinen Gunstbezeigungen Desdemona's gegen Cassio, in welchen selbst Roderigo nichts Verfängliches findet, für Ueppigkeit erklärt, „für einen Index und Prolog zu der Geschichte der Wollust" u. s. w. Bei seinem überlegenen Verstande gelingt es ihm, Roderigo klar zu machen, daß er in seinem eigenen Vortheil handle und seinen Weg zu Desdemona's Gunst abkürze, wenn er die Hand biete, Cassio aus dem Wege zu räumen. In einem Monologe gesteht uns dann Jago, daß er selbst nach Desdemona's Besitz strebe, nicht blos aus Lüsternheit, sondern aus Rache gegen den Mohren, von dem es heiße, daß er Emiliens Gunst genossen. Nun soll es heißen: Weib um Weib! Und wenn dies mißlingt, soll Othello bis zur Tollheit argwöhnisch gemacht werden gegen Cassio, den Jago auch gefährlich für Emilie hält.

Die zweite Scene bringt nichts als eine Proclamation zu einem Freudenfeste, um den Untergang der türkischen Flotte und die Hochzeit Othello's mit Desdemona zu feiern.

Die dritte Scene beginnt mit der freundschaftlichen Mahnung Othello's an Cassio, scharfe Wache zu halten und mit gutem Beispiel voranzugehen, um jeder nächtlichen Ruhestörung vorzubeugen. Gleich darauf läßt sich Cassio durch Jago zu einem Trinkgelage verführen, wobei er sich berauscht und mit Roderigo und Montano in Händel geräth. Auf den Lärm erscheint Othello, mitten aus seinen Hochzeitsfreuden aufgescheucht. Er stellt die Ruhe wieder her und entsetzt Cassio seines Amtes, mit Recht erzürnt, daß dieser seine Warnung so wenig beachtet hat. Cassio, der nur aus Schwäche und nicht aus böser Absicht gefehlt, ist in Verzweiflung, die Ungnade seines Generals verdient zu haben. Jago sucht ihn zu trösten und ihm einzureden, daß durch die ihm so wohlgewogene, liebreiche Desdemona alles wieder gut zu machen sei. Damit ist die Verwickelung auf das natürlichste eingeleitet.

Der dritte Act zerfällt in vier Scenen. In der ersten sucht Cassio durch Jago's Frau die Gelegenheit, Desdemona sein Anliegen vorzutragen; in der zweiten, ganz kurzen, wird uns Othello in seiner amtlichen Thätigkeit vorgeführt; in der dritten kommt Cassio mit Desdemona zusammen, und sie betheuert ihm, alles daranzusetzen, um ihn wieder mit ihrem Gemahl auszusöhnen. Da Emilie glaubt, daß Jago nur aus Freundschaft für Cassio dessen Angelegenheit sich zu Herzen genommen, so sucht sie ebenfalls nach Kräften für ihn zu wirken. Jago hat nun alle Fäden in seiner Hand: er veranstaltet durch seine Frau die Zusammenkunft Cassio's mit Desdemona und weist Othello dann aus der Ferne auf die beiden hin. Cassio bemerkt Othello und zieht sich im drückenden Gefühle seiner Schuld vor ihm zurück, seine Sache ganz der Vermittelung Desdemona's überlassend. Diesen günstigen Moment benutzt Jago, um die Saat des Argwohns in Othello's Herz zu senken. „Ha, das gefällt mir nicht!" ruft er wie unwillkürlich aus, als Cassio sich von Desdemona entfernt. Er hat bis dahin immer so warm für Cassio gesprochen, daß Othello ihn für dessen treuesten Freund hält. Und diese treue Seele schöpft plötzlich Argwohn gegen den beim Nahen Othello's von Desdemona wegschleichenden Cassio! Das Wegschleichen gefällt dem ehrlichen Jago nicht! Dieser Argwohn des rauhen Biedermannes, der sonst fünf so gern gerade sein läßt, muß mächtig auf den harmlosen Othello wirken.

Die Wirkung muß sich steigern, als Desdemona ihn mit wärmstem
Eifer um die Wiederaufnahme Cassio's bestürmt. Er kann und
will nicht an ihre Untreue glauben, aber alles spricht gegen sie,
und „der ehrliche Jago" bleibt ihm redlich zur Seite, um dafür zu
sorgen, daß die ins Herz gesenkte Saat des Mistrauens üppig
aufschießt und fortwuchert. Alle Hebel werden in Bewegung gesetzt, den ohnehin wenig geschulten Kopf des armen Mohren zu
verwirren: seine eigene Häßlichkeit und Cassio's glatte, gewinnende
Außenseite; die sprichwörtliche Ueppigkeit der Töchter Venedigs;
das krankhafte Gelüsten Desdemona's, sich zum Anfang gerade einen
Mohren zu wählen, wie die Nordländer vor dem Diner Salzfische
essen und Schnaps trinken, um den Appetit für feinere Dinge zu
reizen; dann wird er aufmerksam gemacht auf den Werth des guten
Namens, des höchsten menschlichen Kleinods, und gewarnt vor der
Eifersucht, dem grünäugigen Ungeheuer. Othello erwidert mit
Recht, er sei nicht eifersüchtig: er ist es wirklich nicht, obgleich ihn die
meisten Ausleger mit unbegreiflichem Misverständniß zu einem
Helden der Eifersucht machen. Die Eifersucht entspringt dem eigenen Herzen; der Betrug kommt von außen, und Othello ist ein
Betrogener. Um ihn zum Aeußersten zu bringen, erinnert ihn Jago
an die Worte Brabantio's beim Abschiede durch die Bemerkung:

> Als sie Euch nahm, betrog sie ihren Vater,
> Und liebte Euern Blick am meisten, als sie
> Davor zu zittern und zu bangen schien.

„Ja, das that sie!" erwidert Othello, und als sein gläubiges Herz
sich schon in vollem Rückzuge vor den Zweifeln seines verwirrten
Kopfes befindet, als Jago ihn schon völlig mit seinem Teufelsgarn
umsponnen hat, ruft er aus: „Dies ist ein Mensch von höchster
Redlichkeit!" So trifft ihn Desdemona, der sein verändertes Wesen auffällt. Er klagt über Kopfschmerz, und der Kopf mag ihm
wol wehe thun. Sie will ein Tuch um seine Stirn binden; es ist
ihm zu klein und er läßt es fallen. Emilie hebt das Tuch auf,
um es ihrem Manne zu geben, der sie schon oft darum gebeten
hat, sie weiß nicht aus welchem Grunde. Jago kommt und entreißt seiner Frau das Tuch, welches ihm zu verhängnißvollem Zwecke
dienen soll: er will es bei Cassio verlieren, damit es in dessen
Hand später Othello als Beweis für das sträfliche Verhältniß Desdemona's zu Cassio gelte, denn dieses kunstvolle Gewebe, ein hei-
liges Familienerbstück, war Othello's Brautgeschenk, auf welches er
selbst solchen Werth legte, daß er sie beschwor, es nie von sich zu
lassen, weil der Verlust Unglück bringe. Desdemona ist außer sich,
es zu vermissen, allein das hindert sie nicht, auf ihrer warmen Für-
sprache für Cassio zu bestehen und Othello dadurch außer sich zu

bringen. Er kann immer noch nicht an Desdemona's Untreue glauben, er verlangt sichtbare Beweise, selbst nachdem Jago ihm vorgelogen, daß Cassio alles ausgeplaudert habe; da muß das Tuch, welches Cassio einer Courtisane anvertraut hat, um das Muster abzeichnen zu lassen, und ein Gespräch, welches Jago mit Cassio über diese Courtisane führt, belauscht von Othello, der in seiner Aufregung glaubt, daß sich die frivolen Aeußerungen auf Desdemona beziehen, den Ausschlag geben.

Ich habe hier gleich in den vierten Act hinübergegriffen, um die Skizze rasch zu Ende zu führen und weil es von jetzt an, wo die Handlung ihren Höhepunkt erreicht hat, keines Nachweises der kunstvollen Composition mehr bedarf. Ein paar übersichtliche Schlußbemerkungen werden zur Ergänzung des Vorstehenden genügen. Die unglücklichen Versuche, welche Othello schon gegen Ende des dritten Acts macht, sich Auge in Auge mit Desdemona zu verständigen, zeigen deutlich, daß eine Kluft zwischen ihnen ist, welche die Liebe wol zu überblühen und zu verhüllen, aber nicht auszufüllen vermochte. Sie kommen zu keiner Verständigung, da keiner das rechte Wort findet, den andern über seinen Irrthum aufzuklären. Im vierten Acte vollzieht sich, immer unter Jago's vergiftendem Einfluß, der schon im dritten Acte vorbereitete Umschwung im Charakter Othello's, sodaß Lodovico, der als Abgesandter von Venedig kommt, den edeln Mohren, den sonst Leidenschaft nie zu erschüttern vermochte, gar nicht wieder erkennt, und der fünfte Act bringt dann die Katastrophe. Je näher diese heranrückt, desto wundervoller offenbart sich Desdemona's an reinster Liebe und Güte unerschöpfliches Gemüth; ihr dunkles Verhängniß zeigt sie in duftigster Holdseligkeit, gleich der Cereusblume, die ihren Blütenkelch im Dunkel der Nacht erschließt. So wenig ich Friedrich Vischer beistimmen kann, wenn er ihr früheres Benehmen gegen ihren Vater ganz in der Ordnung findet, so sehr theile ich seine Auffassung, wenn er von ihrem Verhalten gegen den sie quälenden, mishandelnden und ermordenden Othello sagt: „Desdemona ist ein wahres Heiligenbild der unerschöpflichen Liebe."

Und darin liegt eben das Erhebende der Tragödie, daß der äußere Untergang die innere Herrlichkeit um so glänzender offenbart.

Auch Othello zwingt uns die innigste Theilnahme für sein Schicksal ab. Er ist, wie er mit Recht selbst sagt, „ein ehrenvoller Mörder, nicht zur Eifersucht geneigt, aber, wenn aufgeregt, maßlos verwirrt". Sein Schmerz ist himmlisch: er straft wo er liebt. Sein eigener Tod ist nur eine Erlösung von den furchtbaren Qualen, die ihn durchwühlen, als er erfährt, daß er bei seinem Vorgehen gegen Desdemona selbst das Opfer eines ungeheuern Betrugs gewesen.

Endlich reißt uns auch Emilie durch die treue Liebe zu ihrer Herrin, für welche sie den Tod erleidet, nachdem sie ihr tragisches Schicksal theilweise mit verschuldet hatte, zur Bewunderung hin. Daneben läßt uns der Tod Roderigo's und die in Aussicht gestellte Folterqual Jago's ziemlich gleichgültig.

Den Engländern gilt die Tragödie von Othello wegen ihrer durchweg klaren Motivirung und ihres straffen, einheitlichen Aufbaues als das vollendetste unter allen Shakspeare'schen Dramen. Desto unverzeihlicher ist es, daß sie bei ihnen fast noch mehr als bei uns meist in arger Verstümmelung zur Aufführung kommt. Abgesehen von den Scenen mit dem Clown, die füglich wegbleiben können, sind Auslassungen in diesem Trauerspiel durch nichts zu rechtfertigen. Die Hauptmängel, welche ich bei den Darstellungen auf deutschen Bühnen zu beobachten Gelegenheit hatte, sind diese: Erstens wird durch sündhaftes Streichen die Rolle der Emilie, welche, unverstümmelt gegeben, eine sehr bedeutende Wirkung macht, zu einer winzigen Nebenrolle herabgedrückt und dem entsprechend gespielt. Auf vielen Bühnen ist es sogar üblich, sie durch eine ältere Schauspielerin darstellen zu lassen, während Emilie doch ein frisches, hübsches, herzhaftes Weib sein muß, um des Dichters Absichten zu entsprechen. Dann wird von den meisten Darstellern des Jago der plebejische Grundzug seines Charakters, der vieles in seinem verbissenen Hasse gegen alles Vornehmere, Höherstehende und Edlere motivirt, zu wenig betont, obgleich er wesentlich dazu beiträgt, Jago in den nöthigen Contrast zu Othello und Cassio zu stellen. Endlich gehört auch eine würdige Darstellung Othello's auf unserer Bühne zu den seltensten Erscheinungen. Burbage und nach ihm alle bessern Darsteller haben den Mohren immer so aufgefaßt, daß das Große, Edle, menschlich Schöne seines Gemüths weit mehr rührt und anzieht, als die Ausbrüche seiner angeborenen, aber durch strenge Zucht und schwer errungene Selbstbeherrschung gezügelten Wildheit abstoßen, wo sie auf ein Kurzes durch die erregte Leidenschaft entfesselt wird. Die maßvollste Darstellung des Othello im großen Ganzen wird immer die wirksamste sein. Völlig verkehrt aber ist es, wie schon Coleridge bemerkt hat, ihn als einen von Natur eifersüchtigen Mann aufzufassen, da die Eifersucht eine argwöhnende Anlage voraussetzt, welche seinem freien Gemüthe ganz fremd ist. Um sich den Unterschied zwischen seinem Wesen und wirklich eifersüchtigen Charakteren ganz klar zu machen, braucht man ihn blos mit Leontes im „Wintermärchen" und mit Leonatus in „Cymbeline" zu vergleichen.

Othello.

Personen.

—◆—

Der Herzog von Venedig.
Brabantio, ein Senator.
Zwei andere Senatoren.
Gratiano, Bruder des Brabantio.
Lodovico, Vetter des Brabantio.
Othello, der Mohr.
Cassio, sein Lieutenant.
Jago, sein Fähnrich.
Roderigo, ein vornehmer Venetianer.
Montano, Gouverneur von Cypern.
Ein Clown ¹ im Dienste Othello's.
Ein Herold.
Desdemona, Brabantio's Tochter und Othello's Frau.
Emilie, Jago's Frau.
Bianca, Cassio's Geliebte.
Offiziere, Edelleute, Boten, Musikanten, Matrosen,
Gefolge u. s. w.

Der Schauplatz ist im ersten Aufzuge in Venedig, in den folgenden Aufzügen
in Cypern.

―――――――

¹ Clown, ein Mensch niedern Standes, ein Possenreißer, Rüpel; die komische Person
des Stücks, eine stehende Theaterfigur.

―――――――

Erster Aufzug.

Roderigo und Jago.

Roderigo.

Schwaß' mir nichts vor! Ich nehm' es dir sehr übel,
Jago, daß du, der meine Börse führte,
Als wär' sie dein, gewußt von dieser Ehe.

Jago.

Zum Henker! Doch Ihr wollt mich ja nicht hören —
Träumt' ich nur je davon, verabscheut mich.

Roderigo.

Du sagtest mir, du haßtest diesen Mohren.

Jago.

Flucht mir, wenn's nicht so ist! Drei Große dieser Stadt,
Bemüht, mich ihm als Lieutenant zu empfehlen,
Machten ihm oft den Hof für mich, und wahrlich —
Ich kenne meinen Werth — der Platz gebührt mir.
Doch er, in seinem Stolz und Eigensinn,
Weicht ihnen aus mit umschweifsvollem Bombast,
Furchtbar von kriegerischen Phrasen strotzend,
Und kurz und gut,
Weist meine Gönner ab; „denn wirklich", sagt er,
„Ich habe meinen Lieutenant schon ernannt."
Und was ist der?
In Wirklichkeit ein großer Rechenmeister,
Ein Michel Cassio, ein Florentiner,

1*

Ein Bursch, von Aussehn fast wie'n schönes Weibsbild,
Der niemals eine Schar ins Feld geführt
Und eine Schlachtordnung so wenig kennt
Wie eine Jungfer; Theorie aus Büchern,
Die den beredten Rathsherrn so geläufig
Wie ihm, ein Schwaßen ohne Praxis ist
All seine Kriegskunst. Doch, ihn traf die Wahl;
Und ich, von dem der Mohr schon Proben sah
Auf Rhodus, Cypern und auf anderm Boden,
Christlich wie heidnisch, muß die Segel streichen
Vor Soll und Haben; dieser Pfennigsrechner
Der muß — nun wohl! — der muß sein Lieutenant werden,
Und ich (Gott beßre's!) Seiner Mohrschaft Fähnrich.

Roderigo.

Beim Himmel, eh'r möcht' ich sein Henker sein.

Jago.

Doch da hilft nichts; es ist der Fluch des Dienstes,
Befördrung geht nach Gunst und nach Empfehlung,
Nicht stufenweis, wie sonst, wo jeder Zweite
Dem Ersten folgt. Nun urtheilt selbst, ob ich
Mit Fug und Recht verpflichtet bin, den Mohren
Zu lieben.

Roderigo.

Doch dann würd' ich ihm nicht dienen.

Jago.

O Herr, darüber macht Euch keine Sorgen!
Ich dien' ihm nur, Vortheil aus ihm zu ziehn.
Herr kann nicht jeder sein, nicht jeder Herr
Kann treu bedient sein. Seht Ihr doch gar manchen
Kniebeugenden und dienstbeflißnen Schelm,
Der, ganz vernarrt in eigenwillige Knechtschaft,
Ausharrt im Dienst, wie seiner Herrschaft Esel,
Ums Futter, und im Alter abgedankt wird.
Peitscht mir solch treu Gesindel! Andre gibt es,
Die, aufgepußt in Blick und Form der Treue,
Im Grund des Herzens an sich selbst nur denken,
Dem Herrn nichts als den Schein des Dienstes widmen,
Dabei gedeihn und, wenn sie erst ihr Schäfchen
Ins Trockene gebracht, sich selber huldigen.
Die Kerle haben Herz — ich bin so einer.
Denn, Herr.

So sicher als Ihr Roderigo seid,
Wär' ich der Mohr, möcht' ich nicht Jago sein:
In seinem Dienste dien' ich nur mir selbst,
Gott ist mein Zeuge, nicht aus Lieb' und Pflicht,
Nein, nur zum Schein, für meine eignen Zwecke.
Wenn je mein innres, angebornes Wesen
In meiner äußern Haltung und Geberde
Sich zeigt, so will ich bald darauf mein Herz
Frei auf dem Aermel tragen, daß die Dohlen
Dran picken: dann bin ich nicht mehr ich selbst.

Roderigo.

Welch volles Glück für den dicklippigen Mohren,
Gelangt er so zum Ziel!

Jago.

Weckt ihren Vater!
Ihn selbst! Folgt ihm, vergiftet seine Wonne,
Ruft's durch die Stadt, hetzt die Verwandten auf,
Und ob er unter mildem Himmel wohne,
Plagt ihn mit Fliegen! Ist die Freud' ihm Freude,
Werft so viel Anlaß zu Verdruß darauf,
Daß sie von Farbe lasse und sich trübe!

Roderigo.

Hier ist ihr Vaterhaus; ich will laut rufen.

Jago.

Thut's mit so schrillem, grausem Schrein, wie nachts
Jählings gehört wird, wenn durch Lässigkeit
Ein Feuer ausbricht in volkreichen Städten.

Roderigo.

Auf, auf, Brabantio! Signor Brabantio, auf!

Jago.

Erwacht! Schnell auf, Brabantio! Diebe! Diebe!
Gebt acht auf Euer Haus, auf Eure Tochter,
Und Eure Schätze! Diebe! Diebe! Diebe!

Brabantio (erscheint oben am Fenster).

Was ist der Anlaß dieses Schreckensrufs?
Was gibt es da?

Roderigo.

Signor, ist Euer Weib und Kind im Haus?

Jago.

Sind Eure Thüren fest?

Brabantio.

Wozu die Frage?

Jago.

Ihr seid beraubt! O Schmach! Werft Euch ins Zeug;
Euch sprang das Herz, die halbe Seele floh,
Jetzt, eben jetzt, im Augenblick bezwingt
Ein alter schwarzer Bock Euer weißes Schäfchen.
Auf, auf!
Weckt mit der Glocke die verschlafnen Bürger,
Sonst macht der Teufel Euch zum Großpapa!
Auf, auf!

Brabantio.

Was? Habt Ihr den Verstand verloren?

Roderigo.

Ehrwürdiger Herr, erkennt Ihr meine Stimme?

Brabantio.

Nein, nicht. Wer seid Ihr?

Roderigo.

Roderigo ist
Mein Name.

Brabantio.

Um so weniger willkommen.
Mein Haus zu meiden, hab' ich dir befohlen;
Gradaus und ehrlich sagt' ich dir: mein Kind
Ist nicht für dich; und nun in Tollheit, voll
Vom Nachtschmaus und benebelnden Getränken,
Kommst du, durch einen Bubenstreich vom Schlaf
Mich aufzustören.

Roderigo.

Herr, Herr, Herr!

Brabantio.

Doch mußt du wissen,
Mein Muth und meine Stellung gibt mir Macht,
Dir's zu vergällen.

Roderigo.

Guter Herr, Geduld!

Brabantio.

Was sprichst du mir von Raub? Dies ist Venedig,
Mein Haus kein Vorwerk.

Roderigo.

Würdiger Brabantio,
Die beste, reinste Absicht führt mich her.

Jago.

Zum Henker, Herr, Ihr seid einer von denen, die Gott nicht
dienen wollen, wenn's der Teufel besiehlt. Weil wir kommen, Euch
einen Dienst zu erzeigen, und Ihr uns für Händelsucher haltet,
wollt Ihr Eure Tochter einem Berberhengste preisgeben; Ihr wollt
Enkel haben, die Euch anwiehern; Ihr wollt Klepper zu Vettern
und Zelter zu Basen haben.

Brabantio.

Was für ein freches Lästermaul bist du?

Jago.

Ich bin ein Mann, Herr, der kommt, Euch zu sagen, daß Eure
Tochter und der Mohr jetzt eben daran sind, das Thier mit zwei
Rücken zu machen.

Brabantio.

Du bist ein Schurke.

Jago.

Ihr seid — ein Senator.

Brabantio.

Dafür stehst du mir Rede! — Dich kenn' ich, Roderigo.

Roderigo.

Ich steh' für alles ein; doch bitt' ich Euch,
Wenn Ihr's in Eurer Weisheit passend findet
(Wie mir's fast scheint), daß Eure schöne Tochter
Zu dieser schläfrig späten Zeit der Nacht,
In keiner schlechtern oder bessern Hut
Als eines feilen Schufts von Gondolier,
In eines üppigen Mohren Arm geführt wird —
Wenn Ihr das wißt und billigt, haben wir
Uns grob und schmählich gegen Euch vergangen;
Doch wißt Ihr's nicht, sagt mir mein Zartgefühl,
Ihr schaltet uns mit Unrecht. Glaubt nicht, daß ich,
Fern dem Bewußtsein dessen, was sich ziemt,
Blos Scherz und Spott mit Euer Gnaden triebe.

Ich wiederhol's: habt Ihr es nicht erlaubt,
So hat sich Eure Tochter schwer versündigt,
Pflicht, Schönheit, Habe, Witz, sich selbst zu knüpfen
An einen unstet heimatlosen Fremdling
Von hier und überall.   Gleich überzeugt Euch selbst!
Ist sie im Schlafgemach, ja nur im Hause,
So straft mich nach der Strenge des Gesetzes,
Weil ich Euch so getäuscht.

Brabantio.

Schlagt Feuer, ho!
Gebt mir 'ne Fackel, ruft all' meine Leute!
Mir hatte so etwas geträumt zur Nacht;
Der Glaube daran drückt mich schon. — Licht!   Licht!
Eilt Euch!

(Er verschwindet oben.)

Jago.

Lebt wohl, ich muß Euch jetzt verlassen.
Es ziemt mir nicht, noch taugt's für meine Stellung,
Gegen den Mohren Zeugniß abzulegen;
Und bleib' ich, muß ich das. Ich weiß, der Staat
(Mag er dies auch durch eine Rüge ahnden)
Kann ihn nicht fallen lassen, denn ihn rufen
So wichtige Gründe zu dem Krieg in Cypern,
Der jetzt im Werk ist, daß sie um ihr Leben
Nicht einen gleich erprobten Feldherrn fänden
Zur Führung unseres Heers: und deshalb muß ich,
Obgleich ich ihn wie Höllenmarter hasse,
Da jetzt mein Wohl und Wehe von ihm abhängt,
Vor ihm der Liebe Flagg' und Scheinbild aufziehn.
Ein Scheinbild bleibt's. — Daß Ihr ihn sicher findet,
Leitet die Nachforschung zum Arsenal,
Dort will ich bei ihm sein. Und so, lebt wohl!

(Geht ab.)

(Brabantio und Diener kommen mit Fackeln.)

Brabantio.

Zu wahr nur ist das Unglück: sie ist fort;
Und was mir vom verhaßten Leben bleibt,
Ist nichts als Bitterkeit. — Nun, Roderigo,
Wo sahst du sie? — O unglückseliges Mädchen! —
Beim Mohren, sagst du? — Wer möchte Vater sein! —
Wie fandest du sie aus? — O, ganz unsäglich
Betrügt sie mich! — Was sagte sie? — Mehr Fackeln!

All' meine Anverwandten weckt! — Glaubt Ihr,
Daß sie vermählt sind?

Roderigo.

Ja, das glaub' ich wirklich.

Brabantio.

O Himmel! — Wie entkam sie nur? — Verrath des Bluts!
Väter, fortan traut euern Töchtern nicht
Nach dem, was ihr sie thun seht! — Gibt's nicht Zauber,
Um Jugend und Jungfräulichkeit zu ködern?
Habt Ihr von solchen Dingen nicht gelesen,
Sagt, Roderigo?

Roderigo.

Ja, das hab' ich wirklich.

Brabantio.

Ruft meinen Bruder! — Hätt' ich Euch sie doch
Gegeben! —

(Zu den Dienern.)

      Theilt euch in verschiedner Richtung! —
Wißt Ihr, wo wir sie treffen mit dem Mohren?

Roderigo.

Ich denke, seine Spur zu finden, wollt Ihr
Mit zuverläss'ger Mannschaft mich begleiten.

Brabantio.

Ich bitt' Euch, führt uns! Beistand ruf' ich an
In jedem Hause, in den meisten kann ich
Befehlen. — Heda, Waffen, und holt einige
Nachtoffiziere! — Guter Roderigo,
Vorwärts, ich werd' Euch Eure Mühe lohnen!

(Gehen ab.)

Zweite Scene.

Eine andere Straße.

Othello, Jago und Gefolge (treten mit Fackeln auf).

Jago.

Obgleich ich schon im Kriegsberufe Menschen
Erschlug, geht mir's doch gegen das Gewissen,

Zu meuchelmorden. Etwas Bosheit wäre
Mir öfter dienlich. Wol an zehnmal schon
Wollt' ich ihm einen Rippenstoß versetzen.

Othello.

'S ist besser, wie es ist.

Jago.

        Allein er schwatzte
So niederträchtig gegen Euer Gnaden,
So ehrenrührig,
Daß nur mit Noth mein bischen Frömmigkeit
Ihn schonte. Aber bitte, sagt mir, Herr,
Seid Ihr auch recht vermählt? Denn glaubt mir sicher,
Gar sehr beliebt ist der Magnifico,
Und seine Stimme hat so viel Gewicht
Wie die des Herzogs selbst; er wird Euch trennen,
Oder Euch so bedrängen und beschränken,
Als das Gesetz, durch seine Macht verstärkt,
Ihm Spielraum gibt!

Othello.

        Laß ihn sein Müthchen kühlen!
Meine Verdienste um Venedig sind
Beredter als seine Klagen. Man soll wissen,
Was ich — dafern hier Selbstruhm Ehre bringt —
Kundmachen werde, daß in meinen Adern
Das Blut von Königen rinnt und mein Verdienst
Mit freiem Haupte ein so stolzes Glück
Ansprechen darf, als ich erreicht. Denn wisse, Jago,
Liebt' ich die holde Desdemona nicht,
So würd' ich meine heimatlose Freiheit
Nicht um des Weltmeers Reichthum fesseln und
Beschränken. — Aber sieh, welch Licht kommt dort?

Jago.

Ihr Vater ist's mit seinen Freunden. Gut wär's,
Ihr gingt ins Haus.

Othello.

        Ich? Nein, man soll mich finden,
Mein Rang, mein Ansehn und mein schuldlos Herz
Soll mich im rechten Lichte zeigen. Sind sie's?

Othello.

Beim Janus, mir scheint's nicht.

(Cassio und einige Offiziere kommen mit Fackeln.)

Othello.

Des Herzogs Leute sind es und mein Lieutenant.
Mög' euch die Nacht nur Gutes bringen, Freunde.
Was gibt's?

Cassio.

Der Herzog grüßt Euch, General,
Und läßt Euch ungesäumt zu sich entbieten,
Im Augenblick.

Othello.

Was, denkt Ihr, ist der Grund?

Cassio.

Etwas von Cypern, wenn ich recht vermuthe.
Doch muß es dringend sein: von den Galeren
Ward schon ein Dutzend Boten abgesandt
Zur Nacht, und einer folgte rasch dem andern.
Viel von den Rathsherrn sind bereits versammelt
Beim Herzog. Eifrig suchte man nach Euch,
Und da Ihr nicht im Haus zu finden waret,
Hat der Senat drei Rotten ausgesandt,
Euch aufzusuchen.

Othello.

Gut, daß Ihr mich trefft.
Ich will im Haus hier nur ein Wort bestellen
Und folg' Euch gleich.

(Geht ab.)

Cassio.

Fähnrich, was macht er hier?

Jago.

Er hat zu Land ein reiches Schiff geentert;
Bleibt's ihm als gute Prise, ist sein Glück
Gemacht.

Cassio.

Wie meint Ihr das?

Jago.

Er ist vermählt.

Cassio

Mit wem?

(Othello kommt zurück.)

Jago.

Nun mit .... Geht Ihr jetzt, General?

Othello.

Ich geh' mit Euch.

Cassio.

Hier kommt ein andrer Trupp, um Euch zu suchen.

Jago.

Es ist Brabantio. — General, habt Acht!
Er hat nichts Gutes vor.

(Brabantio, Roderigo und Offiziere kommen mit Fackeln und Waffen.)

Othello.

Holla! Wer da?

Roderigo.

Signor, es ist der Mohr.

Brabantio.

Zu Boden mit dem Räuber!
(Sie ziehen auf beiden Seiten.)

Jago.

Rodrigo, Ihr? — Kommt Herr, ich steh' zu Euch!

Othello.

Steckt eure blanken Schwerter ein, der Nachtthau
Macht sie nur rostig! — Eure Jahre haben,
Guter Signor, mehr Macht als Eure Waffen.

Brabantio.

O schnöder Dieb, wo birgst du meine Tochter?
Sohn der Verdammniß, du hast sie bezaubert;
Denn alles, was Vernunft hat, sei mir Zeuge,
Wär' sie durch Zauberfesseln nicht gebunden,
Ob eine Maid, so zärtlich, schön und glücklich,
So ehefeind, daß sie die reichen, edeln,
Gelockten Lieblinge Venedigs mied,
Jemals, zum allgemeinen Spott, vom Vater
Geflohen wäre an den rußigen Busen
Eines Geschöpfs wie du, grauvoll, nicht wonnig.
Die Welt urtheile, ob's nicht sonnenklar,

Daß du auf sie gewirkt durch sünd'ge Zauber,
Durch Liebestränke ihre zarte Jugend
Bethört und sinnverwirrt. Es soll zu Tage;
Wahrscheinlich ist's und dem Verstand handgreiflich.
Darum ergreif' ich und verhafte dich
Als einen volksgefährlichen Betrüger,
Der sträfliche verbotne Künste übt. —
Legt Hand an ihn, und bändigt ihn auf seine
Gefahr, wenn er sich wehrt!

Othello.

      Zurück die Hände,
Sowol ihr, die zu mir steht, wie die andern!
Wäre Kampf mein Stichwort, wüßt' ich's ohne Zuruf. —
Wohin begehrt Ihr mich, Eurer Beschuld'gung
Rede zu stehn?

Brabantio.

     Zur Haft, bis schickliche
Gesetzesfrist und regelrecht Verfahren
Dich vor Gericht ruft.

Othello.

      Wenn ich nun gehorchte?
Wie würde das dem Herzog wol gefallen,
Deß Boten hier zu meiner Seite stehn,
Um mich in wichtigen Staatsgeschäften vor ihn
Zu führen?

Offizier.

     's ist wahr, würdiger Signor,
Der Herzog ist im Rath, und Euer Gnaden
Sind sicher selbst geladen.

Brabantio.

     Wie! Der Herzog
Im Rath, zu dieser Nachtzeit! — Führt ihn fort! —
Mich treibt nicht müßiger Grund. Der Herzog selbst,
Wie jeder meiner Brüder im Senat,
Muß dieses Unrecht wie sein eignes fühlen;
Denn bleiben solche Thaten ohne Strafen,
Regieren uns die Heiden bald und Sklaven.

(Sie gehen ab.)

Dritte Scene.

Rathszimmer im Dogenpalast.

Der Herzog und Senatoren (sitzen an einem Tische). **Offiziere im Dienst.**

Herzog.

Den Briefen fehlt's an Uebereinstimmung,
Die sie glaubwürdig macht.

Erster Senator.

   Sie stimmen wirklich nicht;
Hier meiner meldet, hundertsieben Galeren.

Herzog.

Und meiner, hundertvierzig.

Zweiter Senator.

   Und meiner gar, zweihundert.
Doch, ob ihr Inhalt auch nicht völlig stimmt
(Wie allgemeine Schätzung denn oft irrt
Im einzelnen), bestätigen doch alle
'ne türkische Flotte, die nach Cypern segelt.

Herzog.

Möglich genug ist es dem Urtheil schon.
Der Widerspruch der Briefe hindert nicht,
Daß ich den Hauptinhalt als wahr erachte
Und höchst bedenklich.

Ein Matrose (hinter der Scene).

   Holla! holla! ho!

Ein Offizier (tritt auf mit einem Matrosen).

Ein Bote von den Schiffen.

Herzog.

   Nun, was gibt's?

Matrose.

Der Türken Kriegsbewegung geht auf Rhodus.
So ward mir Auftrag, dem Senat zu melden,
Vom Signor Angelo.

Herzog.

Was sagt Ihr zu
Dem Wechsel?

Erster Senator.

's ist unmöglich, widerspricht
Gesundem Urtheil; 's ist ein leeres Blendwerk,
In falsche Richtung unsern Blick zu lenken.
Erwägen wir, wie wichtig Cypern für
Den Türken ist, und fassen wohl ins Auge,
Daß es mehr Werth für ihn als Rhodus hat
Und auch weit leichter zu erobern ist,
Da ihm die kriegerische Ausrüstung
Und alle Mittel der Vertheidigung fehlen,
Die Rhodus hat: — bedenken wir dies recht,
So wird der Türk' uns nicht so unklug scheinen,
Zuletzt zu thun, was ihn zunächst berührt,
Ein leichtes, vortheilhaftes Werk versäumend,
Um nutzlos in Gefahren sich zu stürzen.

Herzog.

Nein, sicher geht sein Plan auf Rhodus nicht.

Offizier.

Hier kommt uns neue Nachricht.

Ein Bote (tritt auf).

Hohe Herrn!
Die Türken haben, grad auf Rhodus steuernd,
Mit einer zweiten Flotte sich vereinigt.

Erster Senator.

So dacht' ich's mir. — Wie stark nach Eurer Schätzung?

Bote.

An dreißig Segel; und jetzt rückwärts wenden
Sie ihren Curs, mit offenbarer Absicht
Auf Cypern. Euer tapfrer, treuer Diener
Signor Montano läßt Euch dies entbieten
Mit seinem Gruß und bittet, ihm zu glauben.

Herzog.

So geht es sicher denn auf Cypern los.
Ist nicht Marcus Luccicos in der Stadt?

Erster Senator.

Er ist jetzt in Florenz.

Herzog.

Schreibt ihm von uns!
Macht's aber eilig, alles drängt zur Eile!

Erster Senator.

Hier kommt Brabantio und der tapfre Mohr.

(Brabantio, Othello, Jago, Roderigo und Offiziere treten auf.)

Herzog.

Tapfrer Othello, wir bedürfen Eurer
Gleich gegen unsern allgemeinen Feind,
Den Ottomanen.
                    (Zu Brabantio.)
            Edler Herr, willkommen!
Ich sah Euch nicht gleich. Euer Rath und Beistand
Hat uns zur Nacht gefehlt.

Brabantio.

So Eurer mir. Verzeiht mir, gnädiger Herr,
Weder mein Amt, noch was ich von Geschäften
Vernahm, trieb mich vom Bett, nicht das Gemeinwohl
Bekümmert mich, denn mein besondrer Gram ist
So überströmend mächtiger Natur,
Daß er jedweden andern Schmerz verschlingt
Und doch derselbe bleibt.

Herzog.

        Was muß ich hören?

Brabantio.

                    Meine Tochter! O meine Tochter!

Herzog.

            Todt?

Brabantio.

                            Ja, für mich!
Sie ist bethört, ist mir geraubt, verführt
Durch Zaubermittel und Quacksalbertränke;
Denn ohne diese konnte die Natur,
Da sie nicht blind ist, stumpf und lahm von Sinnen,
Unmöglich sich so widersinnig irren.

Herzog.

Wer's immer sei, der durch verruchte Mittel
So Eure Tochter um sich selbst betrogen
Und Euch um sie: das blutige Gesetzbuch
Sollt Ihr selbst lesen in der schärfsten Deutung
Nach Euerm Sinn, ob unsern eignen Sohn auch
Die Klage träfe.

Brabantio.

Euch in Demuth dank' ich. —
Der Mann ist's, dieser Mohr, den jetzt, so scheint es,
Eu'r dringender Befehl in Staatsgeschäften
Hierher beschied.

Herzog und Senatoren.

Das thut uns herzlich leid.

Herzog (zu Othello).

Was könnt Ihr Eurerseits dagegen sagen?

Brabantio.

Nichts, als daß dem so ist.

Othello.

Hochmächtige, ernste und ehrwürdige Herrn,
Meine sehr edeln, huldigen Gebieter!
Daß ich entführt die Tochter dieses Greises,
Ist völlig wahr, wahr, daß sie mir vermählt.
So weit in seinem ganzen Haupt und Ansehn
Reicht mein Vergehn, nicht weiter. Ich bin rauh
In meiner Rede, wenig nur gesegnet
Mit weichlicher Beredsamkeit des Friedens;
Seit siebenjährig Mark mein Arm gewann
Bis jetzt, mit Abzug von etwa neun Monden,
War Zelt und Feld der Wahlplatz seiner Thatkraft,
Und wenig weiß ich von der großen Welt,
Als was zu Kampf und Kriegesthat gehört;
Drum werd' ich meine Sache wenig schmücken,
Red' ich für mich. Doch, wollt Ihr's gnädig hören,
Erzähl' ich meinen ganzen Liebeslauf
Grabaus und ungeschminkt: mit welchen Tränken,
Beschwörungen und mächtigen Zaubermitteln
(Denn solchen Vorgehns bin ich angeklagt)
Ich sie gewann.

Othello. 2

Brabantio.

Ein Mädchen, von Gemüth
So sittsam still, daß sie erröthete
Vor jeder eignen Regung; und sie wäre
Trotz Jahren, Ansehn, Land, Natur, trotz allem
Verliebt in was ihr Auge scheut zu sehn?
Nur ein verstümmelt, unvollkommnes Urtheil
Sagt, daß Vollkommenheit so irren konnte
Ganz gegen alle Regeln der Natur.
Vernunft weist uns auf list'ge Höllenkünste
Als wahren Grund. Darum betheur' ich nochmals,
Daß er mit blutaufregenden Mixturen
Oder mit zauberischen Liebesträuken
Auf sie gewirkt.

Herzog.

Dies zu betheuern ist
Noch kein Beweis, der probehaltig wäre;
Von dürftiger Tracht und kümmerlichem Aussehn,
Gar zu gewöhnlich sind die Gründe, welche
Ihr vorbringt gegen ihn.

Erster Senator.

Doch sagt, Othello,
Habt Ihr auf unnatürlich krummen Wegen
Des Fräuleins Gunst erzwungen und vergiftet,
Oder gewannt Ihr sie durch züchtige Minne,
Wie sie das Herz gewährt dem Herzen?

Othello.

Bitte,
Laßt meine Gattin selbst hierher entbieten
Und selbst von mir vor ihrem Vater zeugen!
Werd' ich dann falsch erfunden durch ihr Wort:
Entzieht mir nicht blos, was ich Euch verdanke,
Mein Amt und Eu'r Vertraun, laßt auch mein Leben
Verwirkt sein!

Herzog.

Holt uns Desdemona her!

Othello.

Fähnrich, führt sie, Ihr wißt den Ort am besten.
(Jago und einige Dienstleute gehen ab.)

Othello.

Und, bis ſie kommt, ſo wahr wie ich dem Himmel
Die Sünden meines Blutes beichte, will ich
Getreu vor dieſem ernſten Kreis berichten,
Wie ich der ſchönen Jungfrau Herz gewann
Und ſie das meine.

Herzog.

Wohl, Othello, ſprecht!

Othello.

Ihr Vater liebte mich, lud oft mich ein,
Erforſchte die Geſchichte meines Lebens
Von Jahr zu Jahr, die Schlachten, Stürme, Fahrten,
Die ich erlebt.
Ich ging es durch, von meinem Knabenalter
Bis zu der Stunde, wo ich's ihm erzählte.
Da ſprach ich dann von grauſigen Wechſelfällen,
Von rührender Gefahr zu Land und Meer,
Von knapper Rettung aus toddrohender Breſche,
Und wie der ſtolze Feind mich als Gefangenen
In Sklaverei verkauft; wie ich erlöſt ward;
Von wunderbaren Reiſeabenteuern,
Worin von großen Höhlen, öden Wüſten,
Felsblöcken, Bergen, deren Haupt den Himmel
Berührt, die Rede war — und ſo ging's weiter;
Von Kannibalen, die einander eſſen,
Anthropophagen, Menſchen, deren Köpfe
Unter den Schultern wachſen. Dies zu hören
War Desdemona ſtets voll ernſtem Eifer;
Oft aber rief ein Hausgeſchäft ſie ab,
Und wenn ſie dieſes eiligſt abgethan,
Kam ſie zurück, mit gierigem Ohr verſchlingend,
Was ich erzählte. Dies bemerkend, nahm ich
Einſt eine günſtige Stunde wahr, und leicht
Bewog ich ſie zu herzlich ernſter Bitte,
Ihr alle meine Fahrten zu erzählen,
Wovon ſie ſtückweis manches ſchon gehört,
Doch unzuſammenhängend. Ich that's gern;
Und oft entlockt' ich unbewußt ihr Thränen,
Wenn ich von jammerswerthen Leiden ſprach
Aus meiner Jugendzeit. Als ich geendet,
Gab ſie zum Lohn mir eine Welt von Seufzern.
O Gott, rief ſie, wie ſeltſam, wunderſeltſam!

Und wie ergreifend, wunderbar ergreifend! —
Sie wünschte, daß sie's nicht gehört, und wünschte,
Daß sie der Himmel selbst zu solchem Manne
Gemacht. Sie dankte mir und bat mich, wenn
Ein Freund von mir sie lieben sollte, möcht' ich
Ihn lehren, meine Geschichte zu erzählen,
Das würde sie gewinnen. — Darauf sprach ich. —
Sie liebte mich, weil ich Gefahr bestanden,
Ich liebte sie um ihres Mitleids willen.
Das ist der einz'ge Zauber, den ich übte.
Hier kommt die Dame; laßt sie Zeugniß geben.

(Desdemona, Jago und Begleiter treten auf.)

Herzog.

Diese Geschichte würd' auch meine Tochter
Gewinnen, glaub' ich. — Würdiger Brabantio,
Nehmt, was versehn ward, von der besten Seite!
Man kämpft doch lieber mit zerbrochnen Waffen
Als mit der bloßen Hand.

Brabantio.

　　　　　　　　Ich bitt' Euch, hört sie!
Bekennt sie, daß sie selber halb gefreit hat:
Verderben auf mein Haupt, wenn noch mein Tadel
Den Mann trifft. — Tretet näher, holde Frau!
Seht Ihr in diesem edeln Kreise jemand,
Dem Ihr zumeist Gehorsam schuldig seid?

Desdemona.

Mein edler Vater,
Ich sehe, meine Pflicht ist hier getheilt,
Denn Euch verdank' ich Leben und Erziehung,
Und Leben und Erziehung lehren mich
Euch ehren als Gebieter meiner Pflicht.
So weit bin ich Eu'r Kind. Doch da steht mein Gemahl;
Und so viel Pflicht, wie meine Mutter Euch
Gezeigt, als sie Euch ihrem Vater vorzog,
So viel nehm' ich in Anspruch zu bekennen
Für meinen Herrn; den Mohren.

Brabantio.

Gott sei mit dir! Ich bin zu Ende. —
Beliebt's Eu'r Hoheit, jetzt zu Staatsgeschäften! —
Lieber ein Kind annehmen, als erzeugen. —
Komm näher, Mohr!

Jetzt geb' ich dir von ganzem Herzen, was,
Hätt'st du's nicht schon, ich dir von ganzem Herzen
Verweigert'. — Deinethalben, mein Juwel,
Freut's herzlich mich, kein andres Kind zu haben,
Denn grausam würde deine Flucht mich lehren,
Die Füße ihm zu hemmen. — Ich bin fertig.

Herzog.

Laßt mich ein Wort, wie's Euch anstände, reden,
Das eine Stufe sei, die Liebenden
In Eure Gunst zurückzuführen.
Wo nichts mehr hilft, kann auch der Gram nichts nützen,
Das Schlimmste bricht der Hoffnung letzte Stützen;
Ein Uebel zu betrauern, das vergangen,
Macht leicht zu neuem Uebel uns gelangen;
Verliert man, was man nicht zu halten wußte,
Macht die Geduld ein Nichts aus dem Verluste;
Beim Raube lächeln, heißt dem Diebe nehmen,
Doch selbst beraubt man sich durch nutzlos Grämen.

Brabantio.

So mögt Ihr Cypern denn dem Türken gönnen,
's ist kein Verlust, solang wir lächeln können.
Ein weiser Spruch läßt sich gar leicht ertragen,
Bringt er dem Träger Trost nur und Behagen;
Doch wer, um Gram zu zahlen, erst muß borgen
Bei der Geduld, trägt beides: Spruch und Sorgen.
Sentenzen können Trost und Schmerz bereiten,
Sind doppelsinnig, stark auf beiden Seiten;
Doch Wort bleibt Wort; noch nie hab' ich gefunden,
Daß kranke Herzen durch das Ohr gesunden. —
In Demuth bitt' ich: kommt jetzt zu den Staatsgeschäften!

Herzog.

Die Türken bedrohen Cypern mit einer mächtigen Kriegsflotte. Othello, Ihr kennt die Stärke des Platzes am besten; und obschon wir dort einen Statthalter von anerkannter Tüchtigkeit haben, so stimmt doch die öffentliche Meinung, die unumschränkte Herrin des Erfolgs, mit festerm Vertrauen für Euch; deshalb müßt Ihr Euch darein finden, den frischen Glanz Eures neuen Glücks durch diese rauhe und stürmische Unternehmung zu trüben.

Othello.

Ehrwürdige Herrn! Gewohnheit, die Tyrannin,
Hat mir des Kriegsbetts rauhen Stahl und Stein

Zum allerweichsten Flaum gemacht. Ich rühme
Mich rascher, angeborner Munterkeit
Im schwersten Ungemach; gern unternehm' ich
Den Kriegszug gegen diese Ottomanen.
Drum ehrfurchtsvoll mich vor Euch neigend, bitt' ich
Für mein Gemahl um passende Verfügung:
Geziemende Bestimmung einer Wohnung
Mit Einrichtung, Einkünften und Gesellschaft,
Wie's ihrem Rang gebührt.

Herzog.
Wenn's Euch beliebt,

In ihres Vaters Haus.

Brabantio.
Das will ich nicht.

Othello.

Noch ich.

Desdemona.

Noch ich. Ich möchte dort nicht wohnen,
Um meines Vaters Ungeduld zu reizen,
Wär' ich ihm stets vor Augen. Gnäd'ger Herzog,
Leiht meiner Bitte ein geneigtes Ohr
Und unterstützt mit Eurer mächtigen Stimme
Mein schlichtes Wort!

Herzog.
Was wünscht Ihr, Desdemona?

Desdemona.

Daß ich aus Liebe mit dem Mohren lebe,
Mag mein gewaltsam stürmevolles Schicksal
Laut aller Welt verkünden; ganz gehört
Mein Herz dem Kriegsberuf auch meines Herrn.
Ich sah Othello's Antlitz im Gemüth,
Und seinen Ehren, seinem Heldenmuth
Hab' ich mein Herz und mein Geschick geweiht;
Sodaß, ihr Herrn, wenn ich zurück hier bleibe
Als Friedensmotte, während er zum Kampf zieht,
Man mir die Feier meiner Liebe raubt
Und eine schwere Zwischenzeit mir auflegt
Durch bittre Trennung. Laßt mich mit ihm ziehn!

Othello.

Ich bitt' euch, edle Herrn, laßt ihrem Willen
Den freien Lauf.

Der Himmel ſei mein Zeuge, daß ich ſo
Nicht bitte, meinem Liebsgelüſt zu ſchmeicheln,
Noch Glut, wie ſie die Jugend reizt, zu nähren,
Befriedigend, was mich nicht mehr bewegt,
Nein, nur um ihrem Wunſch frei zu willfahren.
Und wähnt, beim Himmel, nicht, ich werd' um ſie
Eu'r großes, wichtiges Geſchäft verſäumen;
Nein, wenn die leichtbeſchwingten Tändelein
Cupido's mich mit üppigem Stumpfſinn ſchlagen,
Mein Amt beflecken, meine Thatkraft lähmen
Durch ſinnliche Zerſtreuung: ſo laßt Hausfrau'n
Aus meinem Helme einen Tiegel machen
Und jede ſchimpfliche und niedre Trübſal
Ihr Haupt erheben gegen meinen Ruf!

Herzog.

Sei's, wie Ihr's ſelbſt beſtimmt, gleichviel ob ſie
Geht oder hierbleibt. Das Geſchäft ruft Eile,
Und Haſt muß dem entſprechen.

Erſter Senator.

           Ihr müßt fort zur Nacht.

Desdemona.

Heut' Nacht, mein Fürſt?

Herzog.

      Heut' Nacht.

Othello.

             Von ganzem Herzen.

Herzog.

Um neun Uhr morgens treffen wir uns wieder.
Laßt einen Offizier zurück, Othello,
Und er wird unſre Vollmacht zu Euch tragen
Sammt allem, was die Würde Eures Amtes
Verlangt.

Othello.

        Hoheit, laßt's meinen Fähnrich ſein!
Er iſt ein Mann voll Treu' und Redlichkeit;
Seinem Geleit vertrau' ich meine Gattin
Mit allem, was Ihr ſonſt für nöthig haltet
Mir nachzuſenden.

Herzog.

Wohl.   Nun gute Nacht
Euch allen!

(Zu Brabantio.)

Und, mein würdiger Signor,
Wenn Tugend Reiz und Schönheit nicht entbehrt,
Ist Euer Eidam schön und liebenswerth.

Erster Senator.

Lebt wohl, behandelt Desdemona gut,
Braver Othello!

Brabantio.

Merk' auf sie, Mohr, hast Augen du, zu sehn!
Sie trog den Vater — so mag dir's geschehn.

(Herzog, Senatoren, Offiziere u. s. w. ab.)

Othello.

Auf ihre Treu' mein Leben. — Wackrer Jago,
Ich muß dir Desdemona anvertraun;
Ich bitte, laß sie deine Frau begleiten
Und bring sie bald und wohlbehalten nach! —
Komm, Desdemona, nur ein Stündchen bleibt mir
Für Lieb' und weltliche Geschäfte noch
Mit dir; wir müssen unsrer Zeit gehorchen.

(Othello und Desdemona ab.)

Roderigo.

Jago.

Jago.

Was sagst du, edles Herz?

Roderigo.

Was meinst du, das ich zu thun gedenke?

Jago.

Nun, zu Bett zu gehen und zu schlafen.

Roderigo.

Ich werde mich auf der Stelle ertränken.

Jago.

Thust du das, werd' ich dich nachher nicht mehr lieben. Wie
kommst du nur auf solche Gedanken, du Thor?

Roderigo.

Es ist Thorheit zu leben, wenn das Leben eine Qual ist;

und dann haben wir eine Vorschrift, zu sterben, wenn der Tod unser Arzt ist.

Jago.

O niederträchtig! Ich habe die Welt so 'n viermal sieben Jahre hindurch beobachtet, und seit ich zwischen einer Wohlthat und einer Beleidigung unterscheiden konnte, hab' ich niemals einen Menschen gefunden, der es verstand, sich selbst zu lieben. Eher würde ich sagen, ich wollte mich aus Liebe zu einem Perlhuhn ersäufen, ich wollte mein Menschthum mit einem Pavian vertauschen.

Roderigo.

Was sollt' ich thun? Ich gestehe, es ist eine Schande für mich, so verliebt zu sein; aber es zu ändern, liegt nicht in der Macht meiner Tugend.

Jago.

Tugend? Zum Henker! Es liegt an uns, daß wir so oder so sind. Unsere Körper sind Gärten und unser Wille ist der Gärtner darin; sodaß, ob wir Nesseln pflanzen oder Lattich säen, Ysop setzen oder Thymian ausgäten, ihn mit einerlei Gattung Pflanzen versehen oder mit vielerlei, ob wir ihn unfruchtbar machen mit Trägheit oder fruchtbar mit Fleiß: alles das liegt in der Macht und lenksamen Autorität unsers Willens. Wenn die Wage unsers Lebens nicht eine Schale mit Vernunft hätte, um einer andern mit Sinnlichkeit das Gleichgewicht zu halten, so würde das Blut und die Gemeinheit unserer Natur uns zu den widersinnigsten Schlüssen führen; allein wir haben Vernunft, um unsere tobenden Triebe, unsere fleischlichen Begierden, unsere ungezähmten Gelüste abzu= kühlen: woraus ich schließe, daß, was du Liebe nennst, nur ein Setzling oder Propfreis ist.

Roderigo.

Das kann nicht sein.

Jago.

Es ist blos ein Gelüsten des Bluts und ein Gewähren des Willens. Sei ein Mann! Dich ersäufen? Ersäufe Katzen und junge Hunde. Ich habe mich für deinen Freund erklärt, und ich gestehe, daß ich durch Bande, stark wie Ankertaue, an dich geknüpft bin: nie konnte ich dir nützlicher sein als jetzt. Thu' Geld in deinen Beutel; folg' uns in den Krieg; entstell' dein Gesicht durch einen falschen Bart: ich sage, thu' Geld in deinen Beutel! Es ist unmöglich, daß Desdemona den Mohren lange liebe — thu' Geld in deinen Beutel! — noch er sie; sie hat stürmisch angefangen, und du wirst einen entsprechenden Ausgang erleben — thu' nur Geld in deinen Beutel! Diese Mohren sind veränderlich in ihren

Neigungen — füll' deinen Beutel mit Geld! — was ihm jetzt honig=
süß schmeckt, wird ihm bald so bitter vorkommen wie Coloquinten.
Sie bedarf eines jüngern Mannes; wenn sie seiner überdrüßig
geworden, wird sie den Irrthum ihrer Wahl einsehen. Sie bedarf
der Abwechselung nothwendig: darum thu' Geld in deinen Beutel.
Willst du durchaus zur Hölle fahren, so thu's auf angenehmerm
Wege als durch Ersäufen. Bring so viel Geld zusammen, wie du
kannst. Wenn Frommthun und ein zerbrechliches Gelübde zwischen
einem vagabundirenden Berber und einer leichtfertigen Venetianerin
nicht zu harte Nüsse für meinen Witz und die ganze Höllenbrut sind,
so sollst du sie besitzen; darum sorg' für Geld. Zum Kukuk mit dem
Ersäufen! Das liegt ganz aus dem Wege. Häng dich lieber in
der Umarmung deiner Freude, als dich zu ersäufen ohne sie.

Roderigo.

Willst du fest zu meinen Hoffnungen stehen, wenn ich's auf den
Erfolg ankommen lasse?

Jago.

Auf mich kannst du zählen. Schaff' nur Geld an. Ich habe
dir oft gesagt und wiederhole es dir: ich hasse den Mohren; meine
Sache wurzelt im Herzen, deine nicht minder. Laß uns zu=
sammenhalten in unserer Sache gegen ihn; kannst du ihm Hörner
aufsetzen, so hast du das Vergnügen davon und ich den Spaß.
Es ruht noch manches im Schoße der Zeit, was heraus will.
Traversire; geh, besorg dein Geld. Wir wollen morgen mehr
davon reden. Leb' wohl!

Roderigo.

Wo sollen wir uns morgen früh treffen?

Jago.

In meiner Wohnung.

Roderigo.

Ich werde mich zeitig einfinden.

Jago.

Gut; leb' wohl. Hörst du, Roberigo?

Roderigo.

Was sagst du?

Jago.

Nichts mehr von Ersäufen. Hörst du?

Roderigo.

Ich bin umgewandelt. Ich will all mein Land verkaufen.

Jago.

Recht so; leb' wohl! Sorg' für einen vollen Beutel!

(Roderigo ab.)

Jago.

So muß mein Narr mir stets zur Börse dienen;
Denn meine Menschenkenntniß würd' ich schänden,
Wollt' ich mit solchem Pinsel Zeit vergeuden
Ohne Gewinn und Spaß. Den Mohren haff' ich;
Auch flüstert man, daß er in meinem Bette
Mein Amt versehn; ich weiß nicht, ob es wahr ist,
Allein aus bloßem Argwohn will ich thun,
Als wär' es sicher. Er denkt gut von mir,
Mein Plan soll um so besser auf ihn wirken.
Ein hübscher Mann ist Cassio: laßt mich sehn,
Sein Amt und meinen Willen zu erlangen,
Zwiefache Büberei. — Doch wie? Laßt sehn.
Nach einiger Zeit red' ich Othello ein,
Er sei mit seiner Gattin zu vertraut;
Cassio's Gestalt, sein glattes Wesen ist
Gemacht wie zum Verdacht und zum Verführen;
Der Mohr ist frei und offen von Natur,
Hält jedermann für brav, der nur so scheint,
Und läßt so sanft sich bei der Nase führen
Wie Esel. —
Ich hab's; es ist erzeugt! Durch Höll' und Nacht
Sei diese Mißgeburt ans Licht gebracht!

(Ab.)

Zweiter Aufzug.

Erste Scene.

Plattform am Hafen von Cyprus.

Montano und zwei Edelleute (treten auf).

Montano.

Was könnt Ihr von dem Cap zur See entdecken?

Erster Edelmann.

Gar nichts; 's ist eine hochgeschwellte Flut;
Ich kann kein Segel zwischen Erd' und Himmel
Erspähn.

Montano.

Mir scheint, der Wind hat arg getobt am Lande;
Nie macht' er stärker unsre Zinnen beben.
Wenn's auf dem Meer auch so gewüthet hat:
Welch eichner Kiel, wenn Berge niederfluten,
Bleibt festgefügt? Was werden wir noch hören?

Zweiter Edelmann.

Die Auflösung der ganzen Türkenflotte.
Stellt Euch nur an das schäumende Gestade.
Bis zu den Wolken spritzt die zornige Woge;
Die stürm'sche Brandung, mit gewalt'ger Mähne.
Scheint Wasser bis zum Bären aufzuspein
Und des Polarsterns Wachtfeu'r auszulöschen;
So grau'nvoll hab' ich nie das Meer gesehn
In seiner Wuth.

Montano.

Wenn nicht die Türkenflotte
In einer Bucht geborgen ist, kommt alles
Im Wasser um; Rettung ist sonst unmöglich.

(Ein dritter Edelmann tritt auf.)

Dritter Edelmann.

Ich bringe Neues, unser Krieg ist aus!
Der wüth'ge Sturm zerschlug die Türken so,
Daß ganz ihr Plan gelähmt; ein Schiff Venedigs
Sah, wie der größte Theil der Flotte Schiffbruch
Und Noth litt.

Montano.

Ist das wahr?

Dritter Edelmann.

Das Schiff liegt hier:
Die „Veronessa"; mit ihr kam der Lieutenant
Othello's, Michael Cassio, ans Land;
Der Mohr ist selbst zur See und kommt nach Cypern
Mit höchster Vollmacht.

Montano.

Das freut mich zu hören,
Er ist ein würd'ger Gouverneur.

Dritter Edelmann.

Doch Cassio,
Obgleich er tröstlich spricht, die türk'sche Flotte
Betreffend, ist voll Sorge um den Mohren;
Der heft'ge Sturm hat sie getrennt, er betet
Für seine Rettung.

Montano.

Möge Gott ihn retten;
Denn ich hab' unter ihm gedient, er ist
Ein tücht'ger Feldherr. Gehen wir ans Meer,
Das eingelaufne Fahrzeug anzusehn
Und nach dem tapfern Mohren auszuspähen,
Bis uns die Meerflut und das Himmelsblau
In eins verschmilzt.

Dritter Edelmann.

So kommt und laßt uns gehn,
Denn jeder Augenblick läßt neue Gäste
Erwarten.

Cassio (tritt auf).

Dank allen Tapfern dieser Kriegerinsel,
Die so den Mohren lieben. O, mög' ihn

Der Himmel schützen vor den Elementen,
Denn ich verlor ihn auf dem stürm'schen Meer.

Montano.

Hat er ein gutes Schiff?

Cassio.

Von starkem Bau,
Und sein Pilot ist tüchtig und erprobt:
Drum zählt mein Hoffen, nicht zum Tode krank,
Noch auf Genesung.

(Hinter der Scene.)

Ho! Ein Schiff! ein Schiff!

(Ein Bote tritt auf.)

Cassio.

Was für ein Lärm ist das?

Bote.

Die Stadt ist leer; am Saum des Meeres steht
Das Volk in Haufen, und es ruft: „Ein Schiff!"

Cassio.

Mein Hoffen sagt, das muß Othello sein.

(Man hört Kanonen.)

Zweiter Edelmann.

Zum Willkomm feuert man; das müssen mindestens
Doch Freunde sein.

Cassio.

Ich bitt' Euch, Herr, geht hin
Und bringt uns sichre Nachricht, wer gelandet.

Zweiter Edelmann.

Ich werde gehn.

(Ab.)

Montano.

Doch, guter Lieutenant, sagt mir,
Ist Euer General vermählt?

Cassio.

Sehr glücklich,
Mit einer Frau, die selbst dem höchsten Bilde
Von echter, holder Weiblichkeit entspricht,
Die jedes Lob der Feder übertrifft

Und in der Schöpfung anmuthvollster Hülle
Jedwede Trefflichkeit vereint. — Nun, wer lief ein?

(Der zweite Edelmann kommt zurück.)

Zweiter Edelmann.

Ein Jago ist's, Fähnrich des Generals.

Cassio.

Der hat sehr schnelle, günstige Fahrt gehabt.
Das hohe Meer selbst, Stürm' und Windesheulen,
Sandbänke dicht gehäuft und hohle Felsen,
Verrätherisch verborgen in der Tiefe,
An sich zu klammern den arglosen Kiel,
Vergessen ihre tödtliche Natur,
Als hätten sie für Schönheit Sinn, und lassen
Die göttingleiche Desdemona durch.

Montano.

Wer ist das?

Cassio.

　　　　Sie, von der ich vorhin sprach,
Die Herrin unsers kriegerischen Herrn,
Der sie dem kühnen Jago anvertraut,
Deß Ankunft meiner Schätzung eine Woche
Zuvorkommt. — Herr der Stürme, hüt' Othello!
Sein Segel schwelle dein allmächt'ger Hauch,
Daß er mit seinem Schiff den Hafen segne,
In Desdemona's Armen Liebe athme,
Uns den erlöschten Muth aufs neu' entzünde,
Und Cyperns Volk ein Trost sei. — O seht, seht,

(Desdemona, Emilie, Jago, Roderigo und Gefolge treten auf.)

Des Schiffes Reichthum ist ans Land gekommen.
Ihr Männer Cyperns, beugt die Knie vor ihr. —
Heil dir, Signora; und des Himmels Gnade
Sei mit dir, um dich, vor und hinter dir!

Desdemona.

Ich dank' Euch, tapfrer Cassio. Welche Nachricht
Könnt Ihr von meinem Herrn mir geben?

Cassio.

　　　　　　　　　　　　　　　　Er
Ist noch nicht eingetroffen; ich weiß nichts,
Als daß er wohl ist und bald hier sein wird.

Desdemona.

O! Doch ich fürchte . . . Wo verlort Ihr ihn?

Cassio.

Der große Kampf des Meeres und des Himmels
Hat mich von ihm getrennt. Doch horch! Ein Segel!

(Man hört Kanonen.)

Zweiter Edelmann.

Es donnert seinen Gruß der Citadelle:
Auch das sind Freunde.

Cassio.

Bitte, bringt uns Nachricht!

(Ein Edelmann ab.)

Cassio.

Willkommen, Fähnrich!

(Zu Emilie.)

Werthe Frau, willkommen!
Nehmt mir's nicht übel, guter Jago, daß ich
Nach heim'scher Sitte grüße; die Erziehung
Läßt meine Höflichkeit so kühn sich äußern.

(Küßt Emilie.)

Jago.

Gäb' sie Euch nur so viel von ihren Lippen,
Als oftmals ihre Zunge mir beschert,
Ihr hättet reichlich.

Desdemona.

Ach, sie spricht ja kaum!

Jago.

Fürwahr, zu viel;
Ich find' es stets, wenn ich gern schlafen möchte.
Nun ja, gern geb' ich zu, vor Euer Gnaden
Steckt sie die Zung' ein wenig in ihr Herz
Und schilt nur in Gedanken.

Emilie.

Du hast wenig Grund, so zu sprechen.

Jago.

Geh, geh mir! Außerm Haus seid ihr Gemälde,
Im Zimmer Glocken, Katzen in der Küche,
Heil'ge im Kränken, Teufel wenn beleidigt,
Im Haushalt tändelnd, Hausfraun nur im Bette.

Desdemona.

O schäme dich, Verleumder!

Jago.

Red' ich nicht wahr, so nennt mich einen Türken:
Ihr steht zum Spiel auf, geht ins Bett, zu wirken.

Emilie.

Du sollst mein Lob nicht schreiben.

Jago.

Nein, ich nicht.

Desdemona.

Was schriebst du wol von mir, müßt'st du mich loben?

Jago.

O gnädige Frau, stellt mich nicht auf die Probe,.
Denn ich bin nichts, wenn ich nicht kritteln kann.

Desdemona.

Versuch's einmal. — Ging jemand fort zum Hafen?

Jago.

Ja, gnädige Frau.

Desdemona (für sich).

Ich bin nicht heitrer Laune, doch ich täusche
Mein innres Wesen durch erborgten Schein. —

(Laut.)

Versuchen wir's: wie würdest du mich loben?

Jago.

Ich bin dabei; doch löst sich mein Gedanke
So schwer vom Kopf wie Vogelleim vom Frieskrock,
Er reißt Gehirn und alles mit; allein
Die Muse kreist und dies bringt, sie ans Licht:
Blond ist sie, schön und klug — doch wozu taugt es?
Das eine wird gebraucht, das andre braucht es.

Desdemona.

Sehr gut gelobt! Doch wenn sie schwarz und witzig?

Jago.

Und ist sie schwarz und will auch witzig heißen,
Ergänzt ihr Schwarzes sich durch einen Weißen.

Othello.   3

Desdemona.

Immer schlimmer.

Emilie.

Doch wenn sie schön und thöricht ist?

Jago.

Die Schönheit kann durch Thorheit nicht verderben,
Denn Thorheit selbst hilft ihr zu einem Erben.

Desdemona.

Das sind alberne Spitzfindigkeiten, um Narren in den Bier=
häusern lachen zu machen. Welches kümmerliche Lob hast du für
eine, die häßlich und dumm ist?

Jago.

Die Dümmste, Häßlichste kann sich vergleichen
Den klügsten, schönsten Frau'n in dummen Streichen.

Desdemona.

O plumpe Unwissenheit! Das Lob des Schlechtesten gelingt dir
am besten. Aber wie würdest du eine wirklich verdienstvolle Frau
loben, eine solche, die im Vollgefühl ihres Werthes mit Recht das
Zeugniß der Bosheit selbst herausfordern mag?

Jago.

Die immer schön war, doch nie Stolz gezeigt,
Die zungenfertig, und doch lieber schweigt,
Die, reich an Gold, sich doch stets einfach kleidet,
Thut, was sie mag, und doch das Schlechte meidet,
Die, wenn gekränkt, der Rache sich entschlägt,
Den Unmuth austreibt und das Unrecht trägt,
Die nie so urtheilslos sich zeigt im Leben,
Den Salmschwanz für den Stockfischkopf zu geben,
Die denken konnte, doch den Klatsch verschmäht,
Nach Herrn, die sie umschwärmt, nie umgespäht:
Das wär' ein Weib — wenn solche existiren —

Desdemona.

Um was zu thun?

Jago.

Um Kinder aufzusäugen
Und das getrunkene Dünnbier zu notiren.

Desdemona.

O welch eine lahme, schwächliche Folgerung! — Lerne von ihm

nicht, Emilie, obgleich er dein Mann ist. — Was meint Ihr, Cassio, ist er nicht ein ausbündiger, lästernder Rath?

Cassio.

Er redet derb, gnädige Frau; der Soldat wird Euch besser an ihm gefallen als der Gelehrte.

Jago (für sich).

Er nimmt' sie bei der Hand; vortrefflich, flüstert nur zu! Mit einem so kleinen Gewebe will ich eine so große Fliege wie Cassio fangen. Ja, lächle sie nur an; ich will dich bei deinen eigenen Kratzfüßen fesseln. (Laut zu Cassio.) Ihr habt's getroffen, es ist so wie Ihr sagt. (Wieder für sich.) Wenn dieses schwänzelnde Schönthun dich nicht um deine Lieutenantsstelle bringt, so hättest du besser gethan, deine drei Mittelfinger nicht so oft zu küssen, womit du dich jetzt wieder darin gehen lässest, den feinen Herrn zu spielen. Sehr gut; schön geküßt; auserlesene Huldigung in der That! Schon wieder die Finger an die Lippen? Ich wollte, sie wären Klystierspritzen, um beinetwillen!

(Man hört eine Trompete.)

Jago.

Der Mohr! Ich kenne seine Trompete.

Cassio.

Sie ist es wirklich.

Desdemona.

Wir wollen ihm entgegen, ihn empfangen.

Cassio.

Seht, da kommt er selbst!

Othello (tritt auf mit Gefolge).

O meine schöne Kriegerin!

Desdemona.

Mein theurer Othello!

Othello.

Ein Wunder ist mir's, groß wie meine Freude,
Dich hier zu sehn. O meines Herzens Wonne!
Wenn jedem Sturme solche Stille folgt,
So mög' es stürmen, bis der Tod erwacht;
Laß mühvoll Barken Wasserberg' erklimmen
Olympushoch, und wieder untertauchen
So tief die Hölle unterm Himmel ist!
Müßt' ich jetzt sterben, wär' es ein Moment
Zugleich des höchsten Glückes; denn, ich fürchte,

So ganz voll Seligkeit ist meine Seele,
Daß ihr die dunkle Zukunft gleiche Wonne
Nicht bieten wird.

Desdemona.

Verhüte Gott, daß nicht
Vielmehr sich unsre Lieb' und Freude steigre,
Wie unsre Tage wachsen.

Othello.

Dazu sagt
Amen, ihr holden Mächte! Ich kann nicht
Genug von dieser Wonne sprechen; hier
Fehlt mir das Wort; es ist zu viel der Freude:
Und dies, und dieses sei der größte Mißklang,
Den unser Herz je tönt!

(Er küßt sie.)

Jago (für sich).

O, ihr seid gut gestimmt jetzt;
Doch dieses Einklangs Wirbel schraub' ich tiefer,
So wahr ich ehrlich bin.

Othello.

Folg' mir zum Schloß!
Der Krieg ist aus, die Türken sind ertrunken. —
Wie geht es meinen alten Freunden hier? —
Herzlieb, man wird auf Cypern für dich schwärmen,
Ich habe große Liebe hier gefunden.
O süßes Herz, ich schwatze ungehörig,
Vor Glück ganz närrisch. — Bitte, guter Jago,
Geh nach dem Hafen, schiff' die Koffer aus.
Den Kapitän bring nach der Citadelle,
Er ist ein würd'ger Mann, der unsre Achtung
In hohem Grad verdient. — Komm, Desdemona,
Noch einmal sei auf Cypern mir willkommen!

(Othello, Desdemona und Gefolge ab.)

Jago.

Triff mich alsbald am Hafen; komm her! Wenn du Muth
hast — wie man sagt, haben selbst gemeine Menschen, wenn sie
verliebt sind, mehr Adel in ihrer Natur, als ihnen angeboren ist —
hör' mich! Der Lieutenant hat diese Nacht die Wache im Schloß-
hofe. Vor allem muß ich dir dies sagen: Desdemona ist geradezu verliebt in Cassio.

Roderigo.

In Cassio? Das ist nicht möglich!

Jago.

Leg' deinen Finger so (Jago ergreift, indem er dies spricht, Rode rigo's Hand und legt sie ihm an den Mund) und laß deine Seele Vernunft annehmen. Bedenke nur, mit welcher Heftigkeit sie erst den Mohren liebte, blos seines Prahlens und seiner phantastischen Lügen wegen; und wird sie ihn immer wegen seines Schwatzens lieben? Laß dein kluges Herz nicht daran denken. Ihr Auge verlangt Nahrung, und welche Freude kann ihr das Anschauen des Teufels gewähren? Wenn das Blut sich abgekühlt hat im Genuß, bedarf es neuer Mittel, sich zu entflammen und der Sättigung frische Begierde zu geben: Liebenswürdigkeit im Benehmen, Uebereinstimmung in Jahren, Sitten und Schönheit, woran es dem Mohren ganz und gar gebricht. Nun, in Ermangelung dieser nothwendigen Annehmlichkeiten wird ihr verwöhntes Zartgefühl sich getäuscht sehen, aufstoßen, den Mohren widerwärtig und abscheulich finden; die Natur selbst wird sie darin belehren und zu irgendeiner andern Wahl treiben. Nun, Freund, dieses zugegeben (wie es denn ein Satz von einleuchtender Handgreiflichkeit ist), wer darf sich dieses Glücks in so hohem Grade rühmen wie Cassio? Ein zungenfertiger Schelm, nicht weiter gewissenhaft, als um die bloße Form ehrbaren und feinen Scheins anzulegen, um seine üppigen und ganz geheimen lockern Triebe besser zu befriedigen; Niemand kommt ihm darin gleich, niemand. Ein glatter, geschmeidiger Schelm; ein Gelegenheitsfinder, der ein Auge hat, Vortheile zu prägen und nachzuprägen, wenn auch wahrer Vortheil sich niemals darbietet; ein Teufelsschelm! Dazu ist der Schelm hübsch, jung und hat alle Erfordernisse in sich, worauf Thorheit und unreife Gemüther sehen; ein nichtswürdiger, vollendeter Schelm, und die Frau hat ihn schon ausgefunden.

Roderigo.

Ich kann das von ihr nicht glauben; sie ist sehr fromm und sittsam.

Jago.

Sittsame Teufelei! Der Wein, den sie trinkt, ist von Trauben gemacht; wenn sie sittsam wäre, würde sie nie den Mohren geheirathet haben; sittsamer Pudding! Sahst du nicht, wie sie mit der Palme seiner Hand herumtätschelte? Hast du das nicht bemerkt?

Roderigo.

Ja, das hab' ich wohl bemerkt; aber das war bloße Artigkeit.

Jago.

Lüsternheit, bei dieser Hand, und Index und dunkler Prolog zum Schauspiele der Lust und schnöder Gedanken. Sie kamen sich so nahe mit den Lippen, daß ihr Athem sich küßte. Nichtswürdige Gedanken, Roderigo! Wenn die Vertraulichkeiten so vorangehen, folgt die Hauptsache, der einverleibende Schluß, auf dem Fuße. Pah! — Doch, Freund, laßt Euch von mir leiten; ich habe Euch von Venedig hergebracht. Wacht diese Nacht; ich gebe Euch das Commando Eures Postens; Cassio kennt Euch nicht. Ich werde in Eurer Nähe bleiben; findet eine Gelegenheit, Cassio zu ärgern, sei es durch zu lautes Sprechen, oder durch Sticheleien auf seine Disciplin, oder was Ihr sonst wollt, je nachdem sich ein günstiger Anlaß dazu bietet.

Roderigo.

Gut.

Jago.

Er ist heftig und jähzornig und wird Euch vielleicht mit seinem Degen eins versetzen: reizt ihn dazu; denn eben dadurch will ich die Cyprioten zu einer Meuterei treiben, die nicht eher ganz beschwichtigt werden soll, bis Cassio seines Postens enthoben ist. So werdet Ihr Eure Wünsche schneller erreichen durch die Mittel, die mir dann zu Gebote stehen, sie zu befördern; und das Hinderniß muß vortheil= haft beseitigt werden, ohne welches kein Erfolg zu erwarten ist.

Roderigo.

Ich gehe darauf ein, wenn du es zu einer günstigen Gelegen= heit bringen kannst.

Jago.

Dafür steh' ich dir. Triff mich auf der Citadelle. Ich muß jetzt Othello's Gepäck ans Land schaffen. Leb' wohl!

Roderigo.

Gott befohlen!

(Ab.)

Jago.

Daß Cassio sie liebt, ist mir sehr glaublich;
Daß sie ihn liebt, ist möglich und natürlich.
Der Mohr — obgleich ich ihn nicht ausstehn kann —
Ist edel, standhaft, liebend von Natur,
Und ohne Zweifel wird er Desdemonen
Ein theurer Gatte. Nun lieb' ich sie auch,
Nicht blos aus Lüsternheit (obwol man mich

Vielleicht so großer Sünde zeihen kann),
Nein, mehr um weiblich mich an ihm zu rächen,
Denn im Verdacht hab' ich den üppigen Mohren,
Daß er mir ins Gehege kam, woran
Zu denken mir wie Gift im Innern nagt;
Und nichts kann oder soll mein Herz befriedigen,
Bis wir selbander quitt sind: Weib um Weib.
Oder wenn dies mißlingt, bring' ich den Mohren
In so unbänd'ge Eifersucht, daß nie
Vernunft sie heilen kann.   Dies auszuführen —
Hält nur mein dummer Tölpel von Venedig,
Den ich zu raschem Jagen hetze, Stand —
Will ich Freund Cassio bei den Hüften fassen,
Beim Mohren ihn als üppigen Schelm verdächt'gen;
Denn Cassio, fürcht' ich, kommt auch mir ins Nest.
Des Mohren Dank und Liebe soll mir's lohnen,
Daß ich ihn unerhört zum Esel mache,
Ihm bis zum Rasen Ruh' und Frieden raube.
Hier sitzt es (auf die Stirn deutend), doch confus noch ganz und gar:
Die That erst zeigt das Schurkenantlitz klar.

Zweite Scene.

Eine Straße.

Ein Herold (tritt auf mit einer Proclamation, hinter ihm Volk).

Herold.

Es ist Othello's, unsers edeln und tapfern Generals, Wille, daß auf die eben eingetroffene Nachricht von der gänzlichen Vernichtung der türkischen Flotte ein allgemeines Freudenfest gefeiert werde. Die einen mögen tanzen, die andern Freudenfeuer anzünden, und jeder nach seiner Neigung sich ergötzen, denn zu der frohen Kunde kommt noch die Hochzeitsfeier des Generals. Soviel befahl er öffentlich bekannt zu machen. Alle Vorrathskammern und Speise= hallen sind geöffnet, und jeder mag sich gütlich thun nach seiner Lust von jetzt, fünf Uhr an, bis die Glocke elf schlägt. Der Himmel segne die Insel Cypern und unsern edeln General Othello!

(Alle ab.)

Dritte Scene.
Eine Halle im Schloſſe.

Othello, Desdemona, Caſſio und Gefolge (treten auf).

Othello.

Guter Michael, halt die Wach' im Auge
Zur Nacht; laß ſelbſt uns gutes Beiſpiel geben,
Nicht Maß und Ziel der Luſt zu überſchreiten!

Caſſio.

Jago hat Weiſung, wie ſich zu verhalten;
Trotzdem will ich mit eignen Augen ſehn,
Wie alles geht.

Othello.

   Jago iſt ſehr verläſſig.
So, gute Nacht. In aller Frühe morgen
Laß mich dich ſprechen.

    (Zu Desdemona.)

    Komm denn, theure Liebe!
Auf den Erwerb der Frucht folgt das Genießen,
Und dieſer Vortheil ſoll uns jetzt erſprießen. —
Gute Nacht!

  (Othello, Desdemona, Gefolge, gehen ab.)

    (Jago tritt auf.)

Caſſio.

Willkommen, Jago! Wir müſſen auf die Wache.

Jago.

Nicht um dieſe Stunde, Lieutenant; es iſt noch nicht zehn Uhr. Unſer General entließ uns ſo früh wegen ſeiner Liebe zu Desde= mona; wir wollen ihn darum nicht tadeln; es iſt ſeine erſte glück= liche Nacht, und ſie iſt Jupiter's würdig.

Caſſio.

Sie iſt eine wundervolle Frau.

Jago.

Und ich will drauf ſchwören, ſie hat Feuer.

Caſſio.

Sie iſt ein durch und durch jugendliches und feines Geſchöpf.

Jago.

Was für ein Auge sie hat! Es wirkt, als ob es zum Kampf herausforderte.

Cassio.

Ein einladendes Auge, und doch, wie mir däucht, sehr sittsam.

Jago.

Und wenn sie spricht, klingt es nicht wie ein Aufruf zur Liebe?

Cassio.

Sie ist, in der That, die Vollkommenheit selbst.

Jago.

Wohl; Glück auf zu ihrer Brautnacht! Kommt, Lieutenant, ich habe ein Stübchen Wein, und draußen sind ein paar vornehme Cyprioten, die mit uns gern auf die Gesundheit des schwarzen Othello anstoßen möchten.

Cassio.

Nicht heute Nacht, guter Jago. Ich habe einen sehr schwachen und unglücklichen Kopf zum Trinken; ich wollte, die Höflichkeit erfände einen andern Brauch gastlicher Unterhaltung.

Jago.

O, es sind unsere Freunde; nur Einen Becher; ich werde für Euch trinken.

Cassio.

Ich habe heute Abend nur einen Becher getrunken, der noch dazu aus Vorsicht verdünnt war, und sieh nur, welche Revolution er in meinem Kopfe erzeugt hat. Ich bin unglücklich in dieser Schwäche und darf sie nicht weiter auf die Probe stellen.

Jago.

Ei was! Es ist eine Freudennacht; die jungen Herren wünschen es.

Cassio.

Wo sind sie?

Jago.

Hier vor der Thüre; ich bitte Euch, ruft sie herein.

Cassio.

Ich will es thun, aber es gefällt mir nicht.

(Geht ab.)

Jago.

Bring' ich ihm nur noch einen Becher bei
Zu dem, was er heut Abend schon getrunken,
Wird er so aufgereizt und zänkisch wie
Ein Damenhündchen.   Gimpel Roderigo,
Dem Liebe schon die falsche Seite auswärts
Gekehrt, hat heut' auf Desdemona's Wohl
Unglaubliches geleistet und hält Wache.
Drei Cyprier noch, edle Feuerköpfe,
Die ihre Ehre hüten wie ihr Auge —
Urstoff und Geist der kriegerischen Insel —
Hab' ich berauscht gemacht; sie wachen auch.
Nun muß ich unter dieser Heerde Trunkner
Freund Cassio zu einer Handlung treiben,
Die Anstoß gibt in Cypern. — Doch, sie kommen.
Gedeihn nur meine Pläne, wie sie sind,
So segelt frei mein Boot mit Strom und Wind.

Cassio
(kommt zurück mit Montano und zwei Cyprioten).

Beim Himmel, ich habe schon einen Hieb weg.

Montano.

Wahrhaftig nur einen kleinen; nicht über eine Pinte, so wahr
ich ein Soldat bin.

Jago.

Wein her, he!
    Laßt den Becher mir klingen und blinken;
    Laßt den Becher mir klingen und blinken;
        Der Soldat ist ein Mann,
        Sein Leben nur eine Spann';
    So laßt den Soldaten auch trinken.
Wein her, Burschen!
(Diener bringen Wein.)

Cassio.

Beim Himmel, ein vortreffliches Lied.

Jago.

Ich hab' es in England gelernt, wo man wirklich das Zechen
aus dem Grunde versteht; eure Dänen, eure Deutschen und eure dickbäuchigen Holländer — trinkt zu! — sind nichts gegen die Engländer.

Cassio.

Ist der Engländer ein so ausgezeichneter Trinker?

Jago.

Nun, er trinkt euch einen Dänen mit Leichtigkeit unter den Tisch, er schwitzt nicht, um einen Deutschen unterzukriegen, und er zwingt einen Holländer zum Uebergeben, eh' eine andere Flasche gefüllt werden kann.

Cassio.

Auf die Gesundheit unsers Generals!

Montano.

Ich bin dabei, Lieutenant, und ich will Euch Bescheid thun.

Jago.

O das liebe England!
> König Stephan war ein würd'ger Pair,
> Für 'ne Krone kauft er 'n Hosensack;
> Ihm schien's, daß das zu theuer wär',
> Er schalt die Schneider Lumpenpack.

> Er war an hohen Ehren reich,
> Und du bist nur ein niedrer Mann;
> Der Stolz verdirbt das Volk und Reich,
> Drum zieh die alten Kleider an.

Wein her, he!

Cassio.

Das ist ja noch ein schöneres Lied als das andere.

Jago.

Wollt Ihr's noch einmal hören?

Cassio.

Nein; denn ich halte den seines Platzes für unwürdig, der so etwas thut. Nun, der Himmel ist über allen, und es gibt Seelen, die selig werden müssen, und es gibt Seelen, die nicht selig werden müssen.

Jago.

Das ist wahr, guter Lieutenant.

Cassio.

Ich für mein Theil — ohne dem General oder irgendeinem Manne von Stand zu nahe zu treten — ich hoffe, selig zu werden.

Jago.

Das hoff' ich auch, Lieutenant.

Cassio.

Ja, aber mit Eurer Erlaubniß, nicht vor mir: der Lieutenant muß vor dem Fähnrich selig werden. Lassen wir das beiseite; gehen wir auf unsern Posten. — Vergib uns unsere Sünden! — Ihr Herrn, laßt uns nach unserm Dienst sehen. Glaubt ja nicht, daß ich betrunken sei. Dies ist mein Fähnrich. Dies ist meine rechte Hand, und dies ist meine linke Hand. Ich bin also nicht betrunken; ich stehe noch ziemlich fest auf den Beinen, und mit dem Sprechen geht's auch noch.

Alle.

Ausgezeichnet.

Cassio.

Nun, sehr wohl; so müßt ihr auch nicht denken, ich sei betrunken.

(Geht ab.)

Montano.

Kommt zur Terrasse; laßt die Wachen stellen.

Jago.

Ihr saht den jungen Mann, der eben fortging,
's ist ein Soldat, befähigt, selbst beim Cäsar
Zu stehn mit seinem Rath; doch seht sein Laster,
Es ist das Aequinoctium seiner Tugend,
So lang wie diese; schade bleibt's um ihn.
Othello schenkt ihm sein Vertraun, doch fürcht' ich,
Es wird der Insel, kommt ihm seine Schwäche
Zu ungelegener Zeit, noch Unheil bringen.

Montano.

Ist er oft so?

Jago.

Er schläft nur, wenn berauscht.
Lullt ihn der Wein nicht ein, so wacht er Euch
Zweimal zwölf Stunden durch.

Montano.

Dann wär' es gut,
Den General davon zu unterrichten.
Vielleicht daß er's nicht sieht, vielleicht bemerkt
Sein gutes Herz nur Cassio's Tugenden
Und übersieht die Fehler. Ist's nicht so?

(Roberigo tritt auf.)

Jago (heimlich).

Wie geht's, Roderigo?
Ich bitte, bleibt dem Lieutenant auf den Fersen.

(Roderigo geht ab.)

Montano.

Sehr traurig ist es, daß der edle Mohr
Die Stellvertretung einem Mann vertraut,
Dem solche Schwäche eingewurzelt ist;
Es wäre wohlgethan, ihm das zu sagen.

Jago.

Ich thät' es nicht um dieses schöne Eiland;
Ich liebe Cassio sehr und gäbe viel,
Könnt' ich sein Uebel heilen. — Hört! welch Lärm!

(Hinter der Scene ruft es:)

Hülfe!   Hülfe!

Cassio (tritt auf, Roderigo verfolgend).

Du Schuft!   Du Schurke!

Montano.

Sprecht, was habt Ihr, Lieutenant?

Cassio.

Ein Schurke — meine Pflicht mich lehren?
Ich will den Kerl in eine Flasche prügeln.

Roderigo.

Mich prügeln?

Cassio.

Schuft, willst du noch raisonniren?

(Schlägt Roderigo.)

Montano.

Mein guter Lieutenant, bitte, haltet ein.

(Hält ihn zurück.)

Cassio.

Herr, laßt mich los, sonst geht's Euch an den Kopf!

Montano.

Kommt, kommt, Ihr seid betrunken.

Caſſio.

Ich betrunken?

(Sie fechten.)

Jago.

Fort, ſag' ich!

(Leiſe zu Roderigo.)

Geh hinaus, ruf' Meuterei!

(Roderigo geht ab.)

Jago.

Nein, guter Lieutenant — Ach Herrn! — Hülfe! Hülfe!
Lieutenant — Signor Montano — Hülfe! Hülfe!
Fürwahr, das iſt mir eine ſchöne Wache!

(Eine Glocke ertönt.)

Wer zog die Glocke? — Teufel, he! Die Stadt
Kommt in Alarm; um Gottes willen, Lieutenant,
Haltet doch ein, es bringt Euch ew'ge Schande!

Othello (tritt auf mit Bewaffneten).

Was gibt es hier?

Montano.

Ich blute noch, ich bin
Verwundet auf den Tod. Doch er ſoll nach!

Othello.

Bei Euerm Leben, halt!

Jago.

Halt, Lieutenant! Herr!
Montano, liebe Herrn, habt ihr denn ganz
Den Sinn für Pflicht und Rang verloren? Halt!
Der General ſpricht zu euch. Schämt euch, haltet!

Othello.

Ha, was iſt das? Woher kam dieſer Streit?
Sind wir zu Türken worden, daß wir ſelber
Thun, was der Himmel ihnen hat verboten?
Aus Chriſtenſcham laßt euer heidniſch Raufen;
Wer ſich zuerſt rührt, ſeiner Wuth zu fröhnen,
Hält ſeine Seele leicht, ſtirbt auf der Stelle.
Hemmt dieſes Sturmgeläut, es ſchreckt die Inſel
Aus ihrer Ruhe auf. — Was gibt's, ihr Herrn?
Ehrlicher Jago, todtenblaß vor Kummer;
Sprich, wer fing an? Bei deiner Liebe fordr' ich's!

Jago.

Ich weiß nicht; eben noch war alles freundlich hier,
So traut und gut gesellt wie Braut und Bräutigam,
Die sich auskleiden, um zu Bett zu gehn.
Und dann, erst eben, als ob ein Planet
Die Menschen toll gemacht, ziehn sie vom Leder
Und fahren blutig aufeinander los.
Ich weiß nicht, wie der tolle Streit begann,
Und hätt' im ehrenvollen Kampfe lieber
Die Beine eingebüßt, die mich hieher
Gebracht, um dies zu sehn.

Othello.

Cassio, wie kam's, daß du dich so vergessen?

Cassio.

Bitte, verzeiht mir, Herr; ich kann nicht sprechen.

Othello.

Würd'ger Montano, Ihr wart stets gesittet;
Die ernste, würdige Haltung Eurer Jugend
Rühmt alle Welt, und Euer Nam' ist groß
Selbst bei den Weisesten; wie kam es denn,
Daß Ihr so Euern blanken Ruf verunziert,
Den Reichthum guter Meinung um den Namen
Des nächt'gen Raufbolds wegwerft? Gebt mir Antwort!

Montano.

Würd'ger Othello, ich bin schwer verwundet.
Jago, Euer Offizier, kann Euch berichten;
Ich muß den Athem schonen, da mich's angreift,
Zu sagen, was ich weiß; auch weiß ich nicht,
Daß ich mich heut' in That und Wort vergangen,
Wofern Selbstliebe nicht ein Laster ist
Und Selbstvertheid'gung eine Sünde, wenn
Man uns gewaltsam angreift.

Othello.

Nun, beim Himmel,
Mein Blut fängt die Vernunft zu meistern an,
Und Leidenschaft, mein beßres Urtheil schwärzend,
Wirft sich zum Führer auf. Wenn ich mich rege,
Wenn ich den Arm nur hebe, sinkt der Beste

Von euch in meiner Züchtigung. Laßt mich wissen,
Wie diese Rauferei begann, durch wen;
Und wer als schuldig überführt wird — wär' er
Mein Zwillingsbruder auch, mit mir geboren —,
Soll mich verlieren. Was! Auf einem Kriegsplatz,
Noch wild, des Volkes Herz randvoll von Furcht,
Raufsucht persönlicher Natur zu fröhnen
Nachts, in der Hut der Sicherheit, im Wachthof?
Es ist entsetzlich! — Jago, wer fing an?

Montano.

Wenn du aus Rücksicht oder Kameradschaft
Mehr oder minder als die Wahrheit sagst,
Bist du kein Kriegsmann.

Jago.

                    Legt mir's nicht so nah!
Ausreißen ließ' ich lieber meine Zunge,
Als daß sie schlimm von Michael Cassio spräche;
Doch bin ich überzeugt, Wahrheit kann ihm
Nicht unrecht thun. — So ist es, General:
Ich und Montano waren im Gespräch,
Da stürzt ein Mensch herein, laut Hülfe rufend,
Und Cassio folgt ihm mit gezücktem Schwert
In blut'ger Absicht. Dieser edle Herr
Tritt Cassio an und bittet ihn um Einhalt;
Ich selbst verfolgte nun den Hülferufer,
Daß nicht sein Schrei'n (wie's leider doch geschah)
Die Stadt aufschreckte. Doch er, schnell zu Fuß,
Entrann; ich kam zurück, und um so eher,
Als ich Geklirr und Fall von Schwertern hörte
Und Cassio laut fluchen, was bis heute
Ich nie von ihm gehört. Als ich zurückkam
(Das war sehr bald), fand ich sie hart zusammen
Auf Hieb und Stoß, genau so wie sie waren,
Da Ihr sie selber trenntet. Mehr kann ich
Von dieser Sache nicht berichten. Doch
Menschen sind Menschen, und der Beste kann sich
Einmal vergessen. Obschon Cassio ihm
Ein wenig Unrecht that, wie in der Wuth
Der Mensch den schlägt, der ihm das Beste wünscht,
So glaub' ich sicher doch, Cassio empfing
Von dem, der floh, eine Beschimpfung, welche
Nicht zu erdulden war.

Othello.

Jago, ich weiß,
Daß du aus Lieb' und Redlichkeit die Sache
Verkleinerst und sie leicht für Cassio machst. —
Cassio, ich liebe dich;
Doch kannst du nicht mein Offizier mehr sein.

(Desdemona tritt auf mit Gefolge.)

Othello.

Sieh, ward mein holdes Lieb nicht aufgescheucht! —

(Zu Cassio.)

Du sollst ein warnend Beispiel sein.

Desdemona.

Was gibt's hier?

Othello.

's ist alles beigelegt, Herz, komm zu Bette! —
Herr, Euern Wunden will ich selbst der Arzt sein. —
Führt ihn hinweg!

(Montano wird weggeführt.)

Jago, hab' auf die Stadt ein sorgsam Auge;
Beruh'ge die vom wüsten Streit Erregten! —
Komm, Desdemona; 's ist des Kriegers Loos,
Daß Kampf ihn weckt aus süßen Schlummers Schoß.

(Alle ab, außer Jago und Cassio.)

Jago.

Wie, seid Ihr verwundet, Lieutenant?

Cassio.

So, daß kein Wundarzt mich heilen kann.

Jago.

Ei, das verhüte der Himmel!

Cassio.

Mein guter Name, mein guter Name! O, ich habe meinen
guten Namen verloren. Ich habe mein unsterbliches Theil verloren,
und was übrigbleibt, ist thierisch. Mein guter Name, Jago,
mein guter Name!

Jago.

So wahr ich ein ehrlicher Mann bin, ich glaubte, Ihr hättet
eine körperliche Wunde erhalten; darin steckt mehr Sinn und Em-
pfindung als im guten Ruf. Guter Ruf ist ein nichtiger und

durchaus trügerischer Besitz, oft ohne Verdienst gewonnen, ebenso oft unverdient verloren. Ihr verlort nicht das Geringste von Euerm guten Namen, wenn Ihr Euch nicht selbst zu dem Verluste bekennt. Ermannt Euch! Es gibt Mittel, den General wieder für Euch zu gewinnen; er hat Euch jetzt nur in seinem Zorn verstoßen und straft Euch mehr aus Klugheit als aus Bosheit; gerade wie man einen harmlosen Hund schlagen würde, um einen mächtigen Löwen zu schrecken. Bemüht Euch wieder um seine Gunst, und er ist Euer.

Cassio.

Ich will mich eher um seine Verachtung bemühen, als einen so guten Gebieter mit einem so nichtsnutzigen, trunkenen und unzuverlässigen Offizier betrügen. Sich betrinken? Und sinnlos wie ein Papagai schwatzen? Und Händel suchen? bramarbasiren? fluchen? Und bombastische Reden mit seinem Schatten führen? O du unsichtbarer Geist des Weins! Wenn du keinen Namen hast, woran man dich erkennt, laß uns dich — Teufel nennen.

Jago.

Wer war das, den Ihr mit Euerm Degen verfolgtet? Was hatte er Euch gethan?

Cassio.

Ich weiß nicht.

Jago.

Ist das möglich?

Cassio.

Ich erinnere mich allerlei Dinge, aber nichts deutlich; eines Streites, aber ich weiß nicht um was. O Gott! Daß die Menschen einen Feind in ihren Mund nehmen können, der ihnen das Gehirn wegstiehlt! Daß wir mit Freude, Schwärmen, Jubeln und Frohlocken uns in Thiere umwandeln!

Jago.

Aber Ihr seid jetzt ganz wohlauf; wie hat sich das nur so schnell wieder gemacht?

Cassio.

Es hat dem Teufel Trunkenheit gefallen, dem Teufel Zorn Platz zu machen: ein Fehler zeigt mir die andern, um mich offen zur Selbstverachtung zu treiben.

Jago.

Ei was! Ihr seid ein zu strenger Moralist. Wie Zeit, Ort und Zustände dieser Insel einmal sind, wünschte ich von Herzen, dies wäre nicht vorgefallen; aber da es ist, wie es ist, sucht das Uebel Euch zum Besten zu kehren!

Cassio.

Ich will ihn bitten, mich wieder aufzunehmen; er wird mir sagen, ich sei ein Trunkenbold. Hätt' ich so viele Zungen wie die Hydra, solche Antwort würde sie alle stumm machen. Ein vernünftiger Mensch sein, bald darauf ein Narr, und plötzlich ein Vieh! O seltsam! Jeder Becher zu viel ist verrucht, und sein Inhalt ist der Teufel.

Jago.

Ei, geht mir! Guter Wein ist ein gutes, trauliches Ding, wenn er gut angewandt wird; sprecht mir nichts mehr dagegen. Und, guter Lieutenant, ich denke, Ihr denkt, ich liebe Euch.

Cassio.

Ich habe Beweise, daß Ihr mich liebt. — Ich betrunken!

Jago.

Ihr wie jeder Mensch kann sich einmal betrinken. Ich will Euch sagen, was Ihr thun sollt. Unsere Generalin ist jetzt der General — ich kann dies wol insofern sagen, als er nur noch Sinn und Auge für ihre Vorzüge und Reize hat —: beichtet ihr alles frei heraus; bestürmt sie; sie wird Euch wieder zu Euerm Platze verhelfen. Sie ist von so freier, wohlwollender, gütiger, gesegneter Gemüthsart, daß sie es in ihrer Güte für eine Sünde hielte, nicht mehr zu thun, als man sie bittet. Fleht sie an, diese gebrochene Fuge zwischen Euch und ihrem Gatten zu schienen, und ich gehe jede Wette ein: Eure Freundschaft wird nach dem Bruche fester werden, als sie vorher war.

Cassio.

Ihr rathet mir gut.

Jago.

Ich versichere Euch, aus aufrichtiger Freundschaft und ehrlicher Güte.

Cassio.

Gute Nacht, ehrlicher Jago!

(Geht ab.)

Jago.

Und wer sagt nun, daß ich den Schurken spiele,
Wenn doch mein Rath frei, offen ist und ehrlich,
Einleuchtend und der wahre Weg, um wieder
Den Mohren zu gewinnen? Denn sehr leicht ist's,
Die güt'ge Desdemona zu bewegen
Zu irgendeinem ehrlichen Gesuch —

4*

Sie ist freigebig wie die Elemente,
Die sich von selbst mittheilen —, und für sie,
Den Mohren zu gewinnen — müßt' er selbst
Der Tauf' entsagen, allen Siegeln und
Symbolen der Erlösung. Seine Seele
Hängt so an ihrer Liebe, daß sie ihn
Nach ihrem Willen lenken kann und locken,
Je nachdem ihr Gelüst mit seiner Schwachheit
Den Gott spielt. Woher bin ich denn ein Schurke,
Dem Cassio diesen Richtweg anzurathen
Zu seinem Glück? Theologie der Hölle!
Wenn Teufel ihre ärgsten Sünden üben,
So locken sie zuerst durch Himmelsschein,
Wie ich jetzt; denn derweil mein biedrer Narr
Zu Desdemona fleht, sein Glück zu bessern,
Und sie beim Mohren kräftig ihn vertritt,
Will ich dies Gift ihm in die Ohren träufeln,
Daß sie ihn nur aus Sinnenlust zurückwünscht;
Und, um so viel sie thut zu seinen Gunsten,
Soll sie beim Mohren an Vertrau'n verlieren.
In Pech so will ich ihre Tugend wandeln,
Das Netz aus ihrer eignen Güte stricken,
Das alle fangen soll. — Wie geht's, Rodrigo?

Roderigo (tritt auf).

Ich folge hier der Jagd, aber nicht wie ein Hund, der jagt,
sondern wie einer, der nur anschlägt. Mein Geld geht auf die
Neige, ich ward letzte Nacht tüchtig durchgeprügelt; und ich denke,
das Ende wird sein, daß ich so viel Erfahrung für meine Mühe
haben und ohne Geld und mit etwas mehr Verstand nach Venedig
zurückkehren werde.

Jago.

Wie arm ist der, dem's an Geduld gebricht!
Wann heilten Wunden anders als allmählich?
Du weißt, durch Schlauheit wirk' ich, nicht durch Zauber;
Und Schlauheit wartet auf die säumige Stunde.
Geht's denn nicht gut? Cassio hat dich geschlagen,
Und du hast Cassio dafür cassirt.
Gedeiht auch vieles schön am Licht der Sonne,
Reift Frucht zuerst doch, die zuerst geblüht.
Geduld, Geduld! — Beim Himmel, 's ist schon Morgen;
Bei Lust und Arbeit scheinen kurz die Stunden.
Zieh dich zurück jetzt, geh in dein Quartier.

Fort, sag' ich; sollst bald mehr von mir erfahren;
Nein, wirklich, geh!

(Roberigo geht ab.)

Zwei Dinge gibt's zu thun:
Mein Weib muß ihrer Herrin Herz erweichen
Für Cassio, ich treibe sie dazu;
Ich nehme selbst den Mohren ins Gebet,
Wenn Cassio in Desdemona dringt,
Soll er sie überraschen. So ist's klug.
Stört nicht den Plan mir, Lauheit und Verzug!

(Geht ab.)

Dritter Aufzug.

Erste Scene.
Vor dem Schlosse.

Cassio tritt auf mit Musikanten.

Cassio.

Dem General zum Morgengruß spielt hier
Ein kurzes Ständchen, ich will's gut belohnen!

(Der Clown tritt auf.)

Clown.

Ei, ihr Herrn, sind eure Instrumente in Neapel gewesen, daß sie so durch die Nase sprechen?

Erster Musikant.

Wie meint Ihr das, Herr?

Clown.

Ich bitte, sind dies, was man Blasinstrumente nennt?

Erster Musikant.

Ja, Herr, das sind sie.

Clown.

O, daran hängt etwas.

Erster Musikant.

Woran hängt etwas, Herr?

Clown.

Nun, an manchem Blasinstrumente, das ich kenne. Aber hier ist Geld für euch, und dem General gefällt eure Musik so gut, daß er es von euch als den besten Liebesdienst erbittet, keinen Lärm mehr damit zu machen.

Erster Musikant.

Schön, Herr, das wollen wir auch nicht.

Clown.

Wenn ihr eine Musik habt, die man nicht hört, so fangt frisch wieder an; aber man sagt, Musik zu hören, pflegt unsern General zu stören.

Erster Musikant.

Unhörbare Musik haben wir nicht.

Clown.

Dann steckt eure Pfeifen in den Sack, denn ich will fort. Geht, verschwindet in Luft, fort!

(Die Musikanten ab.)

Cassio.

Höre, Freund, ein Wort.

Clown.

Da habt Ihr schon vier Worte gesagt; welches davon soll ich hören?

Cassio.

Bitte, laß deine Spitzfindigkeiten. Hier ist ein Goldstück für dich. Wenn die Gesellschafterin der Gemahlin des Generals schon zu sprechen ist, so sag' ihr, ein gewisser Cassio ersuche sie um die Gunst einer kurzen Unterredung. Willst du das thun?

Clown.

Sie ist zu sprechen, Herr; ich will sie ansprechen, und ihr zusprechen, hier vorzusprechen.

(Geht ab.)

(Jago tritt auf.)

Cassio.

Thu's, guter Freund! — Das trifft sich glücklich, Jago.

Jago.

So seid Ihr nicht zu Bett gewesen?

Cassio.

Nein;

Der Tag war angebrochen, eh' wir schieden.
Jago, ich war so kühn, nach Eurer Frau
Zu senden; mein Anliegen an sie ist,
Mir bei der tugendhaften Desdemona
Zutritt zu schaffen.

Jago.

Gleich schick' ich sie her;
Und ich will sehn, den Mohren aus dem Wege
Zu bringen, daß Ihr freier Euch mit ihr
Aussprechen könnt.

Cassio.

Nehmt meinen schönsten Dank!
Bei meinen Florentinern selbst fand ich
Niemals mehr Freundlichkeit und Redlichkeit.

Emilie (tritt auf).

Guten Morgen, werther Lieutenant! Euer Unfall
Betrübt mich sehr, doch wird noch alles gut.
Der General bespricht's mit seiner Gattin,
Und sie spricht warm für Euch; er wendet ein,
Montano habe großen Ruf in Cypern
Und hohen Anhang, nur aus Klugheit müßt' er
Euch fallen lassen. Doch sagt' er, er lieb' Euch
Und brauche deshalb keinen andern Anwalt,
Den ersten günst'gen Anlaß zu benutzen,
Euch wieder einzusetzen.

Cassio.

Dennoch bitt' ich,
Scheint es Euch passend oder ist es thunlich,
Verschafft mir günstige Gelegenheit,
Mit Desdemona kurz allein zu reden!

Emilie.

Kommt nur herein; ich will Euch zu ihr führen,
Wo Ihr frei Euer Herz ausschütten könnt.

Cassio.

Ich bin Euch sehr verbunden.

(Beide ab.)

Zweite Scene.
Ein Zimmer im Schlosse.

Othello, Jago und einige Herren (treten auf).

Othello.

Jago, gib diese Briefe dem Piloten
Und laß durch ihn mich dem Senat empfehlen.
Dann will ich auf die Festungswerke gehn;
Dort triff mich.

Jago.

Zu Befehl, mein gnäd'ger Herr.

Othello.

Beliebt's euch, meine Herrn, die Festungswerke
Mit anzusehn?

Erster Herr.

Wir stehn Euch ganz zu Diensten.

(Alle gehen ab.)

Dritte Scene.
Vor dem Schlosse.

Desdemona, Cassio und Emilie (treten auf).

Desdemona.

Sei, guter Cassio, überzeugt, ich werde,
Was ich vermag, zu deinen Gunsten thun.

Emilie.

Thut's, gnäd'ge Frau! Mein Mann nimmt sich's zu Herzen,
Als hätt's ihn selbst betroffen.

Desdemona.

O, das ist
Ein ehrliches Gemüth! — Verlaßt Euch drauf,
Cassio, ich mache Euch und meinen Gatten
Zu Freunden, wie ihr wart.

Caſſio.

O gütige Frau,
Was auch aus Michael Caſſio werden mag,
Stets wird er Euch ein treuer Diener ſein!

Desdemona.

Ich weiß; ich dank' Euch. Ihr liebt meinen Herrn;
Ihr kennt ihn lange ſchon, und, ſeid verſichert,
Sein Fremdthun gegen Euch geht nur ſo weit,
Als ihn die Klugheit zwingt.

Caſſio.

Doch, gnäd'ge Frau,
Die Klugheit währt vielleicht ſo lange Zeit,
Nährt ſich vielleicht nur von ſo dürft'ger Koſt
Und pflanzt ſich wol nur ſo durch Zufall fort,
Daß, wenn ich fern bin und mein Platz beſetzt,
Der General vergißt, wie ich ihn liebe.

Desdemona.

Beſorg' das nicht. Hier vor Emilien geb' ich
Dir Bürgſchaft deines Platzes. Sei verſichert,
Was ich gelob' in Freundſchaft, führ' ich aus
Aufs pünktlichſte. Mein Herr ſoll niemals ruhn;
Ich wach' ihn zahm, ſchwatz' ihn aus der Gebuld;
Zur Schule wird ſein Bett, ſein Tiſch zum Beichtſtuhl,
Und alles, was er unternimmt, vermiſch' ich
Mit Caſſio's Geſuch. Drum fröhlich, Caſſio!
Denn eher wird dein Anwalt ſterben, als er
Von deiner Sache läßt.

(Othello und Jago erſcheinen in der Ferne.)

Emilie.

Da kommt der Herr.

Caſſio.

Ich nehme von Euch Abſchied, gnäd'ge Frau.

Desdemona.

Bleib' doch und hör' mich reden!

Caſſio.

Gnäd'ge Frau,
Nicht jetzt; mir iſt ſehr ſchlecht zu Muth, unpaſſend
Für meinen Zweck.

Desdemona.

Nun, wie es Euch gefällt.

(Caffio geht ab.)

Jago.

Hm! Das gefällt mir nicht.

Othello.

Was sprichst du da?

Jago.

Nichts, gnäd'ger Herr; — ober, ich weiß nicht was.

Othello.

War das nicht Cassio, der von meiner Frau ging?

Jago.

Cassio? Nein, sicher nicht; ich kann nicht glauben,
Daß er fortschleichen würde wie ein Schuldiger
Bei Euerm Nah'n.

Othello.

Ich glaube doch, er war's.

Desdemona.

Wie geht es, mein Gemahl? Ich sprach soeben
Mit einem Bittenden, der ganz verkümmert
In Eurer Ungunst.

Othello.

Von wem redest du?

Desdemona.

Von Euerm Lieutenant Cassio. Theurer Mann,
Hab' ich noch Macht und Reiz, dein Herz zu rühren,
So söhne dich gleich wieder mit ihm aus;
Denn ist er nicht ein Mann, der treu dich liebt,
Der unbewußt irrt, nicht geflissentlich,
Kann ich kein ehrlich Antlitz unterscheiden.
Bitte, ruf' ihn zurück!

Othello.

Ging er jetzt fort?

Desdemona.

Ja, und so tiefgebeugt, daß einen Theil
Er seines Grams bei mir zurückgelassen,

Mit ihm zu leiden. Theures Herz, ruf' ihn
Zurück!

Othello.

   Nicht gleich jetzt, süße Desdemona,
Ein andermal.

Desdemona.

   Doch wird es bald sein?

Othello.

         Um
So eher deinetwillen, süße Liebe.

Desdemona.

Soll es zum Abendessen sein?

Othello.

    Nicht heute.

Desdemona.

Zu Mittag morgen?

Othello.

   Morgen speis' ich mit
Den Kapitänen auf der Citadelle.

Desdemona.

Dann morgen Abend, oder Dienstag Morgen,
Auf Mittag oder Abend; Mittwoch Morgen:
Bitte, bestimm' die Zeit, doch laß es höchstens
Drei Tage sein! Gewiß, es reut ihn tief;
Und doch ist sein Vergehn, nach schlichtem Urtheil
(Wenn nicht der Krieg gerade an den Besten
Ein Beispiel fordert, wie man sagt), so klein,
Kaum groß genug für heimlichen Verweis.
Wann soll er kommen? Bitte, sprich, Othello!
Verwundert frag' ich mich, was du von mir
Erbitten könntest, das ich weigern würde
Oder das mich so rathlos zögern ließe.
Wie? Michael Cassio, der mit dir kam
Bei deinem Werben und so manchesmal,
Wenn ich von dir ungünstig sprach, für dich
Eintrat — und machst mir so viel Noth, ihn wieder
In Dienst zu bringen! Glaub', ich thäte viel . . .

Othello.

Bitte, nicht mehr! Er komme, wann er will,
Ich schlage dir nichts ab.

Desdemona.

Das ist noch nichts erbeten;
Es ist, als bät' ich dich, Handschuh' zu tragen,
Dich warm zu halten, kräft'ge Kost zu essen
Oder dich sonst zu deines Körpers Wohlfahrt
Zu pflegen. Wenn ich eine Bitte stelle,
Um deine Liebe wirklich zu erproben,
So muß sie von Gewicht und schwierig sein,
Bedenklich, zu erfüllen.

Othello.

Ich schlage dir nichts ab;
Dagegen, bitte, thu' mir dies zu Liebe,
Ein Kurzes mich mir selbst zu überlassen!

Desdemona.

Soll ich's verweigern? Nein. Leb' wohl, Gemahl!

Othello.

Leb' wohl. Bald komm' ich zu dir, Desdemona.

Desdemona.

Emilie, komm! — Leb' ganz nach deiner Laune!
Wie du auch seist, ich will gehorsam sein.

(Desdemona und Emilie ab.)

Othello.

Holdselig Weib! Verderben fasse mich,
Lieb' ich dich nicht! Und wenn ich dich nicht liebe,
So kehrt das Chaos wieder!

Jago.

Edler Herr —

Othello.

Was sagst du, Jago?

Jago.

Wußte Michael Cassio
Von Eurer Liebe, als Ihr um sie warbt?

Othello.

Von Anfang bis zu Ende. Warum fragst du?

Jago.

O, nur um zu bericht'gen, was ich dachte,
Nichts Schlimmes sonst.

Othello.

Was dachtest du denn, Jago?

Jago.

Ich dachte nicht, er habe sie gekannt.

Othello.

O ja, und ging sehr häufig zwischen uns.

Jago.

Wirklich?

Othello.

Wirklich! ja wirklich! Scheint dir das bedenklich?
Ist er nicht ehrlich?

Jago.

Ehrlich, gnäd'ger Herr?

Othello.

Ehrlich? Ja, ehrlich.

Jago.

Ja, soviel ich weiß.

Othello.

Was denkst du?

Jago.

Was ich denke?

Othello.

Was du denkst? —
Beim Himmel, er macht meiner Worte Echo,
Als säß' in seinem Geist ein Ungeheuer,
Zu schrecklich meinem Blick. — Du meinst etwas;
Du sagtest vorhin, das gefiel dir nicht,
Als Cassio von meiner Frau ging. Was
Gefiel dir nicht? Und als ich sagte, daß er
Gewußt um alles während meines Werbens,
Da riefst du „Wirklich!" und zogst deine Brauen,
Als bärgst du einen gräßlichen Gedanken
In deinem Hirn. Wenn du mich liebst, sprich offen!

Jago.

Ich lieb' Euch, Herr, ihr wißt's.

Othello.

Ich glaub's; und — weil ich
Weiß, du bist voll von Lieb' und Redlichkeit

Und wägst dein Wort, eh' du ihm Athem gibst,
Darum schreckt mich dein Stocken um so mehr;
Denn solche Dinge sind bei falschen Schelmen
Gewohnte Kniffe; doch bei Ehrenmännern
Sind's unwillkürliche Enthüllungen
Des nicht von Leidenschaft gelenkten Herzens.

Jago.

Was Cassio betrifft, so kann ich schwören,
Ich glaube, er ist ehrlich.

Othello.

Ich glaub's auch.

Jago.

Was Menschen scheinen, sollten sie auch sein,
Oder die nicht so sind, auch nicht so scheinen!

Othello.

Gewiß, der Mensch soll, was er scheint, auch sein.

Jago.

Nun denn, so halt' ich Cassio für ehrlich.

Othello.

Dahinter steckt noch mehr. Ich bitte dich,
Sag' was du denkst, ganz wie du's ausgegrübelt,
Und gib den schlimmsten, innersten Gedanken
Den schlimmsten Ausdruck!

Jago.

Gnäd'ger Herr, verzeiht mir:
Obgleich zu jeder That der Pflicht verbunden,
Brauch' ich doch nicht — wozu man selbst den Sklaven
Nicht zwingen kann — zu sagen, was ich denke.
Nehmt an, ich dächte falsch und schlecht. Denn wo
Ist der Palast, in den nicht böse Dinge
Auch Eingang fänden? Wer fühlte sich so rein,
Daß nicht unreiner Argwohn zu Gericht sitzt
In seiner Brust mit redlichen Gedanken?

Othello.

Jago, du übst Verrath an deinem Freunde,
Wenn du ihn für gekränkt hältst und ihn doch nicht
In dein Vertrau'n ziehst.

Jago.

Gnäd'ger Herr, ich bitt' Euch —
Weil ich vielleicht doch ungerecht vermuthe
(Da es ein Fluch in meinem Wesen ist,
Gern Böses zu erspähen, und mein Argwohn
Oft Fehler schafft, die nicht vorhanden sind) —
Nehmt meine ganz unsichern Einbildungen
Nicht ernst und quält Euch nicht um Dinge ab,
Die so unzuverlässig sind wie meine
Beobachtungen. Denn es wär' nicht gut
Für Eure Ruhe noch für Euer Heil,
Noch auch für meine Mannheit, Treu' und Klugheit,
Sagt' ich Euch, was ich denke.

Othello.

Was meinst du?

Jago.

Der gute Name ist bei Mann und Frau
Das nächste, höchste Kleinod ihrer Seele;
Wer meine Börse stiehlt, stiehlt Tand; 's ist etwas, nichts,
's war mein, ist sein, war Sklav' von Tausenden;
Doch wer mir meinen guten Namen nimmt,
Der raubt mir das, was ihn nicht reicher macht,
Mich aber wirklich arm.

Othello.

Beim Himmel, ich will wissen, was du denkst.

Jago.

Ihr könnt nicht, wär' mein Herz in Eurer Hand,
Ihr sollt auch nicht, solang ich's noch behüte.

Othello.

Ha!

Jago.

O bewahrt Euch, Herr, vor Eifersucht;
's ist ein gründäugig Ungeheuer, das
Bös spielt mit der zum Fraß bestimmten Beute.
Glücklich der Hahnrei, der, sein Schicksal kennend,
Nicht liebt, die ihn betrügt; doch o, wie qualvoll
Zählt die Minuten, wer verliebt, doch zweifelt,
Argwöhnt, doch zärtlich liebt!

Othello.

O Elend!

Jago.

>   Wer
> Arm und vergnügt, ist reich, und reich genug;
> Doch Reichthum, endlos, ist arm wie der Winter
> Für den, der immer fürchtet arm zu werden.
> O Gott, wahr' alle Seelen meines Stammes
> Vor Eifersucht!

Othello.

>   Was soll mir das? Glaubst du,
> Ich würd' ein eifersüchtig Leben führen,
> Mit frischem Argwohn stets dem Mondeswechsel
> Zu folgen? Nein: der Zweifel und Entschluß
> Sind eins bei mir. Mit einer Geiß vertausch' mich,
> Vergeud' ich je die Thatkraft meiner Seele
> An solche luft'ge, hohle Hirngespinste,
> Wovon du sprachst. Ich bin nicht eifersüchtig.
> Sagt man, mein Weib ist schön, lebt gut, liebt Umgang,
> Ist frei im Reden, singt, spielt, tanzt auch gut:
> Wo Tugend ist, erhöht das nur die Tugend.
> Noch weckt mein schwaches eigenes Verdienst
> Mir Furcht und Grund, an ihrer Treu' zu zweifeln;
> Sie hatte Augen — und sie wählte mich.
> Nein, Jago, ich will sehn, bevor ich zweifle,
> Beweise, wenn ich zweifle; ist's bewiesen,
> Dann fort zugleich mit Lieb' und Eifersucht!

Jago.

> Das freut mich, denn nun hab' ich guten Grund,
> Euch offenherz'ger meine Pflicht und Liebe
> Zu zeigen; darum nehmt es von mir auf
> Als Freundeswink. Noch schweig' ich von Beweisen.
> Seht scharf auf Eure Gattin, ganz besonders
> Wenn Cassio bei ihr ist. Blickt so — nicht sicher
> Noch eifersüchtig; denn ich möchte nicht,
> Daß Eure edle, offene Natur
> Getäuscht aus angeborner Güte würde.
> Blickt scharf! Ich weiß, wie's zugeht in Venedig:
> Dort läßt die Frau den Himmel Streiche sehn,
> Die sie dem Mann nicht zeigen dürfte; Tugend
> Heißt dort nicht gut sein, sondern auf der Hut sein.

Othello.

> Ist's wirklich, wie du sagst?

Jago.

Als sie Euch nahm, betrog sie ihren Vater,
Und lieb' am meisten Euren Anblick, als sie
Davor zu zittern und zu bangen schien.

Othello.

Das that sie.

Jago.

Nun, wohlan; sie, die so jung
Sich so verstellen konnte, ihrem Vater
Die Augen wie mit Bretern zu vernageln —
Er hielt's für Zauberei. — Doch ich bin sehr zu tadeln;
Demüthig bitt' ich um Verzeihung, daß ich
Euch zu sehr liebe.

Othello.

Ich bin dir verpflichtet
Auf immer.

Jago.

Ihr seid angegriffen, seh' ich.

Othello.

Durchaus nicht.

Jago.

Traut mir, ich befürchte doch.
Ich hoffe, Ihr betrachtet, was ich sprach,
Als meiner Lieb' entspringend. Doch, ich sehe,
Ihr seid bewegt. Ich bitt' Euch, meine Rede
Zu keiner weitern Folgerung zu deuten
Als zu Verdacht.

Othello.

Gewiß nicht.

Jago.

Thätet Ihr's,
So hätten meine Worte schlimme Folgen,
Als ich gedacht und wollte. Cassio ist
Mein werther Freund. Ich sehe, gnäd'ger Herr,
Ihr seid bewegt.

Othello.

O nein, nicht sehr bewegt. —
Ich glaube doch an Desdemona's Treue.

Jago.

Lang leb' sie so, und lange mögt Ihr's glauben!

Othello.   5

Othello.

Und doch, wie die Natur, sich selbst verirrend —

Jago.

Ja, darin liegt's. Daß sie — um kühn zu reden —
So manchen Heirathsantrag von sich wies,
Wo alles stimmte: Klima, Rang und Farbe,
Wie's die Natur in allem doch erstrebt,
Das läßt auf üppige Gelüste schließen,
Verkehrtheit, unnatürliche Gedanken.
Allein verzeiht; ich wende diesen Satz
Nicht grade an auf sie, obwol ich fürchte,
Ihr Trieb mag leicht, abhold dem bessern Urtheil,
Mit ihres Landes Söhnen Euch vergleichen
Und ihre Wahl bereun.

Othello.

Leb' wohl, leb' wohl!
Sobald du mehr bemerkst, theil' es mir mit;
Laß deine Frau die Augen offen halten.
Verlaß mich, Jago!

Jago.

Gnäd'ger Herr, ich gehe.
(Entfernt sich ein wenig.)

Othello.

Warum vermählt' ich mich! — Die treue Seele
Weiß sicher mehr, viel mehr, als er enthüllt.

Jago (zurückkommend).

Mein General, ich möcht' Euch herzlich bitten,
Nicht weiter nachzugrübeln; überlaßt es
Der Zeit! Gebührt auch Cassio sein Platz
(Denn er ist ganz der Mann, ihn auszufüllen),
So wär's doch gut, ihn jetzt noch fern zu halten,
Um ihn und seine Schritte zu beachten.
Bemerkt, ob Eure Gattin seine Sache
Mit übermäß'gem Drang und Eifer treibt;
Daraus ergibt sich viel. Indessen haltet
Mich selbst in meiner Furcht für zu geschäftig
(Welch würd'gen Grund ich auch zu haben fürchte),
Und, bitte, haltet sie für frei von Schuld.

Othello.

Ich weiß mich zu beherrschen.

Jago.

Nochmals geh' ich.

(Geht ab.)

Othello.

Dies ist ein Mensch von höchster Redlichkeit,
Erfahren in der Menschen Thun und Treiben
Bis auf den Grund. — Find' ich sie unbezähmbar,
Und bänden meine zart'sten Herzensnerven
Sie an mich, gäb' ich sie dem Winde preis,
Frei, auf gut Glück der Beute nachzujagen.
Wol weil ich schwarz bin, mir die sanfte Gabe
Der Unterhaltung fehlt, die Stutzer haben,
Oder weil meine Jahre schon bergab gehn,
Doch noch nicht allzusehr. — Sie ist verloren,
Ich bin betrogen, und mein Trost muß sein,
Sie zu verabscheun, sie! O Fluch der Ehe!
Daß wir die zarten Wesen unser nennen
Und nicht ihr Lüsten! Eine Kröte lieber
Wär' ich, von eines Kerkers Dünsten lebend,
Als, wo ich liebe, andern einen Winkel
Zu lassen. Doch es ist der Fluch der Großen;
Bevorzugt sind sie minder als die Niedern;
's ist Schicksal, unausweichbar wie der Tod.
Schon wenn der erste Lebenskeim sich regt,
Trifft der gehörnte Fluch uns. Sieh, da kommt sie.

(Desdemona und Emilie treten auf.)

Othello.

Sie, falsch? O dann höhnt sich der Himmel selbst.
Ich will's nicht glauben.

Desdemona.

Wie geht's, theurer Othello?
Dein Gastmahl und die edeln Insulaner,
Die du geladen, warten schon auf dich.

Othello.

Ich bin zu tadeln.

Desdemona.

Was sprichst du so matt?
Ist dir nicht wohl?

Othello.

Die Stirn hier schmerzt mich sehr.

5*

Desdemona.

Das kommt vom Wachen; es wird schon vergehn.
Laß mich mein Tuch fest um die Stirne binden,
In einer Stunde ist es wieder gut.

Othello.

Dein Schnupftuch ist zu klein; laß es nur gehn.

(Er läßt ihr Tuch fallen.)

Komm, ich begleite dich ins Haus.

Desdemona.

Ich bin sehr traurig, daß du leiden mußt.

(Othello und Desdemona ab.)

Emilie (hebt das Tuch auf).

Es freut mich sehr, daß ich das Tuch gefunden.
Der Mohr gab's ihr als erstes Liebeszeichen.
Mein wunderlicher Mann hat mich schon oft,
Es ihr zu stehlen; doch sie liebt es so
(Denn er beschwor sie, sorglich es zu hüten),
Daß sie es immer mit sich trägt, es küßt
Und anspricht. Nur das Stickwerk nehm' ich ab
Und geb' es Jago: was er damit will,
Der Himmel weiß, nicht ich;
Ich will nichts als mich ihm gefällig zeigen.

Jago (tritt auf).

Wie geht's? Was thust du hier allein?

Emilie.

Schilt doch nicht gleich; ich hab' etwas für dich.

Jago.

Hast was für mich? 's ist was Gewöhnliches —

Emilie.

Wie?

Jago.

Ein närrisches Weib zu haben.

Emilie.

O! Ist das alles? Was gibst du mir wol
Für dieses Taschentuch?

Jago.

Welch Taschentuch?

Emilie.

Welch Taschentuch!
Ei, das der Mohr einst Desdemona schenkte,
Das du so oft mich batest ihr zu stehlen.

Jago.

Hast du es ihr gestohlen?

Emilie.

Nein, das nicht;
Sie hat es aus Zerstreutheit fallen lassen;
Zur günst'gen Stunde hier nahm ich es auf.
Sieh nur, hier ist's.

Jago.

Ein liebes Weib; gib's mir!

Emilie.

Was willst du mit dem Tuch, daß du so ernst mich
Gebeten, es zu stehlen?

Jago (ihr das Tuch entreißend).

Was schert's dich?

Emilie.

Hat's keinen wicht'gen Zweck, gib mir's zurück;
Die arme Frau, sie wird in Wahnsinn fallen,
Wenn sie's vermißt.

Jago.

Du weißt von nichts; hörst du? Ich brauch' es; geh,
Verlaß mich jetzt!

(Emilie geht ab.)

Ich will in Cassio's Wohnung
Dies Tuch verlieren, daß er's finden muß;
Der Eifersucht sind lust'ge Kleinigkeiten
So bündig von Beweis wie Bibelsprüche.
Das ist ein gutes Mittel.
Mein Gift wirkt schon verändernd auf den Mohren:
Graunvolle Einbildungen sind wie Gifte,
Anfangs kaum übel von Geschmack, doch dann,
Wenn sie beginnen auf das Blut zu wirken,
Wie Schwefelminen brennend.

(Othello tritt auf.)

Es wirkt schon.
Da kommt er her. Nicht Mohn, noch Mandragora,

Noch alle Schlummersäfte dieser Welt
Verschaffen je den süßen Schlaf dir wieder,
Der gestern dein war.

Othello.

Ha! ha! Untreu, mir?

Jago.

Faßt Euch, mein General; nichts mehr davon!

Othello.

Fort! Du hast auf die Folter mich gespannt.
Ich schwör's, 's ist besser, ganz getäuscht zu werden,
Als wenig nur zu wissen.

Jago.

Gnäd'ger Herr —

Othello.

Was fühlt' ich, wenn sie heimlich Buhlschaft trieb?
Ich sah's nicht, glaubt's nicht, wurde nicht gekränkt,
Schlief gut die Nacht darauf, war frei und munter,
Fand Cassio's Küsse nicht auf ihren Lippen;
Wenn der Beraubte nicht sein Gut vermißt,
Verschweigt es ihm — und er ist nicht beraubt.

Jago.

Es schmerzt mich, das zu hören.

Othello.

Ich wär' noch glücklich, wenn das ganze Lager,
Schanzgräber, alles, ihren süßen Leib
Genossen hätte, so ich's nicht gewußt.
Doch jetzt fahr' wohl auf immer, ruh'ger Geist!
Fahr' wohl, Zufriedenheit! Ihr Reiterscharen
Mit wallenden Federbüschen, stolze Schlachtreihn,
Durch die zur Tugend Ehrgeiz wird, lebt wohl!
Leb' wohl, du wiehernd Roß, schrille Drommete!
Muthweckende Trommel, ohrdurchdringende Pfeife!
Du königliches Banner, alle Art
Stolz, Pomp und Zubehör glorreichen Krieges!
Ihr tödlichen Geschütze, deren Schlünde
Des ew'gen Himmels Donner widerhallen,
Lebt wohl! Othello's Tagwerk ist gethan.

Jago.

Ist's möglich? — Gnäd'ger Herr —

Othello.

Beweis' mir, Schurke, daß sie eine Metze,
Beweis' es mir, laß mich's mit Augen sehn;
Sonst, bei dem Werthe meiner ewigen Seele,
Du wärst als Hund geboren besser dran,
Als meiner Wuth zu stehn.

Jago.

Kam es dahin?

Othello.

Laß es mich sehn; mind'stens beweis' es so,
Daß der Beweis nicht Angel hat noch Loch
Für Zweifel, — oder wehe deinem Leben!

Jago.

Mein gnädiger Herr —

Othello.

Wenn du sie schuldlos lästerst und mich marterst:
So bet' nie mehr, verzicht' auf alle Schonung,
Häuf' Greuel auf des Greuels Haupt, thu' Thaten,
Darob der Himmel weint, die Erde staunt —
Denn zur Verdammniß kannst du Größres nicht
Als dieses fügen!

Jago.

Himmel, sei mir gnädig!
Seid Ihr ein Mann? Habt Ihr Verstand und Herz?
Gott sei mit Euch! Nehmt mir mein Amt! — O Thor,
Dem man die Treue zum Verbrechen macht!
Verkehrte Welt! Merk's wohl, merk's wohl, o Welt:
Aufrichtig sein und ehrlich bringt Gefahr.
Dank für die Lehre; keinen Freund mehr lieben
Will ich, wird Lieb' als Schuld mir angeschrieben.

Othello.

Nein, bleib! — Du solltest ehrlich sein.

Jago.

Klug sollt' ich sein; denn Ehrlichkeit, die Thörin,
Verliert das doch, wofür sie wirkt.

Othello.

Beim Himmel,
Ich glaub', mein Weib ist treu, und glaub' es nicht;
Ich glaube, du bist ehrlich, und glaub's nicht.
Ich will Beweis. Ihr Name, der so frisch wie
Dianens Antlitz war, ist nun so rußig
Und schwarz wie mein Gesicht. Gibt's Stricke, Messer,
Gift, Feuer und ertränkende Gewässer,
So duld' ich's nicht. O hätt' ich doch Gewißheit!

Jago.

Ich seh', Herr, Euch verzehrt die Leidenschaft.
Wie sehr bereu' ich, daß ich nicht geschwiegen.
Gewißheit wünscht Ihr?

Othello.

Wünschen? Nein, ich will.

Jago.

Und könnt. Doch wie? Wie schafft Ihr Euch Gewißheit?
Wollt Ihr's leibhaftig sehn, wie er sie schändet,
Zuschauer sein?

Othello.

Tod und Verdammniß! O!

Jago.

Sie dürften schwer zu solcher Schaustellung
Zu bringen sein. So sei'n sie denn verdammt,
Sahn andre Augen jemals mehr sie buhlen
Als ihre eignen! Doch was nun? Wie weiter?
Was soll ich sagen? Wo ist denn Gewißheit?
Unmöglich könntet Ihr es sehn, und wären
Sie geil wie Ziegen, heiß wie Affen, üppig
Wie brünst'ge Wölfe, und so plumpe Thoren
Als jemals trunken waren. Dennoch sag' ich,
Wenn Schuldverdacht, gestützt auf starke Gründe,
Die grade-wegs zur Thür der Wahrheit führen,
Gewißheit geben, so könnt Ihr sie haben.

Othello.

Gib einen sprechenden Beweis mir, daß
Sie untreu ist!

Jago.

Ich thu's nicht gern; doch da ich
So weit gegangen bin in dieser Sache,
Gespornt durch dumme Lieb' und Redlichkeit,
So fahr' ich fort. Ich brachte jüngst die Nacht
Bei Cassio zu; geplagt von heft'gem Zahnschmerz,
Konnt' ich nicht schlafen.
's gibt Menschen von so wenig innerm Halt,
Daß sie im Schlaf ausplaudern, was sie denken;
Ein solcher Mensch ist Cassio.
Er sprach im Schlafe: „Süße Desdemona,
Laß uns behutsam unsre Liebe bergen!"
Und dann ergriff und drückt' er meine Hand,
Rief: „Wonniges Geschöpf!" und küßte mich,
Als riß' er Küsse mit den Wurzeln aus
Von meinen Lippen; dann legt' er sein Bein
Auf meine Hüfte, seufzte, küßt' und rief:
„Verdammtes Schicksal, das dich gab dem Mohren!"

Othello.

O gräßlich! gräßlich!

Jago.

's war ja nur ein Traum.

Othello.

Doch dies weist auf vorhergegangne That,
Verschärft den Argwohn, sei's auch nur im Traum.

Jago.

Und dienen mag's, Beweise zu verstärken,
Die schwach an sich.

Othello.

Ich reiße sie in Stücke!

Jago.

Seid klug; noch haben wir ja nichts gesehn;
Sie kann doch treu sein. Sagt mir dieses nur:
Saht Ihr bei Eurer Gattin nicht zuweilen
Ein Schnupftuch mit Erdbeerenstickerei?

Othello.

Ich gab ihr eins; 's war meine erste Gabe.

Jago.

Das weiß ich nicht; allein mit solchem Schnupftuch
(Gewiß war's Eurer Gattin) sah ich Cassio
Den Bart sich wischen heute.

Othello.

                Wenn es das ist —

Jago.

Ob das oder ein andres Tuch von ihr,
Spricht's gegen sie mit anderen Beweisen.

Othello.

O daß der Schurke tausend Leben hätte!
Eins ist zu arm, zu schwach für meine Rache.
Nun seh' ich, daß es wahr ist. Sieh her, Jago!
So blas' ich meine thörichte Lieb' empor
Zum Himmel — sie ist fort.
Steig, schwarze Rache, aus der hohlen Hölle!
Gib, Liebe, deinen Thron und deine Krone
Dem grimmen Hasse preis! Von deinem Schmerze
Schwill auf, Brust, denn er kommt von Natterbissen!

Jago.

Beruhigt Euch doch noch.

Othello.

    O Blut, Blut, Blut!

Jago.

Geduld, sag' ich; die Meinung kann sich ändern.

Othello.

Niemals, Jago. Gleichwie das Schwarze Meer,
Deß eisige Strömung und gezwungner Lauf
Nie ebbt und rückfällt, sondern vorwärts flutet
Durch die Propontis und den Hellespont,
So sollen meine blutigen Gedanken
Bei ihrem stürm'schen Schritt nie rückwärts blicken,
Nie ebben zu demüth'ger Liebe, bis
Umfassende und weite Rache sie
Verschlingt. Bei jenem Marmorhimmel schwör' ich's,
In treuer Ehrfurcht vor dem heil'gen Eid!

                (Niederknienb.)

Jago (ebenfalls niederkniend).

Steht noch nicht auf.
Bezeugt's, ihr ewig brennenden Himmelslichter,
Ihr Elemente, die uns rings umschließen,
Bezeugt, daß Jago hier, was er vermag
Mit Geist, Hand, Herz, dem Dienste des gekränkten
Othello weiht! Mög' er befehlen, und
Gehorsam in welch immer blut'gem Werke
Soll mir Gewissenssache sein.

Othello.

Mit reicher
Entgegennahme, nicht mit armem Danke
Begrüß' ich deine Liebe, und ich stelle
Sie gleich ans Werk: binnen drei Tagen meldest
Du mir, daß Cassio nicht mehr lebt.

Jago.

Mein Freund ist todt — Ihr wollt's, es ist geschehn.
Doch laßt sie leben!

Othello.

O, verdammt sei das
Schamlose Weib, verdammt! Komm, folge mir,
Ich will mir einige schnelle Todesmittel
Verschaffen für den schönen Teufel. Jetzt
Bist du mein Lieutenant.

Jago.

Euer bis zum Tod!
(Beide gehen ab.)

Vierte Scene.

Ebendaselbst.

Desdemona, Emilie und der Clown (treten auf).

Desdemona.

Kannst du mir nicht sagen, wo der Lieutenant Cassio sich aufhält?

Clown.

Ich darf nicht sagen, daß er sich aufhält.

Desdemona.

Wie meinst du das?

Clown.

Er ist ein Soldat, und ein Soldat darf sich nicht aufhalten, sonst könnt' er sich auch über seinen Vorgesetzten aufhalten, und dann ging' es ihm ans Leben.

Desdemona.

Hör' auf. Wo wohnt er denn?

Clown.

Sagt' ich Euch, wo er wohnt, würd' ich Euch belügen.

Desdemona.

Kann man daraus klug werden?

Clown.

Ich weiß nicht, wo er wohnt; wenn ich also sagte, er wohnt hier, oder da, so wäre das doch eine Lüge.

Desdemona.

Kannst du ihn ausforschen und nach dem Bericht anderer seine Wohnung erfahren?

Clown.

Ich will seinetwegen die Welt katechisiren, das heißt, Fragen stellen, denen eine Antwort folgen muß.

Desdemona.

Such' ihn auf; bitte ihn, hierherzukommen; sag' ihm, ich habe meinen Herrn günstig für ihn gestimmt und ich hoffe, alles werde gut gehen.

Clown.

Dies zu thun, liegt im Bereich menschlicher Fähigkeit, und darum will ich unternehmen, es zu thun.

(Geht ab.)

Desdemona.

Wo kann ich nur mein Tuch verloren haben,
Emilie?

Emilie.

Ich weiß nicht, gnäd'ge Frau.

Desdemona.

Glaub' mir, ich hätte lieber meine Börse
Verloren, voll Crusados; und wär' nicht

Mein edler Mohr treu von Gemüth , wär' er
So niedern Sinns wie eifersücht'ge Menschen,
Genügte dies, ihm Argwohn einzuflößen.

Emilie.

Ist er nicht eifersüchtig?

Desdemona.

   Wer? Er! Nein.
Die Sonne seiner Heimat, glaub' ich, sog
All solche Launen von ihm aus.

Emilie.

    Da kommt er.

(Othello tritt auf.)

Desdemona.

Ich will nicht von ihm lassen, bis er Cassio
Zu sich entbietet. — Wie geht's, mein Gemahl?

Othello.

Gut, liebes Weib.

(Für sich.)
O schwierige Verstellung!
(Laut.)

Wie geht dir's, Desdemona?

Desdemona.

Gut, Geliebter.

Othello.

Gib deine Hand mir. Diese Hand ist feucht.

Desdemona.

Noch fühlte sie nicht Alter und nicht Kummer.

Othello.

Das deutet auf ein übermüthig und
Freigebig Herz. Heiß, heiß und feucht! Die Hand
Verlangt Beschränkung, Beten, Fasten, viel
Kasteiung, fromme Uebung; denn es sitzt
Ein junger, hitz'ger Teufel drin, der leicht
Rebellisch wird. 's ist eine gute Hand,
Freigebig.

Desdemona.

Du darfst das in Wahrheit sagen,
Denn diese Hand war's, die mein Herz dir gab.

Othello.

'ne ausgelaßne Hand. Vor alters gab
Das Herz die Hand; die neue Wappenkunde
Heißt — Hand, nicht Herz.

Desdemona.

Davon kann ich nicht reden.
Doch dein Versprechen jetzt.

Othello.

Welches Versprechen, Herz?

Desdemona.

Ich habe Cassio zu dir entboten.

Othello.

Ein böser, widerwärt'ger Schnupfen plagt mich;
Leih mir dein Taschentuch!

Desdemona.

Hier, mein Gemahl.

Othello.

Das, welches ich dir gab.

Desdemona.

Ich hab's nicht bei mir.

Othello.

Nicht?

Desdemona.

Wirklich nicht.

Othello.

Das sollte nicht so sein.
Das Taschentuch
Gab meiner Mutter ein Zigeunerweib;
Sie war 'ne Zauberin und konnte fast
Der Menschen innerste Gedanken lesen.
Sie sprach zu ihr: so lange sie's bewahrte,
Würd' es sie liebenswürdig machen, ganz
An ihre Liebe meinen Vater fesseln;
Doch sollte sie's verlieren, gar verschenken,
So würd' er sich mit Abscheu von ihr wenden

Zu andern Reizen. Sterbend gab sie's mir
Für meine Braut, wenn mich mein Schicksal je
Vermählen sollte. So geschah's. Drum hüt' es,
Halt es so lieb und theuer wie dein Auge;
Es zu verlieren oder wegzuschenken,
Wär' Unheil ohnegleichen.

Desdemona.

Ist das möglich?

Othello.

's ist wahr: in dem Gewebe steckt Magie.
Eine Sibylle, die zweihundert mal
Der Sonne Jahrslauf sah, hat dieses Tuch
Gewoben in prophetischer Verzückung;
Geweihte Würmer lieferten die Seide,
Und mit dem Mumiensaft, den weise Männer
Aus Jungfrau'nherzen zogen, ward's gefärbt.

Desdemona.

Ist's wirklich so?

Othello.

Sehr wahr; drum hüt' es wohl!

Desdemona.

Dann wollte Gott, daß ich es nie gesehn!

Othello.

Ha! Warum?

Desdemona.

Was fährst du bei dem Wort so jählings auf?

Othello.

Ist es verloren, fort? Sprich, hast du's nicht?

Desdemona.

Der Himmel schütze uns!

Othello.

Wie, was sagst du?

Desdemona.

's ist nicht verloren. Doch wie, wenn es wäre?

Othello.

Wie?

Desdemona.

Ich sag', 's ist nicht verloren.

Othello.

Nun, so hol' es;
Zeig mir's!

Desdemona.

Das kann ich, aber will jetzt nicht;
Ein Vorwand ist dies, mein Gesuch zu kreuzen.
Ich bitte dich, nimm Cassio wieder auf!

Othello.

Hol' mir das Tuch; mein Geist ahnt Böses schon.

Desdemona.

Glaub' mir, du findest keinen tücht'gern Mann.

Othello.

Das Tuch —

Desdemona.

Ich bitte, rede mir von Cassio!

Othello.

Das Taschentuch —

Desdemona.

Ein Mann, der immer ganz
Sein gutes Glück auf deine Liebe baute,
Mit dir Gefahr getheilt —

Othello.

Das Taschentuch!

Desdemona.

Du bist zu tadeln, wirklich.

Othello.
Geh!

(Geht ab.)

Emilie.

Ist dieser Mann nicht eifersüchtig?

Desdemona.

So hab' ich ihn noch nie gesehn.
Es muß ein Zauber in dem Tuche sein;
Ich bin unglücklich, daß ich es verloren.

Emilie.

Ein Jahr genügt nicht, einen Mann zu kennen:
Sie alle sind nur Magen, wir die Nahrung;
Sie essen uns mit Gier, und wenn sie voll sind,
Dann wieder weg mit uns.   Seht, Cassio und mein Mann.

(Jago und Cassio treten auf.)

Jago.

's gibt keinen andern Weg; sie muß es thun.
Und seht, welch Glück, da ist sie.   Dringt in sie!

Desdemona.

Nun, guter Cassio, was bringt Ihr uns Neues?

Cassio.

Nur meine alte Bitte, gnädige Frau,
Daß Ihr zum Leben wieder mir verhelft
Durch Euern kräft'gen Beistand, daß mir wieder
Die Liebe dessen wird, den ich verehre
Von ganzem Herzen.   Doch die Sache drängt.
Ist mein Vergehn so ungeheurer Art,
Daß weder früh'rer Dienst, noch jetz'ger Gram,
Noch künftig zu erwerbendes Verdienst
Mir seine Gunst zurückgewinnen kann,
So ist mir's Wohlthat schon, das nur zu wissen;
Alsdann gezwungen geb' ich mich zufrieden,
In einer andern Laufbahn mich versuchend
Nach Gunst des Glücks.

Desdemona.

　　　　Ach, lieber, guter Cassio,
Mein Bitten für Euch wird nicht gern gehört;
Mein Herr ist nicht mein Herr; kaum kennt' ich ihn,
Wär' sein Gesicht verändert wie sein Sinn.
So möge jeder selige Geist mir helfen,
Wie ich mein Bestes sprach zu Euern Gunsten
Und durch mein freies Sprechen seinem Zorn
Mich ausgesetzt.   Ihr müßt Euch noch gedulden:
Ich will thun, was ich kann, mehr für Euch wagen
Als für mich selbst: das möge Euch genügen.

Jago.

Ist mein Herr zornig?

Othello.　　　　　　　　　　　　　6

Desdemona.

Eben ging er fort,
Und, wirklich, in seltsamer Aufregung.

Jago.

Der zornig sein? Ich sah, wie die Kanone
Ihm seine Schlachtreihn in die Lüfte sprengte
Und, gleich dem Teufel, ihm den eignen Bruder
Vom Arm fortriß — und der kann zornig sein?
Dahinter steckt etwas; ich such' ihn auf;
Das hat Bedeutung, wenn er zornig ist.

Desdemona.

Ich bitte, thut's!

(Jago ab.)

Gewiß vom Staat etwas,
Das aus Venedig kommt, oder ein Anschlag,
Der hier in Cypern an den Tag gekommen,
Hat seinen klaren Geist getrübt. Der Mensch
In solchen Fällen zankt mit niedern Dingen,
Obgleich es größern gilt — 's ist einmal so;
Schmerzt uns der Finger, zieht er auch die andern
Gesunden Glieder in sein Schmerzgefühl.
Man muß bedenken, Männer sind nicht Götter,
Nicht immer können sie uns bräutlich huld'gen.
Schilt mich recht aus, Emilie, ich hatte —
Ganz gegen alle Kriegsordnung — schon seine
Schroffheit bei meinem Herzen angeklagt;
Doch jetzt find' ich, der Zeuge war bestochen,
Und er ist falsch verklagt.

Emilie.

Der Himmel gebe,
Daß es sich nur um Staatsgeschäfte handelt,
Und nicht um eifersücht'ge Einbildungen,
Die Euch angehn!

Desdemona.

Gott, nie gab ich ihm Grund.

Emilie.

Die Eifersucht will solche Antwort nicht;
Man hat nicht immer Grund zur Eifersucht,
Man ist's nur, weil man's ist; es ist ein Scheusal,
Das selbst sich zeugt und aus sich selbst gebiert.

Desdemona.

Gott schütz' Othello vor dem Scheusal!

Emilie.

Amen.

Desdemona.

Ich such' ihn auf. — Cassio, bleibt in der Nähe!
Find' ich ihn gut gestimmt, so thu' ich alles,
Um Eu'r Gesuch so schnell ich kann zu fördern.

Cassio.

Demüthig dank' ich, gnäd'ge Frau.
(Desdemona und Emilie gehen ab.)

Bianca (tritt auf).

Grüß Gott, Freund Cassio!

Cassio.

Ei, was thust du fern
Von Haus? Wie geht dir's, meine schönste Bianca?
Ich wollte eben zu dir, süßes Liebchen.

Bianca.

Und ich war eben auf dem Weg zu dir.
Was? Eine ganze Woche fortzubleiben?
Sieben Tag' und Nächte, achtmal zwanzig Stunden;
Und Stunden, die, wenn der Geliebte fehlt,
Noch achtundzwanzigmal so lang erscheinen
Als nach der Uhr! O welch langweil'ges Rechnen!

Cassio.

Verzeih mir, Bianca! Diese ganze Zeit
War ich gedrückt von bleiernen Gedanken;
Bald aber hol' ich das Versäumte nach,
Wenn's besser geht. Süße Bianca, zeichne
Mir diese Stickerei ab!
(Ihr Desdemona's Taschentuch gebend.

Bianca.

Woher kommt dies?
O Cassio, 's ist ein Pfand von neu'rer Liebe.
Jetzt weiß ich, warum du mich warten ließest.
Kam es dahin? Gut, gut.

6 *

Caſſio.

So hör' mich doch!
Zum Teufel mit den tollen Einbildungen,
Von dem ſie ſtammen! Du biſt eiferſüchtig
Im Wahn, dies ſei ein Pfand von einer Liebſten.
Nein, Bianca, wahrlich nicht.

Bianca.

Nun, wem gehört's denn?

Caſſio.

Ich weiß es nicht; ich fand's in meinem Zimmer.
Die Stickerei gefällt mir; eh' man es
Zurückverlangt — was ſehr wahrſcheinlich iſt —,
Möcht' ich das Muſter haben; zeichn' es nach.
Doch jetzt geh, liebes Kind!

Bianca.

Ich gehn; warum?

Caſſio.

Ich wart' hier auf den General und halt' es
Für ungeziemend, daß er mich hier finde
Mit einer Frau.

Bianca.

Warum? Das möcht' ich wiſſen.

Caſſio.

Nicht, daß ich dich nicht liebe —

Bianca.

Nur weil du mich nicht liebſt.
Ich bitte dich, begleite mich ein wenig
Und ſag' mir, ob du bald mal abends kommſt.

Caſſio.

Ich gehe mit, doch nicht zu weit; ich muß
Hier warten, aber bald bin ich bei dir.

Bianca.

's iſt gut; ich muß mich fügen in die Zeit.

(Sie gehen ab.)

Vierter Aufzug.

Erste Scene.
Vor dem Schlosse.

Othello und Jago (treten auf).

Jago.

Glaubt Ihr's denn wirklich?

Othello.

Glauben, Jago?

Jago.

Wie!

Sich heimlich küssen?

Othello.

Unerlaubt sich küssen!

Jago.

Oder mit ihrem Freunde nackt im Bette
Ein Stündchen oder mehr, doch ganz in Unschuld.

Othello.

Im Bette mit dem Freunde ganz in Unschuld,
Heißt Heuchelei selbst vor dem Teufel treiben;
Die arglos sind und doch so thun, versuchen
Den Himmel, und der Teufel ihre Tugend.

Jago.

Wenn sie nichts thun, so kann man's hingehn lassen.
Doch, schenk' ich meiner Frau ein Taschentuch —

Othello.

Was dann?

Jago.

Nun, dann hat sie's, und da es ihr gehört,
Kann sie's, denk' ich, an jemand anders schenken.

Othello.

Sie ist auch ihrer Ehre Hüterin:
Und kann sie die verschenken?

Jago.

Die Ehre ist ein unsichtbares Wesen;
Man hat sie häufig, ohne sie zu haben.
Doch, was das Taschentuch betrifft —

Othello.

Beim Himmel, gar zu gern hätt' ich's vergessen!
Du sagt'st — o, über mein Gedächtniß kommt's
Wie Raben über Häuser, wo die Pest herrscht,
Unheil verkündend allen! — er besitze
Das Tuch?

Jago.

　　　So sagt' ich.

Othello.

　　　Das ist doch nicht gut.

Jago.

Sagt' ich nun, daß ich sah, wie er Euch kränkte,
Daß ich ihn sagen hörte — wie's denn Schurken
Gibt, die, nachdem sie durch ihr stürmisch Werben
Oder Verliebtheit der Geliebten selbst
Befriedigt sind, nicht an sich halten können,
Bis sie es ausgeschwatzt —

Othello.

　　　Hat er geschwatzt?

Jago.

Das hat er; doch, seid überzeugt, nicht mehr,
Als er abschwören wird.

Othello.

　　　Was sagt' er denn?

Jago.

Daß er — ich selber weiß nicht was, gethan.

Othello.

Was? Was?

Jago.

Lag —

Othello.

Bei ihr?

Jago.

Bei ihr, auf ihr — was Ihr wollt.

Othello.

Bei ihr gelegen! Auf ihr gelegen! Bei ihr liegen! Das ist Unzucht! — Taschentuch — Geständnisse — Taschentuch! — Gestehen und gehängt werden dafür — erst gehängt werden, und dann gestehen! — Ich zittere dabei. Die Natur würde sich bei mir nicht in eine so verdunkelnde Leidenschaft hüllen ohne tiefere Gründe. Es sind nicht bloße Worte, die mich so erschüttern. — Ha! Nasen, Ohren und Lippen! — Ist's möglich? — Gestehen! — Taschentuch! — O Teufel!

(Er fällt in Ohnmacht.)

Jago.

Wirk' fort,
Arznei, wirk' fort! So fängt man gläubige Narren;
Und manche würd'ge, keusche Dame wird
Ganz schuldlos ebenso geschmäht. — Kommt zu Euch,
Othello, gnäd'ger Herr!

(Cassio tritt auf.)

Jago.

Cassio, was soll's?

Cassio.

Was gibt's?

Jago.

In Krämpfen liegt der General;
Dies ist seit gestern schon sein zweiter Anfall.

Cassio.

Reibt ihm die Schläfe!

Jago.

Nein, die Ohnmacht fordert
Ganz ruhigen Verlauf, sonst schäumt sein Mund,
Und bald bricht er in wilde Tobsucht aus.
Er rührt sich, seht. Entfernt Euch jetzt ein wenig!
Er kommt gleich wieder zu sich. Wann er fort ist,
Möcht' ich in wichtiger Sache mit Euch sprechen.

(Cassio geht ab.)

Jago.

Wie geht's, mein General? Habt Ihr den Kopf verletzt?

Othello.

Höhnst du mich?

Jago.

Ich Euch höhnen? Nein, beim Himmel!
Ich wollt', Ihr trügt Eu'r Schicksal wie ein Mann.

Othello.

Ein Hahnrei ist ein Thier, ein Ungeheuer!

Jago.

Dann gibt's in großen Städten manch ein Thier
Und manch manierlich Ungeheuer.

Othello.

Hat er's
Gestanden?

Jago.

Gütiger Herr, seid doch ein Mann;
Denkt, jeder bärt'ge Mensch im Ehejoch
Kann mit Euch ziehn, und Millionen leben,
Die nachts in einem fremden Bette liegen
Und schwören, es sei ihres. Ihr steht besser.
O, es ist Spott des Teufels, Hohn der Hölle,
Ein üppig Weib im sichern Eh'bett küssen
Und glauben, sie sei keusch. Gewißheit will ich;
Und weiß ich, was ich bin, kenn' ich auch sie.

Othello.

O, du bist klug; 's ist sicher.

Jago.

Stellt Ihr Euch
Beiseit' ein wenig; faßt Euch in Geduld!
Derweil Ihr hier vom Schmerz bewältigt lagt —
In Leidenschaft, unwürdig solchen Mannes —,
Kam Cassio her; ich hieß ihn, sich entfernen,
Und gab für Eure Ohnmacht gute Gründe.
Gleich kommt er wieder, um mit mir zu sprechen;
Er gab sein Wort. Nun legt Euch auf die Lauer
Und merkt den Hohn, den Spott, die Schadenfreude,
Die sein Gesicht durchzucken und beleben:

Denn mir aufs neue soll er hier erzählen,
Wo, wie, wie oft, wie lange schon und wann er
Mit Eurer Gattin sich vertraut gemacht hat
Und wieder treffen wird. Merkt seine Mienen —
Doch bleibt geduldig, oder ich muß sagen,
Ihr laßt von Grillen völlig Euch beherrschen
Und seid kein rechter Mann.

Othello.

Hörst du mich, Jago?
Meine Geduld wird sich sehr schlau erweisen,
Doch — hörst du? — auch sehr blutig.

Jago.

Das ist recht,
Doch haltet Zeit in allem. Bitte, geht jetzt!

(Othello zieht sich zurück.)

Nun will ich Cassio nach Bianca fragen.
Ein wirthschaftliches Weib, das Lustbefried'gung
Verkauft, um Brot und Kleider einzukaufen;
Sie schwärmt für Cassio, wie es denn der Fluch
Der Dirnen ist, viel Männer zu betrügen,
Damit ein einz'ger sie betrüge. Wenn
Er von ihr hört, kann er sich nicht enthalten,
Laut aufzulachen. Da kommt er.

(Cassio kommt zurück.)

Sein Lächeln
Wird bis zur Raserei Othello treiben,
Und dessen ungeschulte Eifersucht
Des armen Cassio Lächeln, Mienenspiel
Und leichtes Wesen ganz verkehrt sich deuten. —
Wie geht's Euch, Lieutenant?

Cassio.

Um so schlechter, als Ihr
Mich nennt als das, was, nicht zu sein, mich tödtet.

Jago.

Setzt Desdemona zu, so seid Ihr's wieder!

(Leiser sprechend.)

Nun, läge dies Gesuch in Bianca's Mitgift,
Wie schnell würd' es gewährt.

Cassio.

Das arme Ding!

Othello (für sich).

Ha sieh, wie er schon lacht.

Jago.

Nie sah ich eine so verliebte Frau.

Cassio.

Die arme Närrin liebt mich wirklich, scheint's.

Othello (für sich).

Er leugnet's nur noch schwach, und lacht es weg.

Jago.

Hört Ihr mich, Cassio?

Othello (für sich).

Jetzt verlockt er ihn,
Es nochmals zu berichten. Gut, sehr gut!

Jago.

Sie spricht davon, bald Eure Frau zu werden;
Meint Ihr es ernst damit?

Cassio.

Ich? Ha, ha, ha!

Othello (für sich).

Was? Triumphirst du schon? Spielst du den Römer?

Cassio.

Ich sie heirathen? Was! eine Courtisane? Ich bitte dich, be-
urtheile meinen Verstand etwas freundlicher, halte ihn nicht für
so ungesund. Ha, ha, ha!

Othello (für sich).

So, so, so, so! Ja, wer gewinnt, der lacht.

Jago.

Gewiß, es heißt, sie würde Eure Frau.

Cassio.

Nein, bitte, rede ernsthaft!

Jago.

Ich will ein Schurke sein, wenn's nicht so ist.

Othello (für sich).

Hast es also mit mir schon ins Reine gebracht? Gut.

Cassio.

Das hat die arme Närrin selbst ausgesprengt; sie ist überzeugt, daß ich sie heirathen werde —, doch nur auf Grund ihrer eigenen Liebe und Schmeichelei, nicht eines Versprechens von mir.

Othello (für sich).

Jago winkt mir; jetzt fängt er die Geschichte an.

Cassio.

Eben war sie hier; sie verfolgt mich auf Schritt und Tritt. Neulich stand ich am Meere, in der Unterhaltung mit ein paar Venetianern, da, denk' nur, kommt die Puppe auf mich zu und fällt mir um den Hals, so —

Othello (für sich).

Als riefe sie: Mein theurer Cassio! Seine Geberde deutet darauf hin.

Cassio.

So hängt sie an mir, und küßt mich, und weint, und zieht und zerrt mich, ha ha ha!

Othello (für sich).

Nun erzählt er, wie sie ihn in meine Kammer zog. O, ich sehe deine Nase, aber nicht den Hund, dem ich sie vorwerfen werde.

Cassio.

Ich muß den Verkehr mit ihr aufgeben.

Jago.

Gott schütze mich! Seht, da kommt sie.

(Bianca tritt auf.)

Cassio.

Sie ist eine rechte Bisamkatze. — Warum folgst du mir überall?

Bianca.

Laß den Teufel und seine Großmutter dir folgen! Was meintest du mit dem Taschentuch, das du mir vorhin gabst? Ich war eine Närrin, daß ich's mitnahm. Ich soll das Muster abnehmen? Das Tuch sieht mir auch danach aus, daß du es in deinem Zimmer gefunden und nicht weißt, wer es dagelassen. Es ist das Andenken irgendeines lockern Weibsbildes; und ich soll das Muster abnehmen? Da, gib's deinem Steckenpferde; woher du's auch haben magst, ich will mich nicht damit abgeben.

Cassio.

Nicht so hitzig, süße Bianca, nicht so hitzig!

Othello (für sich).

Beim Himmel, das muß mein Taschentuch sein!

Bianca.

Willst du zu Nacht bei mir essen, kannst du kommen; willst du nicht, komm, wann es dir das nächste mal paßt.

(Sie geht ab.)

Jago.

Folgt ihr, folgt ihr!

Cassio.

Wirklich, ich muß; sie keift und lärmt sonst noch auf der Straße.

Jago.

Wollt Ihr zu Nacht bei ihr essen?

Cassio.

Wirklich, ich habe die Absicht.

Jago.

Nun, dann treff' ich Euch wol dort, denn ich möchte Euch gern noch sprechen.

Cassio.

Bitte, kommt hin; wollt Ihr?

Jago.

Es bedarf keiner Worte weiter; ich komme.

(Cassio geht ab.)

Othello (wieder vortretend).

Wie soll ich ihn umbringen, Jago?

Jago.

Bemerktet Ihr, wie er lachte zu seinem Laster?

Othello.

O Jago!

Jago.

Und saht Ihr das Taschentuch?

Othello.

War das meins?

Jago.

Eures, bei dieser Hand. Da sieht man, wie er die thörichte Frau, Eure Gemahlin, schätzt! Sie gab es ihm, und er gibt's seiner Dirne.

Othello.

Ich möchte ihn neun Jahre lang morden! — Ein schönes Weib! Ein holdes Weib! Ein süßes Weib!

Jago.

Nein, das müßt Ihr vergessen.

Othello.

Ja, mag sie faulen, und verderben, und verdammt werden heut' Nacht; denn leben soll sie nicht. Nein, mein Herz ist zu Stein geworden; ich schlag' es, und es verletzt meine Hand. O! Die Welt hat kein süßeres Geschöpf: sie könnte um ihre Gunst einem Kaiser gebieten.

Jago.

Nein, daran müßt Ihr nicht denken.

Othello.

Fort mit ihr! Ich sage blos, was sie ist: so zierlich und geschickt mit ihrer Nadel; so wundervoll musikalisch, o, sie könnte die Wildheit aus einem Bären heraussingen! So hochbegabt, so geistvoll und witzig!

Jago.

Um so schlechter ist sie eben deshalb.

Othello.

O tausend, tausend mal! Und dann, von so freundlicher Gemüthsart!

Jago.

Ja, nur zu freundlich!

Othello.

Das gewiß — aber wie schade darum, Jago! O Jago! Wie schade darum, Jago!

Jago.

Wenn Ihr so verliebt in ihre Sünde seid, gebt ihr ein Patent zu sündigen. Denn wenn es Euch nicht trifft, so kümmert es niemand.

Othello.

Ich will sie in Stücke hacken. Mich zum Hahnrei machen!

Jago.

O, das ist häßlich an ihr.

Othello.

Mit meinem Offizier.

Jago.

Das ist noch häßlicher.

Othello.

Verschaff' mir Gift, Jago, — diese Nacht! Ich will keine Erörterungen mit ihr haben, damit ihre Schönheit meinen Entschluß nicht wieder wankend macht. Diese Nacht, Jago!

Jago.

Thut's nicht mit Gift; erwürgt sie in ihrem Bette, demselben Bette, das sie befleckt hat!

Othello.

Gut, gut; die Gerechtigkeit daran gefällt mir; sehr gut.

Jago.

Und was Cassio betrifft, so überlaßt ihn mir: um Mitternacht sollt Ihr das Nähere hören.

Man hört eine Trompete hinter der Scene.)

Othello.

Vortrefflich. — Was bedeutet die Trompete?

Jago.

Wol etwas von Venedig. Lodovico
Ist's, der vom Herzog kommt; und Eure Gattin,
Seht nur, begleitet ihn.

(Lodovico, Desdemona und Gefolge kommen.)

Lodovico.

Gott segne unsern würd'gen General!

Othello.

Von ganzem Herzen wünsch' ich Gottes Segen.

Lodovico.

Gruß von dem Herzog und Senat Venedigs.

(Ihm ein Packet überreichend.)

Othello.

Ich küsse ihres Willens Document.

(Eröffnet das Packet und liest.)

Desdemona.

Und was gibt's Neues, Vetter Lodovico?

Jago.

Signor, es freut mich herzlich, Euch zu sehn;
Willkommen hier in Cypern!

Lodovico.

Dank Euch, Herr.
Und was macht Lieutenant Cassio?

Jago.

Er lebt, Herr.

Desdemona.

Ein schlimmer Bruch trat zwischen meinem Herrn
Und Cassio ein; doch Ihr versöhnt sie wieder.

Othello.

Weißt du das so gewiß?

Desdemona.

Wie, mein Gemahl?

Othello (lesend).

„Dies unterlaßt nicht zu thun, da Ihr ...“

Lodovico (zu Desdemona).

Es galt nicht Euch; er liest in den Papieren.
Besteht ein Zwiespalt zwischen ihm und Cassio?

Desdemona.

Ein sehr unglücklicher; viel würd' ich thun,
Sie zu versöhnen, denn ich liebe Cassio.

Othello.

Feuer und Schwefel!

Desdemona.

Mein Gebieter?

Othello.

Bist du klug?

Desdemona.

Was! Zürnt er?

Lodovico.

Möglich, daß der Brief ihn aufregt;
Denn wie ich glaube, wird er heimberufen
Und Cassio ist zum Gouverneur ernannt.

Desdemona.

Fürwahr, das freut mich.

Othello.

Wirklich?

Desdemona.

Mein Gemahl?

Othello.

Mich freut's, dich toll zu sehn.

Desdemona.

Wie, mein Othello —

Othello (sie schlagend).

Teufel!

Desdemona.

Das hab' ich nicht verdient.

Lodovico.

O Herr,
Dies würde man nicht glauben in Venedig,
Und schwür' ich auch, daß ich's gesehn; 's ist stark.
Bittet ihr's ab; sie weint.

Othello.

O Teufel! Teufel!
Wenn Weiberthränen schwängerten die Erde,
Jedweder Tropfen, den sie weint, erzeugte
Ein Krokodil. Mir aus den Augen, fort!

Desdemona.

Ich will Euch nicht durch mein Verweilen kränken.
(Fortgehend.)

Lodovico.

Das nenn' ich eine unterwürf'ge Frau.
Ich bitt' Euch, General, ruft sie zurück!

Othello.

Frau!

Desdemona.

Mein Gemahl?

Othello.

Was wollt Ihr von ihr, Herr?

Lodovico.

Wer? ich, mein General?

Othello.

Ihr wünschtet, daß sie zu uns um sich drehe.
Drehn kann sie sich, drehn und doch vorwärts gehn,
Und wieder drehn; und weinen kann sie, weinen;
Und unterwürfig ist sie, wie Ihr sagt,
Sehr unterwürfig. — Fahr' nur fort, zu weinen! —
Wohl, Herr, — o gutgemalte Leidenschaft! —
Ich bin zurückberufen. — Geh jetzt fort!
Ich schicke gleich nach dir. — Herr, ich gehorche
Und folg' Euch nach Venedig. — Fort, sag' ich! —
(Desdemona geht ab.)
Ich übergebe Cassio meinen Platz.
Und, Herr, ich bitt' Euch, speist mit mir zur Nacht!
Willkommen hier in Cypern. — Ziegen und Affen!
(Er geht ab).

Lodovico.

Ist dies der edle Mohr, den der Senat
Allein für sich zu allem fähig achtet?
Ist dies das edle Herz, das Leidenschaft
Nicht schütteln kann? Deß unbeugsame Tugend
Der Schuß des Unglücks, wie der Pfeil des Zufalls
Nicht streifen noch durchbohren konnte?

Jago.

Er

Ist sehr verändert.

Lodovico.

Ist er recht bei Sinnen?
Ist nicht sein Hirn krank?

Jago.

Er ist, wie er ist:
Ich mag nicht äußern, was ich von ihm denke.
Was er sein könnte — ist er leider nicht;
O wollte Gott, er wär's!

Othello. 7

Lodovico.

Sein Weib zu schlagen!

Jago.

Wahrlich, das war schlimm;
Doch wünscht' ich sehr, daß es das Schlimmste wäre.

Lodovico.

Ist's seine Art so, oder reizten ihn
Die Briefe heut' zu solcher Wuth?

Jago.

Ach, ach!
Nicht redlich wär's von mir, zu sagen, was ich
Gesehn und weiß. Faßt ihn nur selbst ins Auge;
Sein eigner Wandel wird ihn so bezeichnen,
Daß ich die Worte sparen kann. Verfolgt ihn
Und gebt auf seine weitern Schritte Acht.

Lodovico.

Es thut mir leid, daß ich mich in ihm täuschte.

(Sie gehen ab.)

Zweite Scene.

Ein Zimmer im Schloß.

Othello und Emilie.

Othello.

So habt Ihr nichts gesehn?

Emilie.

Noch je gehört, noch je Verdacht gehegt.

Othello.

So! Ihr saht Cassio doch und sie beisammen?

Emilie.

Allein ich sah nichts Böses dann und hörte
Jedweder Silbe Hauch aus beider Mund.

Othello.

Was, flüsterten sie nie?

Emilie.

Nie, gnäd'ger Herr.

Othello.

Und schickten Euch nicht fort —

Emilie.

Nie.

Othello.

Ihren Fächer
Zu holen, ihre Handschuh' oder Maske?

Emilie.

Nie, gnäd'ger Herr.

Othello.

Hm! seltsam!

Emilie.

Ich setze meine Seel' auf ihre Tugend;
Und wenn Ihr anders denkt, scheucht den Gedanken,
Denn er bethört Eu'r Herz. Wenn Euch ein Schurke
Dies in den Kopf gesetzt, so mög' der Himmel
Es ihm vergelten mit dem Fluch der Schlange!
Ist sie nicht ehrlich, keusch und wahr, dann gibt's
Kein Glück für Männer, ist das reinste Weib
Falsch wie Verleumdung.

Othello.

Geh; laß sie zu mir kommen.

(Emilie geht ab.)

Othello.

Sie sagt genug. — Doch welche Kupplerin
Sagt weniger? Dies ist 'ne schlaue Dirne,
Ein Schloß und Schlüssel schnöder Heimlichkeiten —
Und betet doch und kniet; ich sah es oft.

(Emilie kommt zurück mit Desdemona.)

Desdemona.

Was wünscht Ihr, mein Gemahl?

Othello.

Komm her, mein Täubchen.

Desdemona.

Was wünscht Ihr?

Othello.

   Laß mich dir ins Auge schaun;
Sieh ins Gesicht mir!

Desdemona.

   Welch furchtbare Laune
Ist dies?

Othello (zu Emilie).

  Das schlägt in Euer Kuppleramt:
Die Buhlen laßt allein und schließt die Thür,
Hustet und ruft: hm, hm! wenn jemand kommt;
Stellt auf die Lauer Euch; geschwind, geschwind!

(Emilie geht ab.)

Desdemona.

Sprich, kniend fleh' ich, was bedeutet das?
Die Raserei versteh' ich deiner Worte,
Doch nicht die Worte.

Othello.

   Sag' mir, was bist du?

Desdemona.

Dein Weib, Gemahl, dein treu und ehrlich Weib.

Othello.

Komm, schwör's, und bring dich selbst in die Verdammniß,
Daß nicht die Teufel, da du Engeln gleichst,
Sich scheun dich zu ergreifen; zwiefach sei
Verdammt! Schwör', du seist treu!

Desdemona.

   Der Himmel weiß es.

Othello.

Der Himmel weiß, falsch bist du wie die Hölle.

Desdemona.

Herr! Gegen wen? Mit wem? Wie bin ich falsch?

Othello.

O Desdemona! Fort, mir aus den Augen!

Desdemona.

O unglückjel'ger Tag! — Sprecht, warum weint Ihr?
Bin ich die Ursach' dieser Thränen, Herr?
Wenn Ihr vielleicht argwöhnt, mein Vater sei
An Eurer Rückberufung schuld, so laßt es
Nicht mich entgelten; denn verloret Ihr ihn,
Ich hab' ihn auch verloren.

Othello.

Hätt's dem Himmel
Gefallen, mich mit Trübjal heimzusuchen,
Jedwede Schmach und Scham zu regnen auf
Mein nacktes Haupt, in Armuth mich zu tauchen
Bis an die Lippen, mich und all mein Hoffen
In Fesseln schlagend: fänd' in einem Winkel
Des Herzens ich ein Tröpfchen wol Geduld.
Doch mich zum Ziel des Hohns der Welt zu machen,
Mit langsam drehendem Finger drauf zu weisen —
Auch das könnt' ich ertragen, gut, ganz gut; —
Doch da, wo ich mein Herz als Schatz bewahrt,
Wo ich muß leben, oder gar nicht leben,
Vom Quell, daraus mein Lebensstrom sich nährt,
Oder versiegt — von da vertrieben sein,
Oder als Sumpf ihn sehn für ekler Kröten
Begehn und Brüten: — wechsle da die Farbe,
Geduld, du junger, rosenlippiger Cherub;
Ja, da blick' finster wie die Hölle!

Desdemona.

Ich hoffe, mein Gemahl hält mich für treu.

Othello.

Ja ja — wie Sommerfliegen auf der Fleischbank,
Die im Entstehn schon buhlen. O du Unkraut,
So lieblich schön und süß von Duft, daß du
Den Sinn betäubst, wärst du doch nie geboren!

Desdemona.

Welch' unbewußte Schuld hab' ich verübt?

Othello.

War dies so schöne Buch, dies reine Blatt
Gemacht, um Metze draufzuschreiben? Was
Verübt? Verübt! Du öffentliches Weib!
Zu Schmiedeöfen würden meine Wangen,
Die alles Schamgefühl zu Asche glühten,

Spräch' ich von deinem Treiben. Was verübt?
Der Himmel hält die Nase dabei zu,
Der Mond verhüllt sich, und der üppige Wind,
Der alles küßt, huscht in die Höhlungen
Der Erde, um es nicht zu hören. Was
Verübt? Schamlose Buhlerin!

Desdemona.

       Beim Himmel,
Ihr thut mir unrecht.

Othello.

      Bist du nicht 'ne Metze?

Desdemona.

Nein, Herr, so wahr ich eine Christin bin!
Wenn, dies Gefäß für meinen Herrn bewahren
Vor jeder andern, sträflichen Berührung,
Heißt keine Metze sein, so bin ich keine.

Othello.

Was, keine Hure?

Desdemona.

    Nein, beim ewigen Heil.

Othello.

Ist's möglich?

Desdemona.

   Gott, vergib uns!

Othello.

      So verzeih mir;
Ich hielt dich für die Hure von Venedig,
Die den Othello freite. —

(Mit erhobener Stimme.)

     Ihr da, die,
Im Amt das grade Gegentheil Sanct=Peter's,
Die Höllenpforte hütet,

(Emilie kommt wieder.)

    Ihr, ja Ihr,
Nehmt Geld für Eure Mühe; wir sind fertig.
Ich bitt' Euch, dreht den Schlüssel um und schweigt!

(Er geht ab.)

Emilie.

Ach, was stürmt unserm Herrn nur durch den Kopf?
Wie geht's Euch, meine gütige, gnädige Frau?

Desdemona.

Ich bin wie halb im Schlafe.

Emilie.

Sagt, gnädige Frau, was ist's mit unserm Herrn?

Desdemona.

Mit wem?

Emilie.

Mit unserm Herrn.

Desdemona.

Wer ist dein Herr?

Emilie.

Der auch der Eure ist.

Desdemona.

Ich habe keinen.
Sprich nicht zu mir, Emilie; ich kann
Nicht weinen, auch nicht Antwort geben, die nicht
Zu Thränen würde. Bitte, leg' heut Nacht
Mein Brautzeug auf mein Bett — vergiß es nicht —
Und ruf' mir deinen Mann!

Emilie.

O welch ein Wechsel!
(Sie geht ab.)

Desdemona.

'ß ist billig, daß mir so geschieht, sehr billig.
Wie hat nur mein Benehmen im geringsten
Zu seinem Mistrau'n Anlaß bieten können?
(Emilie kommt zurück mit Jago.)

Jago.

Was wünscht Ihr, gnäd'ge Frau? Wie geht es Euch?

Desdemona.

Ich kann's nicht sagen. Kinder unterweist man
Durch sanfte Mittel, leichte Zumuthungen:
So hätt' er's können thun mit mir; denn wahrlich
Ich bin ein Kind zum Schelten.

Jago.

Was denn gibt's?

Emilie.

Ach, Jago, Metze hat er sie gescholten,
Mit so nichtswürd'gen Namen sie beworfen,
Daß es ein treues Herz nicht tragen kann.

Desdemona.

Verdien' ich solchen Namen?

Jago.

Welchen Namen?

Desdemona.

Den, wie sie sagt, mir mein Gemahl gegeben.

Emilie.

Er schalt sie Hure: kein betrunkner Bettler
Wird solch ein Wort für seine Dirne brauchen.

Jago.

Und weshalb that er das?

Desdemona.

Ich weiß es nicht; gewiß, das bin ich nicht.

Jago.

Weint doch nicht, weint doch nicht. Ach du mein Himmel!

Emilie.

Wies sie so manchen edeln Antrag ab,
Gab Vater, Heimat, Freunde, alles auf,
Um so beschimpft zu werden? 's ist zum Weinen.

Desdemona.

Es ist mein traurig Loos.

Jago.

Verwünscht sei er dafür!
Was überkam ihn nur?

Desdemona.

Der Himmel weiß es.

Emilie.

Hängt mich, wenn nicht ein eingefleischter Schuft,
So ein einschmeichelnder, geschäft'ger Bube,
Ein ganz durchtriebner Schurke, um ein Amt
Sich zu erschleichen, sie verleumdet hat.

Jago.

Pfui! Solchen Menschen gibt's nicht; 's ist unmöglich.

Desdemona.

Gibt's einen, so vergeb ihm der Himmel!

Emilie.

Ein Strick vergeb' ihm, und die Hölle nage
An seinen Knochen! Was? Sie Hure schelten?
Mit wem verkehrt sie? wo? wann? wie? wer glaubt's?
Belogen ist der Mohr von einem Schurken,
Von einem schändlichen, verruchten Buben.
O Himmel, daß du solch Gezücht entlarvtest
Und gäbst in jede brave Hand 'ne Peitsche,
Den Schurken nackend durch die Welt zu geiseln
Vom Osten bis zum Westen!

Jago.

Sprich doch leise!

Emilie.

Pfui über euch! Solch saubrer Herr war's auch,
Der dir so völlig den Verstand verkehrte,
Mich mit dem Mohren in Verdacht zu bringen.

Jago.

Du bist 'ne Närrin, geh!

Desdemona.

O guter Jago,
Was soll ich thun, ihn wieder zu gewinnen?
Geh zu ihm, guter Freund! Beim Licht des Himmels,
Ich weiß nicht, wie ich ihn verlor. Hier knie ich:
Wenn je ich gegen seine Liebe fehlte
Im Reden, Denken oder gar im Handeln,
Wenn Auge, Ohr, wenn irgendwelcher Sinn
An andrer Wohlgestalt sich je ergötzt,
Oder wenn ich ihn nicht auf's treuste liebe,
Wie ich ihn stets geliebt, stets lieben werde,
Selbst wenn er mich verstößt, dem Elend preisgibt:
So soll mir nimmer Trost noch Freude werden!
Gar viel vermag Lieblosigkeit; die seine
Kann mir das Leben knicken, meine Liebe
Verdirbt sie nicht. Ich kann nicht sagen: Hure;
Ein Greuel ist mir schon das bloße Wort;

Und nicht um alle Eitelkeit der Welt
Würd' ich das thun, was solch ein Wort bezeichnet.

Jago.

Beruhigt Euch! 's ist seine Laune nur;
Die Staatsgeschäfte machen ihn verstimmt,
Und nun zankt er mit Euch.

Desdemona.

Wär' es nichts weiter —

Jago.

Es ist nur das, ich stehe Euch dafür.

(Man hört Trompeten.)

Horch, die Trompete ruft zum Abendessen!
Die Abgesandten von Venedig warten.
Weint nicht mehr, geht, es wird noch alles gut.

(Desdemona und Emilie gehen ab. Roderigo tritt auf.)

Jago.

Nun, Roderigo, wie geht's?

Roderigo.

Ich finde nicht, daß du ehrlich gegen mich handelst.

Jago.

Wie denn anders?

Roderigo.

Jeden Tag fertigst du mich mit irgendeinem neuen Kniffe ab, Jago; du hältst mich eher, wie es mir jetzt scheint, von jeder Gelegenheit, mich ihr zu nähern, fern, als daß du meine Hoffnungen auch nur im geringsten fördertest. Ich will dies entschieden nicht länger ertragen; noch gedenke ich ruhig einzustecken, was ich thörichterweise so lange erduldet habe.

Jago.

Willst du mich anhören, Roderigo?

Roderigo.

Nun wahrhaftig, ich habe dich schon zu viel angehört, denn deine Worte und Thaten haben keine Verwandtschaft miteinander.

Jago.

Du beschuldigst mich sehr ungerecht.

Roderigo.

Mit nichts als mit Wahrheit. Ich habe mich um mein ganzes Vermögen gebracht. Die Hälfte der Juwelen, die du von mir erhalten, um sie Desdemona zu geben, hätte eine Nonne verführen können. Du hast mir gesagt, sie habe sie angenommen und mir Erwartungen und Vertröstungen schneller freundlicher Berücksichtigung und Vertraulichkeit dafür verheißen; allein ich finde nichts dergleichen.

Jago.

Gut, fahr nur fort; sehr gut.

Roderigo.

Ich sage dir, es ist nicht sehr gut. Ich will mich Desdemona offenbaren; gibt sie mir meine Juwelen zurück, so gebe ich meine Werbung auf und bereue mein unerlaubtes Vorgehen; wenn nicht, so sei versichert, ich werde Genugthuung von dir fordern.

Jago.

Hast du jetzt ausgesprochen?

Roderigo.

Ja, und ich habe nichts gesprochen, was ich nicht laut als meine Absicht erkläre zu thun.

Jago.

Wohl, jetzt seh' ich, du hast Haare auf den Zähnen, und von diesem Augenblick an hege ich eine bessere Meinung von dir als zuvor. Gib mir deine Hand, Roderigo: du hast gegen mich eine sehr richtige Einwendung gemacht, und doch betheuere ich, daß ich sehr gerade in deiner Sache gehandelt habe.

Roderigo.

So ist es mir nicht erschienen.

Jago.

Ich gebe zu, es ist in der That nicht so erschienen, und dein Argwohn ist nicht ohne Scharfsinn und Urtheil. Aber, Roderigo, wenn du das wirklich in dir hast, was zu glauben ich jetzt mehr Grund habe als je — ich meine festen Vorsatz, Muth und Tapferkeit: so zeig' es diese Nacht. Wenn dann in der nächstfolgenden Desdemona nicht dein wird, so schaff' mich hinterlistig aus der Welt und ersinne Folterqualen für mein Leben.

Roderigo.

Wohl, was ist es? Ist es vernünftig und ausführbar?

Jago.

Es ist ein ausdrücklicher Befehl von Venedig gekommen, Cassio in Othello's Stelle einzusetzen.

Roderigo.

Ist das wahr? Dann kehren ja Othello und Desdemona nach Venedig zurück.

Jago.

O nein! Er geht ins Mohrenland und nimmt die schöne Desdemona mit sich fort, wenn sein Aufenthalt hier nicht durch irgendeinen Zufall verzögert wird, worin nichts so entscheidend sein kann als die Beseitigung Cassio's.

Roderigo.

Was verstehst du unter seiner Beseitigung?

Jago.

Nun, daß man ihn unfähig macht, Othello's Stelle einzunehmen, indem man ihm den Hirnkasten einschlägt.

Roderigo.

Und du willst, daß ich das thun soll?

Jago.

Ja, wenn du wagst, nach deinem Vortheil und Recht zu handeln. Er speist heute bei einer Dirne zur Nacht, und da will ich ihn aufsuchen; er weiß noch nichts von seinem ehrenvollen Glücke. Wenn du ihm aufpassen willst bei seinem Heimgange, der, ich sorge dafür, zwischen Mitternacht und ein Uhr fallen soll, so ist er in deiner Gewalt. Ich werde mich in der Nähe halten, um deinen Angriff zu unterstützen, und er soll zwischen uns fallen. Komm, steh nicht so in Staunen, sondern geh mit mir; ich will dir die Nothwendigkeit seines Todes so vor Augen führen, daß du dich verpflichtet fühlen wirst, ihn zu tödten. Es ist jetzt hohe Zeit zum Abendessen und die Nacht vergeht ungenutzt; ans Werk!

Roderigo.

Ich will weitere Gründe dafür hören.

Jago.

Die sollst du zur Genüge haben.

(Beide ab.)

Dritte Scene.
Ein anderes Zimmer im Schloß.

Othello, Lodovico, Desdemona, Emilie und Gefolge (treten auf).

Lodovico.

Ich bitt' Euch, Herr, bemüht Euch weiter nicht.

Othello.

O laßt nur, ein Spaziergang thut mir gut.

Lodovico.

Signora, gute Nacht und schönsten Dank.

Desdemona.

Ihr seid uns sehr willkommen.

Othello.

      Wollt Ihr gehn, Herr? —
O Desdemona!

Desdemona.

Mein Gemahl?

Othello.

Geh du gleich zu Bett; ich komme bald zurück. Entlaß deine
Gesellschafterin; sorg' dafür!

Desdemona.

Wohl, mein Gemahl.

(Othello, Lodovico und Gefolge ab.)

Emilie.

Wie steht's jetzt? Er blickt sanfter als vorhin.

Desdemona.

Er sagt, er werde bald zurück sein; er
Befahl mir, in mein Bett zu gehn, und hieß mich
Dich bald entlassen.

Emilie.

Mich entlassen?

Desdemona.

So
War sein Geheiß, gute Emilie.
Drum gib mein Nachtzeug mir, und dann schlaf wohl;
Wir dürfen gerade jetzt ihm nicht mißfallen.

Emilie.

Ich wollt', Ihr hättet niemals ihn gesehn.

Desdemona.

Das wollt' ich nicht: ich lieb' ihn so in allem,
Daß seine Schroffheit selbst, sein Drohn und Schelten —
Ich bitte, mach mir auf! — mir reizend scheint.

Emilie.

Das Bettzeug liegt bereit, wie Ihr's befohlen.

Desdemona.

's ist alles eins. O Gott, wie thöricht sind wir! —
Sterb' ich vor dir, so, bitte, hüll' mich ein
In eins von diesen Laken.

Emilie.

Wie Ihr schwatzt.

Desdemona.

Meine Mutter hatt' 'ne Magd, die Bärbel hieß;
Sie war verliebt, und treulos ward ihr Liebster,
Und ließ von ihr. Sie sang ein Lied von „Weide",
Ein altes Lied, doch wie gemacht für sie.
Sie sang's im Sterben noch. Das Lied zur Nacht
Will mir nicht aus dem Sinn; ich muß mich zwingen,
Daß ich den Kopf nicht völlig hängen lasse
Und singe wie die arme Bärbel. — Bitte,
Beeile dich.

Emilie.

Soll ich Eu'r Nachtkleid holen?

Desdemona.

Nein, bleib und hilf mir. — Dieser Lodovico
Ist doch ein hübscher Mann.

Emilie.

Sehr hübsch.

Desdemona.

Und er spricht gut.

Emilie.

Ich kenne eine Dame in Venedig, die barfuß ins Heilige Land
gepilgert wäre für eine Berührung seiner Unterlippe.

Desdemona (singt).

Sie saß unterm Ahorn, ihr Leid war groß —
    Singt Weide, grüne Weide!
Die Hand auf dem Busen, das Haupt auf dem Schos;
    Singt Weide, Weide, Weide!
Das Bächlein rann vor ihr und murmelt' ihr Leid;
    Singt Weide, Weide, Weide!
Den Stein selbst erweichten die Thränen der Maid. —
Leg' dies beiseite. —
    Singt Weide, Weide, Weide! —
Bitte, eil' dich, er wird gleich hier sein. —
    Singt alle, mein Kranz muß von Weidenlaub sein.
    Daß keiner ihn schelte! Er schmäht mich mit Recht —
Nein, das kommt noch nicht. — Horch! wer klopft da?

Emilie.

Es ist der Wind.

Desdemona.

    Meinen Schatz nannt' ich treulos, was sagt er dazu? —
    Singt Weide, Weide, Weide! —
    Buhl' ich mit den Frau'n, mit den Männern buhlst du.
So, geh jetzt; gute Nacht. Mir juckt mein Auge;
Bedeutet das nicht Thränen?

Emilie.

Nichts bedeutet's.

Desdemona.

Ich hört' es so. Die Männer, o die Männer!
Auf dein Gewissen sag', glaubst du, Emilie,
Es gebe wirklich Frau'n, die ihre Männer
So gröblich täuschen?

Emilie.

Sicher gibt es solche.

Desdemona.

Thät'st du dergleichen um die ganze Welt?

Emilie.

Thätet Ihr's nicht?

Desdemona.

Beim Licht des Himmels, nein!

Emilie.

Beim Licht des Himmels würd' ich's auch nicht thun,
Es ließe sich ja leicht im Dunkeln machen.

Desdemona.

Thät'st du dergleichen um die ganze Welt?

Emilie.

Die Welt ist mächtig groß: das wäre schon
Für kleine Sünde großer Lohn.

Desdemona.

Im Ernst,
Ich glaube nicht, du wärst's im Stande.

Emilie.

Im Ernst, ich glaub', ich wär's im Stande, und macht' es
wieder ungeschehen, wenn's geschehen wäre. Natürlich thät' ich so
etwas nicht für einen Ring, oder für ein Stück Batist, oder für
Kleider, Unterröcke oder Hauben, oder für ein armseliges Nadel=
geld; aber für die ganze Welt — ei, wer möchte nicht seinem Manne
Hörner aufsetzen, um ihm eine Krone aufzusetzen? Ich würde das
Fegefeuer darum wagen.

Desdemona.

Ich sei verdammt, beging ich solch ein Unrecht
Um den Besitz der Welt.

Emilie.

Ei was, das Unrecht ist doch nur ein Unrecht in der Welt,
und wenn Ihr die Welt für Euere Mühe bekommt, so ist es nur
ein Unrecht in Euerer eigenen Welt, und Ihr könntet es schnell in
Recht umwandeln.

Desdemona.

Ich glaube nicht, daß solche Frau zu finden.

Emilie.

Ein Dutzend, und noch außerdem genug,
Die Welt, um die sie spielten, zu bevölkern.

Allein ich glaub', es ist die Schuld der Männer,
Wenn Frauen fallen. Ob sie pflichtvergessen
An fremde Reize unsern Schatz vergeuden,
Ob uns durch eifersüchtige Launen quälen
Und im Genuß der Freiheit uns beschränken;
Ob sie uns schlagen, oder mißgelaunt
Uns das verkümmern, deß wir uns erfreuten:
Wir haben Galle, und bei frommem Sinn
Auch etwas Rachsucht. Wissen soll der Mann,
Daß seine Frau dieselben Sinne hat:
Wir sehn und riechen, haben unsern Gaumen
Für süß und sauer. Was bezweckt der Mann,
Wenn er uns andre vorzieht? Ist's Vergnügen?
Ich denke, ja. Entspringt's der Leidenschaft?
Ich denke, ja. Ist's Schwachheit, die so irrt?
Gewiß. Und haben wir nicht Leidenschaften,
Trieb zum Vergnügen, Schwachheit, wie die Männer?
Drum mögen sie uns schonen und bedenken,
Ihr Beispiel ist der Grund, wenn wir sie kränken.

Desdemona.

Gute Nacht, gute Nacht; lehr' mich der Himmel handeln,
Durch Schlechtes mich zum Bessern umzuwandeln.

(Sie gehen ab.)

Fünfter Aufzug.

Erste Scene.

Eine Straße in Cypern.

Jago und Roderigo (treten auf).

Jago.

Hier hinterm Vorsprung steh, gleich wird er kommen:
Trag dein Rappier gezogen und triff gut.
Schnell, schnell; sei ohne Furcht; ich decke dich.
Bedenk, hier heißt es steigen oder fallen,
Drum fest und mit Entschlossenheit aufs Ziel!

Othello.   8

Roderigo.

Bleib mir ganz nah' zur Hand; ich könnte fehlen.

Jago.

Ich bleibe nah'; sei kühn, nimm deinen Stand.
(Zieht sich ein wenig zurück.)

Roderigo.

So recht gefällt mir diese That nicht; doch
Er gab mir Gründe, die sich hören lassen.
Ein Mensch nur hin — heraus, mein Schwert; er stirbt.
(Er geht auf seinen Stand.)

Jago.

Ich rieb den grünen Burschen bis aufs Blut,
Und er wird zornig. Ob er Cassio tödtet,
Ob Cassio ihn, ob sie sich beide tödten,
Ich mache sichre Beute. Lebt Robrigo,
Zwingt er mich, die Juwelen zu erstatten
Und alles Gold, das ich ihm abgeschwindelt
Für Desdemona —
Das darf nicht sein. Kommt Cassio davon,
Zeigt er im Leben täglich eine Schönheit,
Die mich verhäßlicht; und der Mohr auch könnte
Mich ihm verrathen; die Gefahr wär' groß.
Er sterbe; dabei bleibt's! Ich hör' ihn kommen.
(Cassio tritt auf.)

Roderigo.

Das ist sein Gang; er ist's. — Schurke, du stirbst!
(Er macht einen Ausfall auf Cassio.)

Cassio.

Der Stoß wär' leicht ans Leben mir gegangen,
Doch ist mein Wams stichfester, als du weißt.
Jetzt will ich deins versuchen.
(Er zieht und verwundet Roderigo.)

Roderigo.

O, das traf!
(Jago springt aus seinem Versteck hervor, verwundet Cassio hinten am Bein und verschwindet wieder.)

Cassio.

Ich bin gelähmt für immer. — Hülfe! Mörder!
(Fällt nieder.)

Othello (tritt auf).

Die Stimme Caſſio's! Jago hält ſein Wort.

Roderigo.

O Schurke, der ich bin!

Othello.

Das bist du, ja.

Caſſio.

Zu Hülfe! Hülfe! Licht! Ruft einen Wundarzt!

Othello.

Er iſt's! — O braver Jago, treue Seele,
So edel fühlſt du deines Freundes Kränkung!
Du lehrſt mich, was zu thun. — Liebchen, dein Schatz iſt todt,
Und dein Verhängniß eilt! Ich komme, Dirne.
Fort aus der Bruſt den ſünd'gen Reiz geriſſen,
Nun färbe Blut dein luſtbeflecktes Kiſſen!
(Ab.)
(Lodovico und Gratiano treten auf.)

Caſſio.

Was, keine Wache? Alles ſtill? Mord! Mord!

Gratiano.

Ein Unglück iſt geſchehn; der Schrei iſt gräßlich.

Caſſio.

Zu Hülfe!

Lodovico.

Horcht!

Roderigo.

Elender Schurke!

Lodovico.

Zwei ſtöhnen oder drei. Die Nacht iſt dunkel!
Dies kann Verſtellung ſein; gefährlich wär's,
Dem Ruf zu folgen ohne weitre Hülfe.

Roderigo.

Kommt niemand? O, dann muß ich mich verbluten!

Lodovico.

Horch!
(Jago kommt zurück, mit einem Lichte.)

Gratiano.

Da kommt ein Mann im Hemd, mit Licht und Waffen.

5*

Jago.

Wer da? Wer lärmt hier so? Wer schrie hier Mord?

Lodovico.

Wir wissen's nicht.

Jago.

Hörtet Ihr keinen Schrei?

Cassio.

Hierher! Ums Himmels willen helft!

Jago.

Was gibt's?

Gratiano.

Das ist Othello's Fähnrich, wie ich glaube.

Lodovico.

Ja, er ist's wirklich; ein beherzter Mann.

Jago.

Wer seid Ihr, die Ihr da so kläglich schreit?

Cassio.

Jago? O, ich bin umgebracht durch Schurken.
Hilf mir!

Jago.

Was, Lieutenant! Welche Schurken thaten dies?

Cassio.

Es muß hier einer in der Nähe sein,
Der nicht mehr fort kann.

Jago.

Hinterlist'ge Schurken! —
(Zu Lodovico und Gratiano.)
Wer seid ihr da? Kommt doch und helft!

Roderigo.

O helft mir, hierher!

Cassio.

Ha, das ist der eine.

Jago.

Du mörderischer Schuft! Elender Wicht!
(Er ersticht Roderigo.)

Roderigo.

Verdammter Jago! O du Hund, nicht Mensch!

Jago.

Morden bei Nacht! Wo sind die blut'gen Diebe?
Wie still ist diese Stadt! — Holla! Mord! Mord! —
(Zu Lodovico und Gratiano.)
Was könnt ihr sein? Vom Guten oder Uebel?

Lodovico.

Schätzt uns ganz, wie Ihr uns erprobt.

Jago.

Signor Lodovico?

Lodovico.

Derselbe, Herr.

Jago.

Ich bitt' Euch um Verzeihung. Hier liegt Cassio,
Durch Schurken schlimm verwundet.

Gratiano.

Cassio ist's?

Jago.

Bruder, wie geht's?

Cassio.

Mein Bein ist ganz entzwei.

Jago.

Verhüt's der Himmel! Licht, ihr Herrn! Ich will ihn
Mit meinem Hemd verbinden.

Bianca (tritt auf).

Was gibt's hier?

Wer schrie da so?

Jago.

Wer da so schrie?

Bianca.

Ha, Cassio!

Mein theurer Cassio! Mein süßer Cassio!

Jago.

O Straßendirne! — Cassio, kannst du ahnen,
Wer die sein mögen, die dich so verstümmelt?

Cassio.

Nein.

Gratiano.

Mich schmerzt's, Euch so zu sehn: ich suchte Euch.

Jago.

Gebt mir ein Kniebanb! — So. — Schnell eine Sänfte,
Ihn sanft hinwegzutragen!

Bianca.

Ach, er fällt
In Ohnmacht! O mein Cassio! Cassio! Cassio!

Jago.

Ihr Herrn, verdächtig ist mir diese Dirne,
Die Hand bei dieser Missethat zu haben. —
Gebuld ein Weilchen, guter Cassio. — Kommt,
Ein Licht! — Kenn' ich dies Antlitz ober nicht?
Mein Freund, mein theurer Landsmann Roberigo?
Nein — ja, gewiß. O Himmel! Roberigo.

Gratiano.

Der Venetianer?

Jago.

Ja; kanntet Ihr ihn?

Gratiano.

Ob ich ihn kannte? Sehr.

Jago.

Signor Gratiano?
Verzeiht mir gütigst! Dieser blut'ge Vorfall
Muß mich entschuld'gen, daß ich Euch nicht gleich
Erkannt' und grüßte.

Gratiano.

'S freut mich, Euch zu sehn.

Jago.

Wie geht's Euch, Cassio? — Eine Sänfte bringt!

Gratiano.

Roberigo!

Jago.

Er ist's, er ist's. — Ah, das ist schön, die Sänfte . . .
(Eine Sänfte wird gebracht.)
Nun tragt ihn recht mit Sorgfalt von hier weg;
Ich hol' Othello's Wundarzt.
(Zu Bianca.)
Ihr, Mamsell,
Spart Eure Müh'!

(Zu Cassio.)

Cassio, der Todte hier war
Mein theurer Freund. Was trieb Euch an zum Haß?

Cassio.

Nichts in der Welt; der Mann ist mir ganz fremd.

Jago (zu Bianca).

Was, seht Ihr bleich? — O, tragt ihn fort von hier! —
(Cassio und Roderigo werden fortgetragen.)
Wartet noch, güt'ge Herrn! — So bleich, Mamsell? —
Bemerkt ihr das Entsetzen ihrer Augen? —
Ha, starrst du so, kommt wol bald mehr ans Licht. —
Schaut sie nur an, ich bitt' euch, schaut sie an;
Seht ihr's nicht klar, ihr Herrn? Die Schuld verräth sich,
Auch wenn die Zunge sich nicht rührt.

Emilie (tritt auf).

Ach!. Was gibt's hier? Was gibt's hier, Jago? Sprich.

Jago.

Cassio ward hier im Dunkeln überfallen
Von Roderigo und noch andern, die
Entkamen. Er ist fast erschlagen, und
Rodrigo todt.

Emilie.

Ach, guter Cassio!

Jago.

Das ist die Frucht der Unzucht. Hör', Emilie!
Geh, frag', wo Cassio heut' zur Nacht gegessen.
(Zu Bianca.)
Wie, zittert Ihr dabei?

Bianca.

Er hat bei mir
Zur Nacht gegessen; doch nicht darum zitt'r ich.

Jago.

Also bei Euch? So folgt mir auf der Stelle.

Emilie.

Pfui, welche Dirne!

Bianca.

Ich bin keine Dirne,
Ich lebe ganz so sittsam wie Ihr selbst,
Die Ihr mich schmäht.

Emilie.

Wie ich? Pfui über dich!

Jago.

Jetzt kommt, ihr Herrn, um Cassio zu verbinden! —
Ihr da, Mamsell, erzählt uns bald was andres. —
Emilie, lauf schnell zur Citadelle,
Der Herrschaft zu berichten, was geschehn. —
Ich bitt' euch, geht voran.

(Für sich.)
Dies ist die Nacht,
Die ganz mein Glück oder mein Unglück macht.

(Alle ab.)

Zweite Scene.

Ein Schlafgemach.

Desdemona (schlafend im Bette), Othello (tritt auf mit einem Lichte).

Othello.

Die Sache will's, die Sache will's, mein Herz —
Laßt mich sie euch nicht nennen, keusche Sterne! —
Die Sache will's. Ihr Blut vergieß' ich nicht,
Noch ritz' ich ihre Haut, weißer als Schnee
Und glatt wie eines Denkmals Alabaster;
Doch sterben muß sie, sonst betrügt sie andre.
Thu aus das Licht, und dann thu aus das Licht; —
Dienstbare Flamme, lösch' ich dich, so kann ich
Dein Licht aufs neu' anzünden, wenn mich's reut;
Doch hab' ich einmal dein Licht ausgethan,
Du wundervollstes Bildwerk der Natur:
Wo fänd' ich den Prometheusfunken, dich
Neu zu entzünden? Pflück' ich deine Rose,
Kann ich den Lebenswuchs ihr nicht erneun,
Sie muß verwelken. — Noch am Baume riech' ich. —

(Er küßt sie.)
Balsamischer Hauch, der die Gerechtigkeit
Fast zwingt, ihr Schwert zu brechen! — Noch, noch einen! —
Sei so im Tode, und ich will dich tödten,
Und weiter lieben. — Einen noch, den letzten;
So süß war nie so tödlich. Ich muß weinen,
Doch sind's grausame Thränen; dieser Schmerz
Ist himmlisch: strafend, wo er liebt. — Sie wacht.

Desdemona.

Wer ist da? Othello, du?

Othello.

Ja, Desdemona.

Desdemona.

Willst du dich schlafen legen, mein Gemahl?

Othello.

Hast du zur Nacht gebetet, Desdemona?

Desdemona.

Ja, mein Gemahl.

Othello.

Besinnst du dich auf irgendeine Sünde
Noch unversöhnt dem Himmel und der Gnade,
So flehe gleich darum.

Desdemona.

Ach, mein Gemahl, was könnt Ihr damit meinen?

Othello.

Wohl, thu es und mach's kurz; ich geh' beiseite;
Ich will dich nicht unvorbereitet tödten,
Nein, Gott verhüt's! nicht deine Seele tödten.

Desdemona.

Sprichst du von tödten?

Othello.

Ja, gewiß.

Desdemona.

Dann, Himmel,
Erbarm' dich mein!

Othello.

Amen, von ganzem Herzen.

Desdemona.

Wenn du so sprichst, hoff' ich, du läßt mich leben.

Othello.

Hm!

Desdemona.

Und doch fürcht' ich dich, denn, wenn deine Augen
So rollen, bist du schrecklich. Zwar, ich weiß nicht,
Woher die Furcht, da ich von Schuld nichts weiß;
Dennoch empfind' ich Furcht.

Othello.

Denk' deiner Sünden.

Desdemona.

Die sind nur Liebe zu dir.

Othello.

Deshalb stirbst du.

Desdemona.

Um Liebe tödten, das ist unnatürlich.
O Gott, was nagst du so die Unterlippe?
Dein Bau erbebt von blutiger Leidenschaft;
Das sind Vorzeichen; doch ich hoff', ich hoffe,
Sie deuten nicht auf mich.

Othello.

Verhalt' dich ruhig.

Desdemona.

Sehr gern, doch sag' mir, um was handelt sich's?

Othello.

Das Tuch, das ich so werth hielt und dir gab,
Schenktest du Cassio.

Desdemona.

Nein, so wahr ich lebe!
Schick' nach ihm; frag' ihn.

Othello.

Theure Seele, hüte,
Hüt' dich vor Meineid: du liegst auf dem Todbett!

Desdemona.

Doch nicht, um schon zu sterben?

Othello.

Auf der Stelle.
Darum freiwillig beichte deine Sünde;
Denn leugnet'st du auch eidlich Punkt für Punkt,
Behielt' ich doch die feste Ueberzeugung,
Die mich so stöhnen macht. Du mußt jetzt sterben.

Desdemona.

Dann, Herr, erbarm' dich meiner!

Othello.

Amen, sag' ich.

Desdemona.

Auch du erbarme dich. Denn niemals habe
Ich dich gekränkt, nie Cassio geliebt,
Als mit der Liebe, die der Himmel selbst
Erlaubt; nie hab' ich ihm ein Pfand gegeben.

Othello.

Beim Himmel!
Ich sah mein Taschentuch in seiner Hand.
O du versteinst mein Herz, meineidig Weib,
Und läßt mich, was nach meiner Absicht nur
Ein Opfer sollte sein, zum Morde machen.
Ich sah das Tuch.

Desdemona.

　　　　So hat er es gefunden;
Ich hab's ihm nie gegeben. Laß ihn kommen,
Die Wahrheit zu gestehn.

Othello.

　　　　Er hat gestanden.

Desdemona.

Was, mein Gemahl?

Othello.

　　　　Daß er vertrauten Umgang
Mit dir gehabt.

Desdemona.

　　　　In unerlaubter Weise?

Othello.

Ja!

Desdemona.

Das wird er nicht sagen.

Othello.

　　　　Nein, sein Mund
Ist stumm, dem wackern Jago Dank dafür.

Desdemona.

O, meine Furcht erklärt! Was, er ist todt?

Othello.

Wär' jedes Haar auf seinem Haupt ein Leben
Gewesen, meine große Rache hätte
Alle verschlungen!

Desdemona.

Ach, er ward verrathen,
Und ich verloren!

Othello.

Buhlerin! Weinst du
Mir ins Gesicht um ihn?

Desdemona.

O Herr, verbannt mich,
Doch tödtet mich nicht!

Othello.

Nieder, Buhlerin!

Desdemona.

Tödtet mich morgen; laßt mich heut' noch leben!

Othello.

Nein, sträubst du dich —

Desdemona.

Nur eine halbe Stunde!

Othello.

Die That nur bannt das zögernde Bedenken.

Desdemona.

Nur beten laß mich noch!

Othello.

Es ist zu spät.
(Er erwürgt sie.)

Desdemona.

O Herr, Herr, Herr!

Emilie (hinter der Scene).

Mein gnäd'ger Herr! Holla! Mein gnädiger Herr!

Othello.

Wer lärmt da? — Noch nicht todt? Noch nicht ganz todt?
Zwar grausam bin ich, aber doch barmherzig;
Ich möchte deine Qualen nicht verlängern. —
So, so!

Emilie (hinter der Scene).

Hört doch! Mein Herr, mein gnäd'ger Herr!

Othello.

Wer ist da?

Emilie (hinter der Scene).

O güt'ger Herr, ich möchte mit Euch sprechen!

Othello.

Ja; — 's ist Emilie. — Wart', gleich! — Sie ist todt. —
Sie kommt vielleicht, von Cassio's Tod zu sprechen;
Der Lärm war groß. — Ha! regt sie sich nicht mehr?
Still wie das Grab. — Laß' ich sie ein? Wär's gut? —
Mir scheint, sie rührt sich wieder. — Nein. — Was thun?
Kommt sie, spricht sie gewiß zu meiner Frau.
Mein Weib! Mein — wessen Weib! Ich habe keins.
O unerträglich! O unselige Stunde!
Mir däucht, jetzt müßt' ein groß Verfinstern sein
Von Sonn' und Mond, und der erschreckte Erdball
Aufklaffen, sich von Grund aus umzuwandeln.

Emilie (hinter der Scene).

Ich bitt' Euch, öffnet, Herr, ich muß Euch sprechen.

Othello.

Ich hatte dich vergessen. Komm, Emilie! —
Still — gleich: — erst muß ich hier den Vorhang zuziehn. —
Wo bist du? So. Was hast du mir zu sagen?

(Die Thür aufriegelnd.)

Emilie (tritt auf).

Ach, gütiger Herr, ein schnöder Mord geschah.

Othello.

Was? Eben?

Emilie.

Eben erst, mein gnädiger Herr.

Othello.

Der Mond ist schuld; verirrt von seiner Bahn,
Kommt er der Erde näher als gewöhnlich
Und macht die Menschen toll.

Emilie.

Cassio hat einen jungen Venetianer
Getödtet, Roderigo.

Othello.

Roderigo
Getödtet? Und auch Cassio todt?

Emilie.

Nein, Cassio
Ist nicht todt.

Othello.

Cassio ist nicht getödtet?
Dann klingt der Mord verstimmt, und süße Rache
Wird rauh.

Desdemona.

O ungerecht ermordet, ungerecht!

Emilie.

Weh! Welch ein Schrei war das?

Othello.

Das! Was?

Emilie.

Weh mir! Das war die Stimme meiner Herrin!
He! Hülfe! Hülfe! Gnädige Frau, sprecht wieder!
Sprecht, süße Desdemona! süße Herrin!

Desdemona.

Ich sterbe schuldlos!

Emilie.

Wer hat diese That
Gethan?

Desdemona.

Niemand — ich selbst. — Leb' wohl! Empfiehl
Mich meinem gütigen Gemahl. — Leb' wohl!

(Sie stirbt.)

Othello.

Nun, wie kam sie ums Leben?

Emilie.

Ach! wer weiß?

Othello.

Du hörtest selbst sie sagen, ich that's nicht.

Emilie.

So sagte sie; ich muß die Wahrheit melden.

Othello.

Sie ging als Lügnerin zur flammenden Hölle:
Ich war's, der sie getödtet.

Emilie.

                    Um so mehr
Ein Engel sie, Ihr ein so schwärzrer Teufel!

Othello.

Sie war unkeusch und eine Buhlerin.

Emilie.

Du sprichst unwahr von ihr und bist ein Teufel.

Othello.

Sie war wie Wasser falsch!

Emilie.

                    Du bist wie Feuer rasch,
Der Falschheit sie zu zeihn.   O, sie war himmlisch treu!

Othello.

Mit Cassio lebte sie; frag' deinen Mann nur.
Verdammt wär' ich ja tiefer als zur Hölle,
Hätt' anders ich als auf gerechten Grund hin
Dies Aeußerste gethan.   Dein Mann weiß alles.

Emilie.

Mein Mann?

Othello.

Dein Mann.

Emilie.

Daß sie die Ehe brach?

Othello.

Ja, und mit Cassio.   Wär' sie treu gewesen:
Und schuf der Himmel solche zweite Welt mir,
Aus einem ganz vollkommnen Chrysolith,
Ich hätt' sie nicht darum getauscht.

Emilie.

Mein Mann?

Othello.

Ja, er hat mir zuerst davon gesagt;
Er ist ein Ehrenmann und haßt den Schlamm,
Der an ruchlosen Thaten klebt.

Emilie.

Mein Mann?

Othello.

Wozu die Wiederholung? Ja, dein Mann.

Emilie.

O Herrin! Schurkerei trieb Hohn mit Liebe! —
Mein Mann sagt, daß sie untreu war?

Othello.

　　　　　　　　　　　Ja, Frau,
Dein Mann, sag' ich; verstehst du dieses Wort?
Mein Freund, dein Mann, der wackre, wackre Jago.

Emilie.

Sagt' er das, möge seine Unheilseele
Granweis verfaulen! Er lügt bis zum Herzen;
Zu sehr nur liebte sie ihr schwarzes Los.

Othello.

Ha!

Emilie.

Thu dein Aergstes: deine That ist nicht
Des Himmels mehr werth, als du ihrer werth warst.

Othello.

Du thät'st am besten, still zu sein.

Emilie.

Du hast nicht halb die Macht, mich zu mishandeln,
Als ich's zu tragen. O du Tropf! Du Thor!
Erzdummkopf! Eine That hast du gethan —
Was kümmert mich dein Schwert! — ich mach' sie kund,
Und kost' es zwanzig Leben mir! — He, Hülfe!
Der Mohr hat meine Herrin umgebracht!
Mord! Hülfe! Mord!

　　　　(Montano, Gratiano und Jago treten auf)

Montano.

Was gibt's hier, General?

Emilie.

Ha, kommst du, Jago? Du hast gut gehandelt,
Daß Mörder auf dich wälzen ihre Schuld!

Graziano.

Was gibt es denn?

Emilie.

Wenn du ein Mann bist, strafe
Den Bösewicht hier Lügen: er gibt vor,
Du hättest ihm gesagt, sein Weib sei untreu.
Ich weiß, das that'st du nicht, du bist nicht so
Verrucht; sprich, denn mein Herz droht mir zu brechen.

Jago.

Ich sagt' ihm, was ich dachte, und nicht mehr,
Als selbst er wahr und dienlich fand zu sagen.

Emilie.

Doch sagtest du ihm, daß sie untreu war?

Jago.

Das that ich.

Emilie.

Eine Lüge sagt'st du dann,
Eine abscheuliche, verdammte Lüge;
Bei meiner Seele, eine sündige Lüge!
Untreu mit Cassio? Sagtest du, mit Cassio?

Jago.

Mit Cassio, Frau. Geh, halte deinen Mund!

Emilie.

Ich will den Mund nicht halten; ich muß sprechen:
Im Bett liegt meine Herrin hier ermordet —

Alle.

Verhüt's der Himmel!

Emilie.

Und dein Bericht war Ursach' dieses Mordes.

Othello.

Nein, starrt nicht so, ihr Herrn: 's ist wirklich so.

Graziano.

Seltsame Wahrheit!

Othello.   •   9

Montano.

Ungeheure That!

Emilie.

Ein Bubenstreich, verruchter Bubenstreich!
Jetzt komm' ich drauf, ich ahn's: o Büberei!
Schon da dacht' ich's! — Ich tödte mich vor Gram. —
O Büberei! Verruchte Büberei!

Jago.

Was? Bist du toll? Geh fort, nach Haus, ich will's!

Emilie.

Ihr güt'gen Herrn, erlaubt mir, frei zu sprechen:
's ist recht, daß ich ihm folge, doch nicht jetzt. —
Jago, vielleicht kehr' ich nie mehr nach Haus.

Othello.

O! o! o!

(Sich auf Desdemona's Bett werfend.)

Emilie.

      Ja, wirf dich nur hin und stöhne, denn
Die süßeste Unschuld hast du getödtet,
Die jemals Augen aufschlug.

Othello (sich erhebend).

      Sie war schuldig. —
Oheim, kaum kannt' ich Euch: seht Eure Nichte
Hier, deren Odem diese Hand — 's ist wahr —
Erstickt. Ich weiß, die That scheint grauenvoll.

Gratiano.

O arme Desdemona! Daß dein Vater
Gestorben, freut mich. Deine Heirath war
Ihm tödlich, nur der Gram darob zerschnitt
Den alten Lebensfaden; lebt' er noch,
Hier dieser Anblick bräch' ihn zur Verzweiflung,
Ja, fluchte von ihm seinen bessern Engel
Und trieb' ihn bis zu Selbstmord und Verdammniß.

Othello.

's ist jammervoll; doch Jago weiß, daß sie
Mit Cassio Unzucht trieb, an tausendmal:
Cassio gestand es, und sie lohnte seinen
Verbuhlten Umgang durch ein Liebeszeichen,

Das ich zuerst ihr schenkte. Ich selbst sah es
In seiner Hand: es war ein Taschentuch,
Ein altes Angedenken, das mein Vater
Einst meiner Mutter gab.

Emilie.

O Himmelsmächte!

O güt'ger Gott!

Jago.

Schweig, Weib!

Emilie.

Es muß heraus.
Es muß heraus. Ich sollte schweigen? Nein!
Nein! Ich will sprechen, wie der freie Nordwind;
Laß Himmel, Menschen, Teufel, laß sie alle
Schmach rufen über mich, ich rede doch!

Jago.

Sei klug und geh nach Haus.

Emilie.

Ich will nicht.

(Jago will sie erstechen.)

Gratiano.

Pfui!
Ihr zückt das Schwert auf eine Frau?

Emilie.

O dummer Mohr! Das Tuch, davon du sprichst,
Fand ich durch Zufall und gab's meinem Manne;
Oft bat er mich mit feierlichem Ernst —
Mehr als für solche Kleinigkeit sich ziemte —,
Es ihr zu stehlen.

Jago.

Niederträchtiges Weibsbild!

Emilie.

Sie hätt' es Cassio gegeben? Nein!
Ich fand es, ach! und gab es meinem Manne.

Jago.

Das lügst du, Weib!

Emilie.

Nein, nein, ihr Herrn, beim Himmel! —
O mörderischer Narr! Was sollte auch
Solch Hohlkopf thun mit solcher guten Frau?

(Jago ersticht Emilie und läuft hinaus.)

Othello.

Hat denn der Himmel seine Keile nur
Zum Donnern? — Ausgesuchter Bösewicht!

Gratiano.

Sie sinkt! Er hat gewiß sein Weib ermordet.

Emilie.

Ja, ja. O legt mich neben meine Herrin!

Gratiano.

Er ist entflohn, doch seine Frau getödtet.

Montano.

Er ist ein ausgemachter Schurke. Nehmt
Dies Schwert, das ich dem Mohren abgenommen.
Bewacht die Außenthür; laßt ihn nicht durch,
Eh'r tödtet ihn. Ich will dem Schurken nach,
's ist ein verruchter Bube!

(Geht ab.)

Othello.

Ich bin auch
Nicht mehr so tapfer, daß nicht jeder Laffe
Mein Schwert mir nehmen könnte. Doch warum
Sollt' Ehre Redlichkeit auch überleben?
Fort alles!

Emilie.

Was bedeutete dein Lied,
Herrin? Horch, hörst du mich? Den Schwan spiel' ich
Und sterbe singend: Weide, Weide, Weide! —
Mohr, sie war keusch; Barbar, sie liebte dich:
Ich rede wahr, beim Heile meiner Seele,
Und denkend wie ich rede, sterb' ich — ach!

(Sie stirbt.)

Othello.

Ich hab' im Zimmer dort noch eine Waffe,
Ein spanisches Schwert, die Kling' in Eis gestählt.
Hier ist es. — Laßt mich, Ohm, ich muß hinaus.

Graiiano.

Versuchst du's, wird dich's theuer kommen; du
Hast keine Waffe mehr und mußt dich fügen.

Othello (hinter dem Vorhang).

Blick' hierher denn auf mich und sprich zu mir;
Sonst, wehrlos wie ich bin, greif' ich dich an.

Graiiano.

Was hast du?

Othello.

Sieh, hier hab' ich eine Waffe,
Wie eine beßre niemals sich bewährt
An Kriegerhüfte; und ich denk' des Tags,
Da dieser Arm und dieser gute Stahl
Durch Hindernisse, zwanzigmal gewalt'ger
Als Euer Widerstand, den Weg mir bahnten.
Doch, eitler Ruhm! Wer kann sein Schicksal zwingen?
's ist anders jetzt. Doch fürchtet nicht, obgleich
Ihr mich mit dieser Waffe seht; hier ist
Das Ende meiner Reise, hier das Ziel,
Die letzte Bake einer stürm'schen Fahrt.
Prallt Ihr entsetzt zurück? Verlorne Furcht;
Zückt nur ein Schilfrohr gegen meine Brust,
So weich' ich Euch. Wohin sollt' ich auch gehn?

(Sich zur Leiche Desdemona's wendend.)

O, wie siehst du jetzt aus? Unglücklich Weib!
Bleich wie dein Hemd! Am Tag der Abrechnung
Wird dieser Blick vom Himmel meine Seele
Zur Hölle schleudern, daß die bösen Geister
Sie greifen. Bist du kalt, mein Mädchen, kalt?
Wie deine Keuschheit. —
Verdammter Bösewicht! — Peitscht mich, ihr Teufel,
Weg vom Besitze dieses Himmelsanblicks!
Blast in den Wind mich! Röstet mich in Schwefel!
Wascht mich in tiefen Schlünden flüssigen Feuers!
O Desdemona! Todte Desdemona!
Du todt? O! o!

(Lodovico, Montano, Cassio und Offiziere mit Jago als
Gefangenen treten auf.)

Lodovico.

Wo ist der hastige, unglücksel'ge Mann?

Othello.

Der ist es, der Othello war: hier bin ich.

Lodovico.

Wo ist die Natter? Führt den Buben vor!

Othello.

Ich seh' nach seinem Fuß — doch das ist Sage! —
Bist du ein Teufel? Kann ich dich nicht tödten?

(Er verwundet Jago.)

Lodovico.

Entreißt sein Schwert ihm!

Jago.

Ich blute, Herr, doch bin ich noch nicht todt.

Othello.

Ich möchte dich auch lieber lebend wissen,
Denn, wie ich fühle, ist's ein Glück, zu sterben.

Lodovico.

O du, Othello, der so gut einst war,
Gefallen in die Stricke eines Schurken,
Was soll man von dir sagen?

Othello.

                              Was Ihr wollt:
Nennt einen ehrenvollen Mörder mich,
Denn nichts that ich aus Haß, aus Ehre alles!

Lodovico.

Der Schurk' hat theilweis seine Schuld gestanden.
Habt Ihr mit ihm in Cassio's Tod gewilligt?

Othello.

Ja.

Cassio.

Ich gab Euch niemals Ursach', General.

Othello.

Ich glaube dir und bitt' um dein Verzeihn. —
Wollt ihr, ich bitt' euch, den Halbteufel fragen,
Warum er Seel' und Leib mir so verstrickt?

Jago.

Fragt mich nichts mehr; ihr wißt nun, was ihr wißt.
Von dieser Stunde an sprech' ich kein Wort.

Lodovico.

Wie? Selbst zum Beten nicht?

Gratiano.

Die Folter wird
Den Mund ihm öffnen.

Othello.

Wohl, du thust am besten.

Lodovico.

Ihr sollt erfahren, was hier vorgefallen;
Mir scheint, noch wißt Ihr's nicht. Hier ist ein Brief,
Den man in Roderigo's Tasche fand;
Und hier ein zweiter: in dem einen steht,
Daß Roderigo Cassio tödten solle.

Othello.

O Schurke!

Cassio.

Heidnischer, ruchloser Schurke!

Lodovico.

Hier noch ein Brief, von bittern Klagen voll,
Den man auch fand bei ihm und den, so scheint's,
Rodrigo diesem Schurken senden wollte;
Inzwischen kam wol Jago selbst zu ihm,
Ihn zu beschwicht'gen.

Othello.

Der durchtriebne Bube! —
Wie kamst du, Cassio, zu dem Taschentuch
Von meiner Frau?

Cassio.

Ich fand's in meinem Zimmer,
Wo Jago, wie er eben eingestanden,
Es fallen ließ zu seinem Zweck, den er
Auch ganz erreichte.

Othello.

O ich Thor! Thor! Thor!

Cassio.

In Roderigo's Brief steht auch noch, wie
Er Jago vorwirft, daß er auf der Wache
Ihn gegen mich gehetzt, was Anlaß gab,
Daß ich cassirt ward; und erst eben sagt' er,
Nachdem er lange todt geschienen, daß
Jago ihn angereizt und ihn verwundet.

Lodovico.

Ihr müßt uns folgen, dies Gemach verlassen.
Macht und Commando sind von Euch genommen,
Und Cassio herrscht in Cypern. — Dieser Schurke,
(auf Jago weisend)
Gibt's eine ausgesuchte Grausamkeit,
Die ihn recht quälen kann und lange hinziehn,
Soll sie ihn treffen. — Ihr bleibt eng verhaftet,
Bis Eure Schuld dem Staate von Venedig
Genau bekannt ist. — Kommt, führt ihn hinweg!

Othello.

Geduld! Noch ein paar Worte, eh' Ihr geht.
Ich hab' dem Staate treu gedient, man weiß das;
Nichts mehr davon. In Euern Briefen, bitt' ich,
Wenn Ihr von all dem Unheil hier berichtet,
Sprecht von mir, wie ich bin, beschönigt nichts,
Und stellt nichts boshaft dar: dann müßt Ihr sprechen
Von einem, der nicht klug, doch zu sehr liebte,
Der nicht leicht eifersüchtig, doch, erregt,
Ganz außer sich; von einem, dessen Hand,
Dem niedern Indier gleich, die Perle wegwarf,
Die mehr werth als sein Stamm; von einem, dessen
Gebeugtes Auge, ungewohnt des Weinens,
Nun Thränen träuft, schnell wie Arabiens Bäume
Ihr heilsam Harz. Schreibt das, und setzt hinzu:
Einst in Aleppo, als ein frecher Türk'
'nen Venetianer schlug, den Staat verhöhnend,
Packt' ich beim Halse den beschnittenen Hund
Und traf ihn — so —
(Ersticht sich.)

Lodovico.

O blutiges Ende!

Gratiano.

Worte
Sind hier verloren!

Othello.

Wie ich dich geküßt,
Eh' ich dich tödtete, so tödten muß
Ich mich nun selbst — und sterben auf den Kuß.
(Er stirbt, auf Desdemona fallend.)

Cassio.

Dies fürchtet' ich, denn er war groß von Herzen,
Doch glaubt' ich, keine Waffe hätt' er mehr.

Lodovico (zu Jago).

O du spartanischer Hund,
Ingrimmiger als Hunger, Schmerz und Meer,
Blick' auf die tragische Bürde dieses Betts;
Dies ist dein Werk: ein Gift für das Gesicht! —
Verhüllt es nun! — Gratiano, hüt' das Haus
Und nimm das Gut des Mohren in Besitz,
Denn du bist Erbe. — Euch, Herr Gouverneur,
Lieg dieses Höllenschurken Urtheil ab!
Bestimmt Zeit, Ort und Marter — o verstärkt die!
Ich will zu Schiff und dem Senat berichten
Voll Trauer diese traurigen Geschichten.
(Alle ab.)

Anmerkungen zu „Othello".

S. 4, Z. 1 v. o.: „Ein Bursch, von Aussehn fast wie'n schönes Weibsbild." — Ich hatte erst wörtlich übersetzt: „Ein Kerl, verdammt fast in ein schönes Weib", fand aber bei wiederholtem Vorlesen der Scene, daß niemand verstand, was damit gesagt sein sollte. Selbst meinem Abschreiber, der sonst den Worten nicht so genau auf die Finger sieht, fiel der Vers dermaßen auf, daß er ihn ganz wegließ, glaubend, ich müßte mich geirrt oder verschrieben haben. Da nun (wie ich aus eigener Erfahrung und auf die Autorität meines gelehrten Freundes, Dr. Bruce, hin, behaupten darf) den Engländern der Vers: „A fellow almost damn'd in a fair wife", ebenso unverständlich ist, wie den Deutschen die wörtliche Uebersetzung, so glaubte ich mir bei der Uebertragung schon eine kleine Freiheit nehmen zu dürfen, die ganz im Sinne der Charakteristik ist, welche uns Jago von Cassio gibt. Der oben angeführte englische Vers ist von jeher eine crux grammaticorum gewesen und wird es auch wohl bleiben. Nimmt man die Worte wie sie sind, so bleibt keine andere Erklärung stichhaltig, als die von Delius in Uebereinstimmung mit allen (bis auf einen) englischen Commentatoren gegebene, wonach Jago die Ehe als eine Art Verdammniß ansähe, der Cassio, auf eine Verbindung mit Bianca abzielend, beinahe schon verfallen sei.

Zur Rechtfertigung meiner Uebersetzung möge es genügen, diejenigen meiner Vorgänger anzuführen. Voß übersetzt: „Ein Kerl, fast rasend um ein schmuckes Weib"; Tieck: „Ein Wicht, zum schmucken Weibe fast versündigt"; A. Schmidt schlägt vor, zu setzen: „Ein Kerl, fast zu einem schönen Weibe verdammt." In gleichem Sinne faßt Gervinus die Stelle auf, freilich in nicht zu versöhnendem Widerspruch gegen den englischen Sprachgebrauch.

S. 8, Z. 9 v. u.: „Leitet die Nachforschung zum Arsenal."— So habe ich der Deutlichkeit wegen gesetzt für das Englische: „Lead to the *sagittary* the raised search." Nach Knight's Erklärung bezeichnet the sagittary (ital. sagittario) den Theil des Arsenals in Venedig, der den Generalen und Admiralen zur Wohnung angewiesen war. Ueber der Thür war das Bild eines Bogenschützen in Stein gehauen; daher der Name.

S. 12, Z. 6 v. u.:
> „So ehescheind, daß sie die reichen, edeln,
> Gelockten Lieblinge Venedigs mich."
The wealthy *curled darlings* of our nation.

S. 19, Z. 18 v. o.: „**Von wunderbaren Reiseabenteuern.**" — Hier habe ich die Lesart der Quartos gewählt: „And portance in my *travel's history*", obgleich die der Folio, welche für die hervorgehobenen Worte setzt: traveller's history, mehr sagt, wie Delius richtig bemerkt. Allein dieses Mehr war nur dem Shakespeare'schen Publikum unmittelbar verständlich, welches die abenteuerlichen Reiseberichte eines Petrus Martyr, Sir Walter Raleigh, Mandeville u. a. gierig verschlang und darin mehr Wunderbares fand, als die ausschweifendste Dichterphantasie zu bieten vermochte. Alles was unser Poet seinen Helden hier von Kannibalen, Anthropophagen und Menschen, deren Köpfe unter den Schultern wachsen, erzählen läßt, war zeitgenössischen Reiseberichten aus den neuentdeckten Ländern des Westens entnommen. Das Wort Cannibals ist wol aus dem Spanischen ins Englische übergegangen. Cannibales ist — wie ich von meinem gelehrten Freunde, Geh. Rath Dr. von Martius, weiß — eine spanische Sprechform für Cariba, die Karaiben, und weder phönizischen noch lateinischen Ursprungs. Kannibalismus kommt nicht von canis.

S. 29, Z. 8 v. o.: Die „**Veronessa**". — Die Quartos lesen a Veronessa, die Folio a Verennessa, und es müßte danach, wörtlich übersetzt, heißen: ein Veroneser, oder ein Veroneserschiff, womit das „Schiff Venedigs" näher bezeichnet werden soll. Delius bemerkt zu der Stelle: „Die Herausgeber nehmen Anstoß an einem veroneser Schiff, weil Verona eine Landstadt sei; sie ändern Veronese und beziehen dieses Wort, das Shakespeare schwerlich viersilbig gebraucht haben würde, auf Cassio, der doch schon Act 1, Scene 1 als Florentiner bezeichnet wird."

Es bedarf kaum der Bemerkung, daß Verona den Venetianern ein Schiff gestellt haben könnte, auch ohne am Meere zu liegen. Steevens schlägt vor, *the* Veronessa als Schiffsname zu lesen, und so habe ich, der größern Deutlichkeit wegen, in meiner Uebersetzung gethan.

S. 34, Z. 9 v. u.:

> „Die nie so urtheilslos sich zeigt im Leben,
> Den Salmschwanz für den Stockfischkopf zu geben."

She that in wisdom never was so frail,
To change the cod's head for the salmon's tail.

Der cynische Witz dieser englischen Verse konnte im Deutschen nicht wiedergegeben werden. Cod bedeutet nämlich im Englischen auch testiculus, und nur durch das Wortspiel erhalten die Verse ihre Jago'sche Würze.

S. 53, Z. 6 v. u.: „Ei, ihr Herrn, sind eure Instrumente in Neapel gewesen, daß sie so durch die Nase sprechen?" — Anspielung auf die bekannte Krankheit, welche die «Franzosen» am Ende des 15. Jahrhunderts unter Karl VIII. aus Neapel mitbrachten.

S. 67, Z. 4 v. o.:

"Find' ich sie unbezähmbar,
Und bänden meine zart'sten Herzensnerven
Sie an mich, gäb' ich sie dem Winde preis,
Frei, auf gut Glück der Beute nachzujagen."

If I do prove her haggard,
Though that her jesses were my dear heart-strings
I'd whistle her off, and let her down the wind,
To prey at fortune.

Delius bemerkt zu dieser Stelle: „Das Bild ist von der Falkenjagd entlehnt. Wenn Othello die Desdemona wild, unzähmbar findet,
so will er sich von ihr lossagen, wenn sie auch an seinem Herzen fest-
gewachsen, oder, im Bilde vom Fallen zu bleiben, wenn auch ihre
Fußbänder (jesses sind Lederstreifen, mit denen man den Vogel auf
der Hand festhielt) aus seinen innigsten Herzensnerven beständen, also
sein Herz zerreißen müßten. Dem Shakespeare'schen Publikum war
die Falkenjagd mit allen Einzelheiten und technischen Ausdrücken bekannt und die häufigen Anspielungen darauf deshalb leicht verständlich."

S. 75, Z. 2 v. u.: „Kannst du mir nicht sagen, wo der
Lieutenant Cassio sich aufhält?" Do you know, sirrah,
where the lieutenant Cassio lies? — Die kleine Aenderung, welche
ich mir hier erlaubt habe, bedarf wol keiner Entschuldigung. Durch
„liegen" und „lügen" würde das Wortspiel des englischen Textes
nur sehr lahm und kümmerlich wiedergegeben.

S. 76, Z. 2 v. u.:

"Glaub' mir, ich hätte lieber meine Börse
Verloren, voll Crusados."

Crusados waren portugiesische Goldmünzen im Werth von zwei bis
drei Thalern. Sie wurden geprägt unter Emanuel und dessen Sohn Johann von Portugal und kamen in England zu Shakespeare's Zeit häufig vor.

S. 79, Z. 13 v. o.:

"Und mit dem Mumiensaft, den weise Männer
Aus Jungfrau'nherzen zogen, ward's gefärbt."

Der Volksglaube schrieb dem Mumiensaft antiepileptische Kräfte zu.

S. 97, Z. 16 v. o.: „Ziegen und Affen!" — Diese Worte
spricht Othello für sich, in Erinnerung der Ausdrücke, welche Jago
S. 72 gebraucht:

und wären
Sie geil wie Ziegen, heiß wie Affen u. s. w.

S. 111, Z. 4 v. o.: Sie saß unterm Ahorn, ihr Leid
war groß u. s. w." Diesen Versen legte Shakespeare eine alte Bal-
lade (auch in Percy's „Reliques" abgedruckt) zu Grunde, in welcher ein
verschmähter Liebhaber seinen Schmerz ausspricht und welche unser Dichter
zu seinen Zwecken umänderte, um sie Desdemona's Lage anzupassen.

Druck von F. A. Brockhaus in Leipzig.

William Shakespeare's

Dramatische Werke.

Uebersetzt

von

Friedrich Bodenstedt, Ferdinand Freiligrath, Otto Gildemeister,
Paul Heyse, Hermann Kurz, Adolf Wilbrandt u. a.

Nach der Textrevision und unter Mitwirkung von Nicolaus Delius.

Mit Einleitungen und Anmerkungen.

Herausgegeben

von

Friedrich Bodenstedt.

Zweites Bändchen.

Leipzig:
F. A. Brockhaus.
—
1867.

König Johann.

Von

William Shakespeare.

· · · · · · · · · · ·

Uebersetzt

von

Otto Gildemeister.

· · · · · · · ·

Mit Einleitung und Anmerkungen.

Leipzig:

F. A. Brockhaus.

1867.

König Johann.

Einleitung.

Auf den pariser Volkstheatern sieht man eine ganz besondere Gattung von Stücken, halb Dramen, halb tableaux vivants, welche sämmtlich das miteinander gemein haben, daß der Stoff aus der Geschichte Napoleon's entnommen ist. Die Hauptsache dabei sind die Schlachtscenen, welche unter furchtbarem Lärm von Trommeln und Schießen regelmäßig mit dem Triumphe der Großen Armee enden, und die porträtähnlichen Figuren des Kaisers und seiner Marschälle, welche an Tapferkeit, Hochherzigkeit und Begeisterung für Volkswohlfahrt das Erstaunliche leisten. Das Drama selbst ist nichts als der Rahmen, welcher die einzelnen Rühr- und Spectakel-scenen zusammenhält, Machwerk der flüchtigsten Art, an welches irgendeinen kritischen Maßstab anzulegen niemand einfällt, am we-nigsten dem zuschauenden Publikum. Die namenlosen Anfertiger dieser Stücke begnügen sich, eine Anzahl von hervorstechenden Mo-menten aus dem Leben ihres Helden lose aneinanderzureihen; die Quellen, aus denen sie schöpfen, sind bonapartistische Geschichtsbücher, wie sie das Volk liest, in denen Wahres und Falsches bunt durch-einanderläuft, der Kaiser selbst aber, seine Paladine und seine Sol-daten immer im glänzendsten Lichte erscheinen, ihre Siege stets gegen erdrückende Uebermacht erfochten werden, ihre Niederlagen unwan-delbar Folgen schwarzer Verrätherei sind. Von Composition, Motivi-rung, psychologischer Malerei ist wenig oder gar nicht die Rede; der Erfolg des Stücks leidet aber unter diesem Mangel nicht im ge-ringsten: die Zuschauer sind befriedigt, erbaut, enthusiasmirt, wenn sie die altbekannten glorreichen Geschichten, an deren Wahrheit sie glauben, leibhaftig vor ihren Augen erblicken, wenn sie ihre Lieb-lingshelden mit den unvergeßlichen Uniformen von Angesicht zu Angesicht sehen und Zeugen sind, wie der große Kaiser noch ein-mal bei Lodi, bei den Pyramiden, bei Austerlitz siegt, wie er in Fontainebleau den Adler der Garde umarmt, wie er, ein Märtyrer der Revolution, in St.-Helena seiner Apotheose entgegengeht.

Ganz analog diesen französischen Spectakelstücken entwickelte sich im 16. Jahrhundert auf den londoner Bühnen das patriotische Schau-spiel, welches dem Volke aufregende Abschnitte der Landesgeschichte vorführte. Der Stoff war dem Publikum durch Chroniken, Bal-laden und Ueberlieferung geläufig; die hervorragendsten Personen: Heinrich V., Heißsporn, Talbot, Warwick, Richard III., lebten in der Erinnerung des Volks; die Theaterdichter hatten daher nur die Auf-gabe, den gegebenen Stoff für die Bühne einzurichten, wozu es großer Veranstaltungen und feiner Ausarbeitung nicht bedurfte. Sie konnten darauf rechnen, daß die entgegenkommende Phantasie der Zuschauer, welche im voraus orientirt waren, Lücken ergänzen und Andeutungen vervollständigen werde. Es genügte, die Hauptbege-benheiten nothdürftig zu dialogisiren, die Schwerter und Schilde ge-hörig klirren zu lassen, in die hochtrabenden Tiraden der Könige und Barone derbe Späße und Zoten der lustigen Personen zu mischen und vor allen Dingen die Ueberlegenheit der englischen über die französischen Fäuste deutlich zu veranschaulichen.

Shakespeare, als er für sein Theater zu arbeiten anfing, fand diese Gattung von Stücken und die Nachfrage nach dieser Gattung vor. Er lieferte, was Publikum und Theaterkasse verlangten; er arbeitete nach den vorhandenen rohen Vorbildern; er schöpfte aus den nämlichen trüben Quellen; er fügte sich den Fesseln, welche der populäre Geschmack und die populäre Tradition ihm anlegten; er acceptirte den überlieferten Stoff und selbst bis zu einem gewissen Grade die Vortragsweise seiner Vorgänger; er producirte mit einem Worte recht eigentlich als Bühnenlieferant. Aber er producirte aller-dings zugleich als dramatisches Genie ersten Ranges. Er drama-tisirte die englische Geschichte, wie die großen italienischen Meister die kirchliche Legende gemalt haben, welche auch von den handwerks-mäßigen Fabrikanten nur durch die Höhe ihrer Kunst sich unterschie-den, übrigens aber das Conventionelle in der Darstellung und eine Zeit lang auch den Stil mit den gewöhnlichsten Pinselern gemein hatten. Heutzutage wäre es nicht denkbar, daß ein Dichter von der höchsten Begabung für längere Zeit in solchen Verhältnissen, z. B. als Theaterdichter einer pariser Vorstadtbühne, verharrte; das Zeit-alter der Elisabeth war in diesem Punkte vom 19. Jahrhundert grund-verschieden und gestattete es Shakespeare, seiner Nation einen Cy-klus von Dramen zu geben, wie ihresgleichen keine andere Literatur aufzuweisen hat, und wie sie wahrscheinlich nie hätten entstehen kön-nen ohne dies Zusammentreffen einer unbefangenen, derben Freude an dem nationalen Stoffe und einer großartigen individuellen Dich-terkraft.

Es bedarf keines Nachweises, wie Shakespeare seine Vorgänger auf diesem Gebiete unermeßlich überragt, wie er die alten Geschichts-

bilder mit dem höchsten Ausdrucke individuellen Lebens erfüllt und
die Begebenheiten in natürliche Consequenzen menschlicher Leidenschaft verwandelt, oder wie er die platten Späße des Clowns zu ko-
mischen Charakteren von ebenso wunderbarer Mannichfaltigkeit wie
Lebenswahrheit erhebt: alles dies liegt hinreichend zu Tage. Eher
verdient die entgegengesetzte Seite des Verhältnisses eine Hervorhebung, diejenige nämlich, wo Shakespeare's Kunst sich mit den ältern Erzeugnissen berührt, wo sie die Spuren ihrer Entstehung und
der Umgebungen, unter denen sie groß geworden ist, noch an sich
trägt. Dahin gehört: die namentlich in den Erstlingsstücken her-
vortretende Neigung zu rhetorischer Uebertreibung und zu gesuchter
Ausdrucksweise; die Gleichgültigkeit gegen das, was wir Composition nennen würden; die Kühnheit, mit welcher weitgreifende Ent-
wickelungen in kurze Scenen zusammengedrängt werden; die sorglose
Behaglichkeit, mit welcher hinwiederum ohne wesentliche Förderung
der Handlung einzelne Episoden, namentlich komische, sich entfalten.
Manches für uns Anstößige oder doch Befremdliche wird daraus sich
erklären, daß der Dichter gewisse Scenen und Züge vorführen mußte,
weil sie einmal dem Publikum bekannt waren und daher nicht fehlen durften, ebendeshalb aber auch den Zeitgenossen durchaus verständlich und in der Ordnung erschienen. Ueberhaupt muß man sich
immer vergegenwärtigen, daß der Stoff dieser historischen Dramen,
wie gesagt, den Zuschauern völlig geläufig war, und daß sie deshalb
bequem dem Genusse der Darstellung sich hingeben konnten, auch
wo, durch die Natur des Gegenstandes gezwungen, der Dichter starke
Zumuthungen an ihre Phantasie stellte.

Die hergebrachten Schulregeln von dem „Aufbau" eines Dra-
mas wird man diesen Stücken gegenüber wol beiseitelegen müssen.
Im gewöhnlichen Sinne sind sie keine Dramen, d. h. einheitliche
Handlungen, sondern Cyklen von dramatischen Scenen, welche ihren
Zusammenhang untereinander oft nur dadurch erhalten, daß in ihnen
die nämlichen Personen handelnd oder leidend auftreten. Es ist eine
Gattung für sich, welche nur ihre eigenen Gesetze anzuerkennen hat.
Man wird finden, daß bald ein einzelner Act, ja eine einzelne
Scene ein abgeschlossenes Ganzes für sich bildet, bald wieder ein
ganzes Stück nicht ausreicht, um vollständig das darzustellen, was
der Dichter darstellen will, sondern daß eine ganze Reihe von Dramen erforderlich ist, um Keim, Wachsthum und Erfüllung der Schicksale, um die es sich handelt, zu veranschaulichen.

Der „König Johann" steht freilich für sich selbständig da, wenn
man nicht etwa in diesem Stücke ein Vorspiel zu den Usurpationen,
Aufruhren, Mordthaten und Meineiden erblicken will, welche in den
folgenden allmählich den Untergang des Hauses Plantagenet herbei-

führen. Einer solchen Auffassung steht indeß der Umstand entgegen, daß Shakespeare den „König Johann" nicht als erstes der historischen Stücke, an deren Spitze es in den Gesammtausgaben steht, geschrieben hat. Die drei Theile des Cyklus „Heinrich der Sechste" und auch „Richard der Dritte" waren jedenfalls vorher entstanden.

„König Johann" erschien, soviel wir wissen, erst nach dem Tode des Dichters im Druck, in der Folioausgabe von 1623, aber schon in einem 1598 gedruckten Buche, in der „Palladis Tamia" von Franz Meres, geschieht des Stücks Erwähnung. „Wie Plautus und Seneca", heißt es daselbst, „unter den Lateinern als die besten in der Komödie und Tragödie angesehen werden, so ist unter den Engländern Shakespeare der vortrefflichste in beiden Gattungen für die Bühne; in der Komödie bezeugen es seine «Veroneser», seine «Irrungen», seine «Verlorne Liebesmüh», seine «Gewonnene Liebesmüh», sein «Mittsommernachtstraum» und sein «Kaufmann von Venedig»; in der Tragödie sein «Richard der Zweite», «Richard der Dritte», «Heinrich der Vierte», «König Johann», «Titus Andronicus» und sein «Romeo und Julie». Wie Epius Stolo sagte, daß die Musen, wenn sie lateinisch sprächen, mit Plautus' Zunge sprechen würden, so sage ich, daß die Musen in Shakespeare's schöner gefeilter Rede sprechen würden, wenn sie englisch sprächen." Aus Stil und Behandlung des Verses schließt man, daß der „König Johann" in den Jahren 1596—98, in der mittlern Periode des Shakespeare'schen Schaffens, entstanden sein muß.

Bei seinen historischen Dramen benutzte Shakespeare vorzugsweise die Chronik Holinshed's, welche naiv und lebendig die Begebenheiten erzählt, ohne sich viel um geschichtliche Kritik zu kümmern. Mit dem „König Johann" verhält es sich anders. Es existirte bereits ein älterer „König Johann" von einem unbekannten Verfasser auf der Bühne, welchem Shakespeare beinahe Scene für Scene folgte. Dies anonyme Stück wurde 1591 unter folgendem Titel gedruckt: „Der erste und zweite Theil der drangsalvollen Regierung Johann's, Königs von England. Mit der Entdeckung von König Richard Löwenherzens unechtem Sohn, gemeiniglich der Bastard Faulconbridge geheißen. Ingleichen der Tod des Königs Johann in der Abtei Swinstead. Wie es zu unterschiedlichen malen öffentlich aufgeführt worden von ihrer Majestät Schauspielern in der löblichen Stadt London." [1] Dies höchst mittelmäßige Machwerk ward

---

[1] The first and second part of the troublesome Reigne of John King of England. With the Discovery of King Richard Cordelions base Sonne (Vulgarly named the Bastard Fauconbridge). Also the Death of King John at Swinstead-Abbey. As it was (sundry times) publikely acted by the Queenes Majesties Players in the honourable City of London.

1611 als ein Werk „von W. Sh." gedruckt, augenscheinlich um Un=
kundige glauben zu machen, es sei das Shakespeare'sche Stück; ja
nach dem Tode des Dichters erschien sogar eine Ausgabe, auf de=
ren Titel geradezu „W. Shakespeare" als Verfasser namhaft ge=
macht wurde. Dieser Buchhändlerkniff hat einzelne Kritiker zu der
höchst thörichten Meinung verführt, der ältere „König Johann" sei
eine Jugendarbeit Shakespeare's. Es ist in demselben auch nicht
die entfernteste Spur von der Kraft, welche den Bastard und die
Blendungsscene schaffen konnte. Die beiden Stücke haben nichts mit=
einander gemein als den äußerlichen Hergang der Begebenheiten.

Auch hieran hat Shakespeare im einzelnen geändert. In dem
alten Stücke wohnt z. B. Lady Faulconbridge den Verhandlungen
über die Vaterschaft persönlich bei; Constanze und Arthur sind bei
der Verlobung des Dauphin zugegen; der Bastard jagt auf der
Bühne dem Herzog von Oesterreich die Löwenhaut ab und tödtet
ihn vor den Augen des Publikums; der Prophet von Pomfret wird
vorgeführt, wie er dem Volke weissagt; ebenso gehen die zweite Krö=
nung Johann's, die Wundererscheinungen am Himmel (vierter Auf=
zug), die Vergiftung des Königs und manches andere, was Shakespeare
nur referiren oder errathen läßt, auf der Bühne vor sich. Eine
Scene stellt dar, wie der Bastard erst ein Mönchskloster, dann ein
Nonnenkloster nach Schätzen durchsucht und dort eine Nonne, hier
einen Mönch in einer Kiste versteckt findet. Alles ist im gröbsten
und plattesten Geschmack gearbeitet. In dem Shakespeare'schen „Kö=
nig Johann" ist die ganze psychologische Motivirung, die Charakte=
ristik, die Diction, das Hin= und Herspielen der Gedanken im Dialog
durchaus selbständige Schöpfung des Dichters; von der wundervollen
Gestalt des Bastards, um nur eins anzuführen, sind in dem ältern
Stücke, wo er als ein lederner, roher, bombastischer Gesell erscheint,
auch nicht einmal die allgemeinsten Grundzüge zu entdecken.

Die Frage, wie die Shakespeare'sche Dichtung zu der nüchter=
nen historischen Wahrheit sich verhalte, wird von eifrigen Aesthetikern
als unberechtigt zurückgewiesen; aber sie macht sich doch immer wieder
geltend. Man fühlt unwillkürlich eine gewisse Genugthuung, wenn
man findet, daß die dichterische Phantasie durch die Wirklichkeit be=
stätigt wird. Nun ist nachweisbar, daß Shakespeare, wenn er auch
im großen und ganzen wirklich Geschehenes darstellen wollte, doch
im einzelnen mit bewußter künstlerischer Freiheit verfuhr. Er hielt
ohne Zweifel Holinshed's Chronik für eine bessere Geschichtsquelle
als das alte Bühnenstück; aber er folgte doch dem letztern, weil es
ihm für die theatralische Wirkung handlicheres Material bot. Er
hatte sicherlich ein bestimmtes Bild von den Zuständen und Ereig=
nissen, die er dramatisirte, und er strebte danach, das Bild zur An=
schauung zu bringen; aber er suchte dies Ziel nicht durch Treue

des Details, durch genaues Festhalten der chronologischen Ordnung oder gar durch antiquarische Richtigkeit des Costüms zu erreichen, sondern griff die wesentlichen, treibenden Momente heraus und gab ihnen die Gruppirung, welche sie am deutlichsten veranschaulichte. Das so entstandene Werk ist nun freilich nicht blos in Nebendingen, wie z. B. in der vorzeitigen Verwendung von Feuerwaffen und der unhistorischen Figur des Herzogs von Oesterreich, sondern auch in wesentlichern Punkten der geschichtlichen Thatsache, wie sie der heutigen Wissenschaft erscheint, unähnlich. Es wird namentlich ignorirt, daß König Johann und seine Barone im Grunde gar nicht Engländer, sondern französische Normannen waren, - daß die ältern Plantagenets auf ihren großen Lehnsbesitz auf dem Festlande als auf ihre eigentliche Heimat blickten, daß derselbe sie zu Vasallen Frankreichs machte, und daß der insulare Patriotismus, welchen der Dichter ihnen beilegt, erst später sich entwickelte. Die unbändige Wildheit und eiserne Härte der Menschen des 13. Jahrhunderts wird zwar in einigen Zügen angedeutet, aber kaum hinreichend, um ein richtiges Bild zu gewähren; die Chroniken sind haarsträubender als die Dichtung, und auch die hassenswerthen Eigenschaften des Königs Johann, seine Doppelzüngigkeit, seine feige Grausamkeit, sein Schwanken zwischen Trotz und Verzagtheit, sind eher zu schonend als zu grell geschildert. Die großen politischen und kirchenpolitischen Gegensätze, welche unter der Regierung dieses Königs aufeinandertrafen, sein Kampf mit dem gewaltigen Papste Innocenz III., seine schließliche schmachvolle Unterwerfung unter den römischen Stuhl, der Aufstand der Barone, die Unterzeichnung der Magna-Charta, alles das erscheint in dem Drama in völlig veränderter Gestalt und nur leise an den historischen Sachverhalt erinnernd. Die englischen Edeln empören sich aus Unwillen über die vermeintliche Ermordung Arthur's, nicht aus Zorn über die Misregierung und die Uebergriffe des Königs, und sie kehren schließlich zu ihrer Lehnspflicht zurück, ohne für die Wahrung ihrer Freiheiten und Rechte etwas erlangt zu haben. Gleichwol ist es keineswegs aus der Luft gegriffen, wenn die Bühnentradition diesen trotzigen Magnaten so lebhafte Sympathien für den unglücklichen jungen Prinzen zuschreibt. Der Adel der Bretagne, wenn nicht der Adel Englands, erhob sich wirklich in Waffen, um Arthur's geheimnißvollen und nie ganz aufgeklärten Tod zu rächen, und es scheint ausgemacht, daß der König unter seinem Adel kein Werkzeug finden konnte, um diesen unglücklichen Knaben beiseite zu schaffen.

Sieht man über diese Punkte hinweg, so hat Shakespeare's Drama doch viel historische Lebenswahrheit. Als König Richard Löwenherz gefallen war, standen die Sachen, wie der Dichter es schildert. Eine feste Thronfolgeordnung hatte sich kaum noch gebildet, aber sie war

doch so weit im Entstehen begriffen, daß Johann, als er sich die
Herrschaft anmaßte, eines Unrechts sich wohl bewußt sein mußte. Der
Ordnung nach hätte seines ältern Bruders Gottfried Sohn, Arthur,
Herzog der Bretagne, den Thron erben müssen; man kann nur sagen, daß der Vortritt des erwachsenen Oheims vor den unmündigen
Neffen uralten Rechtsanschauungen, welche noch nicht erloschen waren, entsprach. Johann hatte also wol Vorwände; um das Scepter festzuhalten, aber kein genügendes Recht, um den Ansprüchen Arthur's gegenüber sich sicher zu fühlen. Seine Mutter Eleonore, ein
ehrgeiziges und ränkevolles Weib, unterstützte ihn mit der Energie,
welche Shakespeare ihr beilegt. Sie zog mit ins Feld und leitete
die Vertheidigung exponirter Provinzen, wenn ihr Sohn abwesend
war. Auf der andern Seite benutzte der kluge König von Frankreich die englischen Erbfolgestreitigkeiten, um seine Macht gegen den
normannischen Vasallen zu erweitern. Er warf sich zum Beschützer
Arthur's auf und setzte in dessen Namen sich in den festen Plätzen
der Normandie und Bretagne fest, besann sich aber nicht lange, seinen Frieden mit Johann zu machen, als dieser sich bereit finden
ließ, seine Nichte Blanca von Castilien (Tochter einer Schwester Johann's) mit dem Dauphin zu vermählen und die Braut mit nor-
mannischem Landbesitze und 20000 Mark englischen Geldes auszu-
statten. Die Verhandlungen wurden, wie der Dichter es darstellt,
in persönlicher Zusammenkunft der beiden Könige geführt, selbstver-
ständlich nicht in so summarischer Weise wie auf der Bühne. Die
Kirche mischte vielfach in diese Verhältnisse sich ein, bald im Interesse
des Friedens, bald den Hader anschürend, wie ihr eigener Vortheil
es an die Hand gab. Im Anfang war der päpstliche Hof eher dem
französischen als dem englischen König feindlich gesinnt, aber schließlich gestalteten die Dinge sich ungefähr so, wie die poetische Tradition sie sich vorstellt. König Johann brandschatzte die Geistlichkeit,
um seine stets leeren Kassen zu füllen, und widersetzte sich, zwar
nicht systematisch und im großen Stile, so doch jedesmal wann er
sich stark fühlte, der Ausübung päpstlicher Jurisdiction, der Ein-
sammlung des Peterspfennigs, den Ansprüchen der Curie bei Be-
setzungen erledigter Bischofsstellen in seinem Reiche. Er trieb es dahin, daß Innocenz III. das Interdict über England aussprechen ließ
und bald darauf den Bannfluch gegen den König schleuderte, der
zwar eine Zeit lang trotzte, allmählich aber doch inne ward, daß er
einen allzu mächtigen Gegner gereizt habe. Des Volks bemächtigte
sich jene unheimliche Stimmung, welche in unheilvollen Weissagungen
ihren Ausdruck fand; Klerus und Adel fielen vom Könige ab, und
Philipp von Frankreich, welcher bereits die Normandie an sich ge-
rissen hatte, trat jetzt, als Streiter der Kirche und von ihr mit der
Anwartschaft auf den englischen Thron ausgestattet, als offener Feind

mit gewaltigen Rüstungen in die Schranken. Da unterwarf sich Johann dem Papste. Erschüttert durch die Weissagung eines bäurischen Schwärmers, Peter von Wakesield, daß er am Himmelfahrtstage (1213) seiner Krone werde entsagen müssen, schloß er nicht allein seinen Frieden mit Rom, sondern legte auch seine Krone in die Hände des Papstes nieder, um sie als Lehn von diesem wieder zu empfangen: die schimpflichste Erniedrigung, zu welcher ein englischer Monarch, die letzten Stuarts vielleicht ausgenommen, je sich herabgelassen hat. Nachdem der König von England dem Heiligen Vater als Vasall förmlich gehuldigt hatte, verbot der Agent des Papstes — er hieß Pandulphus, war aber nicht Cardinal, sondern Archidiakonus — dem französischen Hofe und den englischen Baronen jede Feindseligkeit gegen den reuigen Sohn der Kirche, was denn freilich den Zusammenstoß der beiden Feinde, zunächst auf dem Festlande, und eine Reihe blutiger, für Johann schließlich unglücklicher Kämpfe ebenso wenig verhindern konnte wie den Aufstand des Adels, welcher mit der Unterzeichnung der Magna-Charta endete, dann durch Johann's Treulosigkeit von neuem angefacht ward und im weitern Verlaufe dahin führte, daß der Dauphin Ludwig, von den Baronen berufen, als Thronprätendent in England landete und, selbst dem päpstlichen Banne trotzend, zwei Jahre lang auf der Insel sich behauptete.

Die poetische Tradition hat hier einzelne Züge mit merkwürdiger Zähigkeit festgehalten. Die Verheerungen, welche am Seestrande in Lincolnshire die unerwartete Flut unter den Truppen des Königs anrichtete, sind geschichtlich, die Bekenntnisse des Grafen von Melun wenigstens nicht ohne einige Beglaubigung. Er soll auf dem Sterbelager eingestanden haben, daß der Dauphin und sechzehn Barone gelobt hätten, nach der Besiegung Johann's ihre englischen Verbündeten als Hochverräther auf immer zu verbannen. Daß König Johann von einem Mönche der Abtei Swinstead (oder Swineshead) vergiftet worden sei, ist eine schon früh entstandene Fabel; er starb infolge eines Diätfehlers, wie er denn überhaupt als gefräßig geschildert wird. Krank und fiebernd genoß er noch Pfirsichen und Cyder in einem Uebermaß, dem der erschöpfte Körper erlag. Innerliche Wahrscheinlichkeit hätte sonst dem Gerüchte von seiner Vergiftung in jenen wilden und ruchlosen Zeiten nicht gefehlt.

Die Bastarde spielen in der Geschichte der Plantagenet bekanntlich eine bedeutende Rolle, und wenngleich Philipp Faulconbridge oder Richard Plantagenet, wie er hernach heißt, eine Schöpfung der Dichtung ist, so stimmt dieselbe doch sehr gut zu dem historischen Costüm der Zeit. In den Kämpfen, welche unter Heinrich III. zur Verdrängung des Dauphin aus England führten, kommt ein Bastard König Johann's, Namens Richard, als tapferer und erfolgreicher Heerführer vor, und es ist denkbar, daß diesen der Volksmund in einen unechten Sohn des Richard Löwenherz verwandelt hat. Der im Stücke vorkommende Graf von Salisbury, Wilhelm Langschwert, ist ein Bastard Heinrich's II. und jener „schönen Rosamunde", welche als Nebenbuhlerin der Königin Eleonore gleichfalls in der Sage fortgelebt hat. Hubert de Burgh endlich ist auch eine geschichtliche Figur, von welcher aber das Drama kaum mehr als den Namen sich angeeignet hat. Er war ein besonders treuer und tapferer Diener des Königs, der sowol auf dem Festlande wie auch in England durch glänzende Waffenthaten, namentlich durch erfolgreiche Vertheidigung Dovers gegen den Dauphin, sich auszeichnete. Als im Jahre 1202 Arthur von Bretagne in Johann's Gewalt fiel, ward Hubert de Burgh, Befehlshaber des Schlosses Falaise in der Normandie, ihm zum Wächter gesetzt. Als nun der König seine Schergen nach Falaise schickte, um den Prinzen zu blenden, sprengte Hubert, um ihn zu retten, das Gerücht aus, daß Arthur gestorben sei, widerrief dasselbe jedoch, als die Bretagne auf diese Nachricht in hellen Aufruhr ausbrach. Der König entzog hierauf den Gefangenen der Aufsicht Hubert's und schaffte ihn nach Rouen, wo er im Jahre 1203 räthselhaft verschwand, wie einige berichten, von Johann mit eigener Hand ermordet.

Die zehn Dramen aus der englischen Geschichte hat bekanntlich A. W. v. Schlegel, bis auf „Heinrich den Achten", sämmtlich übersetzt. Es mag daher an dieser Stelle bei dem ersten dieser Dramen gestattet sein, über das Verhältniß unserer Uebersetzung der historischen Stücke zu der Schlegel'schen Arbeit ein Wort zu sagen.

Die hohen Verdienste Schlegel's um die Einbürgerung Shakespeare's in Deutschland zu preisen, ist überflüssig; er hat ein für allemal Weg und Richtung angegeben, welche der Bearbeiter des englischen Dichters einzuschlagen hat, und jeder, der mit ihm zu rivalisiren unternimmt, wird damit anfangen müssen, bei ihm in die Lehre zu gehen. Bei dem Versuche daher, dem Ziele noch um einen Schritt näher zu kommen als Schlegel selbst, wirkt der letztere selbst im stillen fortwährend mit; der Nachfolger müßte sich selber Gewalt anthun, wenn er den Einfluß seines berühmten Vorgängers lähmen oder tödten wollte. Wenn es ihm freilich mehr auf den Ruhm der Originalität als um die Herstellung eines möglichst vollkommenen Werks zu thun wäre, so würde es sehr leicht sein, alle und jede Uebereinstimmung mit Schlegel zu vermeiden. Wenn er dagegen vor allen Dingen eine möglichst gute Uebersetzung Shakespeare's liefern will, so ist dies völlig unmöglich. Gewisse Ausdrücke, Wendungen, Sentenzen u. s. w. der Shakespeare'schen Dramen haben von Schlegel ihr deutsches Ge-

wand für alle Zeit erhalten: es kann ihnen nicht mehr abgestreift werden, ohne ein Stück ihres poetischen Lebens mit abzureißen. Dies
zu thun, wäre Affectation oder übertriebene Furcht vor dem Vorwurfe
des Plagiats, und niemand geschähe damit ein schlechterer Dienst als
dem Leser. Wir hätten in den Anmerkungen jeden einzelnen Fall,
in welchem unser Text ganz oder wesentlich mit dem Schlegel'schen
zusammentrifft, namhaft machen können; allein wir würden damit
weder ihm noch uns gerecht geworden sein: ihm nicht, weil seine Ein-
wirkung sich viel weiter erstreckt als auf die Fälle directer Entlehnung,
nämlich auf Stil und Behandlung des Ganzen; uns nicht, weil die
Uebereinstimmung sehr häufig gar nicht auf Entlehnung, sondern auf
innerer Nothwendigkeit beruht, oder auch weil der Schlegel'sche Ausdruck manchmal so sehr öffentliches Eigenthum geworden ist, daß der
Nachfolger nicht mehr die Freiheit hatte, von ihm abzuweichen. Wir
haben daher in den Anmerkungen auf die Hervorhebung einzelner,
besonders frappanter Fälle uns beschränkt und ebenso auch auffäl-
lige Abweichungen motivirt.

Was den Vorwurf des Plagiats betrifft, so besorgen wir nicht,
daß derselbe um solcher Einzelheiten willen von sachverständiger Seite
wider uns werde erhoben werden. Jeder, der unsern Text mit dem
Schlegel'schen vergleichen will, wird uns bezeugen, daß die eigene
Arbeit in solchem Maße überwiegt, daß jener Vorwurf keine Stätte
finden kann. Jedenfalls würden wir uns glücklich schätzen, wenn er
der einzige wäre, der gegen unsere Uebersetzung laut würde.

———

König Johann.

Personen.

König Johann.
Prinz Heinrich, sein Sohn.
Arthur, Herzog von Bretagne.
William Mareschall, Graf von Pembroke.
Geffrey Fitz-Peter, Graf von Essex.
William Langschwert, Graf von Salisbury.
Robert Bigot, Graf von Norfolk.
Hubert de Burgh, Kämmerer des Königs.
Robert Faulconbridge.
Philipp Faulconbridge.
James Gurney, Diener der Lady Faulconbridge.
Peter von Pomfret.

Philipp, König von Frankreich.
Ludwig, der Dauphin.
Der Herzog von Oesterreich.
Cardinal Pandulfo, päpstlicher Legat.
Melun, ein französischer Edelmann.
Chatillon, französischer Gesandter.

Eleonore, Witwe König Heinrich's des Zweiten.
Constanze, Arthur's Mutter.
Blanca, Tochter des Königs Alfons von Castilien.
Lady Faulconbridge.

Lords und Damen, Bürger von Angers, ein Sheriff, Herolde,
Hauptleute, Soldaten, Boten, Gefolge.

Die Scene ist bald in England, bald in Frankreich.

Erster Aufzug.

Erste Scene.

Northampton. Ein Staatszimmer im Palast.

König Johann, Königin Eleonore, die Grafen Pembroke, Effer, Salisbury und andere, nebst Chatillon (treten auf).

König Johann.

Sprecht, Chatillon, was will Frankreich von uns?

Chatillon.

So, nach dem Gruße, spricht der König Frankreichs
Durch meinen Vortrag zu der Majestät,
Zu der erborgten Majestät von England: —

Eleonore.

Erborgte Majestät? Seltsamer Anfang!

König Johann.

Still, liebe Mutter: hört die Botschaft an.

Chatillon.

Philipp von Frankreich, kraft der klaren Rechte
Des Sohnes deines weiland Bruders Gottfried,
Arthur Plantagenet's, erhebt hier Anspruch
Auf dieses schöne Eiland sammt Provinzen,
Als Irland, Poitiers, Maine, Anjou, Touraine;
Er heischt, daß du beiseite legst das Schwert,
Das diese Lande widers Recht beherrscht,
Und daß der junge Arthur es empfange,
Dein Neff' und rechter königlicher Herr.

König Johann.

Was wird erfolgen, wenn wir dies verweigern?

1*

Chatillon.

Der stolze Zwang furchtbarn und blut'gen Kriegs
Wird mit Gewalt dir dein Gewaltrecht nehmen.

König Johann.

Wir haben Krieg für Krieg, und Blut für Blut,
Zwang wider Zwang: antworte Frankreich das.

Chatillon.

So beut mein Fürst durch meinen Mund dir Fehde,
Als meiner Botschaft allerletztes Wort.

König Johann.

Bring meines ihm, und damit scheid' in Frieden.
Sei du wie Blitzstrahl in den Augen Frankreichs;
Denn eh' du melden kannst, ich komme hin,
Soll man schon donnern hören mein Geschütz.
Fort denn! Sei die Trompete unsers Grimms,
Der finstre Vorbot' eures Untergangs.
Gebt ehrliches Geleit ihm auf den Weg:
Pembroke, besorg' es. Leb' wohl, Chatillon.

(Chatillon und Pembroke ab.)

Eleonore.

Wie nun, mein Sohn? Hab' ich nicht stets gesagt,
Constanzens Ehrgeiz werde nimmer ruhn,
Bis sie nicht Frankreich und die ganze Welt
In Brand gesetzt für ihres Sohnes Recht?
Man hätt' es heilen und verhüten können
Durch äußerst leichte, freundliche Beredung,
Was nun die Rüstung zweier Königreiche
Durch schrecklich blut'gen Ausgang schlichten muß.

König Johann.

Besitzes Macht und unser Recht für uns.

Eleonore (leise).

Besitzes Macht viel mehr als Euer Recht;
Sonst müßt' es schlimm ergehen Euch und mir:
Dies flüstert mein Gewissen bang dir zu,
Was keiner hör' als Gott und ich und du.

(Der Sheriff von Northamptonshire tritt auf und spricht heimlich mit Essex.)

Esser.

Mein Fürst, hier wird der wunderlichste Streit
Vom Land vor Euern Richterstuhl gebracht,
Wovon ich je gehört. Bring' ich die Leute?

König Johann.

Laßt sie herein!

(Der Sheriff ab.)

Die Klöster und Abteien sollen zahlen
Die Kosten dieses Zugs.

(Der Sheriff kommt zurück mit Robert Faulconbridge und dessen
Bastardbruder Philipp.)

König Johann.

Wer seid ihr beide?

Bastard.

Ich Euer treuer Unterthan, ein Junker
Hier aus Northamptonshire und ältster Sohn
Des Robert Faulconbridge, wie ich vermuthe,
Desselben, den die ruhmverleih'nde Hand
Des Löwenherz im Feld zum Ritter schlug.

König Johann.

Wer bist du?

Robert.

Der Erb' und Sohn desselben Faulconbridge.

König Johann.

Ist er der ältre Sohn, und du der Erbe?
So seid ihr, scheint es, nicht von Einer Mutter?

Bastard.

Gewiß von Einer Mutter, mächt'ger König;
Das weiß man; auch von Einem Vater, mein' ich;
Doch wegen sichrer Kund' in diesem Punkt
Verweis' ich Euch an Gott und meine Mutter:
Ich zweifle dran, wie jeder Sohn es darf.

Eleonore.

Pfui, grober Mensch! Du schändest deine Mutter
Und kränkst durch diesen Argwohn ihren Ruf.

Bastard.

Ich, gnäd'ge Frau? Ich habe keinen Grund;

Mein Bruder schützt es vor, ich keineswegs;
Denn wenn er's nachweist, na, so prellt er mich
Um jährlich wenigstens fünfhundert Pfund.
Gott schütz' der Mutter Ehr' und auch mein Land!

König Johann.

Ein wackrer, dreister Bursch. — Weswegen denn,
Wenn er der jüngre ist, heischt er dein Erbe?

Bastard.

Weshalb? Vermuthlich um das Land zu kriegen.
Doch, ein für alle mal, er schalt mich Bastard.
Ob ich rechtmäßig oder nicht erzeugt bin,
Das leg' ich nochmals auf der Mutter Haupt;
Doch daß ich just so gut erzeugt bin, Herr,
(Gott lohn's den Knochen, die für mich sich mühten!)
Vergleicht nur die Gesichter, richtet selbst.
Wenn uns Sir Robert selig beid' erzeugte,
Und dieser Sohn hier unserm Vater gleicht:
Dann alter Robert, Vater, dank' ich hier
Gott auf den Knien, daß ich nicht gleiche dir.

König Johann.

Was für 'nen Tollkopf schickt uns da der Himmel!

Eleonore.

Er hat was im Gesicht vom Löwenherz,
Und seiner Zunge Ton mahnt mich an ihn.
Erkennt Ihr nicht Merkmale meines Sohns
Im großen Gliederbaue dieses Manns?

König Johann.

Mein Auge hat sein Aeußres wohl geprüft
Und findet ihn ganz Richard. — Sprecht, Gesell,
Was treibt Euch, Eures Bruders Land zu fordern?

Bastard.

Weil er ein Halbgesicht hat wie mein Vater.
Mit diesem Halbgesicht will er mein Vollgut,
Ein halb Kopfstück fünfhundert Pfund des Jahrs.

Robert.

Mein gnäd'ger Lehnsherr, als mein Vater lebte,
Braucht' Euer Bruder meinen Vater oft —

Baſtard.

Ei Freund, damit gewinnt Ihr nicht mein Land;
Erzählt uns, wie er meine Mutter brauchte.

Robert.

Und einmal ſchickt' er als Geſandten ihn
Nach Deutſchland, um in wichtigen Geſchäften
Damal'ger Zeit zu handeln mit dem Kaiſer.
Nun, dieſe Trennung nahm der König wahr,
Und wohnt' indeß in meines Vaters Haus;
Dort glückt' es ihm, ich mag nicht ſagen wie,
Doch wahr muß wahr ſein; weites Meer und Land
Lag zwiſchen meinem Vater und der Mutter
(Wie ich von meinem Vater ſelbſt vernahm),
Als dieſer muntre Junker da erzeugt ward.
Auf ſeinem Sterbebett vermacht' er ſchriftlich
Die Güter mir, und ſtarb auch auf den Glauben,
Daß der der Mutter Sohn, nicht ſeiner ſei.
Wenn er es wär', ſo wär' er vierzehn Wochen
Vor ſeiner rechten Zeit zur Welt gekommen.
Darum, mein lieber Fürſt, ſchafft mir mein Recht,
Mein Vaterserbe, wie mein Vater wollte.

König Johann.

Freund, Euer Bruder iſt ein echtes Kind;
Des Vaters Weib gebar ihn in der Ehe,
Und wenn ſie falſch geſpielt, iſt's ihre Schuld.
Auf ſolche Schuld hin wagt es jeder Gatte,
Der ſich vermählt. Sagt mir, wie, wenn mein Bruder,
Der, wie Ihr ſagt, für ſeine Zeugung ſorgte,
Ihn nun gefordert hätt' als ſeinen Sohn?
Eu'r Vater hätte gegen alle Welt
Dies Kalb von ſeiner Kuh behaupten können.
So liegt's: mein Bruder konnt' ihn nicht begehren,
Obwol er ſein, noch Euer Vater ihn,
Obwol er nicht ſein war, verleugnen. Folglich
Zeugt' unſrer Mutter Sohn den Erben Eures Vaters,
Und Vaters Gut kommt Vaters Erben zu.

Robert.

Hat meines Vaters Wille nicht die Kraft,
Das Kind, das nicht ſein eigen, zu enterben?

Bastard.

So wenig Kraft, mich zu enterben, Freund,
Als er die Kraft, mich zu erzeugen, hatte.

Eleonore.

Was willst du lieber sein, ein Faulconbridge,
Und, wie dein Bruder, deines Guts dich freun,
Oder geschätzt als Sohn des Löwenherz,
Herr deiner selbst, und ohne Land dabei?

Bastard.

Frau Kön'gin, säh' mein Bruder aus wie ich,
Und ich wie er, Sir Robert's Ebenbild,
Und hätt' ich Beine wie zwei Peitschenstiele,
Wär' dieser Arm blos Aalhaut ausgestopft,
Und mein Gesicht so dünn, daß ich nicht wagte,
'ne Ros' ins Ohr zu stecken, weil das Volk
Dann sagen würde: „Seht, da gehn drei Heller!"
Und erbt' ich all sein Land mit seinem Ausjehn:
So wahr ich vor Euch steh', ich gäbe gern
Den letzten Fußbreit weg für mein Gesicht;
Sir Ruppig werden, das begehr' ich nicht.

Eleonore.

Ich mag dich wohl. Willst du dem Erb' entsagen,
Dein Land auf ihn vermachen und mir folgen?
Ich bin Soldat, und unterwegs nach Frankreich.

Bastard.

Bruder, nimm du mein Land, ich nehme Dienst.
Fünfhundert Pfund bringt jährlich dein Gesicht;
Verkauf's, so bringt es dir fünf Pfennig nicht. —
Frau Königin, ich folg' Euch in den Tod.

Eleonore.

Nein, lieber laff' ich Euch dahin vorangehn.

Bastard.

Nach Landesbrauch gehn stets die Höchsten vor.

König Johann.

Wie ist dein Name?

Baſtard.

Philipp, mein Lehnsherr; wollt Ihr es genau?
Sohn von des guten alten Robert Frau.

König Johann.

Führ' künftig deſſen Namen, dem du gleichſt.
Knie, Philipp, und erhöht von dieſer Stätt'
Steh auf, Sir Richard und Plantagenet!

Baſtard.

Bruder von Mutters wegen, deine Hand!
Mir gab der Vater Ehr', dir deiner Land.
Geſegnet ſei bei Tag und Nacht die Zeit,
Da ich erzeugt ward, und Sir Robert weit.

Eleonore.

Das wahre Feuer der Plantagenets!
Nennt mich Großmutter, Richard; denn ich bin's.

Baſtard.

Durch Zufall, aber nicht nach Recht; was thut's?
Etwas vom Wege ab, ein bischen krumm,
Ins Fenſter 'rein, ſelbſt über Zaun und Graben:
Wer tags nicht muckſen darf, ſtreift nachts herum,
Und wie ihr drankommt, haben bleibt doch haben.
Wer 's Ziel trifft, der ſchießt gut, ob fern, ob nah,
Gleichviel, wie ich erzeugt ward, ich bin da.

König Johann.

Geh, Faulconbridge; du biſt nun wohlgemuth
Gutsherr durch einen Ritter ohne Gut. —
Kommt, Mutter! Richard, kommt! In ſchnellſter Friſt
Nach Frankreich, Frankreich! Nichts, was nöth'ger iſt.

Baſtard.

Bruder, ade! Sei glücklich allezeit;
Du wurdeſt ja erzeugt in Ehrbarkeit.

(Alle ab bis auf den Baſtard.)

An Ehre hab' ich einen Fuß gewonnen,
Doch viele, viele Fuß breit Land verloren.
Na, jetzt kann ich aus Greteln Damen machen.
„Grüß' Gott, Sir Richard." — „Schönen Dank, mein Freund."
Und wenn er Jürgen heißt, nenn' ich ihn Peter;

Denn frischer Rang vergißt der Menschen Namen;
's ist zu gesellig und zu rücksichtsvoll
Für eure Würde. Dann so 'n Reisender,
An meiner Gnaden Tisch die Zähne stochernd;
Und ist mein ritterlicher Magen satt,
Dann saug' ich an den Zähnen und verhöre
Den weitgereisten Geden. — „Lieber Herr",
So fang' ich an, Elnbogen aufgestützt,
„Ich möcht' Euch wol ersuchen" — nun kommt Frage,
Und dann kommt Antwort, wie im Katechismus.
„O, gnäd'ger Herr", sagt Antwort, „zu Befehl,
Ganz zur Verfügung, ganz zu Diensten, Herr." —
„Nein, lieber Herr", sagt Frag', „ich ganz zu Euren."
Und so, eh' Antwort weiß, was Frage will
(Bis auf den Dialog von Complimenten),
Und mit Geschwätz von Alpen, Apenninen,
Von Pyrenäen und vom Flusse Po,
Zieht es sich bis zum Abendessen so.
Dies aber ist hochadliche Gesellschaft,
Die strebenden Gemüthern paßt, wie ich.
Denn der ist nur ein Bastard für die Welt,
Wer keinen Beigeschmack von Feinheit hat
(Ich freilich bin's mit oder ohne Beischmack),
Und nicht allein in Tracht und Lebensart,
In äußrer Form und sichtlicher Manier:
Man muß aus innrer Regung für den Zahn
Der Mitwelt süßes, süßes Gift credenzen.
Ich selbst will das nicht thun, um zu betrügen,
Doch lernen will ich's, um Betrug zu meiden,
Die Staffeln der Erhebung mir zu ebnen. —
Wer kommt in solcher Eil', im Reithabit?
Was für 'ne Weiberpost? Wo steckt ihr Mann?
Ist er zu faul, das Horn vor ihr zu blasen?

(Lady Faulconbridge und James Gurney treten auf.)

O weh! 's ist meine Mutter. — Nun, Frau Mama?
Was bringt Euch hier so eilig an den Hof?

Lady Faulconbridge.

Wo ist der Schalk, dein Bruder? Wo ist der,
Der meine Ehre durch die Gassen hetzt?

Bastard.

Mein Bruder Robert? Sohn des alten Robert?

Der Riese Goliath, der starke Mann?
Ist es Sir Robert's Sohn, den Ihr so sucht?

Lady Faulconbridge.

Sir Robert's Sohn? Ja, du schamloser Bube,
Sir Robert's Sohn! Was spottest du Sir Robert's?
Er ist Sir Robert's Sohn; du bist es auch.

Bastard.

James Gurney, laß uns eine Weil' allein.

Gurney.

Ja, lieber Philipp.

Bastard.

Philipp? Sperling! — James,
Hier gibt es Spaß; du sollst gleich mehr erfahren.

(Gurney ab.)

Mama, ich bin kein Sohn des alten Robert.
Sir Robert konnte seinen Theil an mir
Charfreitags essen und doch Fasten halten.
Sir Robert konnte das: doch — grad' heraus,
Konnt' er mich zeugen? Nein, das konnt' er nicht.
Man kennt sein Machwerk ja. Drum, liebe Mutter,
Wem schuld' ich meinen Dank für diese Glieder?
Sir Robert half nie, dieses Bein zu machen.

Lady Faulconbridge.

Verschworst auch du mit deinem Bruder dich?
Du solltest meine Ehr' aus Klugheit schützen:
Was willst du mit dem Hohn, du plumper Schelm?

Bastard.

Schelm? Ritter, Ritter, meine gute Mutter!
Ich hab' den Schlag; hier sitzt er auf der Schulter.
Doch, Mutter, ich bin nicht Sir Robert's Sohn,
Ich hab' ihn aufgegeben, auch mein Land,
Nam', eheliche Geburt und alles fort.
Drum, gute Mutter, sagt, wer war mein Vater?
Ich hoff', ein feiner Mann; wer war es, Mutter?

Lady Faulconbridge.

Hast du dem Namen Faulconbridge entsagt?

Bastard.

Aufrichtig ihm entsagt, als wie dem Teufel.

Lady Faulconbridge.

Dein Vater war Fürst Richard Löwenherz!
Ich ward verführt durch lange, heft'ge Werbung,
Ihm einzuräumen meines Gatten Bett.
Gott, leg' mir meinen Fehltritt nicht zur Last!
Du bist die Frucht der Sünde, die mich trieb
So stark und stürmisch, bis ich wehrlos blieb.

Bastard.

Beim Sonnenlicht, wär' ich noch nicht erzeugt,
So wünscht' ich keinen bessern Vater mir.
Gewisse Sünden sind privilegirt,
Und Eure auch; Ihr fehltet nicht aus Leichtsinn;
Ihr mußtet wol dem Euer Herz ergeben,
Als Huldigungstribut für mächt'ge Liebe,
Mit dessen Grimm und unerreichter Kraft
Der unerschrockne Leu nicht kämpfen konnte,
Noch Richard's Hand sein fürstlich Herz entziehn.
Wer mit Gewalt ihr Herz den Löwen raubt,
Gewinnt ein Weiberherz gar leicht. Ja, Mutter,
Von Herzen dank' ich dir für meinen Vater!
Wer sagt, daß ich erzeugt in Sünden bin,
Deß Seele schick' ich flugs zur Hölle hin.
Kommt, Mutter, Ihr sollt meine Sippschaft sehen;
Da könnt Ihr's hören; sündlich würd' es sein,
Wo König Richard warb, zu widerstehen.
Wer sündlich Euch nennt, lügt; ich sage nein!

(Beide ab.)

Zweiter Aufzug.

Erste Scene.

Frankreich. Vor den Mauern von Angers.

Von der einen Seite tritt der **Herzog von Oesterreich** mit Truppen
auf, von der andern **Philipp, König von Frankreich,** mit Truppen;
Ludwig, Constanze, Arthur und Gefolge.

Ludwig.

Vor Angers sei willkommen, tapfrer Oestreich! —
Arthur, der große Vorfahr deines Bluts,
Richard, der einst dem Leu'n das Herz entriß
Und focht die heil'gen Krieg' in Palästina,
Fand früh sein Grab durch diesen tapfern Herzog;
Und, zur Entschädigung für sein Geschlecht,
Ist er auf unsern Zuspruch hier erschienen,
Sein Banner, Knab', entfaltend für dein Recht,
Um deines unnatürlich schnöden Oheims,
Johann von England, Anmaßung zu strafen.
Umarm' ihn, lieb' ihn, heiß' ihn hier willkommen!

Arthur.

Gott wird Euch Löwenherzens Tod verzeihn,
Weil Ihr den Seinen Leben leiht, ihr Recht
Beschattend unter Euern Kriegesflügeln.
Ich biet' Euch Willkomm mit machtloser Hand,
Doch ist mein Herz voll ungeschminkter Liebe.
Willkommen vor den Thoren Angers', Herzog!

Ludwig.

Ein edler Knabe! Wer möcht' ihm nicht beistehn?

Oesterreich.

Auf deine Wangen drück' ich diesen Kuß
Als Siegel auf die Urkund' meiner Liebe,
Daß ich nicht eher heimziehn will nach Haus,

Bis Angers und dein Eigenthum in Frankreich,
Sammt jenem bleichen Strand mit weißem Antlitz,
Deß Fuß des Weltmeers brüll'nde Flut zurückstößt
Und trennt sein Inselvolk von andern Landen,
Bis jenes England, von der See umzäunt,
Dies flutumschanzte Bollwerk, das sich fest
Und sorglos fühlt vor fremden Unternehmen,
Bis dieser fernste Fleck im Westen dich
Als König grüßt. Bis dahin, seiner Knabe,
Denk' ich an Heimkehr nicht und bleib' im Feld.

Constanze.

O, nehmt der Mutter Dank, der Wittwe Dank,
Bis Eure starke Hand ihm Stärke leiht,
Um Eure Liebe reicher zu vergelten.

Oesterreich.

Den lohnt des Himmels Friede, der sein Schwert
In so gerechtem, frommem Kriege zieht.

König Philipp.

Ans Werk denn! Unser Feldgeschütz bestreiche
Die Stirne dieser widerspenst'gen Stadt.
Ruft unsre Meister in der Kriegskunst her,
Um Pläne besten Vortheils auszuwählen.
Müßt' ich mein königlich Gebein hier lassen,
Zum Marktplatz waten in Franzosenblut,
Die Stadt soll diesem Knaben sich ergeben.

Constanze.

Erwartet erst Bescheid auf die Gesandtschaft,
Daß nicht zu rasch Blut Eure Schwerter färbt.
Vielleicht bringt Chatillon das Recht in Frieden
Von England, das Ihr hier im Kriege heischt;
Dann wird uns jeder Tropfe Bluts gereun,
Den hitzig Ungestüm nutzlos vergoß.

(Chatillon tritt auf.)

König Philipp.

Ein Wunder, Fürstin! Sieh, auf deinen Wunsch
Kommt unser Bote Chatillon zurück. —
Was England sagt, sagt kürzlich, edler Herr;
Wir warten kühl auf dich; sprich, Chatillon.

Chatillon.

Zieht denn das Heer von dieser winz'gen Stadt,
Und spornt es an zu einem größern Werk.
England, verschmähend Eu'r gerecht Begehren,
Hat sich gewaffnet. Widerwärt'ger Wind,
Deß Zeit ich abgewartet, gab ihm Muße,
Sein ganzes Heer zugleich mit mir zu landen.
In schnellen Märschen naht er dieser Stadt;
Sein Heer ist stark, die Leute voller Muth;
Und mit ihm zieht einher die Königin-Mutter,
Als eine Ate schürend Blut und Kampf,
Und ihre Nichte, Blanca von Castilien,
Auch noch ein Bastard des verstorbnen Königs.
Und all' unstete Leidenschaft des Reichs,
Verwegne, stürmische Freiwillige
Mit Mädchenwangen und mit Drachengrimm,
Die haben all ihr Gut daheim verkauft,
Ihr Erbtheil stolz auf ihren Rücken tragend,
Um hier zu würfeln um ein neues Gut.
Kurz, eine stolzre Auswahl kühner Herzen,
Als Englands Flotte jetzt herübertrug,
Schwamm auf den wogenden Gewässern nie,
Um Christenlanden Noth und Weh zu bringen.

(Trommeln hinter der Scene.)

Die Unterbrechung ihrer groben Trommeln
Kürzt meine weitre Meldung: sie sind da,
Zu Unterhandlung oder Kampf. Gebt Acht!

König Philipp.

Wie unerwartet kommt uns dieser Zug!

Oesterreich.

Je weniger erwartet, desto mehr
Muß man die Anstrengung zur Abwehr wecken;
Es steigt der Muth mit der Gelegenheit.
Laßt sie willkommen sein, wir sind bereit!

*(König Johann, Eleonore, Blanca, der Bastard, Pembroke treten auf
mit Truppen.)*

König Johann.

Frieden mit Frankreich, wenn uns Frankreich friedlich
Den Eintritt gönnt in unser erblich Land!
Sonst blute Frankreich; Friede, flieh gen Himmel,

Indessen, Gottes zornig Werkzeug, wir
Den Trotz, der seinen Frieden heimjagt, strafen.

König Philipp.

Frieden mit England, wenn der Krieg aus Frankreich
Nach England heimkehrt und dort friedlich bleibt!
Wir lieben England, und um Englands willen
Schwitzen wir hier in unsrer Rüstung Last.
Dies unser Mühn sollt' eure Arbeit sein;
Dir aber liegt's so fern, England zu lieben,
Daß seinen echten König du verdrängst,
Den Erbgang abhaust, den unmünd'gen Thron
Schamlos verhöhnst und Nothzucht hast verübt
An seiner Krone jungfräulicher Tugend.
Schau hier das Antlitz deines Bruders Gottfried:
Die Stirn, die Augen sind nach ihm geformt;
Der kleine Auszug hier enthält das Ganze,
Das starb in Gottfried, und die Hand der Zeit
Wird zu gleich starkem Band ihn einst entfalten.
Der Gottfried war dein ältrer Bruder doch,
Und der sein Sohn; England war Gottfried's Recht,
Und er ist Gottfried's Sohn. Im Namen Gottes,
Wie kommt es denn, daß du ein König heißest,
Da lebend Blut in diesen Schläfen pocht,
Den Erben jener Krone, die du raubst?

König Johann.

Von wem hast du die große Vollmacht, Frankreich,
Auf deine Artikel hin mich zu verhören?

König Philipp.

Vom höchsten Richter, der den Trieb zum Guten
In Herzen weckt, die starke Macht besitzen,
Zu steuern den Befleckungen des Rechts.
Er machte mich zum Hüter dieses Knaben,
Von ihm ermächtigt, zeih' ich dich des Raubs,
Mit seiner Hülfe hoff' ich ihn zu strafen.

König Johann.

Du maßest dir das Amt des Richters an.

König Philipp.

Doch nur um Anmaßung aufs Haupt zu schlagen.

Eleonore.

Wen, Frankreich, zeihest du der Anmaßung?

Constanze.

Dein Sohn hat sich der Herrschaft angemaßt.

Eleonore.

Schweig, Freche! Du willst deinen Bastard krönen
Um selbst als Königin die Welt zu zügeln.

Constanze.

Mein Bett war immer deinem Sohn so treu,
Wie deines deinem Gatten; dieser Knabe
Gleicht seinem Vater Gottfried mehr an Zügen
Als dir Johann, der dir an Sitten gleicht
Wie Ei dem Ei, wie Satan seiner Mutter.
Mein Sohn ein Bastard! Nun, bei Gott, ich glaube,
Sein Vater ward so ehrlich nicht erzeugt;
Unmöglich, da du seine Mutter warst!

Eleonore (zu Arthur).

Eine gute Mutter, Kind! schmäht deinen Vater.

Constanze.

'ne gute Großmama, die dich beschimpft!

Oesterreich.

Still!

Bastard.

Hört den Rufer!

Oesterreich.

Wer zum Teufel bist du?

Bastard.

Jemand, der Euch den Teufel spielen wird,
Wann er Euch packt, allein mit Euerm Fell.
Ihr seid der Hase, den das Sprichwort meint,
Der keck den todten Leun am Barte zupft.
Faß' ich Euch 'mal, so schweß' ich Euern Pelzrock;
Freund, seht Euch vor: ich thu's, fürwahr, ich thu's.

Blanca.

O, trefflich stand das Kleid des Leuen ihm,
Der dieses Kleids den Leun entkleidet hatte!

Bastard.

Es macht auf seinem Rücken sich so stattlich,
Wie des Alciden Schuh an einem Esel.

König Johann. 2

Bald, Esel, nehm' ich Euch die Last vom Nacken,
Und leg' was drauf, daß Euch die Schultern knacken.

Oesterreich.

Wer ist der Knacker, der das Ohr betäubt
Mit diesem Schwall von überflüss'gem Wind? —
Sire — Ludwig, sagt, was stracks geschehen soll.

Ludwig.

Weiber und Narren, schließt nun die Verhandlung! —
König Johann, die kurze Summ' ist dies:
England und Irland, Touraine, Anjou, Maine,
In Arthur's Namen heisch' ich sie von dir:
Willst du verzichten? Legst die Waffen nieder?

König Johann.

Eh' meinen Kopf! Frankreich, ich trotze dir.
In meinen Schutz komm, Arthur von Bretagne,
Und mehr aus treuer Liebe geb' ich dir,
Als Frankreichs feige Hand dir je gewinnt.
Ergib dich, Kind!

Eleonore.

     Komm zur Großmutter, Knabe!

Constanze.

Thu's, Kind; geh hin zur Großmama, lieb Kind;
Gib Königreich an Großmama: sie gibt dir
Auch eine Pflaum' und Kirsch' und eine Feige,
Die liebe Großmama!

Arthur.

          Still, gute Mutter!
Ich wollt', ich läge tief in meinem Grab;
Ich bin den Lärm nicht werth, den ich errege.

Eleonore.

Mama beschämt ihn so, er weint, der Aermste.

Constanze.

Schämt Ihr Euch, ob sie's thue oder nicht!
Zorn über Euch, nicht Scham um mich entlockt
Die himmelrührenden Perlen seinen Augen;
Der Himmel wird als Sportel sie empfangen;
Bestechen soll ihn der krystallne Schmuck,
Daß er ihm Recht verschaff' und Rach' an Euch.

Eleonore.

Greuliche Lästerin auf Erd' und Himmel!

Constanze.

Greuliche Frevlerin an Erd' und Himmel!
Nenn' mich nicht Lästerin. Du und die Deinen
Raubt diesem unterdrückten Knaben Land
Und Reich und Recht. Sohn deines ältsten Sohns
Ist er, in nichts unglücklich als in dir;
Denn deine Sünden werden heimgesucht
An diesem armen Kinde; das Gesetz
Trifft ihn; er ist ja nur im zweiten Grade
Entfernt von deinem sündenschwangern Schoß.

König Johann.

Tollhäuslerin, hör' auf!

Constanze.

Nur dieses noch:
Er wird nicht blos geplagt für ihre Sünde;
Gott machte ihre Sünd' und sie zur Plage
Für diesen Enkel, der für sie geplagt wird
Mit ihrer Plage, ihrer Sünd'; ihr Unrecht,
Der Büttel ihrer Sünd', ist seine Noth,
Alles bestraft an diesem meinen Kinde,
Und blos um sie! Plag' über sie und Fluch!

Eleonore.

Verstocktes Lästermaul, ein letzter Wille
Besteht, der deines Sohnes Erbrecht ausschließt.

Constanze.

Ein letzter Wille? Nein, ein böser Wille,
Ein Weiberwill', ein alter Hexenwille.

König Philipp.

Still, Fürstin, oder haltet besser Maß.
Schlecht ziemt es diesem Kreise, aufzumuntern
So grell gestimmte Wiederholungen. —
Daß ein Trompeter diese Leut' aus Angers
Hier auf die Mauer rufe. Hören wir,
Ob sie Johann's, ob Arthur's Recht erkennen.

(Trompetenstoß. Bürger erscheinen auf der Stadtmauer.)

Ein Bürger.

Wer ist es, der uns auf die Mauer ruft?

König Philipp.

Frankreich, für England.

König Johann.

England für sich selbst.
Männer von Angers, liebe Unterthanen —

König Philipp.

Getreue Bürger, Arthur's Unterthanen,
Ich ließ zu freundlicher Verhandlung blasen —

König Johann.

Zu unserm Vortheil; darum hört uns erst.
Hier diese Fahnen Frankreichs, die sich jetzt
Vor Aug' und Aussicht eurer Stadt erheben,
Sind euch zur Schädigung hierher marschirt;
Die Bäuche der Kanonen sind voll Grimms
Und schon gerichtet, um auf eure Mauern
Die Eisenschauer ihres Zorns zu spein;
Jedwede Zurüstung zu blut'gem Sturm
Und wildem Angriff der Franzosen droht
Den Thoren, eurer Stadt geschlossnen Augen,
Und ohne unsre Ankunft wäre jetzt
Dies schlafende Gestein, das wie ein Gurt
Euch einschließt, durch ihr stürmendes Geschütz
Verdrängt aus seinem festen Mörtelbett,
Und die Verwüstung bahnte blut'ger Macht
Den Weg, in euern Frieden einzubrechen.
Jedoch, beim Anblick euers rechten Königs,
Der mühsam und durch manchen raschen Marsch
Vor euer Thor ein Gegenheer gebracht,
Um Angers Backen unzerkratzt zu schützen,
Sieh da, gönnt euch der Feind bestürzt Verhandlung!
Und nun, statt Kugeln, eingehüllt in Feuer,
Um eure Mauern fieberhaft zu schütteln,
Schießt er nur sanfte Wort', in Dampf versteckt,
Um euer Ohr zu thören mit Verrath.
So traut ihm demgemäß nur, werthe Bürger,
Und lasset uns als euern König ein,
Deß müde Kraft, matt von so schnellem Marsch,
Herberge heischt in eurer Mauern Schutz.

König Philipp.

Wann ich gesprochen, gebt uns beiden Antwort!
Seht, neben meiner Rechten, deren Schutz

Dem Rechte dessen heilig angelobt ist,
Der jetzt sie hält, steht Prinz Plantagenet,
Der Sohn des ältern Bruders dieses Manns
Und König über ihn und all sein Gut.
Für dies zertretne Recht zertreten wir
Im Kriegeszug das Feld vor eurer Stadt,
Nicht weiter feindlich wider euch gesinnt,
Als uns die Nöthigung gastlichen Eifers
Zur Hülfe dieses unterdrückten Kindes
Pflichtmäßig zwingt. Darum gefall' es euch,
Wie sich's gehört, die Treue dem zu zahlen,
Dem sie gehört, das heißt dem jungen Prinzen.
Der Waffen Grimm soll wie ein Bär im Maulkorb —
Außer fürs Auge — dann geknebelt sein;
Harmlos vertobe der Kanonen Groll
Am unverletzlichen Gewölk des Himmels;
Und wir, in frohem, freiem Rückzug dann,
Die Helm' und Schwerter ohne Beul' und Scharte,
Bringen das muntre Blut zurück nach Haus,
Das wider eure Stadt wir spritzen wollten,
Und lassen euch mit Weib und Kind in Ruh'.
Verschmäht ihr aber thöricht unsern Antrag,
So wird das Rund der grauen Mauern nicht
Euch bergen vor den Boten unsers Kriegs,
Wenn auch dies ganze englische Aufgebot
Beherbergt wär' in ihrem starren Kreis.
Sagt denn, erkennt uns eure Stadt als Herrn
Zu Gunsten deß, für den wir es geheischt,
Eh' das Signal wir geben unsrer Wuth,
Und unser Eigenthum in Blut erstürmen?

####### Bürger.

Wir sind dem König Englands unterthan
Und halten diese Stadt für ihn verwahrt.

####### König Johann.

Erkennt den König denn, und laßt mich ein!

####### Bürger.

Wir können's nicht. Wer sich als König ausweist,
Dem werden wir gehorchen; bis dahin
Verrammeln wir die Thore aller Welt.

####### König Johann.

Weist Englands Krone nicht den König aus?

Wenn nicht, so bring' ich meine Zeugen mit,
Dreimal zehntausend Herzen, Söhne Englands —

Bastard.

Bastarde, und so weiter.

König Johann.

Um unser Anrecht blutig zu erhärten.

König Philipp.

So viel' und ganz so wohlgeborne Männer —

Bastard.

Auch ein'ge Bastarde.

König Philipp.

Stehn hier, um seinen Anspruch zu bestreiten.

Bürger.

Bis ihr nicht ausmacht, wessen Recht das beste,
Verwahren wir's dem Besten von euch beiden.

König Johann.

Verzeih denn Gott die Sünden aller Seelen,
Die heut' zu ihrem ew'gen Aufenthalt,
Bevor der Thau des Abends fällt, entfliehn
Im Blutgericht um unsers Reiches König!

König Philipp.

Amen. — Zu Pferd, ihr Ritter! Zu den Waffen!

Bastard.

Sanct-Georg, der einst den Drachen durchgebleut
Und seit der Zeit zu Pferde sitzt vorm Bierhaus,
Lehr' uns was Fechtkunst!
                    (Zu Oesterreich.)
                          Kerl, wär' ich daheim
In Eurer Höhle, Kerl, bei Eurer Löwin,
Ich setzt' ein Stierhaupt auf Eu'r Löwenfell
Und macht' aus Euch ein Monstrum!

Oesterreich.

                          Ruhig, still!

Bastard.

O, zittert, denn Ihr hört des Leun Gebrüll.

König Johann.

Kommt, höher auf das Feld; da stellen wir
In bester Ordnung unsre Truppen auf.

Baſtard.

Dann raſch, daß wir den beſten Platz gewinnen!

König Philipp (zu Ludwig).

So ſei es, und am zweiten Hügel laßt
Den Reſt ſich ſtellen. Gott und unſer Recht!

(Alle ab.)

Zweite Scene.

Ebendaſelbſt.

Getümmel und Angriffe, dann ein Rückzug. Ein franzöſiſcher
Herold mit Trompetern nähert ſich dem Thore.

Franzöſiſcher Herold.

Männer von Angers, öffnet weit das Thor!
Laßt Arthur, Herzog von Bretagne, ein,
Der heut' durch Frankreichs Hand viel Thränenarbeit
Für Englands Mütter ſchaffte, deren Söhne
Auf blut'gem Felde liegen ausgeſtreut;
Der Gatte mancher Wittwe liegt im Staub,
Die rothgefärbte Erde kalt umarmend,
Und Sieg, mit wenigem Verluſte, ſpielt
Auf tanzenden Panieren der Franzoſen.
Sie nahen ſchon, um mit Triumphgepräng
Ins Thor zu ziehn und Arthur auszurufen
Als Englands König und als euern Herrn!

(Ein engliſcher Herold tritt mit Trompetern auf.)

Engliſcher Herold.

Freut euch, ihr Bürger, läutet eure Glocken!
Johann kommt, Englands König und der eure,
Der Meiſter dieſes heißen, ſchlimmen Tags.
Die Rüſtungen, vorher ſo ſilberblank,
Sind jetzt vergoldet von Franzoſenblut;
Nicht eine Feder ſtak in Englands Helmen,
Die ein Franzoſenſpeer zerſtoßen hat;
Die Fahnen wehn noch in denſelben Händen,
Die ſie entrollten, als wir ausgerückt,
Und wie ein muntrer Jagdtrupp jauchzend kommt

Altenglands Volk, die Hände purpurn ganz,
Gefärbt in der entfärbten Feinde Mord.
Macht auf die Thor' und gebt den Siegern Raum!

Bürger.

Herolde, von den Thürmen sahen wir
Von Anfang bis zu Ende beider Heere
Angriff und Rückzug, und der schärffte Blick
Fand nichts an ihrer Gleichheit auszusetzen;
Blut zahlte Blut und Hieb vergalt den Hieb,
Kraft rang mit Kraft und Macht maß sich mit Macht.
Bis einer überwiegt, bewahren wir
Die Stadt für keinen, und für beide doch.

(Von der einen Seite kommen König Johann mit seinen Truppen, Eleonore,
Blanca und der Bastard; von der andern König Philipp, Ludwig,
Oesterreich und Truppen.)

König Johann.

Frankreich, haft du noch mehr Blut zu vergeuden?
Hat unsers Rechtes Strom nun freien Lauf?
Er wird, durch deinen Widerstand gereizt,
Sein Bett verlassen und mit zorn'ger Flut
Selbst dein benachbart Ufer überschwellen,
Wenn du nicht seinem silbernen Gewässer
Friedliche Bahn zum Ocean vergönnst.

König Philipp.

England, du haft kein Tröpfchen Blut gespart
In diesem heißen Wettkampf, mehr als Frankreich;
Eh' mehr verloren. Und bei dieser Hand,
Die über Frankreichs weite Lande herrscht,
Nicht ruhn soll dies gerecht getragne Schwert,
Bis du gestürzt bist, den dies Schwert bekämpft!
Wo nicht, so mehr' ein König unsre Todten
Und paare ruhmreich auf der Leichenlifte
Den Mord mit einem königlichen Namen!

Bastard.

Ha, Majestät! Wie hoch schwingt sich dein Ruhm,
Wann mächt'ges Königsblut in Brand geräth!
Nun setzt Freund Hein Stahl in die todten Kiefern,
Soldatenschwerter statt der Zähn' und Hauer,
Und schmaust nun und zerreißt der Menschen Fleisch
In unentschiednen königlichen Zwisten.
Weshalb stehn diese Heere so verdutzt?

Ruft Mord, ihr Könige! Zum Blutfeld eilt,
Ihr gleichgewaltigen, entflammten Herzen!
Der Sturz des einen mag des andern Frieden
Versichern: bis dahin — Kampf, Blut und Tod!

König Johann.

Auf welche Seite treten jetzt die Städter?

König Philipp.

Nun, Bürger, sprecht für England: wer ist König?

Bürger.

Der König Englands, wenn man ihn erst kennt.

König Philipp.

Kennt ihn in uns, die wir sein Recht vertreten!

König Johann.

In uns, dem Vollmachtträger unsrer selbst,
Die wir Besitz hier in Person ergreifen
Als unser eigner Herr, der Stadt, und eurer!

Bürger.

Dies weigert eine höh're Macht als wir,
Und bis es zweifellos, verschließen wir
Die Scrupel hinters starkverriegelte
Thor unsrer Furcht, bis ein gewisser König,
Sie lösend, unsre Furcht absetzt und heilt.

Bastard.

Bei Gott, das Pack von Angers narrt euch, Fürsten,
Und steht auf seinen Zinnen ganz getrost,
Wie im Theater, gafft und weist mit Fingern
Auf eure eifrigen Todesact' und Scenen.
Laßt euch von mir berathen, hohe Herrn:
Macht's wie die Meuterer Jerusalems,
Seid für ein Weilchen Freund' und häuft vereint
Des Hasses schärfste Thaten auf die Stadt!
England und Frankreich fahr' aus West und Ost
Sein Sturmgeschütz auf, bis zum Mund geladen,
Deß herzerschütternd Lärmen niederschreie
Die Kieselrippen dieser frechen Stadt!
Ich wollt' auf dies Gesindel rastlos feuern,
Bis zaun= und mauerlos Verwüstung sie
Daliehe, nackt wie die gemeine Luft.

Dies abgethan, trennt eure Truppen wieder
Und die vermischten Fahnen theilt aufs neu',
Kehrt Stirn an Stirn und blut'gen Speer auf Speer,
Und Frau Fortuna wird im Umsehn dann
Aus einer Seite ihren Liebling wählen,
Dem sie in ihrer Gunst den Tag verleihn
Und den sie küssen wird mit stolzem Sieg.
Gefällt der tolle Rath, Großmächt'ge, euch?
Schmeckt er nicht etwas nach der Politik?

König Johann.

Nun, bei dem Himmel über unsern Häuptern,
Mir sagt er zu. Wie, Frankreich? Machen wir
Gemeinsam erst die Stadt dem Boden gleich
Und fechten dann, wem sie gehören soll?

Bastard.

Wenn du das Zeug zum König in dir hast,
Da dich wie uns die störr'ge Stadt beschimpft,
So lehr' die Mündung deiner Feldgeschütze
Mit unsern gegen diese frechen Mauern;
Und wenn man sie in Staub geschmettert hat,
Na, dann macht unter euch ein Schlachtgewimmel
Und schickt euch selbst zu Hölle oder Himmel!

König Philipp.

So sei es! Sagt, wo Ihr angreifen wollt?

König Johann.

Von Westen her will ich Zerstörung senden
Ins Herz der Stadt.

Oesterreich.

Vom Norden ich.

König Philipp.

   Mein Donner regn' aus Süden
Sein Kugelschauer auf die Stadt herab.

Bastard (bei Seite).

Von Süd nach Nord — o weiser Feldherrnbund! —
Schießt Oestreich sich und Frankreich in den Mund.
Ich will sie dazu hetzen. — Kommt, macht fort!

Bürger.

Hört uns, o Fürsten; bleibt ein Weilchen dort,

So zeig' ich euch des Friedens holdes Antlitz!
Gewinnet Angers ohne Wund' und Streich,
Schont die Lebend'gen, laßt im Bett sie sterben,
Die hier als Opfer kamen für die Schlacht;
Beharrt nicht, große Fürsten; hört mich an!

König Johann.

Sprecht, wir gestatten's euch und wollen hören.

Bürger.

Dort jene Tochter Spaniens, Fräulein Blanca,
Ist Englands Nichte. Blickt nun auf die Jahre
Des Dauphins Ludwig und der holden Magd.
Wenn üpp'ge Liebe nach der Schönheit geht,
Wo fände sie sie holder als in Blanca?
Wenn fromme Liebe nach der Tugend strebt,
Wo fände sie sie reiner als in Blanca?
Fragt ehrbegier'ge Liebe nach Geburt,
Wo strömt so edles Blut wie Fräulein Blanca's?
Wie sie, an Schönheit, Tugend und Geburt,
Ist auch der Dauphin allerdings vollkommen;
Wenn nicht vollkommen, nun, er ist nicht sie.
So mangelt ihr auch nichts, was Mangel heißt,
Wenn's nicht ein Mangel ist, daß sie nicht er ist.
Er ist die Hälfte eines Menschenbildes,
Den ihresgleichen erst vollenden muß;
Und sie getheilte holde Trefflichkeit,
Die erst in ihm vollkommne Fülle hat.
Zwei solche Silberströme, wenn vereint,
Verherrlichen die sie umfah'nden Ufer;
Und solche Ufer so vereinter Ströme,
Zwei Grenzgestade, Könige, seid ihr
Für dies erlauchte Paar, wenn ihr's vermählt.
Dies Bündniß wird an unsern festen Thoren
Mehr thun als Stürmen; denn bei dieser Heirath,
Mit rascherm Eifer als Geschütz erzwingt,
Fliegt weit die Oeffnung unsrer Pforten auf
Und gönnt euch Einlaß; ohne diese Heirath
Ist die empörte See nicht halb so taub,
Nicht Löwen unerschrockner, Berg' und Felsen
Nicht unbeweglicher, ja selbst der Tod
In wildem Morden nicht halb so unbeugsam
Als wir, die Stadt zu halten.

Bastard.

Das ist ein Haltauf, der den faulen Leichnam
Des alten Tods aus seinen Lumpen schüttelt;
Das ist fürwahr ein ungeheures Maul,
Das Tod ausspeit und Berge, Felsen, Meer,
Von brüllenden Löwen so vertraulich schwatzt
Wie dreizehnjähr'ge Mägdelein vom Schoßhund.
Was für ein Kanonier hat den erzeugt?
Er spricht Kanonendonner, Blitz und Rauch;
Er gibt mit seiner Zunge Bastonnaden,
Bleut unsre Ohren durch, und jedes Wort
Gibt Püffe, besser als Franzosenfäuste.
Potz! Ich ward nie mit Worten so gewalkt,
Seit ich zu Mutters Mann „Papa" gesagt.

Eleonore.

Mein Sohn, befolg' den Rath; schließ diesen Bund;
Gib unsrer Nicht' ein reichlich Heirathsgut!
Du knüpfst durch dieses Band die Sicherheit
So sicher an die jetzt unsichre Krone,
Daß jenem Milchbart keine Sonne mehr
Die Blüte reift, die mächt'ge Frucht verheißt.
Ich seh' in Frankreichs Blick Nachgiebigkeit.
Sie flüstern, schau: dräng' sie, solang' ihr Herz
Für diesen Ehrgeiz noch empfänglich ist,
Bevor ihr jetzt in Fluß gerathner Eifer
Vor wind'gem Hauch der Bitten und des Mitleids
Abkühlt und starr wird, wie er früher war.

Bürger.

Warum antworten nicht die Majestäten
Dem Friedensvorschlag der bedrohten Stadt?

König Philipp.

England, sprich du zuerst, wie du zuerst
Bereit warst, mit der Stadt zu sprechen.   Rede!

König Johann.

Wofern der Dauphin, dein erlauchter Sohn,
In diesem Buch der Schönheit liest: „Ich liebe",
Steur' ich sie aus wie eine Königin.
Poitiers, Maine, Anjou, sammt den Au'n Touraines,
Und alles Land, das wir diesseit der See
(Bis auf die jetzt von uns berennte Stadt)

Lehnspflichtig finden unsrer Kron' und Herrschaft,
Vergold' ihr Brautbett, mache sie so reich
An Titeln, Ehren und an Machtgewinn,
Wie sie an Schönheit, Abkunft und Erziehung
Sich mißt mit jeglicher Prinzeß der Welt.

König Philipp.

Was sagst du, Sohn? Schau in des Fräuleins Antlitz.

Ludwig.

Ich thu' es, Sire, und find' in ihrem Auge
Ein Wunder oder wunderbar Mirakel,
Den Schatten meiner selbst in ihrem Auge;
Der Schatten Eures Sohns wird auf die Art
Zur Sonn' und macht zum Schatten Euern Sohn.
Ich schwör' es Euch, ich liebte nie mich selbst,
Bis hier ich mein geschmeichelt Bildniß sah,
Gefaßt in ihres Auges holden Rahmen.

(Er flüstert mit Blanca.)

Bastard.

Gefaßt in ihres Auges holden Rahmen,
Gehängt an ihren krausgezognen Brau'n,
Geviertheilt in dem Herzen seiner Dame
Muß er sich selbst, Rebell der Liebe, schaun.
Nur eins ist schad': in Liebe so gefaßt,
Gehängt, geviertheilt — solch ein lump'ger Gast!

Blanca.

Des Oheims Will' in diesem Punkt ist meiner.
Sieht er in Euch etwas, was ihm gefällt:
Dies Etwas, was er sieht und ihm gefällt,
Verpflanz' ich ohne Müh' in meinen Wunsch;
Das heißt, um richtiger es auszudrücken,
Ich zwing' es meiner Liebe mühlos auf.
Nicht weiter schmeicheln will ich Euch, mein Prinz,
Als säh' ich nur an Euch, was Lieb' erheischt;
So viel ist wahr, ich sehe nichts an Euch,
Wenn selbst die Abgunst Euer Richter wär',
Was irgend Haß mir zu verdienen schiene.

König Johann.

Was sagt das junge Paar? Was sagt Ihr, Nichte?

Blanca.

Daß sie in Ehren so gehorchen soll,
Als Ihr in Weisheit es befehlen mögt.

König Johann.

Wohlan, Prinz Dauphin, sprecht: könnt Ihr sie lieben?

Ludwig.

Fragt, ob ich mich der Lieb' erwehren kann;
Denn unverstellten Herzens lieb' ich sie.

König Johann.

Dann geb' ich dir Touraine, Volquessen, Maine,
Poitiers und Anjou, diese fünf Provinzen,
Zugleich mit ihr, und als Zubuße noch
Englischen Geldes dreißigtausend Mark.
Philipp von Frankreich, bist du es zufrieden,
Laß Sohn und Tochter sich die Hände reichen.

König Philipp.

Es sei! Vereint die Hände, junge Prinzen!

Oesterreich.

Und auch die Lippen; denn ich weiß genau,
Daß ich so frei war, als ich Freier war.

König Philipp.

Bürger von Angers, öffnet nun das Thor
Und laßt die Freundschaft ein, die ihr gestiftet;
Denn gleich in Sanct=Marien Kapelle soll
Die Feier der Vermählung vor sich gehn. —
Ist Frau Constanze nicht in diesem Zug?
Sie kann nicht hier sein: diesen neuen Bund
Hätt' ihre Gegenwart gewiß gestört.
Wo ist sie und ihr Sohn? Sagt, wer es weiß.

Ludwig.

Sie klagt und zürnt in Euer Hoheit Zelt.

König Philipp.

Ja freilich, dieser Bund, den wir geschlossen,
Verheißt gar wenig Heilung ihrem Gram.
Bruder von England, wie befriedigen
Wir diese Witwe? Für ihr Recht erschien ich,

Und wend' es nun, weiß Gott, zu meinem Vortheil
Auf andern Weg.

König Johann.

Wir machen alles gut.
Ihr junger Prinz wird Herzog von Bretagne
Und Graf von Richmond, und er soll auch Herr sein
In dieser reichen Stadt. — Ruft Frau Constanze;
Ein rascher Bote lade sie hierher
Zu unsrer Festlichkeit! — Wir werden, hoff' ich,
Wenn nicht erfüllen ihres Willens Maß,
Doch sie in ein'gem Maße so befried'gen,
Daß wir dem lauten Jammern Einhalt thun.
Gehn wir, so gut die Eil' es uns erlaubt,
Zu diesem unvorhergesehnen Fest.

(Alle ab, bis auf den Bastard. Die Bürger verlassen die Mauer.)

Bastard.

Verrückte Welt! Verrückte Könige!
Verrücktes Bündniß! Unser gnäd'ger Herr,
Um Arthur's Recht aufs Ganze lahm zu legen,
Theilt willig einen Theil vom Ganzen ab.
Und Frankreich, dem die Pflicht den Harnisch anthat,
Den fromme Christenliebe führt' ins Feld
Als Gottes Streiter — jetzt herumgeschwatzt
Von dir, du Vorsatz=Aendrer, schlauer Teufel,
Du Schacherer, der schachmatt die Treue macht,
Eidbrecher täglich, der gewinnt von allen,
Von Fürsten, Bettlern, Greisen, Jungen, Jungfern,
Die, wenn sie sonst nichts zu verlieren haben,
Du um ihr letztes, dies Wort Jungfer, prellst: —
Glattmäul'ger kirr'nder Junker Eigennutz,
Herr Eigennutz, du Neigung dieser Welt,
Der Welt, die für sich selbst ganz grade steht
Und eben laufen sollt' auf ebnem Boden,
Bis dieser Vortheil, diese böse Neigung,
Dies Steuer der Bewegung, Eigennutz,
Sie abwärts drängt von allem Gleichgewicht,
Von aller Richtung, Vorsatz, Bahn und Ziel;
Und diese Neigung, dieser Eigennutz,
Der Mäkler, Kuppler, Allveränderer,
Verklebt des wankelmüth'gen Frankreich Augen,
Lockt ihn von seiner selbstbeschlossnen Hülfe,
Vom festgewollten, ehrenvollen Krieg
Zu einem schlechten, erzgemeinen Frieden.

Und warum schelt' ich diesen Eigennuh?
Blos weil bisjeht er noch nicht warb um mich;
Nicht weil so stark ich bin, die Faust zu schließen,
Wenn seine Englein meine Hand beglückten;
O nein, weil meine nie versuchte Hand,
Dem armen Bettler gleich, den Reichen schilt.
Gut, schelt' ich denn, solang' ich Bettler bin;
Die einz'ge Sünd' ist Reichthum, will ich sagen;
Und werd' ich reich, so ruf' ich tugendhaft:
Kein Laster gibt es außer Bettlerschaft.
Da Eigennuh die Treu' der Fürsten brechen kann,
So sei, Gewinn, mein Gott; dich bet' ich an!

                                    (Ab.)

Dritter Aufzug.

Erste Scene.

Ebendaselbst.   Im Zelte des Königs von Frankreich.

Constanze, Arthur und Salisbury (treten auf).

Constanze.

Vermählen sich! Beschwören einen Frieden!
Falsch Blut mit falschem Blut vereint! Versöhnt!
Ludwig nimmt Blanca, Blanca die Provinzen?
Unmöglich! Du hast dich verhört, versprochen;
Besinn dich, wiederhole den Bericht.
Es kann nicht sein, du sagst nur, daß es sei.
Traun, dir ist nicht zu traun; dein Wort ist blos
Der leere Odem eines Unterthanen.
Glaub' mir, daß ich dir gar nichts glaube, Mann;
Ein Königseid verbürgt das Gegentheil.
Man soll dich strafen, weil du mich erschreckst;
Denn ich bin krank, empfänglicher für Furcht,
Erdrückt von Unrecht, und darum voll Furcht,
Verwitwet, gattenlos, ein Raub der Furcht,

Ein Weib, geschaffen von Natur für Furcht;
Und wenn du auch gestehst, daß du nur scherztest,
So schließt mein banges Herz doch keinen Frieden
Und bebt und zittert noch den ganzen Tag.
Was meinst du, daß du mit dem Kopfe schüttelst?
Was blickst du meinen Sohn so traurig an?
Was meinst du mit der Hand auf deiner Brust?
Warum steht dir dies bange Naß im Auge,
Wie übern Damm ein stolzer Strom sich hebt?
Bestät'gen sie dein Wort, die Trauerzeichen,
Dann sprich noch einmal; nicht den ganzen Hergang,
Dies Wort nur: ob es wahr ist, oder nicht.

Salisbury.

So wahr, wie Ihr für falsch sie halten mögt,
Die schuld sind, daß Ihr wahr mein Wort erfindet.

Constanze.

O, wenn du mich den Kummer glauben lehrst,
So lehre diesen Kummer auch mich tödten;
Und Glaub' und Leben mögen so sich treffen,
Wie zwei ergrimmte Feind' in ihrer Wuth,
Die gleich beim Anprall fallen, und sind todt! —
Ludwig freit Blanca! Wo bleibst du, mein Kind?
Frankreich ist Englands Freund! Was wird aus mir?
Fort, Mensch! Ich kann dein Antlitz nicht ertragen;
Die Botschaft machte dich zum garst'gen Mann!

Salisbury.

Welch andres Weh that ich Euch, theure Frau,
Als daß ich Weh, das andre thun, Euch melde?

Constanze.

So scheußlich in sich selbst ist dieses Weh,
Daß jeder weh mir thut, der es erzählt.

Arthur.

Ich bitt' Euch, gnäd'ge Frau, beruhigt Euch.

Constanze.

Wärst du, der mich beruhigt wünscht, ein Scheusal
Und garst'ge Schmach für deiner Mutter Schos,
Voll häßlicher Geschwür' und übler Flecke,
Lahm, albern, bucklig, schmuzig, ungeschlacht,

Mit ekelhaften Mälern übersä't,
Dann fragt' ich nicht danach, dann wär' ich ruhig;
Dann liebt' ich dich ja nicht, noch wärest du
So hohen Bluts und einer Krone werth.
Doch du bist schön; Fortuna und Natur
Erschufen dich zur Größe, theurer Knabe;
An Gaben der Natur gleichst du der Lilie
Und jungen Rose. Doch Fortuna, ach,
Sie ist verführt, verwandelt, dir entwandt;
Sie buhlt mit deinem Oheim alle Stund',
Und reißt mit goldnen Händen Frankreich hin,
Den Ruhm des Königthums in Staub zu treten,
Und macht zum Kuppler Seine Majestät,
Frankreich zu ihrem Kuppler und Johann's,
Zum Kuppler einer Metz' und eines Räubers.
Sprich, Mensch, ob Frankreich nicht eidbrüchig ist?
Vergift' ihn mir mit Worten, oder geh
Und laß den Gram allein, den ich allein
Zu tragen habe.

Salisbury.

Gnäd'ge Frau, verzeiht,
Ohn' Euch darf ich nicht zu den Fürsten gehn.

Constanze.

Du darfst, du sollst! Ich will nicht mit dir gehn.
Ich will mein Unglück lehren, stolz zu sein,
Denn Gram ist stolz und steift den, der ihn hat.
Mir und der Hoheit meines großen Grams
Laßt Fürsten nahn; denn mein Gram ist so groß,
Daß nur der ungeheure feste Erdball
Ihn tragen mag. Hier sitz' ich, Gram mit mir!
Beugt euch, ihr Könige! Mein Thron ist hier!

(Sie setzt sich auf die Erde.)

(König Johann, König Philipp, Ludwig, Blanca, Eleonore, der
Bastard, Oesterreich und Gefolge treten auf.)

König Philipp.

Ja, holde Tochter, dieser Tag des Segens
Soll stets ein Feiertag in Frankreich sein.
Um ihn zu ehren, steht die hehre Sonne
Im Laufe still, und wird ein Alchemist
Und wandelt durch den Glanz des pracht'gen Auges
Die magre, scholl'ge Erd' in blinkend Gold.

Der Jahreslauf, der diesen Tag zurückbringt,
Soll ihn nicht anders denn als Festtag sehn.

Constanze (aufstehend).

Ein Sündentag und nicht ein Feiertag!
Was hat der Tag verdient und was gethan,
Daß er mit goldnen Lettern stehen soll
Bei unsern hohen Festen im Kalender?
Nein, lieber stoßt den Tag weg aus der Woche,
Den Tag der Schmach, Eidbruchs und Thrannei!
Und bleibt er stehn, so mögen Schwangre beten,
Daß ihre Frucht nicht fall' auf diesen Tag,
Damit nicht Mißgeburt ihr Hoffen täusche.
An keinem Tag sonst fürcht' ein Schiffer Schiffbruch,
Kein Handel brech', als der an ihm entstand;
Was dieser Tag beginnt, schlag' übel aus,
Ja selbst die Treue werde hohle Falschheit!

König Philipp.

Beim Himmel, Fürstin, Ihr habt keinen Grund,
Dem schönen Werke dieses Tags zu fluchen:
Habt Ihr nicht meine Majestät als Pfand?

Constanze.

Ihr habt mit falscher Münze mich betrogen,
Die glich der Majestät: doch bei der Probe
Zeigt sie sich werthlos. Ihr übt Meineid, Meineid!
Ihr kamt, bewehrt zum Kampf mit meinem Feind,
Und steht nun hier, bewährt als sein Genoß;
Die Ringerkraft und finstre Wuth des Kriegs
Kühlt sich in Freundschaft und geschminktem Frieden,
Und unsre Unterdrückung schließt dies Bündniß.
Straf', Himmel, straf' die eidvergessnen Fürsten!
Hör' eine Witwe, sei mein Gatte, Himmel!
Laß nicht die Stunden dieses Sündentags
In Frieden hingehn; eh' die Sonne sinkt,
Entzwei' die eidvergessnen Könige!
Hör' mich, o hör' mich!

Oesterreich.

Frau Constanze, Frieden!

Constanze.

Krieg, Krieg! Kein Friede! Fried' ist mir ein Krieg.
O Oestreich! O Limoges! Du entehrst

Dies blut'ge Beutestück, Knecht, Schurke, Memme!
Du kleiner Held und groß in Büberei!
Du allzeit Starker auf der stärkern Seite!
Du Ritter der Fortuna, der nur ficht,
Wann ihm die launenhafte Dame nah' ist
Und lehrt ihm Sicherheit! Auch du brichst Eide
Und schmeichelst Macht zusammen. O du Narr!
Tobsücht'ger Narr! Prahlt und stampft und schwört
Für meine Sache! Was, kaltblüt'ger Sklav'!
Hast du für mich wie Donner nicht geredet?
Warst mein geschworner Krieger? Hießest mich
Auf deiner Sterne Glück und Kraft vertrauen?
Und jetzt zu meinen Feinden fällst du ab?
Du trägst die Haut des Löwen? Weg damit,
Und häng' ein Kalbsfell um die schnöden Glieder!

Oesterreich.

O, daß ein Mann die Worte zu mir spräche!

Bastard.

Und häng' ein Kalbsfell um die schnöden Glieder!

Oesterreich.

Du bist verloren, Schuft, wenn du es sagst.

Bastard.

Und häng' ein Kalbsfell um die schnöden Glieder.

König Johann.

Wir mögen dies nicht hören; Ihr vergeßt Euch.

(Pandulfo tritt auf.)

König Philipp.

Hier kommt der heilige Legat des Papstes.

Pandulfo.

Heil euch, gesalbte Stellvertreter Gottes! —
König Johann, dir gilt die heil'ge Botschaft.
Ich, Pandulf, Cardinal des schönen Mailand,
Und hier Legat des Papstes Innocenz,
In seinem Namen frag' ich ernstlich dich,
Warum du unsre heil'ge Mutter Kirche
So störrig niedertrittst, und Stephan Langton,
Erwähltem Erzbischof von Canterbury,

Den heil'gen Sitz gewaltsam vorenthältst?
In vorbenannten heil'gen Vaters Namen,
Des Papstes Innocenz, antworte mir.

König Johann.

Welch irdischer Name zwänge zum Verhör
Den freien Odem des geweihten Königs?
Kein Nam' ist, Cardinal, den du ersinnst,
So leer, unwürdig und so lächerlich,
Mir Antwort abzuzwingen, wie der Papst.
Erzähl' ihm das, und füg' aus Englands Mund
Noch dies hinzu: daß nie in unserm Reich
Ein welscher Priester zehnten soll und zinsen.
Wie wir das höchste Haupt sind nächst dem Himmel,
So wollen wir, nächst ihm, dies höchste Amt,
Wo wir regieren, auch allein verwalten
Und ohne Beistand einer Menschenhand.
Das sag' dem Papst — ohn' alle Scheu vor ihm
Und seiner angemaßten Amtsgewalt.

König Philipp.

Bruder von England, darin lästert Ihr.

König Johann.

Ob Euch und alle Christenkönige
Der ränkevolle Pfaff' so plump berückt
Durch Furcht vor Flüchen, die man löst für Geld;
Und ob ihr all' um schnödes Gold, Staub, Koth
Verfälschten Ablaß kauft von einem Mann,
Der durch den Schacher selbst sein Heil verkauft;
Ob Ihr, und alle andern, plump berückt,
Dies gauklerische Blendwerk hegt mit Pfründen,
Ich trotz' ihm doch, dem Papste, ich allein,
Und wer sein Freund ist, muß mein Gegner sein.

Pandulfo.

Wohlan denn, kraft der mir ertheilten Macht
Bist du verflucht und in den Bann gethan!
Gesegnet soll der sein, der sich empört
Und seine Lehenspflicht dem Ketzer bricht;
Und wohlverdient sei jene Hand genannt,
Kanonisirt, gleich Heiligen verehrt,
Die dein verhaßtes Leben von dir nimmt
Durch heimliche Gewalt.

Conſtanze.

O gebt mir Raum,
Daß ich mit Rom ein Weilchen fluchen mag!
Ruf Amen, guter Vater Cardinal,
Zu meinem ſcharfen Fluch! Nur Leid wie meins
Verleiht der Zunge Kraft, ihm recht zu fluchen.

Pandulfo.

Mein Fluch hat Vollmacht und Geſetz für ſich.

Conſtanze.

Auch meiner; wo Geſetz kein Recht verſchafft,
Da ſei Geſetz, kein Unrecht zu verbieten.
Geſetz kann meinem Sohn ſein Reich nicht ſchaffen;
Denn der ſein Reich hält, hält auch das Geſetz.
Weil denn Geſetz das höchſte Unrecht iſt,
Wie kann Geſetz mir wehren, daß ich fluche?

Pandulfo.

Philipp von Frankreich, auf Gefahr des Fluchs,
Laß fahren dieſes argen Ketzers Hand,
Und biete Frankreichs Macht auf wider ihn,
Wofern er ſich nicht unterwirft vor Rom.

Eleonore.

Erbleichſt du, Frankreich? Laß die Hand nicht los!

Conſtanze.

Teufel, gib Acht, daß Frankreich nicht bereut
Und losläßt und dir eine Seele raubt.

Oeſterreich.

Hört, was der Cardinal ſagt, König Philipp.

Baſtard.

Hängt ihm ein Kalbsfell um die ſchnöden Glieder.

Oeſterreich.

Ich muß den Schimpf jetzt in die Taſche ſtecken,
Weil —

Baſtard.

Eure Hoſen ihn am beſten tragen.

König Johann.

Philipp, was ſagſt du dieſem Cardinal?

Constanze.

Was sagt er andres als der Cardinal?

Ludwig.

Bedenkt Euch, Vater, denn die Wahl steht so:
Hier der Erwerb der schweren Flüche Roms,
Dort der Verlust der leichten Freundschaft Englands;
Gebt denn das Leichtre dran.

Blanca.

      Roms Fluch ist das.

Constanze.

O Prinz, steh' fest! Der Teufel lockt dich hier
In der Gestalt der frischgeputzten Braut!

Blanca.

Die Frau Constanze meint's nicht treu; sie spricht
Nach ihrer Noth.

Constanze.

      Erkennst du meine Noth,
Die ja nur lebt, weil Treu' gestorben ist,
So folgt aus meiner Noth nothwendig dies,
Daß, wenn die Noth stirbt, Treu' aufleben würde.
Zertritt denn meine Noth, und Treue steigt;
Laß mich in Noth, und Treue liegt zertreten!

König Johann.

Der König steht betreten, sagt kein Wort.

Constanze.

O, tritt zurück, und sag' ein gutes Wort.

Oesterreich.

Hängt Euch an Ketzer nicht, o Herr, beim Himmel —

Bastard.

Hängt blos ein Kalbsfell um, mein süßer Lümmel.

König Philipp.

Ich bin verwirrt und weiß nicht, was ich sage.

Pandulfo.

Was kannst du sagen, das dich nicht noch mehr
Verwirren wird, wenn dich der Bannfluch trifft?

König Philipp.

Setzt Euch an meine Stell', ehrwürd'ger Vater,
Und sagt mir dann, wie zögt Ihr Euch heraus?
Erst neu verknüpft sind unsre Königshände,
Und die Verbindung unsrer innern Seelen
Vermählt in einem Bund und durch die Kraft
Der heiligsten Gelübde fest gekettet;
Der letzte Athem, der als Wort erklang,
War festbeschworne Treue, Friede, Freundschaft
Der beiden Land' und beider Landesherrn;
Und eben vor dem Frieden, kurz davor,
Nachdem wir kaum die Hände waschen konnten,
Um einzuschlagen auf den Friedenspact —
Gott weiß, sie waren roth und übertüncht
Vom Pinsel eines Blutbads, wo die Rache
Furchtbaren Zwist erzürnter Kön'ge malte —
Und diese Hände, kaum von Blut gereinigt,
In Liebe kaum vereint, in beidem stark,
Sie sollen nun abthun den holden Druck?
Mit Treue spielen? spaßen mit dem Himmel?
Uns so zu wankelmüth'gen Kindern machen,
Daß wir nun wieder rissen Hand von Hand,
Den Schwur verschwüren und mit blut'gem Heer
Des goldnen Friedens Brautbett überfielen,
Aufruhr erregten auf der sanften Stirn
Der biedern Redlichkeit? O, heil'ger Herr,
Ehrwürd'ger Vater, laßt es nicht so sein.
In frommem Sinn erdenkt, beschließt, verhängt
Gelindre Auskunft, und wir werden froh
Nach Euerm Willen thun, und Freunde bleiben.

Pandulfo.

Die Form ist formlos, Unrath ist der Rath,
Der nicht sich wider Englands Freundschaft kehrt.
Darum zum Kampf! Sei unsrer Kirche Streiter;
Sonst wirft die Mutter Kirche ihren Fluch,
Den Mutterfluch, auf den empörten Sohn.
Frankreich, du hältst die Schlang' an ihrer Zunge,
Den grimmen Leun bei seiner mächt'gen Tatze,
Den fastenden Tiger sichrer beim Gebiß,
Als diese Hand in Frieden, die du hältst.

König Philipp.

Ich kann die Hand wegziehn, doch nicht die Treue.

Pandulfo.

Du machſt die Treue ſo zum Feind der Treue,
Und ſtellſt, wie Bürgerkrieg, Eid wider Eid
Und deine Zunge wider deine Zunge.
O halt den erſten Schwur, du ſchwurſt ihn Gott,
Der Streiter unſrer Kirche ſtets zu ſein.
Was du hernach ſchwurſt, ſchwurſt du wider dich
Und kann nicht von dir ſelbſt geleiſtet werden;
Denn das, was du beſchworſt, verkehrt zu thun,
Iſt nicht verkehrt, wenn du es richtig thuſt,
Und ungethan, wo Thun zum Uebel führt,
Wird deine Pflicht gethan, wenn du ſie nicht thuſt.
Der beſte Weg iſt für verfehlten Vorſatz,
Nochmals verfehlen: iſt das ungerade,
So wird doch dadurch Ungerades grade,
Und Falſch heilt Falſch, wie Feuer Feuer kühlt
In den verſengten Adern friſch Verbrannter.
Religion macht, daß man Eide hält;
Du aber ſchworeſt gegen Religion;
Wobei du ſchwörſt, dawider ſchwöreſt du,
Machſt einen Eid zum Pfand der Treue wider
Den andern Eid: Wahrheit, die du zu ſchwören
Unſicher biſt, ſchwört nur, den Schwur zu halten
(Welch ein Geſpött wär' alles Schwören ſonſt!);
Du aber ſchwörſt nur, deinen Schwur zu brechen,
Und brichſt ihn, wenn du hältſt, was du beſchwörſt.
Dein ſpätrer Eid iſt wider deinen erſten,
Folglich in dir Empörung wider dich,
Und keinen beſſern Sieg kannſt du erlangen,
Als wenn du dein ſtandhaft und edler Theil
Bewaffneſt wider dieſe loſe Lockung.
Für dieſes beſſre Theil hab' ich Gebete,
Wenn du ſie nicht verſchmähſt; wenn doch, ſo wiſſe,
Dann fällt auf dich die Drohung unſers Fluchs,
So ſchwer, daß du ſie nie abſchüttelſt, nein,
Verzweifelſt unter ihrer ſchwarzen Laſt.

Oeſterreich.

Empörung! Ja, Empörung!

Baſtard.

Immer noch?
Sogar ein Kalbsfell ſtopft dir nicht das Maul?

Ludwig.

Vater, zum Kampf!

Blanca.

An deinem Hochzeittag?
Und gegen Blut, mit dem du dich vermählt?
Was? Sollen wir das Fest begehn mit Leichen?
Soll kreischende Trompet' und grobe Trommel,
Der Lärm der Hölle, unser Festmarsch sein?
O, Gatte, hör' mich — ach, wie neu ist „Gatte"
In meinem Munde! O, bei diesem Namen,
Den meine Zunge nie zuvor genannt,
Bitt' ich auf meinen Knien, geh nicht zum Kampf
Mit meinem Oheim!

Constanze.

O, auf meinen Knien,
Die hart vom Knien sind, fleh' ich dich an,
Du tugendhafter Dauphin, ändre nicht
Des Himmels wohlerwognen Urtheilsspruch!

Blanca.

Nun werd' ich deine Liebe sehn: was kann
Dich stärker rühren als der Name Weib?

Constanze.

Was ihn stützt, der dich stützet, seine Ehre.
O deine Ehre, Ludwig, deine Ehre!

Ludwig.

Wie seltsam! Eure Majestät so kalt,
Wo solche trift'ge Gründ' Euch vorwärts drängen!

Pandulfo.

Ich will den Fluch verkünden auf sein Haupt.

König Philipp.

Du brauchst nicht. — England, ich fall' ab von dir.

Constanze.

O, Wiederkehr verbannter Majestät!

Blanca.

O Felonie französischen Wankelmuths!

König Johann.

Frankreich bereut die Stund' in dieser Stunde.

Baſtard.

Der alte Glöckner Zeit, der kahle Küſter,
Wie der es will? Gut, Frankreich ſoll bereun.

Blanca.

Die Sonn' iſt blutig; ſchöner Tag, ade!
Mit welcher Seite ſoll ich gehn? Ich bin
Für beide; jedes Heer hat eine Hand,
Und ſie in ihrer Wuth, weil beid' ich halte,
Zerreißen, zerren auseinander mich.
Gemahl, ich kann nicht beten, daß du ſiegſt;
Oheim, ich muß wol flehn, daß du verlierſt;
Vater, ich kann nicht wünſchen Glück mit dir;
Großmutter, deinen Wunſch will ich nicht wünſchen —
Wer auch gewinnen mag, ich muß verlieren;
Sichrer Verluſt, bevor das Spiel beginnt!

Ludwig.

Mit mir, Prinzeß, iſt dir dein Glück gegeben.

Blanca.

Da, wo mein Glück lebt, da erſtirbt mein Leben.

König Johann.

Geht, Vetter, ſammelt unſre Heeresmacht. —

(Der Baſtard ab.)

Frankreich, von heißem Zorn werd' ich verzehrt,
Ein Grimm, deß Hitze ſo beſchaffen iſt,
Daß nichts ihn dämpfen kann, gar nichts als Blut,
Das Blut, das allerbeſte Blut von Frankreich.

König Philipp.

Dein Grimm ſoll dich verzehren; du zerfällſt
In Aſch', eh' unſer Blut das Feuer löſcht.
Gib Acht! Dein Kopf iſt in Gefahr, gib Acht!

König Johann.

Nicht mehr als mein Bedroher. — Auf zur Schlacht!

(Alle ab.)

Zweite Scene.

Ebene bei Angers.

Getümmel, Angriffe. Der Bastard tritt auf mit Oesterreichs Kopf.

Bastard.

So wahr ich leb', ein heißer Tag wird dies.
Irgendein Teufel spukt im Reich der Luft
Und gießt Unheil herunter. — Oestreichs Kopf,
Lieg da, indessen Philipp sich verschnauft.

(König Johann, Arthur und Hubert treten auf.)

König Johann.

Hubert, verwahr' den Knaben. — Philipp, auf!
Sie griffen meine Mutter an im Lager
Und, fürcht' ich, fingen sie.

Bastard.

Seid unbesorgt.
Sie ist geborgen, ich befreite sie.
Doch immer zu, mein Fürst! Wir bringen jetzt
Mit wenig Müh' dies Werk zum frohen Ende.

(Alle ab.)

Dritte Scene.

Ebendaselbst.

Getümmel, Angriffe, Rückzug. König Johann, Eleonore,
Arthur, der Bastard, Hubert und Edelleute.

König Johann (zu Eleonore).

So sei es: Eure Hoheit bleibt zurück
Mit starker Macht. — Blick' nicht so traurig, Neffe;
Großmutter liebt dich, und dein Oheim wird
Für dich so gut sein, wie dein Vater war.

Arthur.

O, dieser Gram wird meine Mutter tödten!

König Johann (zum Baſtard).

Du, Vetter, raſch nach England! Eil' voran,
Und, eh' ich komme, ſchüttle mir die Beutel
Hamſternder Aebte; ſetz' gefangne Engel
In Freiheit; denn ich muß die Hungrigen
Jetzt von des Friedens fetten Rippen ſpeiſen.
Brauch' unſre Vollmacht bis aufs Aeußerſte.

Baſtard.

Buch, Glock' und Kerze ſollen mich nicht ſchrecken,
Wenn Gold und Silber mir zu kommen winkt.
Lebt wohl, mein Fürſt! — Großmutter, ich will beten
(Wenn ich den Einfall habe, fromm zu ſein)
Für Euer werthes Heil. Ich küſſ' die Hand.

Eleonore.

Lebt wohl, mein Vetter.

König Johann.

Vetter, lebe wohl.

(Der Baſtard ab.)

Eleonore (Arthur bei Seite nehmend).

Komm her, mein kleiner Enkel, hör' ein Wort.

König Johann.

Komm zu mir, Hubert. O, mein beſter Hubert,
Wir ſchulden dir gar viel. Dies Haus von Fleiſch
Hegt eine Seele, die dich Gläub'ger nennt
Und deine Treu' mit Zins heimzahlen will;
Und dein freiwill'ger Eid, mein lieber Freund,
Lebt ſorgſamlich gepflegt in dieſer Bruſt.
Gib mir die Hand. Ich hatt' etwas zu ſagen,
Doch ſuch' ich noch die rechte Melodie.
Beim Himmel, Hubert, beinah' ſchäm' ich mich
Zu ſagen, wie ich dir gewogen bin.

Hubert.

Gar ſehr verpflichtet Eurer Majeſtät.

König Johann.

Noch, Freund, haſt du nicht Urſach', das zu ſagen;
Doch nur Geduld; ſo träg' die Zeit auch ſchleicht,
Doch kommt für mich der Tag, dir wohlzuthun.
Ich hatt' etwas zu ſagen, — aber nein,

Die Sonne leuchtet, und der stolze Tag,
Umringt von den Ergötzungen der Welt,
Ist allzu üppig und voll bunten Flitters,
Mich anzuhören.   Wenn die mitternächt'ge Glocke
Mit ihrer Eisenzung' und ehr'nen Lippen
Dareintönt in den trägen Lauf der Nacht;
Wenn dies ein Kirchhof wäre, wo wir stehn;
Wenn du von tausend Kränkungen besessen;
Wenn jener finstre Geist, Melancholie,
Dein Blut geröstet hätt' und dick gemacht
(Das kitzelnd sonst die Adern auf= und abläuft
Und treibt den Geck Gelächter in die Augen,
Daß er zur Lustigkeit die Backen spannt,
Ein Hang, der meinen Zwecken feindlich ist);
Ja, wenn du mich ohn' Augen sehen könntest,
Mich hören ohne Ohr, und Antwort geben
Ohn' eine Zunge, mit Gedanken blos,
Ohn' Auge, Ohr und bösen Schall der Worte:
Dann wollt' ich, wie der Tag auch wachsam brütet,
All meine Sorge schütten in dein Herz.
Doch, ach, ich will nicht! Gleichwol lieb' ich dich,
Und glaub' auch, meiner Treu, daß du mich liebst.

Hubert.

So sehr, daß, was ihr mich vollbringen heißt,
Wär' auch mein Tod die Folge meiner That,
Bei Gott, ich würd' es thun.

König Johann.

Weiß ich das nicht?
Freund Hubert! Hubert — Hubert, wirf den Blick
Auf jenen jungen Knaben. Hör', mein Freund,
Er ist 'ne rechte Schlang' auf meinem Weg,
Und wo mein Fuß auch hintritt, überall
Liegt er vor mir. — Verstehst du mich? — Du bist
Sein Hüter.

Hubert.

Und so hüten will ich ihn,
Daß Eure Majestät nichts fürchten darf.

König Johann.

Tod.

Hubert.

Mein Fürst?

König Johann.

Ein Grab.

Hubert.

Er soll nicht leben —

König Johann.

Genug.
Nun könnt' ich luftig sein. Hubert, ich lieb' dich!
Ich sage nicht, was ich dir zugedacht.
Vergiß nicht. — Gnäd'ge Frau, gehabt Euch wohl;
Die Truppen werd' ich Euch herüberschicken!

Eleonore.

Mein Segen folgt dir.

König Johann.

Vetter, kommt, nach England!
Hubert wird Euer Diener, um Euch sein
Mit aller schuld'gen Treu'! — Auf gen Calais!

(Alle ab.)

Vierte Scene.

Zelt des Königs von Frankreich.

König Philipp, Ludwig, Pandulfo und **Gefolge** (treten auf).

König Philipp.

So wird von brüllendem Sturmwind auf der Flut
Vereinter Segel mächtige Armade
Zerftreut und die Genossenschaft zersprengt.

Pandulfo.

Nur Muth, getroft! Es geht noch alles gut.

König Philipp.

Wie kann das gut gehn, was so übel läuft?
Wir sind geschlagen; Angers ist verloren;
Arthur gefangen; werthe Freunde todt;
Der blut'ge England heimgekehrt nach England,
Frankreich zum Trotz, trotz jedem Hinderniß.

Ludwig.

Was er erobert hat, hat er befestigt.
So hitz'ge Raschheit, so planvoll gelenkt,

So weise Ordnung bei so kühner Sache
Ist beispiellos. Wer las und hörte je
Von irgendeinem Krieg, wie dieser war.

König Philipp.

Ich könnte England dieses Lob wohl gönnen,
Wenn ich ein Vorbild unsrer Schande fände.

(Constanze tritt auf.)

Seht, wer da kommt! Ein Grab für eine Seele,
Den ew'gen Geist festhaltend wider Willen
Im niedern Kerker bangen Lebenshauchs. —
Ich bitt' Euch, gnäd'ge Frau, geht mit mir fort.

Constanze.

Da seht nun, seht den Ausgang Euers Friedens!

König Philipp.

Geduld, Constanze! Faßt Euch, liebe Frau.

Constanze.

Nein, ich verschmäh' all andern Rath und Trost
Als den, der allen Rath schließt, wahren Trost!
Tod! Tod! — O liebenswerther, holder Tod!
Balsamischer Gestank, gesunde Fäulniß!
Steig auf vom Lager immerwähr'nder Nacht,
Du Haß und Schrecken aller Glücklichen,
Und küssen will ich dein graunhaft Gebein,
An beine leeren Brau'n die Augen drücken,
Dein Hausgewürm um meine Finger ringeln,
Mit ekelm Staub dies Thor des Odems stopfen
Und ein verwesend Scheusal sein wie du.
Komm, grins' mich an, ich will's für Lächeln halten
Und als dein Weib dich küssen. Komm zu mir,
Liebling des Elends!

König Philipp.

O, schöne Trübsal, still!

Constanze.

Nein, nein! Solang' ich Luft hab', will ich schrein.
O, wäre meine Zung' im Mund des Donners!
Mein Jammer sollte dann die Welt erschüttern
Und aus dem Schlaf aufrütteln das Skelet,
Das eines Weibes schwachen Ruf nicht hört,
Das der gewöhnlichen Beschwörung lacht!

Pandulfo.

Ihr redet Tollheit, gnäd'ge Frau, nicht Trauer.

Constanze.

Du bist nicht fromm, daß du so lügst von mir.
Ich bin nicht toll; dies Haar, das ich zerrauf', ist mein;
Constanze heiß' ich; ich war Gottfried's Weib;
Mein Sohn ist Arthur, und er ist verloren!
Ich bin nicht toll — o wollte Gott, ich wär's!
Denn dann vergäß' ich doch vielleicht mich selbst:
O, könnt' ich's, welchen Gram vergäß' ich dann. —
Predige Weisheit, um mich toll zu machen,
Und laß dich heilig sprechen, Cardinal.
Da ich nicht toll bin, nur für Gram empfindlich,
So zeigt mir mein vernünftig Theil den Weg,
Wie ich mich retten kann von diesem Weh,
Und lehrt mir, mich zu tödten oder hängen!
Wär' ich ja toll, vergäß' ich meinen Sohn,
Oder ich dächt', ein Puppenkopf wär' er.
Ich bin nicht toll; zu wohl, zu wohl empfind' ich
Die mannichfache Qual jedweder Noth!

König Philipp.

Knüpft Eure Flechten auf. — O welche Lieb' erkenn' ich
In dieser schönen Fülle ihrer Haare!
Wo nur ein Silbertropfen sie benetzt,
Da kleben tausend fadendünne Freunde
Sich an den Tropfen in gesell'gem Gram,
Wie echte, unzertrennlich treue Liebe,
Die fest zusammenhält im Mißgeschick.

Constanze.

Nach England, wenn Ihr wollt!

König Philipp.

Knüpft Euer Haar fest.

Constanze.

Das will ich, ja; und warum will ich's thun?
Ich riß aus seinen Banden es und rief:
„O könnte diese Hand mein Kind so lösen,
Wie sie die Freiheit diesem Haare gibt!"
Doch nun mißgönn' ich seine Freiheit ihm,
Und liefr' in seine Fesseln es zurück,

Weil, ach! mein armes Kind gefangen sitzt.
Und, Vater Cardinal, ich hört' Euch sagen,
Wir sähn und kennten unsre Freund' im Himmel;
Wenn's wahr ist, seh' ich meinen Knaben wieder,
Denn nie seit Kain's Zeit, des ersten Knaben,
Bis auf den Säugling, der seit gestern athmet,
Kam solch ein gnadenreiches Kind zur Welt.
Nun aber frißt der Krebswurm Gram mein Knöspchen
Und scheucht der Wangen angeborne Schönheit,
Und er wird hohl aussehn wie ein Gespenst,
So bleich und mager wie ein Fieberschauer,
Und wird so sterben; und so auferstehend,
Wann ich ihn treffen werd' im Himmelssaal,
Werd' ich ihn nicht erkennen; darum nie,
Nie wieder seh' ich meinen holden Arthur.

Pandulfo.

Ihr gebt dem Kummer allzu sündlich nach.

Constanze.

Das sagt ein Mann, der nie ein Kind gehabt.

König Philipp.

Ihr liebt den Gram so sehr wie Euer Kind.

Constanze.

Gram füllt die Stelle meines fernen Kindes,
Legt in sein Bett sich, geht umher mit mir,
Ahmt seine Worte nach, sein süßes Antlitz,
Mahnt mich an alle seine holden Gaben,
Füllt in die leeren Kleider seine Form:
Und also hab' ich recht, den Gram zu lieben.
Gehabt Euch wohl; wärt Ihr wie ich beraubt,
Ich könnt' Euch besser trösten als Ihr mich. —
Ich will nicht Ordnung auf dem Kopf behalten,
Da so Verstörung herrscht in meinem Geist.
O Gott! Mein Kind! Arthur! mein holdes Kind!
Mein Herz! mein Glück! mein Lebensbrot! mein Alles!
Mein Witwentrost und meines Grams Arznei!

(Ab.)

König Philipp.

Ich fürcht' ein Aeußerstes und will ihr folgen.

(Ab.)

Ludwig.

Nichts mehr auf dieser Welt kann mich erfreun;
Das Leben dünkt mir schal, wie einem Müden
'ne zweimal vorgeleierte Geschichte,
Und bittre Schmach vergällt die süße Welt,
Daß sie nur Schmach und Bitterkeit gewährt.

Pandulfo.

Vor der Genesung just von heft'ger Krankheit,
Beim Eintritt neuer Kraft und Heilung ist
Am heftigsten der Anfall. Jedes Uebel,
Das Abschied nimmt, zeigt sich am übelsten.
Was büßt Ihr ein, weil Ihr den Tag verlort?

Ludwig.

All meine Tage frohen Glücks und Ruhms.

Pandulfo.

Verlört Ihr, wenn Ihr ihn gewonnen hättet.
Nein, wenn das Glück dem Menschen wohlthun will,
So blickt es ihn mit droh'nden Augen an.
Unglaublich ist's, wie viel Johann verliert
Durch das, was er für rein gewonnen achtet!
Schmerzt Euch's, daß Arthur sein Gefangner ist?

Ludwig.

So herzlich, wie er froh ist, ihn zu haben.

Pandulfo.

Dein Geist ist jugendlich wie dein Geblüt.
Nun hör', was ich prophetisch sagen will;
Denn schon der Hauch der Wort' aus meinem Munde
Wird jeden Staub und Halm, den kleinsten Anstoß,
Wegblasen von dem Weg, der deinen Fuß
Zum Thron von England führen wird. Drum höre.
Johann hat Arthur weggeführt; unmöglich,
Solang' noch Leben wärmt des Knaben Blut,
Kann der Tyrann nur eine Stunde, ja
Nur einen Athemzug der Ruh' genießen.
Die Hand, die räuberisch ein Scepter packt,
Muß stürmisch es behaupten, wie gewinnen;
Und wer auf glatter Stelle steht, verschmäht
Den schlechtsten Halt nicht, um sich drauf zu stützen.
Damit Johann stehn mag, muß Arthur fallen:
So sei es, denn es kann nicht anders sein.

4*

Ludwig.

Doch was kann ich durch Arthur's Fall gewinnen?

Pandulfo.

Ihr könnt im Namen Blanca's, Eures Weibes,
Die ganze Erbschaft fordern, wie jetzt Arthur.

Ludwig.

Und sie verlieren, sammt dem Kopf, wie Arthur.

Pandulfo.

Wie grün Ihr seid, wie neu in alter Welt!
Johann macht Bahn für Euch; Euch dient die Zeit:
Denn wer sein Heil eintaucht in echtes Blut,
Der findet nur unechtes, blut'ges Heil.
Erkalten werden nach so böser That
Die Herzen seines Volks; ihr Eifer friert;
Den kleinsten günst'gen Umstand, der sich zeigt,
Um ihn zu stürzen, werden sie begrüßen;
Und kein natürlich Dunstgebild am Himmel,
Kein Schalten der Natur, kein trüber Tag,
Kein Alltagsvorfall, kein gemeiner Wind,
Wobei sie nicht den wahren Grund verzerren
Und sagen werden: das sind Wunder, Zeichen,
Vorspuk und Misgeburt, und Himmelsstimmen,
Die offenbar mit Rache drohn Johann.

Ludwig.

Vielleicht berührt er Arthur's Leben nicht
Und hält durch sein Gefängniß sich gesichert.

Pandulfo.

O Prinz, wenn er von Eurer Ankunft hört
(Falls dann der junge Arthur noch nicht fort ist),
Bei dieser Nachricht stirbt er; und alsdann
Wird all sein Volk die Herzen von ihm wenden,
Und küßt die Lippen unbekannter Neurung,
Und pflückt zu Grimm und Aufruhr trift'gen Grund
Von seines Königs blut'gen Fingerspitzen.
Ich seh' den ganzen Wirrwarr schon im Gang.
Und o, welch beßres Glück noch keimt für Euch,
Als ich genannt! Der Bastard Faulconbridge
Ist jetzt in England, unsre Kirche plündernd,
Die Christen kränkend: zwölf Franzosen nur

In Waffen dort, sie wären wie ein Lockruf,
Zehntausend Englische herbeizuziehn,
Gleichwie ein wenig Schnee, umhergewälzt,
Gar bald zum Berge wird. O, edler Dauphin,
Kommt mit zum König. Es ist wunderbar,
Was sich aus ihrem Unmuth schmieden läßt,
Nun jedes Herz bis an den Rand voll Haß ist.
Nach England denn! Ich will den König spornen.

Ludwig.

Kommt denn! Ein starker Grund macht starke That.
Der König sagt nicht nein, wenn Ihr bejaht!

(Beide ab.)

Vierter Aufzug.

Erste Scene.

Northampton. Zimmer im Schloß.

Hubert und zwei Diener (treten auf).

Hubert.

Glüh' mir die Eisen heiß; und, hörst du? stell'
Dich hinter die Tapete. Wann mein Fuß
Den Boden stampft, so stürzt hervor und bindet
Den Knaben, den ihr bei mir finden werdet,
Fest an den Stuhl. Seid achtsam! Fort, paßt auf!

Erster Diener.

Ich hoff', Ihr habt die Vollmacht zu der That.

Hubert.

Unsaubre Zweifel! Fürchtet nichts. Gebt Acht.

(Die Diener ab.)

Kommt, junger Bursch'; ich hab' Euch was zu sagen.

Arthur (tritt auf).

Guten Morgen, Hubert.

Hubert.

Guten Morgen, kleiner Prinz.

Arthur.

So klein als Prinz — bei meinem großen Anspruch,
Mehr Prinz zu sein — wie möglich. Ihr seid traurig.

Hubert.

Ei ja, ich war schon lust'ger.

Arthur.

Liebe Zeit!

Mich dünkt, kein Mensch darf traurig sein als ich.
Doch weiß ich noch, als ich in Frankreich war,
Gab's junge Herrn so traurig wie die Nacht,
Zum Spaße bloß. Bei meinem Christenthum!
Wär' ich nur frei und hütete die Schafe,
Ich wär' so lustig, wie der Tag lang ist;
Ich wär' es hier sogar, nur daß ich fürchte,
Mein Oheim hat noch Schlimmres mit mir vor:
Er fürchtet sich vor mir, und ich vor ihm.
Ist's meine Schuld denn, daß ich Gottfried's Sohn bin?
Nein, wirklich; und bei Gott, ich wollte, Hubert,
Ich wäre Euer Sohn, wenn Ihr mich liebtet.

Hubert (bei Seite).

Red' ich mit ihm, so wird sein kindlich Plaudern
Mein Mitleid wecken, das erstorben liegt;
Drum will ich rasch sein und ein Ende machen.

Arthur.

Ihr sehet blaß aus, Hubert; seid Ihr krank?
Im Ernst, ich wollt', Ihr wärt ein wenig krank;
Damit ich nachts aufsäß' und bei Euch wachte.
Ich wett', ich hab' Euch lieber als Ihr mich.

Hubert (bei Seite).

Sein Reden nimmt Besitz von meinem Herzen. —
Hier, lest das, Arthur.

(Zeigt ihm ein Papier.)

(Bei Seite.) Nun, du thöricht Naß?
Wirfst aus der Thür die mitleidlose Folter?
Kurz muß ich sein, sonst tropft mir mein Entschluß
In weichen Weiberthränen aus den Augen. —
Könnt Ihr's nicht lesen? Ist's nicht gut geschrieben?

Arthur.

Zu gut nur, Hubert, für den bösen Inhalt.
Müßt Ihr mit heißem Eisen beide Augen
Mir ausglühn?

Hubert.

Ja, Knab', ich muß.

Arthur.

Und wollt Ihr?

Hubert.

Und ich will.

Arthur.

Habt Ihr das Herz? Als Euch der Kopf nur schmerzte,
Da band ich Euch mein Schnupftuch um die Stirn
(Mein bestes, eine Fürstin stickt' es mir)
Und hab' es nie von Euch zurückbegehrt.
Ich hielt mit meiner Hand Euch nachts den Kopf,
Und wie die wachsamen Minuten thun,
Ermuntert' ich der Stunden schweren Gang;
Frug bald, was fehlt Euch? und, wo sitzt der Schmerz?
Und bald, was kann ich Euch zu Liebe thun?
Manch armen Mannes Sohn hätt' still gelegen
Und nie Euch nur ein freundlich Wort gesagt;
Doch Euer Krankenwärter war ein Prinz.
Ihr denkt vielleicht, die Liebe war nur Schlauheit,
Und nennt sie listig; thut es, wenn Ihr wollt:
Wenn Gott will, daß Ihr mich mißhandeln sollt,
So müßt Ihr. Wollt Ihr mir die Augen blenden?
Die Augen, die Euch nie schel angesehn,
Noch ansehn werden?

Hubert.

Ja, ich hab's geschworen,
Und ausglühn muß ich sie mit heißem Eisen.

Arthur.

Ach, niemand thät' es, wär' die Zeit nicht eisern;
Das Eisen selbst, obgleich rothglühend, würde,
Den Augen nahend, meine Thränen trinken
Und löschen diese feuersprüh'nde Wuth
In dem Erzeugniß meiner Unschuld selbst,
Ja würde sich hernach in Rost verzehren,
Blos weil sein Feuer meinen Augen drohte.

Seid Ihr denn starrer als gehämmert Eisen?
Wenn auch ein Engel mir erschienen wär'
Und sagte, daß mich Hubert blenden würde,
Ich hätt' ihm nicht geglaubt: niemand als Hubert.

Hubert (stampft).

Herbei!

(Die Diener kommen zurück mit Eisen, Stricken u. s. w.)

Thut, was ich euch befahl!

Arthur.

Helft! Hubert, helft! Meine Augen sind schon aus,
Blos vor dem grimm'gen Blick der wilden Männer.

Hubert.

Gebt mir das Eisen, sag' ich; bindet ihn!

Arthur.

Ach Gott! Was braucht Ihr so grausam zu toben?
Ich will baumstill stehn, will mich ja nicht sträuben,
Um Himmels willen bindet mich nur nicht.
Nein, hört mich, Hubert; jagt die Männer weg,
Und ich will ruhig sitzen wie ein Lamm,
Nicht zucken, kein Wort sagen, nicht 'mal zwinkern,
Noch will ich zornig auf das Eisen sehn.
Treibt nur die Männer weg, und ich vergeb' Euch,
Was für Tortur Ihr auch mir anthun mögt.

Hubert.

Geht, tretet ab, laßt mich allein mit ihm!

Erster Diener.

Ich bin am liebsten fern von solcher That.

(Die Diener ab.)

Arthur.

O weh, so schalt ich meinen Freund hinweg!
Sein Blick ist finster, doch sein Herz ist milde.
Ruft ihn zurück, damit sein Mitleid Eures
Beleben mag.

Hubert.

　　　　Komm, Knabe, mach' dich fertig.

Arthur.

Gott! Säß' in Euerm Auge doch ein Splitter,

Ein Korn, ein Stäubchen, eine Mück', ein Haar,
Irgendein Anstoß in dem kostbar'n Sinn:
Dann fühltet Ihr, wie dort das Kleinste tobt,
Und Eure Absicht käm' Euch greulich vor.

Hubert.

Ist das, was du versprachst? Still, halt' den Mund.

Arthur.

Hubert, die Rede zweier Zungen ist
Zu schwach, um für ein Augenpaar zu flehn.
Laßt mich den Mund nicht halten, Hubert, nein!
Und wenn Ihr wollt, hackt mir die Zunge ab,
Und laßt mir nur die Augen! O, schont die Augen,
Wenn sie auch nichts mehr sehen als nur Euch!
Seht, auf mein Wort, das Werkzeug ist schon kalt
Und thäte mir kein Leid.

Hubert.

       Ich kann es glühn.

Arthur.

Wahrhaftig, nein; das Feu'r ist todt vor Gram,
Daß es, zum Trost geschaffen, dienen soll
Zu Greueln, die ihm fremd sind. Seht nur selbst,
's ist keine Bosheit in der Kohle hier;
Der Hauch des Himmels blies den Geist ihr aus,
Und streute reuige Asch' ihr auf das Haupt.

Hubert.

Mein Hauch kann wieder sie beleben, Knabe.

Arthur.

Wenn Ihr es thut, so macht Ihr sie nur roth
Und heiß vor Scham bei Euerm Werke, Hubert.
Sie wird vielleicht Euch gar ins Auge sprühn,
So wie ein Hund, den man zum Kampfe zwingt,
Nach seinem Herrn schnappt, der ihn vorwärts hetzt.
All das Geräth, womit Ihr mich bedroht,
Versagt den Dienst; nur Ihr entbehrt des Mitleids,
Das grimmes Feu'r und Eisen hegt — Geschöpfe,
Die sonst erbarmungslosen Zwecken dienen.

Hubert.

Gut, sieh und lebe; ich rühre deine Augen

Um alle Schätze deines Ohms nicht an.
Doch schwor ich drauf, und war entschlossen, Knabe,
Mit diesem Eisen hier sie auszuglühn.

Arthur.

Nun seht Ihr aus wie Hubert! All die Zeit
Wart Ihr verkleidet.

Hubert.

Still! Nicht mehr. Lebt wohl.
Eu'r Oheim darf nicht wissen, daß Ihr lebt.
Ich speise jene Spürhund' ab mit Fabeln;
Und du, mein hübscher Bub', schlaf ohne Furcht;
Um allen Reichthum dieser Welt wird Hubert
Kein Leids dir thun.

Arthur.

O Gott! Ich dank' Euch, Hubert!

Hubert.

Kein Wort mehr, still! Ganz sacht begleite mich.
In viel Gefahr begeb' ich mich für dich.

(Beide ab.)

Zweite Scene.

Ebendaselbst. Ein Staatszimmer im Palast.

König Johann, gekrönt; **Pembroke, Salisbury** und andere Lords
treten auf. Der König setzt sich auf den Thron.

König Johann.

Hier nochmals sitzen wir, nochmals gekrönt,
Und angeblickt, hoff' ich, mit frohen Augen.

Pembroke.

Dies Nochmals war, ohn' Euer Hoheit Wunsch,
Einmal zu viel; Ihr wart vorher gekrönt,
Und diese Krone war Euch nie entrissen,
Der Menschen Treue nie befleckt mit Aufruhr,
Das Land nicht aufgeregt durch frische Hoffnung
Ersehnter Neurung oder bessern Zustands.

Salisbury.

Drum, sich umgeben mit zwiefachem Pomp,
Ein Recht verbrämen, das schon stattlich war,
Vergülden feines Gold, die Lilie malen,
Auf die Viole Wohlgerüche streun,
Eis glätten, eine neue Farbe leihn
Dem Regenbogen, und mit Kerzenlicht
Das schöne Himmelsauge schmücken wollen —
Das ist Vergeudung, thöricht Uebermaß.

Pembroke.

Wär's Euer Wille nicht, so wär' die Handlung
Wie eine neuerzählte alte Mär,
In dieser letzten Wiederholung lästig,
Weil vorgebracht zu ungelegner Zeit.

Salisbury.

Das alterthümliche, bekannte Antlitz
Des schlichten alten Brauchs wird so entstellt,
Und wie ein umgeschlagner Wind ein Segel,
Dreht er die Richtung der Gedanken um,
Macht die Betrachtung stutzig und besorgt,
Gesunde Meinung krank, Wahrheit verdächtig,
Weil er ein solch neumodisch Kleid anthut.

Pembroke.

Der Werkmann, der es besser machen will
Als gut, verpfuscht durch Habsucht seine Kunst;
Und häufig wird ein Fehler, wenn entschuldigt,
Nur schlimmer noch durch die Entschuldigung,
Wie Flicken über einem kleinen Riß
Mehr schänden durch Verheimlichung des Fehls,
Als erst der Fehl, bevor man ihn geflickt.

Salisbury.

In diesem Sinn, vor Eurer neuen Krönung,
Sprach unser Rath; doch Euch gefiel es ja,
Ihn zu verschmähn, und uns gefällt das auch;
Weil all und jedes, was wir selbst gewollt,
Still steht vor dem, was Eure Hoheit will.

König Johann.

Verschiedne Gründe dieser Doppelkrönung

Trug ich euch vor, und halte sie für stark;
Noch mehr, noch stärkre, wann mein Sorgen abnimmt,
Werd' ich euch kundthun. Mittlerweil' verlangt,
Was ihr verbessert wünscht von Uebelständen,
Und merken sollt ihr bald, wie eure Wünsche
Ich, beides, hören und gewähren will.

Pembroke.

So bitt' ich denn, als Zunge dieser Lords,
Die ihren Herzenswünschen Stimme leiht,
Sowol für mich als sie, jedoch vor allem
Für Eure Sicherheit, der sie und ich
All unsern Eifer weihn, — von Herzen bitt' ich
Um Arthur's Freiheit, dessen Einschließung
Des Mißvergnügens murrende Lippen reizt
Zu solcher mißlichen Erörterung:
Wenn Ihr mit Recht habt, was Ihr sicher haltet,
Wie kann denn Furcht (die, sagen sie, doch nur
Dem Schritt des Unrechts nachfolgt) Euch bewegen,
Den zarten Neffen einzusperrn, sein Leben
In gröblicher Unwissenheit erstickend
Und seiner Jugendzeit den reichen Vortheil
Edler Erziehung weigernd? Nun wohlan,
Damit die Feinde Eures Regiments
Nicht diesen Vorwand haben, sei der Antrag,
Den Ihr uns stellen heißet, seine Freiheit:
Worin wir nichts zu unserm Besten bitten,
Als nur, weil unser Wohl, auf Euch beruhend,
Für Euer Wohl es hält, ihn freizugeben.

König Johann.

So soll es sein. Ich gebe seine Jugend
In eure Leitung. — Hubert, nun was gibt's?

(Hubert tritt auf und spricht leise mit dem König.)

Pembroke.

Das ist der Mann; dem war die That vertraut,
Er wies die Vollmacht einem meiner Freunde.
Der Spiegel eines schwarzen Frevels lebt
In seinem Auge; dies verschloßne Antlitz
Zeigt eines schwerverstörten Herzens Stimmung,
Und fürchtend glaub' ich, daß geschehen ist,
Wovon wir fürchteten, er soll' es thun.

Salisbury.

Des Königs Farbe geht und kommt; sein Anschlag
Und sein Gewissen schickt sie hin und her,
Herolden ähnlich zwischen furchtbar'n Heeren:
Die Leidenschaft ist reif; bald bricht sie auf!

Pembroke.

Und wenn sie aufbricht, kommt heraus als Eiter,
Ich fürchte, eines holden Kindes Tod.

König Johann.

Ich kann des Todes starke Hand nicht hemmen.
Ihr lieben Lords, mein Wunsch zu geben lebt noch
Doch euer Antrag ist dahin und todt!
Er meldet, Arthur starb in dieser Nacht.

Salisbury.

Wir sorgten ja, sein Uebel sei unheilbar.

Pembroke.

Wir hörten ja, wie nah' dem Tod er war,
Eh' noch das Kind selbst fühlte, daß es krank sei.
Dies fordert Rechenschaft, hier oder sonstwo!

König Johann.

Was richtet ihr auf mich so ernste Brauen?
Denkt ihr, daß ich des Schicksals Schere halte?
Hab' ich dem Puls des Lebens zu gebieten?

Salisbury.

Es ist ganz deutlich falsches Spiel, und Schmach,
Daß Hoheit es so gröblich treiben darf.
Viel Glück zu Euerm Spiel! Und so lebt wohl.

Pembroke.

Bleibt noch, Lord Salisbury; ich gehe mit
Und suche dieses armen Kindes Erbtheil,
Sein kleines Königreich, ein frühes Grab.
Das Blut, dem all dies Land gehörte, hält
Von ihm drei Fußbreit jetzt. O schlimme Welt!
Dies kann nicht so hingehn; zu aller Leid
Ausbrechen wird's — und das in kurzer Zeit!

(Die Lords ab.)

König Johann.

Sie brennen in Entrüstung; mich gereut's.
Auf Blut wird nie ein fester Grund gebaut,
Und sichres Leben nie auf andrer Tod.

(Ein Bote tritt auf.)

Dein Aug' ist schreckhaft; sprich, wo ist das Blut,
Das ich in diesen Wangen wohnen sah?
So schwarze Wolken klärt nichts auf als Sturm;
Gieß deine Schauer aus: wie geht's in Frankreich?

Bote.

Von Frankreich geht's nach England. Niemals ward
Zu einer fremden Heerfahrt solche Macht
Im Umfang eines Landes ausgehoben.
Nachahmung Eurer Raschheit lernten sie;
Denn da Ihr hören solltet, daß sie rüsten,
Kommt schon die Botschaft: sie sind angelangt.

König Johann.

Wo hat sich unsre Kundschaft denn berauscht?
Wo schlief sie? Wo ist meiner Mutter Sorge,
Daß solch ein Heer in Frankreich sich vereinte,
Und sie es nicht vernahm?

Bote.

            Mein Fürst, ihr Ohr
Hat Staub verstopft. Am ersten des April
Starb Eure edle Mutter, und ich höre,
Daß Frau Constanz' in Raserei gestorben,
Drei Tage früher; aber dies vernahm ich
Nur vom Gerücht; ob's wahr ist, weiß ich nicht.

König Johann.

Hemm' deine Eile, schreckliche Verwicklung!
Oder verbünde dich mit mir, bis ich
Die zorn'gen Pairs versöhnt. — Wie? Mutter todt!
Wie wild geht dann mein Regiment in Frankreich!
Von wem befehligt kommt dies Heer aus Frankreich,
Das hier gelandet sein soll, wie du sagst?

Bote.

Vom Dauphin.

(Der Bastard und Peter von Pomfret treten auf.)

König Johann.

Schwindlig hast du mich gemacht
Mit deiner Botschaft. — Nun, was sagt die Welt
Zu Euerm Thun? Nur stopft mir nicht noch mehr
Verdruß in meinen Kopf; er ist schon voll.

Bastard.

Wenn Ihr Euch scheut, das Schlimmste anzuhören,
So fall' es ungehört Euch auf den Kopf.

König Johann.

Habt Nachsicht, Vetter; denn ich war betäubt
Unter der Flut; nun aber athm' ich wieder
Hoch überm Strom und kann jedweder Zunge
Gehör verleihn, sie spreche, was sie will.

Bastard.

Wie mir's geglückt ist bei der Geistlichkeit,
Mag Euch das Geld, das ich erhob, erzählen.
Doch wie ich über Land hierherkam, fand ich
Die Leute voll seltsamer Einbildungen,
Besessen von Gerüchten, eiteln Träumen,
Nicht wissend, was sie fürchten, doch voll Furcht.
Und hier ist ein Prophet; ich bracht' ihn mit
Vom Markt zu Pomfret, wo ich ihn betraf,
Wie Hunderte ihm auf den Fersen folgten,
Und er in ungeschlachten Reimen sang,
Daß Eure Hoheit nächste Himmelfahrt
Vor Mittag Eurer Kron' entsagen werde.

König Johann.

Du müß'ger Träumer, warum sagst du das?

Peter.

Weil ich vorher weiß, daß es so geschieht.

König Johann.

Hubert, hinweg mit ihm; setz' ihn gefangen,
Und an dem Mittag, wo ich, wie er sagt,
Die Kron' abtreten werde, soll er hängen.
Bring in Gewahrsam ihn, und komm zurück;
Ich hab' dich nöthig.

(Hubert mit Peter ab.)

O mein bester Vetter,
Haſt du's gehört, wer angekommen iſt?

Baſtard.

Franzoſen, Herr; es iſt in aller Munde.
Dann traf ich auch Lord Bigot und Lord Salisbury,
Mit Augen roth wie friſchgeſchürtes Feuer,
Und andre mehr, die Arthur's Grab aufſuchten;
Sie ſagen ja, er ſei heut' Nacht getödtet
Auf Euern Antrieb.

König Johann.

Liebſter Vetter, geh,
Miſch' dich in ihren Kreis; ich weiß noch Rath,
Mir ihre Liebe wieder zu gewinnen.
Bring ſie hierher zu mir.

Baſtard.

Ich will ſie ſuchen.

König Johann.

Ja, eil' dich; ſetz' den beſten Fuß voran.
O, jetzt nur keine Feind' im eignen Lande,
Da fremde Gegner meine Städt' erſchrecken
Mit grauſ'gem Pomp entſchloſſnen Ueberfalls!
Sei mein Mercur, ſchnall' Flügel an die Ferſen,
Und flieg wie ein Gedanke wieder her.

Baſtard.

Der Geiſt der Zeit ſoll mich zur Eile ſpornen.

(Ab.)

König Johann.

Geſprochen wie ein Mann von tapferm Geiſt. —
Geh, folg' ihm nach; vielleicht iſt ihm ein Bote
Vonnöthen zwiſchen mir und jenen Pairs,
Und der ſei du.

Bote.

Von Herzen gern, mein Fürſt.

(Ab.)

König Johann.

Die Mutter todt!

(Hubert kommt zurück.)

Hubert.

Mein Fürst, die Leute sagen,
Fünf Monde wurden diese Nacht gesehn;
Vier standen still, der fünfte Mond umkreiste
Die andern vier in wunderbarem Lauf.

König Johann.

Fünf Monde?

Hubert.

Greise Männer, alte Weiber
Weissagen auf den Straßen höchst gefährlich;
Prinz Arthur's Tod ist schon in aller Mund,
Und von ihm redend schütteln sie die Köpfe,
Und flüstern einer in des andern Ohr;
Der Sprechende ergreift des Hörers Hand,
Der Hörer macht Geberden des Entsetzens
Mit krauser Stirne, Winken, rollenden Augen.
So sah ich, wie der Schmied, den Hammer haltend,
Indeß sein Eisen auf dem Amboß kühlte,
Mit offnem Mund verschlang des Schneiders Mär,
Der, Scheer' und Maß in Händen, in Pantoffeln,
Die seine hast'ge Eile noch dazu
An die verkehrten Füß' geworfen hatte,
Von Tausenden französischer Krieger sprach,
Die schon in Kent in Reih' und Ordnung ständen;
Ein andrer magrer, schmier'ger Handwerksmann
Fällt ihm ins Wort und schwatzt von Arthur's Tod.

König Johann.

Was suchst du diese Furcht mir mitzutheilen?
Warum mahnst du so oft an Arthur's Tod?
Du schlugst ihn todt: ich hatte mächt'ge Ursach',
Ihn todt zu wünschen, du nicht, ihn zu tödten.

Hubert.

Nicht, Herr? Habt Ihr mich nicht dazu gereizt?

König Johann.

Es ist der Kön'ge Fluch, bedient zu sein
Von Sklaven, die in Launen Vollmacht sehn,
Ins blut'ge Haus des Lebens einzubrechen
Und aus dem Wink der Mächt'gen ein Gesetz
Zu deuten, und die Absicht zu verstehn,

Wann droh'nde Majeſtät die Stirne runzelt
Vielleicht aus Laune mehr als Vorbedacht.

Hubert.

Hier Euer Nam' und Siegel für die That.

König Johann.

O, wann die Rechnung zwiſchen Erd' und Himmel
Geſchloſſen wird, dann wird der Nam' und Siegel
Ein Zeugniß der Verdammniß wider uns.
Wie oft bewirkt des böſen Werkzeugs Anblick
Die böſe That! Wärſt du nicht dageweſen,
Ein Menſch, von der Natur erwählt, gezeichnet,
Geſtempelt, eine That der Schmach zu thun,
Nie wär' der Mord mir in den Sinn gekommen;
Doch da ich dein graunhaft Geſicht bemerkt,
Geſchickt dich fand zu blut'ger Schurkerei,
Geneigt und gut zu tödlichem Gebrauch,
So ſpielt' ich ſchüchtern an auf Arthur's Tod;
Und du, um einem König werth zu ſein,
Erſchrakſt nicht, einen Prinzen zu ermorden.

Hubert.

Mein Fürſt —

König Johann.

Hätt'ſt du den Kopf geſchüttelt, wärſt verſtummt,
Da ich von meinem Anſchlag dunkel ſprach;
Hätt'ſt du ein zweifelnd Aug' auf mich gerichtet,
Als heiſchteſt du ein deutlich Wort von mir:
Ich wär' in Scham verſtummt, hätt' abgebrochen,
Und deine Scheu hätt' unſre Scheu bewirkt.
Doch du begriffſt mich gleich auf meinen Wink,
Verhandelteſt in Winken mit der Sünde;
Ja, ſonder Anſtand war dein Herz bereit,
Und deine rohe Hand vollzog die That,
Die unſer beider Mund nicht nennen mochte.
Aus meinen Augen, fort! Nie ſieh mich wieder!
Mein Adel fällt mir ab, und meinem Thron
Trotzt dicht vor meinem Thor ein fremdes Heer;
Ja, ſelbſt in dieſem leiblichen Gebiet,
In dieſem Königreich des Bluts und Athems,
Iſt Krieg und innrer Aufruhr: mein Gewiſſen
In Fehde wider meines Neffen Tod.

Hubert.

Bewahrt Euch gegen Eure andern Feinde;

Mit Eurer Seele söhn' ich leicht Euch aus.
Prinz Arthur lebt, und diese meine Hand
Ist noch jungfräulich, eine reine Hand,
Noch nicht vom Purpurmal des Bluts befleckt;
Noch niemals kam in diese Brust die Regung,
Der Greuel eines mördrischen Gedankens,
Und Ihr verleumdet Natur in mir,
In meiner Form, die, wenn auch außen roh,
Doch Hülle einer bessern Seele ist,
Als Henker eines armen Kinds zu sein!

König Johann.

Lebt Arthur noch? O, eile zu den Pairs!
Gieß diese Kund' auf ihre heiße Wuth
Und mach' sie wieder zahm zu ihrer Pflicht.
Vergib die Deutung, welche deinen Zügen
Mein Ingrimm gab; denn meine Wuth war blind,
Und Augen, voll von blut'gen Schreckgebilden,
Malten dich fürchterlicher als du bist.
O rede nicht! Bring nur in mein Gemach
Die zorn'gen Lords, mit aller Schnelligkeit;
Ich kann nur langsam flehn: lauf hurtiger!

(Beide ab.)

Dritte Scene.

Ebendaselbst. Vor dem Schlosse.

Arthur (erscheint auf der Mauer).

Arthur.

Die Mau'r ist hoch, und springen will ich doch.
Erbarm' dich, lieber Boden, schone mich!
Fast niemand kennt mich, oder wär' es auch,
Die Schifferjungentracht verstellt mich ganz.
Ich fürchte mich, und doch will ich es wagen.
Komm' ich hinab und breche nicht die Knochen,
So mach' ich leicht mich fort. Gleich gilt es mir,
Ob ich da draußen umkomm' oder hier.

(Er springt hinunter.)

Weh! meines Onkels Herz ist in dem Stein.
Nimm meine Seel', o Gott! Nimm, England, mein Gebein!

(Er stirbt.)

(Pembroke, Salisbury und Bigot treten auf.)

Salisbury.

Ich treff' ihn bei Sanct=Edmunds=Bury, Lords.
'S ist unser Heil; dies freundliche Erbieten
Der stürmisch droh'nden Zeit muß man ergreifen.

Pembroke.

Wer brachte diesen Brief vom Cardinal?

Salisbury.

Der Graf Melun, ein edler Pair von Frankreich;
Sein mündlich Zeugniß von der Huld des Dauphin
Geht noch viel weiter, als das Schreiben sagt.

Bigot.

So laßt uns also morgen früh ihn treffen.

Salisbury.

Aufbrechen, meint ihr; denn es sind zwei starke
Tagreisen, eh' wir bei ihm sind, Mylords.

(Der Bastard tritt auf.)

Bastard.

Nochmals willkommen, mißvergnügte Herrn!
Der König wünscht gleich Eure Gegenwart.

Salisbury.

Der König hat sich unser selbst beraubt.
Wir wollen seinen dünnen, schmuz'gen Mantel
Mit unserm reinen Ruhm nicht füttern, noch
Dem Fuße folgen, der Blutspuren nachläßt.
Geht, sagt ihm das: wir wissen schon das Schlimmste.

Bastard.

Was ihr auch denkt, sprecht wenigstens nicht schlimm.

Salisbury.

Jetzt will der Schmerz sein Recht, nicht Höflichkeit.

Bastard.

Ihr habt nur wenig Recht zu eurem Schmerz;
Drum wär' es Recht, ihr hättet Höflichkeit.

Pembroke.

Herr, Herr, Entrüstung hat ihr eignes Vorrecht.

Bastard.

Ja, ihrem Herrn zu schaden, doch nicht andern.

Salisbury.

Dies ist der Kerker. — Wer ist's, der hier liegt?

Pembroke.

O Tod, mit reiner Fürstenschönheit prahlend!
Die Erde hat kein Loch, die That zu bergen.

Salisbury.

Der Mord, als haß' er seine eigne That,
Legt sie so offen dar, zur Rache mahnend.

Bigot.

Oder, als er dem Grab dies Kleinod weihte,
Fand er es für ein Grab zu fürstlich reich.

Salisbury.

Sir Richard, was denkt Ihr? Habt Ihr gesehn,
Gehört, gelesen, konntet Ihr Euch denken,
Ja, könnt Ihr denken, ob Ihr es gleich seht,
Das, was Ihr seht? Dies ist die wahre Spitze,
Die Höh', der Gipfel, ja des Gipfels Gipfel
Des Mords! Dies ist die blutigste Verruchtheit,
Die ärgste Barbarei, der rohste Streich,
Den je staarblinder Zorn, starrseh'nde Wuth
Den Thränen sanften Mitleids hat gezeigt.

Pembroke.

Der Mord entschuldigt alle frühern Morde;
Der Mord, so einzig und so beispiellos,
Wird ungebornen Sünden künft'ger Zeit
Reinheit und Glanz der Heiligkeit verleihn;
Ein tödlich Blutbad wird als Spaß erscheinen
Im Lichte dieses grauenhaften Schauspiels.

Bastard.

Es ist ein blutiges, verdammtes Werk;
Heilloser Frevel einer schweren Hand,
Wenn eine Menschenhand das Werk vollbracht.

Salisbury.

Wenn eine Menschenhand das Werk vollbracht?
Wir sahn den Schimmer dieser That vorher:
Sie ist das schnöde Werk von Hubert's Hand,
Der Anschlag und die Eingebung des Königs,
Aus dessen Dienst ich meine Seel' entziehe,
Kniend vor diesen Trümmern süßen Lebens;
Hier hauch' ich vor hauchloser Trefflichkeit
Den Weihrauch eines heiligen Gelübdes,
Die Freuden dieser Welt niemals zu kosten,
Nie angesteckt zu werden von Genuß,
Noch umzugehn mit Ruh' und Müßiggang,
Bis diese Hand ich nicht verherrlicht habe
Durch der Vergeltung würdevollen Glanz.

Pembroke und Bigot.

Inbrünstig stimmen unsre Seelen bei.

Hubert (tritt auf).

Lords, ich bin heiß vor Eil', euch aufzusuchen.
Prinz Arthur lebt; der König schickt nach euch.

Salisbury.

O, er ist frech!
Er wird nicht roth im Angesicht des Todes. —
Fort, du verhaßter Schurke! heb' dich weg!

Hubert.

Ich bin kein Schurke.

Salisbury (das Schwert ziehend).

Muß ich das Gericht berauben?

Bastard.

Eu'r Schwert ist blank, Herr; steckt es wieder ein.

Salisbury.

Nicht anders als in eines Mörders Haut.

Hubert.

Zurück, Lord Salisbury! Zurück, sag' ich!
Mein Schwert, beim Himmel, ist so scharf wie Eures.
Ich möchte nicht, daß Ihr Euch selbst vergäßt
Und die Gefahren meiner Nothwehr reiztet;

Ich möchte sonst beim Anblick Eurer Wuth
Leicht Euern Adel, Rang und Werth vergessen.

Bigot.

Misthaufe, fort! Du trotzest einem Pair?

Hubert.

Nicht um mein Leben; doch vertheid'gen darf ich
Mein schuldlos Leben gegen einen Kaiser.

Salisbury.

Du bist ein Mörder.

Hubert.

Macht mich nicht dazu;
Noch bin ich's nicht. Weß Zunge fälschlich spricht,
Der spricht nicht wahr, und wer nicht wahr spricht, lügt.

Pembroke.

Haut ihn in Stücke.

Bastard.

Haltet Frieden, sag' ich.

Salisbury.

Zurück! Ich schlage dich sonst, Faulconbridge!

Bastard.

Viel lieber schlag den Teufel, Salisbury!
Blick' mich nur finster an, rühr' nur den Fuß,
Laß deinen raschen Zorn mir Schimpf anthun,
So schlag' ich dich todt. Steck' zeitig ein das Schwert,
Sonst bleu' ich dich und deinen Bratspieß so,
Daß dir sein wird, als wär' der Teufel los.

Bigot.

Was willst du thun, berühmter Faulconbridge?
Willst einem Schurken beistehn, einem Mörder?

Hubert.

Das bin ich nicht.

Bigot.

Wer tödtete den Prinzen?

Hubert.

Gesund verließ ich ihn vor einer Stunde;

Ich lieb' und ehrt' ihn, und mein Leben lang
Wein' ich ums Ende seines holden Lebens.

Salisbury.

Traut nicht dem Schelmenwasser seiner Augen;
Denn Bosheit ist nicht ohne solches Naß;
Und er, der ausgelernt ist, läßt es scheinen
Wie Bäche des Erbarmens und der Unschuld.
Hinweg mit mir, ihr alle, deren Seele
Den ekelhaften Dunst der Schlachtbank haßt;
Denn hier erstickt mich der Geruch der Sünde!

Bigot.

Hinweg nach Bury, zu dem Dauphin dort!

Pembroke.

Dort, sagt dem König, könn' er uns erfragen.

(Die Lords ab.)

Bastard.

Herrliche Welt! — Habt Ihr darum gewußt?
Weit über den Bereich der ew'gen Gnade,
Der schrankenlosen und unendlichen,
Wenn du die blut'ge That gethan hast, Hubert,
Bist du verdammt.

Hubert.

Herr, hört mich doch nur an.

Bastard.

Ha! ich will dir 'was sagen,
Du bist verdammt so schwarz — was ist so schwarz?
Tiefer verdammt bist du als Lucifer;
So garstig wird kein Geist der Hölle sein
Wie du, wenn du dies Kind getödtet hast.

Hubert.

Ich schwör' es Euch —

Bastard.

Wenn du nur hülfreich warst
Bei dieser Blutthat, so verzweifle nur!
Und brauchst du einen Strick, der dünnste Faden,
Den eine Spinn' aus ihrem Leibe zieht,
Wird dich erdrosseln, und ein Strohhalm wird zum Balken,
Dich dranzuhängen; willst du dich ertränken,

Thu etwas Waffer nur in einen Löffel,
Und es wird fein, als wär's der Ocean,
Genug, um folchen Schurken zu erfticken.
Ich habe dich gar dringlich in Verdacht.

Hubert.

Wenn durch die That, durch Beifall, durch Gedanken
Ich fchuldig bin am Raub des füßen Odems,
Den diefe fchöne Staubhüll' in fich fchloß,
So foll's für mich der Höll' an Martern fehlen!
Gefund verließ ich ihn.

Baftard.

Geh, trag ihn weg in deinen Armen! —
Ich bin betäubt, und meinen Weg verlier' ich
In Dornen und Gefahren diefer Welt.
Wie leicht hebft du das ganze England auf!
Aus diefem Stückchen todten Königthums
Ift diefes ganzen Reichs Recht, Treu' und Leben
Entflohn gen Himmel; England aber wird
Sich raufen, zerren, mit den Zähnen reißen
Ums herrenlofe Recht des ftolzen Throns.
Nun um der Hoheit abgenagten Knochen
Sträubt feinen Kamm der wilde Krieg empor
Und fletfcht dem Frieden in die milden Augen.
Nun treffen fremde Macht und heimifcher Groll
In einer Reih' zufammen, und Vernichtung
Harrt, wie der Rab' auf ein erkranktes Vieh,
Auf den Verfall geraubter Herrlichkeit.
Nun glücklich jeder, deffen Gurt und Mantel
Dies Wetter aushält! — Trag das Kind hinweg,
Und folge dann mir rafch; ich will zum König.
Viel taufend Sorgen find jetzt noch zur Hand,
Und finfter blickt der Himmel auf dies Land!

                                        (Beide ab.)

———

Fünfter Aufzug.

Erste Scene.

Ebendaselbst. Ein Zimmer im Palast.

König Johann, Pandulfo mit der Krone, und Gefolge
(treten auf).

König Johann.

So hab' ich denn den Reif der Majestät
In Eure Hand gelegt.

Pandulfo.

Als Lehn des Papstes
Nehmt jetzt aus dieser meiner Hand zurück
Die königliche Hoheit und Gewalt.

König Johann.

Nun haltet Euer heilig Wort: entgegen
Geht den Franzosen, braucht all Eure Vollmacht
Von Seiner Heiligkeit, hemmt ihren Marsch,
Bevor die Feuersbrunst uns all' ergreift!
Empört sind unsre misvergnügten Grafen,
Mit seiner Pflicht im Hader unser Volk
Und schwört Ergebenheit und Herzensliebe
Ausländischem Geblüte, fremder Macht.
Die Ueberschwemmung dieser bösen Säfte
Zu bändigen, steht jetzt allein bei Euch.
Drum säumt nicht; denn so krank ist diese Zeit,
Daß, wenn man ihr Arznei nicht zeitig reicht,
Unheilbares Verderben folgen muß.

Pandulfo.

Mein Odem war's, der diesen Sturm erregte,
Um Eures Trotzes willen wider Rom;
Jetzt aber, da Ihr reuig seid und sanft,
Stillt auch mein Mund dies Kriegsgewitter wieder

Und macht ſchön Wetter im durchtobten Reich.
Heut', merkt es wohl, am Tag der Himmelfahrt,
Wo Ihr den Dienſteid leiſtetet dem Papſt,
Soll Euer Feind die Waffen niederlegen.

König Johann.

Iſt Himmelfahrtstag? Sprach nicht der Prophet,
Daß ich um Himmelfahrt vor Mittagszeit
Der Kron' entſagen würde? Ja, ich that's.
Ich dachte mir, es ſoll' aus Zwang geſchehn,
Doch, Gott ſei Dank, geſchah es nur freiwillig.

(Der Baſtard tritt auf.)

Baſtard.

Ganz Kent hat ſich ergeben; nur Schloß Dover
Behauptet ſich; und London hat den Dauphin
Sammt Truppen wie ein milder Wirth empfangen.
Eu'r Adel will nicht hören, ſondern eilt,
Um ſeinen Dienſt dem Feinde anzubieten,
Und blindlings rennt Beſtürzung auf und ab
Im Häuflein Eurer zweifelhaften Freunde.

König Johann.

Und wollten meine Lords nicht wiederkommen,
Als ſie vernahmen, daß Prinz Arthur lebt?

Baſtard.

Sie fanden todt ihn auf der Straße liegen:
Ein leeres Käſtchen, das Juwel des Lebens
Geraubt von einer gottverfluchten Hand.

König Johann.

Der Schurke Hubert ſagte mir, er lebe.

Baſtard.

Bei meiner Seel', er wußt' es auch nicht anders.
Warum ſenkt Ihr das Haupt? Was blickt Ihr traurig?
Seid groß in Thaten, wie vorher im Geiſt;
Laßt nicht die Welt es ſehn, wie Furcht und Kleinmuth
Die Regung königlicher Augen lenkt.
Seid rührig wie die Zeit, Feu'r gegen Feuer,
Bedroht den Droher, übertrotzt die Stirn
Großmäul'gen Schreckens, auf daß niedre Augen,
Die ihr Betragen von den Großen borgen,

Groß werden durch Eu'r Beispiel und den Geist
Unbeugsamer Entschlossenheit anthun.
Hinweg, und schimmert wie der Gott des Kriegs,
Wann er die Absicht hat, die Schlacht zu schmücken;
Zeigt Kühnheit, zeigt hochstrebendes Vertraun.
Soll man den Leu'n in seiner Höhle suchen?
Und da ihn schrecken? ihn zum Zittern bringen?
O laßt das niemals sagen! Auf, ins Feld!
Und trefft den Aufruhr weiter von der Thür
Und packt ihn an, eh' er so nahe kommt!

König Johann.

Der päpstliche Legat ist hier gewesen,
Und glücklich hab' ich mich mit ihm versöhnt.
Und er hat mir gelobt, des Dauphins Heer
Hinwegzusenden.

Bastard.

      O, unrühmlich Bündniß!
Was? Sollen wir auf eignem Grund und Boden
Vergleiche machen, gute Worte geben,
Vorschläge, Zwiesprach', feige Waffenruh'
Mit eingedrungnen Feinden? Soll ein Milchbart,
Ein seidner Geck Englands Schlachtfeldern trotzen,
Sein Müthchen kühlen auf so tapferm Boden,
Die Luft mit eitel weh'nden Fahnen höhnen,
Und ohne Widerstand? Mein Fürst, ins Feld!
Vielleicht mislingt dem Cardinal der Friede;
Und wenn auch nicht, man sage mindestens,
Daß sie bereit uns sahn zur Gegenwehr!

König Johann.

Euch sei die Leitung dieser Zeit vertraut.

Bastard.

Auf denn mit gutem Muth! Mein Wort darauf,
Wir nehmen's noch mit stolzern Feinden auf.

(Alle ab.)

Zweite Scene.

Ebene bei Sanct-Edmunds-Bury.

Ludwig, Salisbury, Melun, Pembroke, Bigot und Soldaten
(treten auf).

Ludwig.

Herr Graf Melun, laßt hiervon Abschrift nehmen,
Und hebt es sicher auf, uns zum Gedächtniß;
Die Urschrift gebt dann diesen Herrn zurück,
Damit so wir wie sie, indem wir also
Den Pact verzeichnet lesen, wissen mögen,
Weß Endes wir das Sakrament genommen,
Und fest und unverletzt die Treue halten.

Salisbury.

Wir werden unsrerseits sie nimmer brechen.
Und, edler Dauphin, schwören wir Euch schon
Freiwill'gen Eifer, ungezwungne Treue
Bei Eurem Werke; dennoch, glaubt mir, Prinz,
Ich bin nicht froh, daß dies Geschwür des Staats
Ein Pflaster sucht durch allverhaßten Aufruhr
Und einer Wunde alten Krebsfraß heilt,
Indem es viele macht. O, mich bekümmert's,
Daß ich dies Eisen von der Seite ziehn
Und Witwen machen soll, und o, just da,
Wo ehrenvolle Hülf' und Gegenwehr
Laut mahnend ruft den Namen Salisbury.
Allein so groß ist der Verderb der Zeit,
Daß wir zur Pfleg' und Heilung unsers Rechts
Nicht handeln können außer mit der Hand
Verworrnen Unrechts, ungerechter Härte.
Ist's nicht ein Jammer, ihr gekränkten Freunde,
Daß wir, die Söhn' und Kinder dieser Insel,
Erleben müssen solchen bittern Tag,
Wo wir auf ihren theuern Busen treten
Mit fremdem Heer und ihrer Feinde Reihn
Ausfüllen — ich muß gehn und weinen um
Den Flecken dieses aufgedrungnen Streits —,
Den Adel eines fernen Reichs zu zieren
Und unbekannten Fahnen nachzuziehn?
Und hier? — O England, daß du wandern könntest,

Daß dich Neptun, deß Arme dich umspannen,
Wegtrüge von der Kenntniß deiner selbst
Und an ein heidnisch Ufer fest dich bände,
Wo diese beiden Christenheere dann
Das Blut des Grolls in eine Bundesader
Vereinigten, statt so unnachbarlich
Es zu vergießen!

Ludwig.

Du zeigst hierin ein abliches Gemüth;
Und große Trieb', in deinem Busen ringend,
Erzeugen ein Erdbeben edeln Muths.
O, einen edeln Zweikampf fochtest du
Des äußern Zwangs und wackern Ehrgefühls.
Laß diesen ehrenvollen Thau mich trocknen,
Der silbern über deine Wangen rinnt.
Oft schmolz mein Herz bei Frauenthränen wol,
Die doch gemeine Ueberschwemmung sind;
Jetzt aber, dieser Strom männlicher Tropfen,
Dies Schauer, aufgeweht vom Seelensturm,
Erschreckt mein Aug' und macht bestürzter mich,
Als säh' ich das gewölbte Dach des Himmels
Mit glüh'nden Meteoren ganz gestreift.
Erheb' die Stirn, berühmter Salisbury,
Dräng' diesen Sturm mit großem Herzen weg;
Laß diese Wasser jenen Säuglingsaugen,
Die nie den Riesen Welt in Wuth gesehn,
Noch je das Glück sonst trafen als beim Fest,
Recht warm von Blut, von Lust und Brüderschaft.
Komm, komm; denn du sollst deine Hand so tief
Eintauchen in den Seckel des Erfolgs
Wie Ludwig selbst; ihr Herrn, das soll ein jeder,
Der seiner Sehnen Kraft an meine knüpft.

(Pandulfo mit Gefolge tritt auf.)

Und eben jetzt, dünkt mich, ein Engel sprach.
Seht hin, da naht der heilige Legat,
Uns Vollmacht bringend von der Hand des Himmels,
Auf unser Thun des Rechtes Namen setzend
Mit heil'gem Odem.

Pandulfo.

Heil, erlauchter Prinz!
Darauf folgt dies: König Johann hat sich
Mit Rom versöhnt; sein Geist ist umgekehrt,

Der abgewandt war von der heil'gen Kirche,
Der großen Metropol' und Stuhle Roms.
Drum rolle deine droh'nden Fahnen auf,
Und zähm' den wilden Geist des blut'gen Kriegs,
Daß, wie ein mit der Hand gepflegter Löwe,
Er sanft sich zu des Friedens Füßen schmiege
Und nicht mehr schrecklich sei als nur von Ansehn.

Ludwig.

Verzeiht, Hochwürden, ich will nicht zurück.
Ich bin zu hochgeboren für ein Werkzeug,
Für einen Untergebnen, der gehorcht,
Für einen brauchbar'n Diener oder Mittel,
Wär's auch des höchsten Throns der ganzen Welt.
Eu'r Hauch zuerst blies an die todten Kohlen
Des Krieges zwischen diesem Reich und mir
Und trug den Stoff herbei, den Brand zu nähren,
Und nun ist er zu stark, ihn auszublasen
Mit jenem schwachen Wind, der ihn geschürt.
Ihr lehrtet mich des Rechtes Antlitz kennen,
Ihr zeigtet mir Ansprüch' auf dieses Land,
Ja, warft dies Unternehmen in mein Herz;
Und kommt Ihr nun und sagt: Johann hat Frieden
Mit Rom gemacht? Was schiert der Friede mich?
Ich, kraft der Würde meines Ehebetts,
Begehr' nach Arthur's Tod dies Land als meins;
Und nun es halb besiegt ist, soll ich fort,
Weil ja Johann mit Rom den Frieden schloß?
Bin ich Roms Sklave? Welchen Pfennig gab,
Und welches Volk und Waffen stellte Rom,
Dies Werk zu unterstützen? Bin ich's nicht,
Der diesen Aufwand trägt? Wer sonst als ich
Und meine untergebnen Leute schwitzt
In diesem Handel und vollführt den Krieg?
Hört' ich nicht diese Inselmänner rufen
Vive le Roi! als ich ans Ufer stieg?
Hab' ich nicht hier die Trümpfe für das Spiel,
Um leicht den Satz, die Krone, zu gewinnen,
Und soll ich nun ausliefern den Gewinst?
Nein! nein! Auf Ehre, nie soll man das sagen.

Pandulfo.

Ihr seht die Sache nur von außen an.

Ludwig.

Von außen oder innen, ich bleib' hier,
Bis mein Versuch so weit verherrlicht ist,
Wie meiner stolzen Hoffnung Ihr verspracht,
Eh' ich dies tapfre Kriegsheer aufgebracht
Und diese feurigen Herzen ausgewählt,
Sieg zu ertrotzen, Ehre zu gewinnen,
Selbst in dem Rachen tödlichster Gefahr.

(Trompetenstoß.)

Welch muthige Trompete ladet uns?

Bastard (mit Gefolge tritt auf).

Nach dem gemeinen Recht der Billigkeit
Gebt mir Gehör: ich bin gesandt, zu reden.
Der König schickt mich, heil'ger Herr von Mailand,
Um zu vernehmen, was Ihr ihm erwirkt;
Nach Eurer Antwort kenn' ich Grenz' und Vollmacht,
Die meiner Zunge vorgezeichnet sind.

Pandulfo.

Der Dauphin ist zu widersetzlich starr
Und will sich meinen Bitten nicht bequemen:
Er weigert sich, die Waffen abzulegen.

Bastard.

Bei allem Blut, das je Wuth athmete,
Der Prinz hat recht! Nun hört den König Englands!
Denn so spricht Seine Majestät durch mich.
Er ist gerüstet, und er hat wol Grund;
Dies ungeschliffne, äffische Besuchen,
Dies Maskenspiel in Waffen, diesen Fasching,
Bartlosen Unfug, kindischen Truppenmarsch
Verlacht der König und ist wohlgerüstet,
Dies Zwergenheer und dies Pygmäenkriegszeug
Aus seinem Reichsumkreise wegzupeitschen.
Die Hand, die euch an eurer eignen Thür
Durchbleute, daß ihr in die Hausflur sprangt,
Wie Eimer in verdeckte Brunnen tauchtet,
Im Stroh der Stallverschläge euch verkroch,
In Kisten eingesperrt wie Pfänder lagt,
Bei Säuen stalltet, in Gewölb und Kerker
Den lieben Schutz aufsuchtet, und erschrakt,
Wenn eure Landeskräh' anhub zu krähn,

Als wär' die Stimm' ein englischer Soldat;
Soll diese Siegerhand hier schwächlich werden,
Die euch gezüchtigt hat in euern Kammern?
Nein, wißt, der tapfre Herrscher ist gewaffnet,
Und wie ein Adler überm Horste schwebt er,
Den zu zerzausen, der dem Neste naht. —
Und ihr, abtrünn'ge, undankbare Lords,
Ihr blut'gen Neros, die den Leib aufreißen
Der lieben Mutter England, brennt vor Scham!
Denn eure eignen Fraun und blassen Mädchen,
Wie Amazonen, trippeln nach der Trommel,
Vertauschen Fingerhut mit Panzerhandschuh,
Nadeln mit Lanzen, und ihr sanftes Herz
Mit grimmiger und blut'ger Sinnesart.

Ludwig.

Hier ende dein Geprahl, und scheid' in Frieden;
Im Schmähn besiegst du uns, gewiß. Leb' wohl.
Zu kostbar ist die Zeit, um sie mit Schwätzern
So zu vergeuden.

Pandulfo.

Gönne mir ein Wort.

Bastard.

Nein, ich will reden.

Ludwig.

Keinen will ich hören.

Trommeln gerührt! Der Mund des Krieges soll
Für unser Recht und unser Hiersein reden.

Bastard.

Ja, wenn man eure Trommeln schlägt, so schrein sie,
Und ihr sollt's auch, nach unsern Schlägen. Weck'
Ein Echo nur mit deiner Schreihalstrommel!
Ganz nah' ist eine Trommel, frisch gespannt,
Die laut wie deine widerrasseln soll;
Rühr' eine zweit', und eine zweite soll
So laut wie dein' ins Ohr des Himmels krachen,
Des tiefen Donners spottend; denn schon naht,
Mistrauend diesem schleichenden Legaten,
Den er zum Spaß mehr denn aus Noth gebraucht,
Kriegsheld Johann, und sitzt vor seiner Stirn
Ein knochendürrer Tod, deß Amt es ist,
Franzosen heut' bei Tausenden zu schmausen.

Ludwig.

Trommeln gerührt, und suchet dies Gespenst!

Bastard

Glaub', Dauphin, daß du bald es siehst und kennst!

(Alle ab.)

Dritte Scene.

Ebendaselbst. Ein Schlachtfeld.

König Johann und Hubert (treten auf).

König Johann.

Wie geht der Tag für uns? o, sag' mir, Hubert.

Hubert.

Schlimm, fürcht' ich. Wie geht's Eurer Majestät?

König Johann.

Dies Fieber, das mich schon so lange plagt,
Liegt schwer auf mir. Ach, ach, mein Herz ist krank.

(Ein Bote tritt auf.)

Bote.

Mein Fürst, Eu'r tapfrer Vetter Faulconbridge
Ersucht Euch, daß Ihr dieses Feld verlassen
Und ihm anzeigen wollt, wohin Ihr geht.

König Johann.

Sag' ihm, nach Swinstead, in das Kloster dort.

Bote.

Seid gutes Muths; die mächtige Verstärkung,
Auf die der Dauphin hier gewartet, ist
Auf Goodwin=Sand gescheitert vor drei Nächten.
Richard erhielt die Nachricht eben jetzt,
Und die Franzosen fechten matt und weichen.

König Johann.

O, dies tyrannische Fieber brennt mich auf
Und gönnt mir nicht, die Glückspost zu begrüßen.

Fort denn nach Swinstead! Gleich zu meiner Sänfte:
Schwachheit bewältigt mich; ich bin erschöpft.

(Alle ab.)

Vierte Scene.

Ein anderer Theil des Feldes.

Salisbury, Pembroke, Bigot und andere (treten auf).

Salisbury.

Ic hielt den König nicht so reich an Freunden.

Pembroke.

Noc einmal drauf! Macht den Franzosen Muth!
M glückt es ihnen, so mißglückt es uns.

Salisbury.

De Faulconbridge, der Bastardteufel, hält
Ir allem Trotz die ganze Schlacht allein.

Pembroke.

Der König, heißt's, verließ schwer krank das Feld.

(Melun kommt, verwundet, von Soldaten geführt.)

Melun.

Führet mich zu diesen englischen Rebellen!

Salisbury.

Man nannt' uns anders, als wir glücklich waren.

Pembroke.

Es ist der Graf Melun.

Salisbury.

Tödlich verwundet.

Melun.

Flieht, Lords! Ihr seid verrathen und verkauft.
Zieht euern Faden aus dem Oehr des Aufruhrs,
Und nehmt verstoßne Treue wieder auf.
Sucht euern König auf, fallt ihm zu Füßen!
Denn bleibt der Dauphin Herr des heißen Tags,
So wird er euch all eure Mühe lohnen,

6*

Indem er euch den Kopf abschlägt. Er schwor's,
Und ich mit ihm, und viele noch mit mir,
Vor dem Altare zu Sanct=Edmunds=Bury,
Vor eben dem Altar, wo theure Freundschaft
Und ew'ge Liebe wir euch angelobt.

Salisbury.

Wie, kann das wahr sein? Kann es möglich sein?

Melun.

Hab' ich vor Augen nicht den grausen Tod
Und hege nur ein Restchen Leben noch,
Das blutend wegrinnt, wie ein wächsern Bild
Am Feuer sich auflöst aus seiner Form?
Was in der Welt bewöge mich zu trügen,
Da ich des Trugs Gewinn verlieren muß?
Was sollt' ich lügen, da in Wahrheit ich
Hier sterben muß und dort durch Wahrheit leben?
Ich wiederhol's, wenn Ludwig heute siegt,
So bricht er seinen Eid, falls eure Augen
Noch einen Tag im Osten dämmern sehn.
Die nächste Nacht schon, deren schwarzer Gifthauch
Bereits den glüh'nden Helm der alten, schwachen
Und tagesmüden Sonn' in Rauch verhüllt,
Noch diese böse Nacht wird euer letzter Hauch
Die Buß' erdungenen Verrathes zahlen
Mit der Verrätherbuß' all eurer Köpfe,
Wenn Ludwig unter euerm Beistand siegt.
Grüßt einen Hubert, der beim König ist;
Freundschaft für ihn, und diese Rücksicht noch,
Daß mein Großvater ein Engländer war,
Weckt mein Gewissen, dies euch zu gestehn.
Zum Lohn dafür, ersuch' ich euch, mich fort
Aus dem Getös' und Lärm der Schlacht zu tragen,
Daß ich in Ruh' mein Restchen von Gedanken
Ausdenken mag und Leib und Seele trennen
In frommer Sehnsucht und Beschaulichkeit.

Salisbury.

Wir glauben dir, und, strafe mich der Himmel!
Ich liebe Form und Antlitz dieser schönen
Gelegenheit, die jetzt uns helfen soll,
Den Schritt fluchwürd'ger Flucht zurückzuthun.
Laßt uns wie die zurückgetretne Flut,

Auf üpp'gen regellosen Strom verzichtend,
Uns beugen in die Schranken, die wir flohn,
Und ruhig fließen in Ergebenheit
Zu unserm Meer, zu unserm großen König! —
Mein Arm soll helfen, dich hinwegzutragen,
Denn ich gewahr' die bittre Pein des Todes
In deinem Blick. — Kommt Freunde! Neue Flucht!
Das Neu' ist gut, das alte Rechte sucht.

(Sie tragen Melun fort.)

Fünfte Scene.

Ebendaselbst.   Das französische Lager.

Ludwig tritt auf mit seinem Zuge.

Ludwig.

Die Sonn' am Himmel, dünkt mich, sank nur zögernd
Und machte, daß der West erröthete,
Als Englands Heer sein eignes Feld zurückmaß
In mattem Rückzug. O, ein schöner Schluß,
Als wir mit überflüss'ger Kanonade
Nach blut'ger Arbeit gute Nacht entboten
Und rollten die zersetzten Fahnen auf,
Die letzten und beinah die Herrn des Feldes!

(Ein Bote tritt auf.)

Bote.

Wo ist mein Prinz, der Dauphin?

Ludwig.

    Hier, was gibt's?

Bote.

Der Graf Melun ist todt; die englischen Lords,
Von ihm beredet, sind abtrünnig worden,
Und die Verstärkung, die ihr lang' gewünscht,
Auf Goodwin-Sand gescheitert und gesunken.

Ludwig.

Ha, garst'ge Zeitung! Fluch dir bis ins Herz!
Nicht dacht' ich, so betrübt heut' Nacht zu sein,

Wie dies mich macht. Wer sagte, daß der König
Geflohn sei, eine Stunde oder zwei,
Eh' tappende Nacht die müden Heere trennte?

Bote.

Wer's auch gesagt hat, es ist wahr, mein Fürst.

Ludwig.

Wohl; haltet gut Quartier zur Nacht und Wache!
Der Tag soll nicht so früh auf sein wie ich,
Um morgen Glück und Gunst neu zu versuchen.

(Alle ab.)

Sechste Scene.

Offener Platz in der Nähe der Abtei Swinsteab.

Der Bastard und Hubert (begegnen einander).

Hubert.

Wer da! — Sprecht, he! — Sprecht rasch! ich schieße sonst.

Bastard.

Gut Freund. — Was bist du?

Hubert.

Englischer Partei.

Bastard.

Wo gehst du hin?

Hubert.

Was geht es dich an? Kann ich nicht so gut
Um dein Geschäft dich fragen, wie du mich?

Bastard.

Hubert, denk' ich?

Hubert.

Ein richtiger Gedanke.
Ich wag' es drauf und glaub' an deine Freundschaft,
Da du so sicher meine Zunge kennst.
Wer bist du?

Bastard.

Wer du willst, und wenn's beliebt,
Thu mir die Liebe an und denk', ich komme
Gewissermaßen von Plantagenets.

Hubert.

Unfein Gedächtniß! du und tiefe Nacht
Bringt mich in Schande. — Tapfrer Held, verzeih,
Daß nur ein Laut von deiner Zung' entschlüpfte
Der richtigen Erkenntniß meines Ohrs!

Bastard.

Kommt ohne Compliment. Was gibt es Neues?

Hubert.

Und ich in finstrer Nacht lauf' hier herum,
Um Euch zu suchen.

Bastard.

Also kurz, was gibt's?

Hubert.

Ach, lieber Herr, etwas, zur Nacht sehr stimmend,
Schwarz, trostlos, fürchterlich und schauderhaft.

Bastard.

Zeig' mir die Wunde selbst: was ist geschehn?
Ich bin kein Weib; ich falle nicht in Ohnmacht.

Hubert.

Den König, fürcht' ich, hat ein Mönch vergiftet.
Ich ließ ihn sprachlos fast und stürzte fort,
Dies Unheil Euch zu melden, daß Ihr besser
Euch auf ein plötzlich Unglück waffnen möchtet,
Als wenn Ihr's bei Gelegenheit erführt.

Bastard.

Wie nahm er's denn? Wer hat ihm vorgekostet?

Hubert.

Ich sag', ein Mönch: ein unerschrockner Schurke,
Deß Eingeweide plötzlich barst. Der König
Spricht noch und kann vielleicht es überstehn.

Bastard.

Wer blieb, um Seine Majestät zu pflegen?

Hubert.

Ei, wißt Ihr's nicht? Die Lords sind wieder da
Und haben auch Prinz Heinrich mitgebracht,
Auf deß Gesuch der König sie begnadigt;
Und sie sind all' um Seine Majestät.

Bastard.

Halt deinen Grimm zurück, allmächt'ger Himmel!
Versuch' uns nicht mit allzu schwerer Last!
Hubert, mein halbes Heer ward heute Nacht
Auf diesem Strande von der Flut ereilt;
Dies sumpf'ge Lincoln hat sie aufgefressen,
Ich selbst bin, wohlberitten, kaum entwischt.
Hinweg! Voran! Geleite mich zum König;
Ich fürchte, daß er todt ist, eh' ich komme.

(Beide ab.)

Siebente Scene.

Der Obstgarten der Abtei.

Prinz Heinrich, Salisbury und Bigot (treten auf).

Prinz Heinrich.

Es ist zu spät: das Leben seines Bluts
Ist ganz vergiftet, und sein klar Gehirn —
Der Seele zartes Haus, wie manche meinen —
Weissagt durch wirre Reden, die es führt,
Das nahe Ende seiner Sterblichkeit.

Pembroke (tritt auf).

Der König redet noch und hegt den Glauben,
Daß, wenn man in die freie Luft ihn brächte,
Die brennende Gewalt des scharfen Giftes,
Das ihn bestürmt, gelindert werden möchte.

Prinz Heinrich.

Bringt ihn in diesen Klostergarten her!

(Bigot ab.)

Tobt er noch immer?

Pembroke.

Er ist ruhiger,
Als da Ihr ihn verließt; soeben sang er.

Prinz Heinrich.

O Wahn der Krankheit! Letzte grimmste Noth
In ihrer Dauer fühlt sich selber nicht.
Der Tod, wann er die äußern Theil' erbeutet,
Verläßt sie, unsichtbar, und nun berennt
Er Seel' und Geist, sticht und verwundet sie
Mit Legionen toller Phantasien,
Die sich in diesem letzten Halt verwirren
Und drängen. Seltsam, daß der Tod noch singt!
Ich bin das Schwänlein dieses kranken Schwans,
Der Klagehymnen seufzt zum eignen Tode
Und aus dem Orgelrohr der Schwäche noch
Zu ew'ger Ruhe Leib und Seele singt.

Salisbury.

Seid gutes Muthes, Prinz! Ihr seid geboren,
Um eine Form dem wüsten Stoff zu geben,
Den er so roh und so gestaltlos ließ.

(Bigot kommt zurück mit Dienern, welche den König auf einem Stuhle
hereintragen.)

König Johann.

Ach, nun hat meine Seele wieder Raum!
Sie wollte nicht heraus aus Thür noch Fenster!
So heißer Sommer ist in meiner Brust,
Daß drinnen alles wie in Staub zerbröckelt:
Ich bin wie ein gekritzelt Bild, gezeichnet
Auf Pergament, das nun an diesem Feuer
Zusammenschrumpft.

Prinz Heinrich.

Wie geht es, Euer Hoheit?

König Johann.

Vergiftet, todt, verlassen, ausgestoßen!
Und niemand unter euch bestellt den Winter,
Daß er die Eishand steck' in meinen Schlund;
Niemand läßt meines Reiches Ströme fließen
Durch meine glüh'nde Brust, noch auch den Nord
Mit scharfem Wind gesprungne Lippen küssen
Und mich mit Kälte laben! Wenig bitt' ich,

Nur kalten Trost, und doch seid ihr so hart
Und undankbar, daß ihr mir dies versagt.

Prinz Heinrich.

O, wär' in meinen Thränen eine Kraft,
Die Euch erquickte!

König Johann.

Das Salz in ihnen brennt.
In mir ist eine Hölle, und das Gift
Ist wie ein Teufel drinnen eingesperrt,
Mein rettungslos verdammtes Blut zu martern.

Bastard (tritt auf).

O, ich bin siedend von dem hast'gen Lauf
Und Eifer, Eure Majestät zu sehn.

König Johann.

Vetter, du kommst, mein Auge zuzudrücken.
Das Tauwerk meines Herzens ist verkohlt,
Und alle Tau' an meines Lebens Segeln
Sind nur ein Faden noch, ein dünnes Haar.
Mein Herz hängt nur an einer armen Schnur,
Die kaum noch hält, bis du berichtet hast,
Und dann ist alles dies ein Erdenkloß
Und leere Form zerstörten Königthums.

Bastard.

Der Dauphin rüstet sich, hierher zu ziehn,
Und Gott weiß, wie wir ihn empfangen sollen;
Denn meiner Truppen beste Hälfte ward,
Als ich bei gutem Anlaß weiter zog,
In einer Nacht am Strand ganz unversehens
Verschlungen von der ungeahnten Flut.

(Der König stirbt.)

Salisbury.

Ihr bringt die Todesbotschaft todtem Ohr. —
Mein Fürst! — Noch eben König, und nun so!

Prinz Heinrich.

So muß auch mein Lauf, so mein Stillstand sein.
Was ist die Sicherheit und Trost der Welt,
Wenn also Königsmacht in Staub zerfällt?

Bastard.

So gehst du hin? Ich bleibe nur zurück,
Für dich den Dienst der Rache zu verrichten,
Und dann dient meine Seel' im Himmel dir,
Wie sie auf Erden immer dir gedient. —
Und jetzt, ihr Stern' in eurer rechten Bahn,
Wo habt ihr eure Macht? Nun zeigt die Treue,
Die ausgebesserte, und folgt mir stracks,
Um ew'ge Schand' und Unheil auszustoßen
Aus des erschöpften Reiches schwacher Thür.
Wohlauf, den Feind gesucht! sonst sucht er uns:
Der Dauphin wüthet schon uns auf den Fersen.

Salisbury.

Es scheint, Ihr wisset nicht so viel wie wir.
Da drinnen ist der Cardinal und ruht;
Er kam vom Dauphin kaum vor einer Stunde
Und bringt von ihm ein Friedensanerbieten,
Das wir mit Ehr' und Anstand eingehn dürfen,
Mit dem Entschluß, vom Krieg gleich abzustehn.

Bastard.

Er thut es um so eher, wenn er sieht,
Daß wir zur Abwehr wohl gerüstet sind.

Salisbury.

Ja, ein'germaßen ist es schon gethan;
Denn viele Wagen hat er an die Küste
Schon weggeschickt, und seine Sach' und Händel
Dem Cardinal ganz in die Hand gelegt,
Mit welchem Ihr, ich selbst und andere Lords,
Wenn's Euch beliebt, noch heute Nachmittag
Den Streit zum frohen Abschluß bringen wollen.

Bastard.

So mag es sein. — Und Ihr, mein edler Prinz,
Nebst andern Prinzen, die entbehrlich sind,
Sollt Euren Vater in die Gruft bestatten.

Prinz Heinrich.

Zu Worcester muß sein Leib beerdigt werden;
Er hat es so verfügt.

Bastard.
Er soll dahin.

Und glücklich lege Eure liebe Hoheit
Des Reichs ererbten Pomp und Glorie an.
In schuldigem Gehorsam, auf den Knien,
Vermach' ich Euch hier meinen treuen Dienst
Und Unterwürfigkeit für alle Zeit.

Salisbury.

Und gleiche Liebe bringen wir Euch dar,
Die ewig ohne Flecken bleiben möge.

Prinz Heinrich.

Ich hab' ein freundlich Herz, das gern euch dankte,
Und es nicht anders als mit Thränen kann.

Bastard.

O, zahlt der Zeit nur ganz nothwend'ge Trauer,
Da wir mit unserm Schmerz im Vorschuß sind. —
Dies England lag noch nie, und wird auch nie
Zu eines Siegers stolzen Füßen liegen,
Wenn es nicht erst sich selbst verwunden half.
Nun diese seine Fürsten heimgekehrt,
So komme nur die ganze Welt in Waffen;
Wir trotzen ihr: nichts bringt uns Noth und Reu',
Bleibt England nur sich selber immer treu.

(Alle ab.)

Anmerkungen zu „König Johann".

S. 8, Z. 13 v. o.: „Dann sagen würde: Seht, da gehn drei Heller!" — Es gab zu Shakespeare's Zeit Dreihellerstücke von sehr dünnem Silber, welche man mit einer Bandschleife in Form einer Rose zu versehen pflegte und deshalb „Dreihellerrosen" nannte. Der Bastard sagt also, seines Bruders Gesicht sei so dünn wie ein solcher Silberdreier mit der Rose.

S. 9, Z. 6 v. u.: „Du wurdest ja erzeugt in Ehrbarkeit." — Der Bastard wünscht dem legitimen Bruder Glück, weil das Sprichwort sagt, daß Bastarde Glück haben (bastards are born lucky), eheliche Kinder also eigentlich auf Unglück zu rechnen haben und einen Segenswunsch wol gebrauchen können.

S. 9, Z. 3 v. u.: „Na, jetzt kann ich aus Greteln Damen machen." — Wenn ich jetzt das erste beste Bauernmädchen heirathe, so wird sie eine Dame.

S. 10, Z. 4 v. o.: „An meiner Gnaden Tisch die Zähne stochernd." — Zahnstocher waren zu Shakespeare's Zeit eine neue, vom Festlande her importirte Mode, an welcher man den sich zierenden Touristen erkannte. Der Bastard malt sich seine Existenz als künftiger Besitzer eines Ritterguts aus, wie er an seiner Tafel gereiste Leute bewirthen wird, deren Erzählungen von fremden Ländern die langweiligen Nachmittage verkürzen sollen.

S. 10, Z. 6 v. u.: „Ist er zu faul, das Horn vor ihr zu blasen?" — Die reitenden Posten der Elisabeth'schen Zeit führten ein Posthorn, welches geblasen wurde, um von fern her ihre Ankunft zu signalisiren.

S. 11, Z. 1 v. o.: „Der Riese Goliath, der starke Mann?" — Im Original wird „Colbrand der Riese" genannt, ein dänischer Recke, der dem englischen Publikum durch zahlreiche Balladen ebenso bekannt war, wie unserm der größte der Philister.

S. 11, Z. 8 v. o.: „Philipp? Sperling! — James." — Der Diener weiß natürlich noch nichts von der Namensveränderung, die mit seinem jungen Herrn vorgegangen ist, und nennt ihn daher noch

Philipp, worauf der Bastard ihm antwortet: Philipp heißt der Sperling! In ältern Gedichten heißt nämlich der Sperling (nach seinem pipenden Tone) Philipp, nach dem Vorgange der Thiersage, welche dem Löwen, dem Fuchse u. s. w. Eigennamen beilegt.

S. 11, Z. 8 v. u.: „Schelm? Ritter, Ritter, meine gute Mutter!" — Im Original sagt der Bastard: „Ritter, Ritter, gute Mutter, wie Basilisco." Diese für uns eindruckslose Anspielung auf ein den englischen Zuschauern geläufiges Schauspiel „Soliman und Perseda" glaubte der Uebersetzer unterdrücken zu sollen. Basilisco ist in diesem Stücke der Renommist, der sich „Ritter" nennt, von dem Hanswurst dagegen als „Schelm" bezeichnet wird. „Schelm" (knave) ist im Englischen dasselbe Wort wie „Knappe".

S. 12, Z. 11 v. u.: „Der unerschrockne Leu nicht kämpfen konnte." — Der Sage zufolge bestand König Richard einen Zweikampf mit einem Löwen, dem er das Herz aus der Brust riß und dessen Fell er als Mantel trug.

S. 13 in der Ueberschrift: „Herzog von Oesterreich." — Shakespeare gab dem österreichischen Fürsten den richtigen Herzogstitel; erst die spätern englischen Herausgeber machen ihn zum Erzherzog.

S. 13, Z. 2 v. o.: „Arthur, der große Vorfahr deines Bluts." — Der Ausdruck „Vorfahr deines Bluts" (forerunner of thy blood) ist in weiterm Sinne zu verstehen. Richard Löwenherz war nicht Arthur's Vater, sondern Vaters Bruder.

S. 13, Z. 5 v. o.: „Fand früh sein Grab durch diesen tapfern Herzog." — Richard Löwenherz fiel bei der Belagerung von Chaluz in einer Fehde gegen den Vicegrafen von Limoges. Shakespeare läßt ihn durch des Herzogs von Oesterreich Hand fallen, dessen Haus jedenfalls sich feindselig gegen den englischen König benommen hatte. Er gewann dadurch ein drastisches Motiv für den Haß des Bastards gegen den Herzog.

S. 14, Z. 2 v. u.: „Was England sagt, sagt kürzlich, edler Herr." — Shakespeare nennt häufig die Souveräne einfach mit dem Namen ihres Reichs. So steht hier und in der Folge häufig „England" für „König von England", „Frankreich" für „König von Frankreich". Ebenso „Oesterreich" für den Herzog.

S. 17, Z. 12 v. u.: „Hört den Rufer." — Der Rufer, der in Gerichtssitzungen Ruhe gebietet.

S. 17, Z. 9 v. u.: „Wann er Euch packt, allein mit Euerm Fell." — Der Herzog trägt das Richard Löwenherz abgenommene Löwenfell als Beutestück.

S. 17, Z. 7 v. u.: „Der keck den todten Leun am Barte zupft." — „Der Hase zupft des todten Löwen Bart" ist ein in verschiedenen Sprachen wiederkehrendes Sprichwort.

S. 17, Z. 1 v. u.: „Wie des Alciden Schuh an einem Esel." — Man sagte, um etwas als unpassend zu bezeichnen: „Schuhe des Hercules an Kinderfüßen." Der Bastard drückt sich noch gröber aus.

S. 19, Z. 12 v. u.: „Und blos um sie! Plag' über sie und Fluch!" — Constanze sagt: Arthur wird nicht allein, nach dem Gesetze, welches die Heimsuchung der Missethaten bis ins dritte und vierte Glied androht, für die Sünden seiner Großmutter gestraft, sondern sie selbst und ihre Sünde, nämlich die Usurpation des ihm gebührenden Throns, sind diese Strafe, die er um ihretwillen zu erdulden hat. Ihr Unrecht ist daher gewissermaßen der Büttel, der die Strafe für ihre Sünden an dem Unschuldigen vollzieht.

S. 22, Z. 10 v. u.: „Und seit der Zeit zu Pferde sitzt vorm Bierhaus." — Sanct-Georg, der Schutzpatron Englands, war zugleich ein Lieblingsheiliger der Schenkwirthe, in deren Schildern er unzähligemal prangte.

S. 22, Z. 5 v. u.: „Und macht' aus Euch ein Monstrum." — D. h. ich würde euch Hörner aufsetzen und zum Hahnrei machen; eine von den zahlreichen Variationen dieses Themas, dessen die Dichter der Elisabeth'schen Zeit nie müde wurden.

S. 25, Z. 10 v. u.: „Macht's wie die Meuterer Jerusalems." — Die Juden in dem von Titus belagerten Jerusalem waren in drei Parteien gespalten, aber sie verbanden sich zu einem gemeinschaftlichen Ausfall auf die Römer.

S. 32, Z. 4 v. o.: „Wenn seine Englein meine Hand beglückten." — Anspielung auf die Goldmünze „Engel" = 10 Shilling.

S. 32, in der Ueberschrift: „Salisbury." — In der letzten Scene des zweiten Aufzugs gab König Johann Befehl, Constanze aus dem französischen Königszelte zur Theilnahme an der Hochzeitsfeier herbeizurufen. Graf Salisbury hat diesen Auftrag übernommen und beim Beginn des dritten Aufzugs soeben ausgeführt.

S. 34, Z. 12 v. u.: „Denn Gram ist stolz und steift den, der ihn hat." — Hier ist der Lesart „For grief is proud, and makes his owner stout" gefolgt, obwol dieselbe nur auf Emendation beruht. Das besser beglaubigte „stoop" statt „stout" gibt zwar einen Sinn, aber einen andern, als der Zusammenhang zu fordern scheint.

S. 35, Z. 13 v. u.: „Und steht nun hier, bewährt als sein Genoß.“ — Im Original: „Ihr kamt in Waffen (in arms), meiner Feinde Blut zu vergießen, und nun Arm in Arm (in arms) verstärkt ihr es mit euerm.“

S. 35, Z. 1 v. u.: „O Oestreich! O Limoges!“ — Vgl. die Anmerkung zu S. 13, Z. 5 v. o.

S. 36, Z. 1 v. o.: „Dies blut'ge Beutestück.“ — Das Löwenfell Richard's.

S. 36, Z. 15 v. o.: „Und häng' ein Kalbsfell um die schnöden Glieder!“ — Ein Kalbsfell ließ man die Hausnarren tragen.

S. 40, Z. 17 v. o.: „In Liebe kaum vereint, in beidem stark.“ — Der auch im Original dunkle Ausdruck scheint zu bedeuten stark in Liebe und Blut, d. h. durch Bande des Bluts.

S. 41, Z. 11 v. o.: „Wird deine Pflicht gethan, wenn du sie nicht thust.“ — In diesen Versen entdeckt man nur mühsam eine Art von Sinn. Natürlich war dies Shakespeare's Absicht, welcher in der Rede des Legaten die römische Casuistik persifliren wollte. Der Cardinal sagt: Das, was du Unrechtes gelobt hast, nämlich Englands Freund zu sein, hört auf Unrecht zu sein, wenn du es nur richtig ausführst, nämlich gar nicht ausführst; denn da wo Wort halten zur Sünde führt, hält man sein Wort am besten, indem man es nicht hält.

S. 41, Z. 16 v. o.: „In den versengten Adern frisch Verbrannter.“ — Wenn der Arzt eine brennende Wunde, um sie zu heilen, ausbrennt.

S. 41, Z. 15 v. u.: „Und brichst ihn, wenn du hältst, was du beschwörst.“ — Wahrheit, d. h. ein redliches Herz, schwört doch nur zu dem Zwecke, den Eid zu halten; du aber, indem du England Treue schwörst, gelobst damit im Gegentheil, deinen Eid, nämlich den der Kirche geleisteten, zu brechen, und brichst ihn wirklich, wenn du jenen andern Schwur hältst.

S. 42, Z. 9 v. u.: „Was ihn stützt, der dich stützt, seine Ehre.“ — Der Dauphin hat Blanca aufgehoben, sodaß sie sich auf ihn stützt.

S. 44, Z. 4 v. o.: „Lieg da, indessen Philipp sich verschnauft.“ — „While Philip breathes“ kann auch, wie Schlegel es übersetzt hat, heißen: „So lange Philipp noch athmet.“ Indessen paßt dies nicht recht zur Situation, da der Bastard nirgend zeigt, daß er den König Philipp umzubringen entschlossen ist. Er selbst heißt aber Philipp und sagt also nur: „Indeß ich mich verschnaufe." Freilich hat der König ihm den Namen Richard beigelegt; Johann selbst nennt ihn aber in der nächsten Zeile mit seinem Taufnamen Philipp.

S. 45, Z. 3 v. o.: „Hamsternder Aebte; setz' gefangne Engel." — Vgl. die Anmerkung zu S. 32, Z. 4 v. o.

S. 45, Z. 7 v. o.: „Buch, Glock' und Kerze sollen mich nicht schrecken." — D. h. der Bannfluch der Kirche soll mich nicht schrecken. Bei Excommunicationen ward die Glocke geläutet, die Bibel emporgehalten und drei Kerzen ausgelöscht.

S. 46, Z. 19 v. o.: „Dann wollt' ich, wie der Tag auch wachsam brütet." — Wachsam wie ein brütender Vogel.

S. 47, Z. 9 v. u.: „Zerstreut und die Genossenschaft zersprengt." — Offenbar eine Anspielung auf den Untergang der spanischen Armada, welcher 1588, also etwa sieben Jahre vor der Abfassung des Stücks, erfolgte.

S. 50, Z. 6 v. u.: „Ich will nicht Ordnung auf dem Kopf behalten." — Die englischen Herausgeber fügten dieser Stelle die Weisung hinzu: sie reißt sich den Kopfputz herunter. Da aber Constanze schon vorher in der Wuth ihres Schmerzes ihre Haare aufgelöst hatte, so wäre es seltsam, wenn sie jetzt noch einen Schmuck auf dem Kopfe trüge. Der Vers ist als Antwort auf die Mahnung, ihre Flechten wieder aufzubinden, zu verstehen. Es soll keine Ordnung und Zier auf ihrem Haupte sein, da inwendig alles Zerrüttung ist.

S. 55, Z. 12 v. o.: „Ermuntert' in der Stunden schweren Gang." — Wie die wachsamen, nie rastenden Minuten die träge Stunde gewissermaßen forttreiben, bis sie zu Ende geht, so machte ich es mit eurer langsam verstreichenden Zeit.

S. 55, Z. 3 v. u.: „In dem Erzeugniß meiner Unschuld selbst." — In den Thränen, welche meine Unschuld vergießt.

S. 60, Z. 2 v. o.: „Noch mehr, noch stärker, wann mein Sorgen abnimmt." — Die Besorgniß vor Arthur's Ansprüchen. Nach der Anschauung des Mittelalters war die Krönung mehr als eine Form; erst durch sie ward der Thronberechtigte wirklich König. Johann hat denn auch wirklich zweimal sich krönen lassen, um den Zweifeln an seinem Rechte besser zu begegnen.

S. 77, Z. 1 v. o.: „Herr Graf Melun, laßt hiervon Abschrift nehmen." — Der Dauphin und die englischen Barone hatten
einen schriftlichen Vertrag abgeschlossen und darauf das Sakrament genommen. Eine Abschrift dieses Vertrags verlangt Ludwig für sich).

S. 79, Z. 17 v. u.: „Ich, kraft der Würde meines Ehebetts." — Als Gemahl der Blanca von Castilien, deren Mutter die
Schwester König Johann's war.

S. 80, Z. 1 v. u.: „Wenn Eure Landeskräh' anhub zu
krähn." „Even at the crying of your nations' crow." — Crow
kann Krähe oder Gekräh bedeuten. Der gallische Hahn ist gemeint.

S. 81, Z. 8 v. o.: „Ihr blut'gen Neros, die den Leib
aufreißen." — Nero als Muttermörder.

S. 81, Z. 1 v. u.: „Franzosen heut' bei Tausenden zu
schmausen." — Der Tod sitzt gewissermaßen als Helmzeichen vor des
Königs Stirn.

S. 82, Z. 5 v. u.: „Auf Goodwin-Sand gescheitert vor
drei Nächten." — Goodwin-Sand, die noch heute von den See-
fahrern gefürchtete gefährlichste Untiefe an der südlichen Küste Englands.

S. 91, Z. 5 v. o.: „Und jetzt, ihr Stern' in eurer rechten Bahn." — Mit diesen Worten wendet der Bastard sich an die
Barone, welche nach der Rebellion „in ihre rechte Bahn" zurückge-
kehrt sind.

S. 91, Z. 5 v. u.: „Nebst andern Prinzen, die entbehrlich sind." — Die bei den Verhandlungen mit dem Dauphin nicht
zugegen zu sein brauchen.

S. 92, Z. 8 v. u.: „Da wir mit unserm Schmerz im Vorschuß sind." — Die Zeit hat uns schon im voraus so viel Kummer
auferlegt, daß wir ihr im Grunde nichts mehr an Trauer schulden.

Druck von F. A. Brockhaus in Leipzig.

William Shakespeare's

Dramatische Werke.

Uebersetzt

von

Friedrich Bodenstedt, Ferdinand Freiligrath, Otto Gildemeister,
Paul Heyse, Hermann Kurz, Adolf Wilbrandt u. a.

Nach der Textrevision und unter Mitwirkung von Nicolaus Delius.

Mit Einleitungen und Anmerkungen.

Herausgegeben

von

Friedrich Bodenstedt.

Drittes Bändchen.

Leipzig:
F. A. Brockhaus.
—
1867.

Antonius und Kleopatra.

Von

William Shakespeare.

Uebersetzt

von

Paul Heyse.

Mit Einleitung und Anmerkungen.

Leipzig:

F. A. Brockhaus.

1867.

Antonius und Kleopatra.

Einleitung.

Die Tragödie „Antonius und Kleopatra", die zuerst 1623
in der Folioausgabe gedruckt erschien, stammt den innern Gründen
zufolge aus der letzten Periode des Dichters und zeigt ihn auf der
Höhe seiner künstlerischen Kraft, wo er mit virtuoser Freiheit alle
Mittel beherrscht und die sprödesten Stoffe bewältigt. Aeußere
Anhaltspunkte zur Bestimmung der Entstehungszeit fehlen; denn
der Notiz, daß Edward Blount am 20. Mai 1608 ein Buch, be-
titelt „Antony and Cleopatra", in die Buchhändlerregister eintragen
ließ, steht der Umstand entgegen, daß die Herausgeber der Folioausgabe von 1623 unter den früher keinem Verleger zuerkannten
Dramen Shakespeare's auch „Antonius und Kleopatra" mit aufführen.

Den Stoff entnahm der Dichter dem Plutarchischen Leben des
Marcus Antonius, das ihm in der Uebersetzung des Sir Thomas
North bekannt war. Hier, wie im „Coriolanus" und „Julius Cäsar",
folgte er seiner Quelle Schritt für Schritt, mit jener naiven epischen
Breite, die seiner einfachern Bühne entsprach. Während die vor-
geschrittene Technik unsers modernen Dramas auf malerische Illusion,
auf ein gruppenweises Zusammenfassen der Situationen hindrängt
und Haupt- und Nebenfiguren in künstlicherem Aufbau gegenein-
ander abschattet, konnte Shakespeare die Gestalten und Scenen, die
ihm seine Chronik an die Hand gab, ohne perspectivische Ver-
schiebung lose aneinander hinreihen, wie in einem langen Friese:
ein unschätzbarer Vortheil gerade bei historischen Stoffen. Denn
die zerstreute Fülle der realen Factoren, die ein geschichtliches Er-
eigniß bedingen, und die Menge leicht mitwirkender Nebenursachen
bereichern hier das Zeitbild, das sich vor uns entrollt, und steigern
seine Lebendigkeit. Shakespeare durfte es wagen, die Träger berühmter Namen, wie den Cicero im „Julius Cäsar", gleichsam nur
im Profil zu zeigen, Episoden einzuflechten, die keinen andern
Zweck haben, als eine Localfarbe mehr in das Bild zu werfen,

Fäden einzuschlagen, die ohne straffe Verknüpfung wieder hinaus-
flattern. Und wenn es ihm genügte, daß die einzelnen Theile
einer Historie sich nur in einem leidlichen pragmatischen Zusammen-
hange auf einander bezogen, so sind wir heutzutage an die
Forderung gewöhnt, die Scenen sich organisch auseinander
entwickeln zu sehen. In strenger, sparsamer Geschlossenheit sollen
die Ereignisse vor unsern Augen sich bedingen und steigern, und
wie das ganze Stück, so auch ein jeder Act sich zu einer entschiede-
nen theatralischen Höhe gipfeln.

Wenn demnach das vorliegende hochbedeutende Stück, obwol
aus der reifsten Zeit des Dichters, der deutschen Bühne fremd geblieben ist, so scheint sich dies auf den ersten Blick aus der selbst
bei Shakespeare übergewöhnlichen Zersplitterung der Handlung zu erklären, die sich fast über den ganzen Umkreis des Mittelländischen
Meeres ausbreitet und in kecker Hast von Alexandrien aus über
Rom, Messina, Cap Misenum, Syrien, Athen und Actium nach
Aegypten zurückspringt. Da wir aber von einer Wirkung des
Stücks auf Shakespeare's eigener Bühne keine Nachricht besitzen und
auch die englischen Urtheile über seinen Werth sich stark wider-
sprechen, so ist es klar, daß Schwierigkeiten eigenthümlicher Art
dem theatralischen Erfolg dieser Tragödie im Wege stehen müssen.

Ich glaube nicht fehlzugreifen, wenn ich den Hauptgrund der
dramatischen Mängel gerade in den dichterischen Vorzügen
des Stücks suche. Im Leben großer Künstler begegnen wir häufig
mit der wachsenden Meisterschaft und der Zunahme an Gehalt und
Tiefe dem Drang, die Grenzen ihrer Kunst mit souveräner Macht-
vollkommenheit zu erweitern, auf die Gefahr hin, die Kunstform
zu zersprengen. In den Arbeiten seiner mittlern Periode hält sich
Shakespeare als geübter Bühnenleiter, der nur erstrebt, was er auch
mit den vorhandenen Mitteln zu erreichen hoffen darf, an ein ge-
wisses mittleres Maß in der Charakteristik. Die stehenden Rollen-
fächer, für die sich überall leidliche Vertreter finden, schimmern
durch seine freilich sehr viel feiner durchgebildeten Figuren durch,
und die Charakteristik überwiegt nur selten die geschickte, planmäßig
geführte Fabel. Die Werke seiner spätern Jahre dagegen zeigen
häufig eine Vernachlässigung der dramatischen Architektur zu Gunsten
einer Psychologisirung, die das Bild der Haupthelden bis zur
Lebendigkeit eines Porträts ausmalt und eben dadurch die Schwierig-
keit hervorruft, völlig entsprechende Darsteller zu finden. Vollends,
wo es sich, wie in unserer Tragödie, um zwei, einander eben-
bürtige Talente handelt, die ihren Aufgaben nach der physischen
wie nach der geistigen Seite durchaus gewachsen sein müssen, wenn
das Problem, das der Dichter hier so glänzend gelöst hat, dem
Zuschauer nur überhaupt verständlich werden soll.

Aber selbst in dem allergünstigsten und seltensten Falle, daß die ganze Absicht der Dichtung durch das geniale Spiel der Hauptdarsteller ohne Einbuße zur Erscheinung käme, selbst dann scheint es mehr als zweifelhaft, ob das Schicksal dieser beiden ungewöhnlichen Naturen auf die bunte Menge, die das Theater zu füllen pflegt, eine so erschütternde Wirkung ausüben könnte, wie der tragische Untergang eines Othello oder Lear. Denn eine aristokratisch weltverachtende Gesinnung, wie sie sich im Coriolan zu herber Größe, im Timon zu cynischer Gewaltsamkeit steigert, beseelt auch dieses berühmte Liebespaar, dessen Schwächen und großartige Züge gleich unbekümmert um das Urtheil bürgerlicher Sittlichkeit sich rücksichtslos geltend machen.

Zwei Naturen haben sich hier angezogen, die im Guten wie im Schlimmen einander ebenso sehr ergänzen, als sie dem Mittelschlag der Menschen fern stehen. Einem Weltherrscher, der alles durchgekostet hat, was seine Zeit an Arbeit und Genuß zu bieten hatte, begegnet eine Königin, die ebenfalls von sich sagen kann, daß ihr „nichts Menschliches fremd" sei. Beide stehen auf der Höhe des Lebens, aber noch in der Fülle ihrer Kraft. Beide würden längst im modernen Sinne „blasirt" sein, wenn nicht die unerschöpfliche antike Sinnenkraft sie gleichsam mit ewiger Jugend ausstattete. So verbinden sie sich mit einer Art Naturnothwendigkeit, da jedes im andern sein Gegenbild, sich selbst im andern Geschlecht erkennt. In beiden ist es eine letzte Leidenschaft, die eben darum mit aller Heftigkeit einer ersten Liebe auflodert; sie macht diese reifen, lebenserfahrenen Menschen auf Augenblicke wieder zu Kindern und hebt sie mit demselben Leichtsinn, wie nur immer Romeo und Julie, über alle Gefahren der Weltlage, alle Pflichten ihrer Stellung hinweg. Nur daß sie sich dessen bewußt sind, ihren Rausch förmlich in ein System gebracht haben, mit aller Feinheit ausgesuchter Lebenskunst ihre Freuden vermannichfachen, unterscheidet sie von jenem jungen Paar. Antonius spricht es gleich in der ersten Scene aus:

> Was das Leben adelt,
> Ist einzig — so zu thun! (er küßt sie) wenn wir es thun,
> Solch ebenbürtig Paar, wie noch die Welt
> Kein zweites sah.

Aber wenn er die Welt entbehren kann, die Welt macht noch Forderungen an ihn. Der Staatsmann wacht noch einmal in ihm auf, der „römische Hercules", wie Kleopatra ihn nennt, reißt sich von seiner Omphale los und eilt nach Italien, wohin ihn seine Mitherrscher und der Krieg des jungen Pompejus rufen. Wie glänzend bewährt sich seine alte staatsmännische Uebung bei dieser

widerwilligen Rückkehr zu den Geschäften des Triumvirats! In
vornehm nachlässiger, fast zerstreuter Art schlichtet er die gefähr=
lichsten Wirren und behandelt, einer kaltblütigen Politik gemäß,
selbst die Heirath mit Cäsar's Schwester nur wie jedes andere Mittel
zum Zweck. Sein Herz ist bei alledem in Aegypten; das Abschieds=
wort an Kleopatra:

<blockquote>Ich segle fort, und bleibe stets bei dir!</blockquote>

war mehr als eine Trostphrase. Und so hat er bei seiner klugen
Rechnung den einen Hauptfactor übersehen: seine eigene Leiden=
schaft. Ungeduldig bricht er den nächsten Anlaß vom Zaun, das
Scheinbündniß zu lösen, die Gattin ihrem Bruder zurückzuschicken
und sich mit Kleopatra aufs neue zu vereinigen.

Bis hierher wird auch das große Publikum den Helden ver=
stehen und sein Thun und Lassen mit Theilnahme verfolgen. Noch
scheint er sich in nichts von andern verliebten Helden zu unter=
scheiden, die sich „mit Männern schlagen, mit Weibern vertragen",
und denen man selbst bedenkliche Schwächen um einer gewissen
romantischen Ritterlichkeit willen zugute hält. Aber von dem Augen=
blick an, wo er aus der Seeschlacht, eben auf der Höhe ihrer Ent=
scheidung, flieht, weil seine Geliebte, von weibischer Furcht befallen,
ihr Schiff zur Flucht wendet, verscherzt er in den Augen der großen
Mehrzahl den Anspruch auf ein tragisches Mitleiden, und es ist
sehr fraglich, ob er es im Verlauf des Stücks jemals ganz zurück=
gewinnt. Es ist hier ein Punkt, wo meines Dafürhaltens das
psychologische Problem für eine dramatische Ausführung zu sein,
zu exceptionell, zu innerlich wird. Das Bild eines mit so dämoni=
scher Gewalt Sinne und Vernunft umnebelnden Weibes, wie es
hier der dichtenden Phantasie, vielleicht auch der Erinnerung vor=
schwebte — denn wir haben die Vorstudien zu dieser Kleopatra wol
in den Bekenntnissen der Sonette zu suchen —, wird selten auf der
Bühne eine Verkörperung finden, die den Helden bis zu einem ge=
wissen Grade entschuldigt, wenn ihm Gewinn und Verlust einer
halben Welt gleichgültig erscheint gegen die Trennung von dieser
Zauberin. Nur dann aber, wenn wir an die elementare
Naturgewalt dieser Leidenschaft glauben können, stehen wir der
Schmach des Helden nicht mit einem mißbilligenden Achselzucken,
sondern mit jener tragischen Erschütterung gegenüber, in die uns
das Grauen vor jedem übergewaltigen Schicksal zu versetzen pflegt.

Ich muß es mir versagen, die verschwenderische Fülle genialer
Züge, mit denen die Gestalt der ägyptischen Königin ausgestattet
ist, im einzelnen zu beleuchten. Ich halte sie geradezu für das
größte Meisterstück weiblicher Charakteristik, dem selbst aus neuerer
Romanliteratur, deren Stärke in psychologischer Detaillirung und

lebhaften Contraſten beſteht, kein reicher angelegtes Bild an die
Seite geſtellt werden kann. Mit gleicher dichteriſcher Macht und
Tiefe wird der Charakter des Antonius bis ans Ende fortgeführt,
beide nur an ſich ſelbſt zu meſſen, wie ſie nur an ſich ſelbſt zu
Grunde gehen, in einer ſo innigen Verflechtung ihres Schickſals,
daß die Flamme der Leidenſchaft, die ſie am Schluß in einer
wunderſamen Glorie verklärt, ihren Schein auch auf die Anfänge
des Stücks zurückwirft und manche Schattenzüge lichtet. Die ſchul-
mäßige Anſicht, die Shakeſpeare zu einem gewiſſenhaften Moraliſten
macht, vor allem darauf bedacht, in den Schickſalen der Menſchen
das Gleichgewicht von Schuld und Buße aufzudecken, kommt meines
Erachtens vor keinem Stück verlegener ins Gedränge als ange-
ſichts dieſer Tragödie. Gewiß predigt ſie nach Goethe's treffendem
Wort mit hundert Zungen die Lehre, daß That und Genuß nicht
miteinander beſtehen können. Aber ein Erfahrungsſatz, der, unter
andern, objectiv in einer Dichtung enthalten iſt, kann darum noch
nicht den Anſpruch machen, für die Seele des ganzen Werks zu
gelten. Wenn der Dichter dieſen Stoff gewählt hätte, um die
Welt zu ermahnen, ſich ja nicht vom Genuß bethören zu laſſen, da
er die Thatkraft zu lähmen pflege, ſo hätte er es in der Ausführung entſchieden verſehen. Trotz der groben Makel, mit denen
ſich dieſer Held des Genuſſes, dieſer heroiſche Roué, befleckt, verdunkelt ſeine Geſtalt entſchieden die des mäßigen, kühlen, thätigen
und in der That ſiegreichen Gegners. Die wenigſten Leſer werden
in der Wahl ſchwanken, wem ſie ihre Neigung zuwenden ſollen:
dieſem kaltblütigen Cäſar oder dieſem warmblütigen Marc Anton.
Und ſelbſt ein Frauenpublikum wird gegen den Reiz Kleopatra's nicht
unempfindlich bleiben. Aber wenn auch wirklich eine Mehrzahl ſich
fände, die trotz des tragiſchen Untergangs nicht aufhörte, die
ariſtokratiſche Selbſtherrlichkeit dieſer Naturen ihnen zum Verbrechen
zu machen, ſo könnte die Minderzahl ſich damit tröſten, daß ſie den
Dichter ſelbſt auf ihrer Seite hat. Das glänzende Phänomen eines
ſolchen Paars, „wie noch die Welt kein zweites ſah", war, ſeine
Schöpferkraft befruchtend, vor ihm aufgegangen. Alles Heil und
Unheil eines ſolchen Bundes, alles, was eine legitime Durchſchnitts-
moral dagegen einzuwenden hätte, war ihm unzweifelhaft ſo gut
bekannt wie ſeinen heutigen Auslegern. Und wenn es auch nicht
in der Chronik geſtanden, ſein hoher Verſtand und Weltſinn hätte
es ihm als nothwendig gezeigt, daß der Begabteſte untergehen muß,
ſobald er „would make his will Lord of his reason" (ſein Ge-
lüſt zum Herrn ſeiner Vernunft macht).

Dies alles hat Shakeſpeare, nach ſeiner unbeſtechlichen Wahr-
haftigkeit, weder verſchwiegen noch beſchönigt. Ja ein gewiſſer Trotz
im ſcharfen Hervorkehren des Häßlichen und Niedrigen iſt auch hier zu

spüren. Er läßt ihn in scharf realistischen Genrezügen frei sich ent=
falten. Im stillen aber ist er sich bewußt, daß er nur den rechten
Augenblick abwartet, um all diese Schlacken in einer unwidersteh=
lichen Glut aufzuschmelzen und zu läutern. Denn er müßte nicht
der Dichter sein, der er ist, der hochbegnadigte Sohn der Mutter
Natur, wenn er sich nicht allem, was sie Herrliches hervorgebracht,
blutsverwandt fühlte. Und so bricht, wie er die üppigen Lebens=
kräfte dieses Paars am Gesetz alles Irdischen sich verbluten sieht,
ein tragischer Schmerz aus ihm hervor, der nicht ruht, bis er ihr
Grabmal mit allen Schätzen der Poesie geschmückt und ihr Ende in
der ergreifendsten Todtenfeier verewigt hat.

Antonius und Kleopatra.

Perſonen.

Marcus Antonius
Octavius Cäſar,   Triumvirn.
A. Aemilius Lepibus,
Sextus Pompejus.

Domitius Enobarbus,
Bentibius,
Eros,
Scarus,
Dercetas,   Freunde Marc Anton's.
Demetrius,
Philo,

Mäcenas,
Agrippa,
Dolabella,
Proculejus,   Freunde Cäſar's.
Thyreus,
Gallus,

Menas,
Menecrates,   Freunde des Pompejus.
Varrius,

Taurus, Oberbefehlshaber unter Cäſar.
Canibius, Oberbefehlshaber unter Antonius.
Silius, Feldhauptmann unter Bentibius.
Euphronius, Geſandter des Antonius an Cäſar.
Alexas, Marbian, Seleucus und Diomedes, im Dienſt Kleopatra's.
Ein Wahrſager.
Ein Bauer.
Kleopatra, Königin von Aegypten.
Octavia, Cäſar's Schweſter und Antonius' Gemahlin.
Charmian und Iras, im Dienſt Kleopatra's.
Hauptleute, Soldaten, Boten und Geſolge.

Das Stück ſpielt in verſchiedenen Gegenden des römiſchen Reichs.

Erſter Aufzug.

Erſte Scene.

Alexandria. Ein Zimmer in Kleopatra's Palaſt.

Demetrius und Philo (treten auf).

Philo.

Nein, dieſe Liebesnarrheit unſers Feldherrn
Wächſt über jedes Maß! Die tapfern Augen,
Die über Schlachtreihn und Geſchwader blitzten,
Wie Mars im Panzer funkelt, richten jetzt
Den andachtsvollen Dienſt der Blicke nur
Auf eine braune Stirn; ſein Heldenherz,
Das oft die Spangen ſeiner Bruſt geſprengt
Im Schlachtgewühl, verleugnet alle Mannheit
Und kühlt als Fächer oder Blaſebalg
Die Lüſte dieſer üppigen Zigeun'rin.
Sieh nur, da kommen ſie!

(Trompetenſtoß. Antonius und Kleopatra treten auf mit ihrem Gefolge. Eunuchen
fächern ihnen Luft zu.)

Sieh nur recht hin! Du ſiehſt in ihm ein Drittel
Des Pfeilers, der die Welt trägt, umgewandelt
Zum Narren eines Buhlweibs. Sieh nur, ſieh!

Kleopatra.

Iſt es denn wirklich Liebe, ſag', wie viel?

Antonius.

Armſel'ge Liebe, die ſich meſſen ließe!

1*

Kleopatra.

Den Markstein setz' ich, bis wie weit du liebst.

Antonius.

So such' erst neuen Himmel, neue Erde.

(Ein Diener tritt auf.)

Diener.

Botschaft aus Rom, Herr!

Antonius.

O verhaßt! — Mach's kurz.

Kleopatra.

Nein, höre sie, Antonius!
Vielleicht ist Fulvia böse. Oder sendet
Vielleicht — wer weiß es? — der dünnbärt'ge Cäsar
Gestrengen Machtbefehl: thu dies und das,
Erobre dieses Reich, gib jenes frei;
Thu's, oder man bestraft dich?

Antonius.

Wie, Geliebte?

Kleopatra.

Vielleicht — ja sehr wahrscheinlich —
Darfst du nicht länger bleiben. Cäsar gibt
Nicht ferner Urlaub; hör' ihn drum, Antonius! —
Zeigt doch den Mahnbrief Fulvia's — Cäsar's, mein' ich,
Nein, beider! Ruft die Boten! — Bei der Krone
Aegyptens, du wirst roth, und dies dein Blut
Huldigt dem Cäsar, oder deine Wange
Zahlt den Tribut der Scham, weil deine Fulvia
Mit gellender Zunge keift. — Ruft mir die Boten!

Antonius.

Mag Rom im Tiber schmelzen, mag der Prachtbau
Des Reichs zerfallen: hier ist meine Welt!
Thronen sind Staub. Die koth'ge Erde nährt
So Thier als Menschen; was das Leben adelt,
Ist einzig — so zu thun! (er küßt sie) wenn wir es thun,
Solch ebenbürtig Paar, wie noch die Welt —
Das möge sie bei schwerer Ahndung wissen! —
Kein zweites sah.

Kleopatra.

O ausgesuchte Falschheit!
Warum denn nahm er Fulvia ohne Liebe?
Ich scheine thöricht nun, und bin's doch nicht;
Antonius bleibt er selbst.

Antonius.

Nur durch Kleopatra!
Nein, bei der Liebe süßen Schäferstunden,
Verderben wir mit Habern nicht die Zeit!
Kein Hauch in unserm Leben dehne sich
Ohn' eine Lustbarkeit. Was bringt der Abend?

Kleopatra.

Hör' die Gesandten!

Antonius.

Pfui, zanksücht'ge Kön'gin!
Und doch, dich kleidet alles, Schelten, Lachen
Und Weinen. Jede Laune ist bemüht,
An dir bewundernswerth und schön zu scheinen.
Nein, keinen Boten! Dein, und ganz allein,
Durchwandern wir zu Nacht die Stadt, belauschen
Des Volkes Art und Thun. Komm, meine Kön'gin;
Der Einfall kam dir gestern. —

(Zu dem Diener, der die Botschaft gebracht.)

Sag' uns nichts!

(Antonius und Kleopatra ab mit ihrem Gefolge.)

Demetrius.

Schätzt denn Antonius Cäsarn so gering?

Philo.

Freund, manchmal, wenn er nicht Antonius ist,
Fehlt ihm zu sehr nur jene große Haltung,
Die stets ihn schmücken sollte.

Demetrius.

Mir thut's weh,
Daß er den Lügenpöbel so bestätigt,
Der ihm in Rom dies nachsagt. Doch ich hoff',
Er kommt zur Einsicht über Nacht. Lebt wohl!

(Beide ab.)

Zweite Scene.

Ein anderes Zimmer im Palast.

Charmian, Iras, Alexas und ein Wahrsager (treten auf).

Charmian.

Gnädiger Herr Alexas, süßer Alexas, Ausbund von einem Alexas, höchst und allerhöchst vollkommener Alexas, wo ist der Wahrsager, den du der Königin so angepriesen? Ich möchte diesen Ehemann kennen, dem du nachsagst, daß er seine Hörner für einen Kopfputz hält.

Alexas.

Wahrsager!

Wahrsager.

Was befiehlst du?

Charmian.

Ist das der Mann? — Bist du's, der alles weiß?

Wahrsager.

In der Natur unendlichem Geheimbuch
Les' ich ein wenig.

Alexas (zu Charmian).

Zeig' ihm deine Hand.

Enobarbus (tritt auf).

Tragt flink den Nachtisch auf und Wein genug,
Das Wohl Kleopatra's zu trinken!

Charmian.

Guter Freund, gib mir gutes Glück.

Wahrsager.

Ich mache keins, ich seh' es nur voraus.

Charmian.

Dann, bitte, sieh mir eins voraus.

Wahrsager.

Du wirst noch schöner werden, als du bist.

Charmian.

Er meint, dicker.

Iras.

Nicht doch! Du wirst dich schminken, wenn du alt bist.

Charmian.

Nur keine Runzeln!

Aleras.

Stört nicht die Vorsehung; gebt Achtung!

Charmian.

St!

Wahrsager.

Du wirst verliebter sein, als du geliebt wirst.

Charmian.

So will ich mir lieber mit Wein die Leber wärmen.

Aleras.

Nein, hör' ihn!

Charmian.

Nun aber auch ein recht ausgesuchtes Glück! Laß mich an Einem Vormittage drei Könige heirathen und sie alle begraben; laß mich mit funfzig Jahren ein Kind kriegen, dem Herodes von Judenland huldigt; mach' mir's aus, daß ich mich mit Octavius Cäsar verheirathe und gleichen Rang mit meiner Herrin bekomme.

Wahrsager.

Du überlebst die Herrin, der du dienst.

Charmian.

O herrlich! Langes Leben ist mir lieber als Feigen.

Wahrsager.

Das Glück, das du bisher erlebt, war besser,
Als das, was dir bevorsteht.

Charmian.

Dann werden meine Kinder wol keinen Namen bekommen. Bitte, sag', wie viel Buben und Mädchen werde ich haben?

Wahrsager.

Hätt' jeder deiner Wünsche einen Echos,
Und jeder wäre fruchtbar — 'ne Million.

Charmian.

Pack' dich, du Narr! Weil du ein Hexenmeister bist, vergeb'
ich dir.

Alexas.

Denkst du denn, nur deine Betttücher wüßten um deine
Wünsche?

Charmian.

Nein, komm; sag' nun der Iras wahr!

Alexas.

Er soll uns allen unsere Zukunft sagen.

Enobarbus.

Meine heutige Zukunft und die der meisten wird sein: be=
trunken zu Bett!

Iras.

Hier ist eine Hand, die weissagt Keuschheit, wenn nichts anderes.

Charmian.

Gerade so wie der Nil, wenn er übertritt, Hungersnoth weissagt.

Iras.

Geh, du wilde Bettschwester, du kannst nicht prophezeien!

Charmian.

Nein, wenn eine feuchte Hand nicht auf Fruchtbarkeit deutet,
so kann ich mir nicht das Ohr trauen. — Bitte, weissage ihr nur
ein Alltagsglück!

Wahrsager.

Eu'r beider Glück ist gleich.

Iras.

Aber wie? Aber wie? Sag' mir's ausführlicher.

Wahrsager.

Ich hab's gesagt.

Iras.

Bin ich kein Zollbreit Glück mehr werth als sie?

Charmian.

Nun, wenn du nur ein Zollbreit Glück vor mir voraushaben
solltest, wo wolltest du, daß es säße?

Iras.

Nicht an meines Mannes Nase.

Charmian.

O gütiger Himmel, bessere unsre bösen Gedanken! Alexas —
komm! Jetzt sein Glück, seins! Bitte, laß ihn eine Frau nehmen,
die nicht gehen kann, liebste Isis, ich beschwöre dich; und dann
laß sie ihm hübsch sterben und gib ihm eine schlimmere, und so
immer eine schlimmere und schlimmere, bis die schlimmste von allen
ihn lachend zu Grabe bringt, „ ein Hahnrei, ach! funfzigfach".
Gute Isis, erhöre mir dies Gebet, wenn du mir auch was Wich-
tigers abschlägst; gute Isis, ich bitte dich!

Iras.

Amen. Gütige Göttin, erhöre das Flehen deines Volks!
Denn so sehr es einem das Herz bricht, einen hübschen Mann zu
sehen, der ein loderes Weib hat, so tödlichen Kummer macht es,
einen garstigen Schelm ohne Hörner herumgehen zu sehn. Drum,
theure Isis, thu was sich schickt und gib ihm sein verdientes Glück!

Charmian.

Amen.

Alexas.

Nun seh' mir einer! Wenn es bei ihnen stünde, mich zum
Hahnrei zu machen, sie würden blos darum zu Huren werden.

Enobarbus.

Still jetzt! da kommt Antonius.

Charmian.

Nein, die Kön'gin.

Kleopatra (kommt).

Habt ihr nicht meinen Herrn gesehn?

Enobarbus.

Nein, Fürstin.

Kleopatra.

War er nicht hier?

Charmian.

Nein, Herrin.

Kleopatra.

Er war sehr wohlgelaunt; doch plötzlich kam ihm
Ein römischer Gedanke. — Enobarbus!

Enobarbus.

Herrin —

Kleopatra.

Such' ihn und bring ihn her. — Wo ist Alexas?

Alexas.

Hier, Fürstin, zu Befehl. — Da kommt der Herr.

(Antonius tritt auf mit einem Boten und Dienern.)

Kleopatra.

Wir wollen ihn nicht ansehn; geht mit uns!

(Kleopatra, Enobarbus, Alexas, Iras, Charmian, Wahrsager und
Diener gehen ab.)

Bote.

Zuerst zog deine Gattin Fulvia
Zu Felde.

Antonius.

Wider meinen Bruder Lucius?

Bote.

Ja.

Doch bald war dieser Krieg vorbei; dann schloß
Der Drang der Zeit sie fest zusammen gegen
Die Truppen Cäsar's, dessen beßres Glück
Sie aus Italien trieb beim ersten Anprall.

Antonius.

Nun, und was Schlimmres noch?

Bote.

Herr, böse Zeitung steckt den Boten an.

Antonius.

Wenn er sie Thoren bringt und Memmen.   Weiter!
Geschehnes ist mir abgethan.   So ist's:

Wer mir die Wahrheit sagt, und wär' sie tödlich,
Den hör' ich an, als schmeichelt' er.

Bote.

Labienus —
O Unheilspost! — hat mit dem parthischen Heer
Asien besetzt; er schwang sein siegend Banner
Vom Euphrat und von Syrien bis hinüber
Nach Lydien und Jonien; indeß —

Antonius.

Antonius, willst du sagen —

Bote.

O, mein Feldherr —

Antonius.

Sprich dreist; vertusche nicht des Volks Gerede.
Nenne Kleopatra, wie Rom sie nennt;
Schilt mich, wie Fulvia; spotte meiner Fehler
So frank und frei, wie Wahrheit nur und Bosheit
Mich schelten können. O, wir tragen Unkraut,
Wenn scharfer Wind uns schont; und wer uns tadelt,
Der pflügt uns um. Leb' wohl nun bis auf Weitres!

Bote.

Wie dir's beliebt, mein hoher Herr.

(Ab.)

Antonius.

Was meldet man von Sicyon Neues? Sprecht!

Erster Diener.

Der Mann von Sicyon! Ist ein solcher da?

Zweiter Diener.

Er wartet deines Rufs, Herr.

Antonius.

Laßt ihn kommen! —

(Diener ab.)

Aegyptens starke Fesseln muß ich brechen,
Sonst richtet Buhlschaft mich zu Grund. —

(Zu dem zweiten Boten, der inzwischen aufgetreten.)

Was bringst du?

Zweiter Bote.

Herr! Fulvia, deine Gattin, starb.

Antonius.

Wo starb sie?

Zweiter Bote.

Zu Sicyon.
Der Krankheit Dauer und was Wicht'ges sonst
Dir noch zu wissen frommt, steht hier.

(Ueberreicht einen Brief.)

Antonius.

Verlaßt uns!

(Der Bote und die Diener gehen ab.)

Da schied ein hoher Geist! Dies war mein Wunsch.
Doch was wir oft verachtend weggeschleudert,
Einst wünschen wir's zurück; was jetzt uns freut,
Wird durch der Zeiten Wandel abgeschwächt
Zum Gegentheil; gut ist sie, nun sie todt ist;
Gern hielte jetzt die Hand sie, die sie fortstieß.
Ich muß den Zauber dieser Kön'gin fliehn;
Zehntausend Uebel, mehr noch als ich kenne,
Brütet mein Müßiggang! — Ha, Enobarbus!

Enobarbus (tritt auf).

Was befiehlst du, Herr?

Antonius.

Ich muß in Eile fort.

Enobarbus.

Hm! Dann bringen wir alle unsere Weiber um. Wir sehen ja,
wie ihnen schon eine Unfreundlichkeit ans Leben geht; wenn sie
unsere Abreise erleben müssen, ist Tod die Losung.

Antonius.

Ich muß hinweg.

Enobarbus.

Wenn die Ursache bringend ist, mögen die Weiber sterben.
Schade wär's nur, sie um nichts wegzuwerfen. Doch freilich, wenn
sie und eine wichtige Sache sich gegenüberstehen, dürfen sie nicht

mitsprechen. Laß Kleopatra nur den geringsten Wind hiervon be=
kommen, so stirbt sie augenblicklich. Ich habe sie zwanzigmal aus
weit armseligerm Anlaß sterben sehen. Es muß eine geheime In=
brunst im Tode stecken, die sie überkommt wie bei der Liebe; so
rasch ist sie mit dem Sterben bei der Hand.

Antonius.

O, sie ist listiger, als man denkt!

Enobarbus.

Ach nein, Herr! Ihre Leidenschaften bestehen nur aus den
feinsten Bestandtheilen reiner Liebe. Man muß von Winden und
Wasserfluten sprechen, wenn sie seufzt und weint. Es sind größere
Stürme und Ungewitter, als Kalender jemals verzeichnen; das
kann nicht List an ihr sein; wenn es das wäre, so machte sie
einen Regenschauer so gut wie Jupiter.

Antonius.

Hätt' ich sie nie gesehn!

Enobarbus.

O Herr, dann hättest du ein wundervolles Prachtstück nicht zu
sehn bekommen, und dies Vergnügen versäumt zu haben, hätte
deine Reise um allen Credit gebracht.

Antonius.

Fulvia ist todt.

Enobarbus.

Herr!

Antonius.

Fulvia ist todt.

Enobarbus.

Fulvia?

Antonius.

Todt!

Enobarbus.

Nun, Herr, so bringe den Göttern ein Dankopfer! Wenn es
ihren himmlischen Hoheiten gefällt, einem Mann seine Frau zu
nehmen, mag er sich an die Schneider auf Erden halten. 's ist
ein Trost, daß, wenn alte Kleider ausgedient haben, Leute da
sind, die neue machen. Gäbe es nicht mehr Weiber, als Fulvia,
so wär' es freilich ein schlimmes Ding und der Fall zu beklagen.
Dieser Kummer aber ist mit Trost gekrönt; dein altes Weiberhemd

gibt einen neuen Unterrock, und wahrhaftig, die Thränen müßten
in einer Zwiebel stecken, die diese Trauer naß machen sollten.

Antonius.

Die Unruhn, die sie mir im Staat erregt,
Erheischen meine Rückkehr.

Enobarbus.

Und die Unruhe, die du hier erregt hast, kann nicht ohne dich
bestehen; besonders die der Kleopatra, die allein mit deinem Hier=
bleiben steht und fällt.

Antonius.

Genug leichtfert'ger Reden! Bring den Führern
Von unserm Vorsatz Kunde. Ich erkläre
Der Kön'gin selbst die Ursach' unsres Aufbruchs,
Daß sie uns huldvoll scheiden läßt. Es mahnt uns
Nicht Fulvia's Tod allein, zugleich mit andern
Noch wicht'gern Gründen: auch die Briefe vieler
Umsicht'ger und bewährter Freund' in Rom
Bestürmen uns zu gehn. Sextus Pompejus
Hat Cäsarn Trotz geboten und behauptet
Die Macht zur See; das wankelmüth'ge Volk —
Das niemals dem Verdienten Liebe zollt,
Bis sein Verdienst dahin ist — überträgt schon
Die Größ' und alle Würden des Pompejus
Auf seinen Sohn. Erhöht durch Macht und Namen
Und höher noch durch Blut und Muth, erscheint er
Als wahrer Kriegsheld. Wächst sein Ansehn noch,
So droht Gefahr dem Erdkreis. Vieles gärt,
Was, gleich dem Roßhaar, erst das Leben hat,
Noch nicht das Gift der Schlange. — Melde denen,
Die uns Gehorsam schulden, unser Wille
Sei, schleunig aufzubrechen!

Enobarbus.

Herr, das will ich.

(Beide ab.)

Dritte Scene.

Kleopatra, Charmian, Iras und Alexas (treten auf).

Kleopatra.

Wo ist er?

Charmian.

Ich sah ihn nicht seitdem.

Kleopatra (zu Alexas).

Sieh, wo er ist; wer bei ihm; was er thut —
Doch nicht, als schickt' ich dich. Findst du ihn traurig,
So sag', ich tanze; ist er fröhlich, meld' ihm,
Ich wurde plötzlich krank. Komm rasch zurück!

(Alexas ab.)

Charmian.

Herrin, mir scheint, wenn du ihn ernstlich liebst,
Wählst du die rechte Art nicht, Gegenliebe
Ihm abzuzwingen.

Kleopatra.

Was denn sollt' ich thun?

Charmian.

Gib ihm in allem nach, kreuz' ihn in nichts.

Kleopatra.

O thöriger Rath! Der Weg, ihn zu verlieren!

Charmian.

Versuch' ihn nicht zu sehr; bitte, gib nach!
Was Furcht erregt, ruft bald den Haß uns wach.

(Antonius tritt auf.)

Doch sieh, hier kommt er.

Kleopatra.

Ich bin krank und unwirsch.

Antonius (bei Seite).

Mich quält's, von meinem Vorsatz ihr zu sprechen.

Kleopatra.

Führ' mich hinweg, die Knie brechen, Charmian!
So geht's nicht lange mehr; denn Fleisch und Blut
Hält's nicht mehr aus.

Antonius.

Geliebte Königin —

Kleopatra.

Ich bitte, nähere dich mir nicht!

Antonius.

Was soll das?

Kleopatra.

Dein Auge sagt mir's, dir kam gute Zeitung.
Was schreibt das Eheweib? — O geh nur, geh!
Hätt' sie doch nie zu kommen dir erlaubt!
Sie soll nicht sagen, ich sei's, die dich halte;
Wie hätt' ich Macht dazu? Nein, ihr gehörst du.

Antonius.

Die Götter wissen wohl —

Kleopatra.

O, keine Kön'gin
Ward je so schwer betrogen! Doch gleich anfangs
Sah ich Verrath erblühn.

Antonius.

Kleopatra!

Kleopatra.

Wie konnt' ich denken, du seist mein und treu,
Du, dessen Meineid, als du Fulvien schwurst,
Die Himmlischen empörte? Wilder Wahnsinn,
Durch Lippenschwüre sich verstricken lassen,
Die schon im Schwören brechen!

Antonius.

Süße Kön'gin!

Kleopatra.

Beschön'ge, bitte, nur dein Scheiden nicht;
Sag' Lebewohl und geh! Als du zu bleiben flehtest,
Da konnt'st du sprechen, da kein Wort von Scheiden!
An unserm Aug' und Mund hing Ewigkeit,
Glück an den Brau'n; nichts war so arm an uns,
Das nicht vom Himmel stammte. So ist's heut' noch;
Wo nicht, so ward der größte Held der Erde
Zum größten Lügner.

Antonius.

Wie nur sprichst du, Herrin!

Kleopatra.

Hätt' ich dein Maß nur, zeigen wollt' ich dir,
Aegypten hat ein Herz.

Antonius.

Hör' mich, Gebiet'rin!
Die strenge Noth der Zeit heischt unsre Dienste
Auf kurze Frist; doch bleibt mein volles Herz
In deiner Pflicht zurück.   Italien blitzt
Vom Schwert des Bürgerkriegs.   Schon nähert drohend
Sextus Pompejus sich dem Hafen Roms.
Die Gleichheit zweier heimischen Mächte zeugt
Bedenkliche Parteiung.   Die man haßte,
Die liebt man jetzt, da sie erstarkt.   Pompejus,
Verbannt, doch reich durch seines Vaters Ruhm,
Schleicht in die Herzen aller, die im Staat
Jetzt nicht gedeihn; furchtbar ist ihre Menge.
Der Friede, krank an Ruhe, will genesen
Durch hitzigen Wechsel.   Was mich näher angeht
Und dir zumeist mein Gehn erklären muß,
Ist Fulvia's Tod.

Kleopatra.

Wenn mich auch Alter nicht vor Thorheit schützt,
So doch vor Kindischsein.   Kann Fulvia sterben?

Antonius.

Todt ist sie, meine Kön'gin.
Sieh hier und lies in einer müß'gen Stunde,
Was sie für Wirr'n erregt; zuletzt das Beste,
Sieh, wann und wo sie starb.

Kleopatra.

O falsche Liebe!
Sollt'st du nicht heil'ge Thränenkrüge füllen
Mit Thau des Grams?   Ja nun, nun seh' ich erst
Bei Fulvia's Tod, wie einst du meinen ehrst!

Antonius.

Hadre nicht mehr!   Bereite dich, zu hören,
Was ich für Plane faßte, die dein Rath

Bestätigt oder aufhebt. Bei dem Feuer,
Das Leben zeugt im Nilschlamm, als dein Krieger
Und Diener scheid' ich, rüste Krieg und Frieden
Nach deinem Wunsch!

Kleopatra.

Komm, Charmian, schnür' mich auf! —
Nein, laß; schnell bin ich krank und wieder wohl,
Ganz wie Antonius liebt.

Antonius.

Nicht doch, mein Kleinod!
Gib beßres Zeugniß einer Liebe, die
Der schwersten Prüfung steht.

Kleopatra.

Das lehrt mich Fulvia!
Ich bitt' dich, tritt beiseit und wein' um sie,
Nimm Abschied dann und sag', die Thränen flössen
Aegyptens Kön'gin. Wohl! Spiel' eine Scene
Ausbünd'ger Heuchelei, und laß sie aussehn
Wie Ehr' und Treue!

Antonius.

Still! Du bringst mich auf!

Kleopatra.

Das ist schon leidlich; doch du kannst's noch besser.

Antonius.

Bei meinem Schwert —

Kleopatra.

Und Schild! — Er kommt in Zug,
Doch ist's noch nicht sein Bestes. Sieh nur, Charmian,
Wie gut steht diesem römischen Hercules
Die Maske seines Zorns!

Antonius.

Leb' wohl denn, Herrin!

Kleopatra.

Feiner Herr, ein Wort!
Wir beide müssen scheiden — nein, so nicht!
Wir beide liebten einst — doch nein, so auch nicht!

Das weißt du selbst. Was war's doch, das ich wollte?
O völlig ein Anton ist mein Gedächtniß,
Ganz so vergeßlich.

Antonius.

Wäre holde Thorheit
Nicht deiner Hoheit Dienerin, so sagt' ich,
Du seist die Thorheit selbst.

Kleopatra.

's ist saure Arbeit,
So nah am Herzen solche Thorheit tragen,
Wie jetzt Kleopatra! Doch, Freund, vergib mir!
Was einst mir wohl stand, ist mein Tod, wenn dir's
Nicht mehr gefällt. Die Ehre ruft dich fort!
So bleib denn taub für meine armen Possen,
Und alle Götter sei'n mit dir! Mit Lorbern
Umkränze Sieg dein Schwert und weich bestreue
Das Glück dir deinen Pfad!

Antonius.

Komm, laß uns gehn!
Die Trennung läßt zugleich uns fliehn und weilen;
Denn du, hier thronend, gehst hinweg mit mir,
Ich segle fort und bleibe stets bei dir.
Komm!

Vierte Scene.

Rom. Ein Zimmer in Cäsar's Hause.

Octavius Cäsar, Lepidus und Diener (treten auf).

Cäsar (einen Brief in der Hand).

So sieh nun, Lepidus, und wisse künftig,
Es ist nicht Cäsar's Art, auf einen großen
Mitherrscher Haß zu hegen. Botschaft kam
Aus Alexandria: er fischt und trinkt,
Verschwelgt die Nächte, einem Mann so ungleich,
Wie nur Kleopatra, denn weibischer nicht
Ist Ptolemäus' Witwe; kaum empfing er
Die Boten und geruhte kaum zu denken,
Daß er Genossen hat. Den Inbegriff

Von allen Fehlern, die an Menschen hängen,
Siehst du in diesem Mann.

Lepidus.

Sein Böses, denk' ich,
Verdunkelt, was er Gutes hat, nicht ganz.
An ihm sind Fehler wie die Himmelsflecken,
Nur heller durch das Schwarz der Nacht; mehr erblich,
Als angeeignet, mehr von ihm geduldet,
Als frei erwählt.

Cäsar.

Du bist zu duldsam. Gut, es sei verzeihlich,
Auf Ptolemäus' Bette sich zu wälzen,
Für eine Lustbarkeit ein Reich zu geben,
Mit Sklaven umzutrinken, bei der Nacht
Die Gassen zu durchtaumeln, sich zu balgen
Mit schweiß'gen Schuften; sag', dies steh' ihm an
(Und wahrlich, wen solch Treiben nicht befleckt,
Der muß von seltner Art sein). Doch wie kann er
Entschuld'gung finden, wenn sein Leichtsinn uns
So schwere Last aufbürdet? Möcht' er doch
Mit üppigen Lüsten seine Muße füllen:
Ekel und ausgesogne Glieder suchten
Ihn dafür heim; doch solche Zeit verderben,
Die ihn vom Fest wegtrommelt, laut ihn mahnt
An sein' und unfre Stellung — das verdient,
Daß man ihn schilt wie Knaben, die, schon reif
An Einsicht, um die Lust des Augenblicks
Dem eignen Urtheil trotzen.

(Ein Bote tritt auf.)

Lepidus.

Neue Botschaft!

Bote.

Was du befahlst, geschah; und Stund' um Stunde,
Erhabner Cäsar, wirst du Nachricht haben,
Wie's draußen steht. — Pompejus herrscht zur See
Und wird, so scheint's, von denen jetzt geliebt,
Die Cäsarn nur gefürchtet. Zu den Häfen
Strömt misvergnügtes Volk, und alle sagen,
Man hab' ihn schwer gekränkt.

Cäſar.

Ich konnt' es denken.
Denn von Urzeiten wiſſen wir, daß dem,
Der ſtieg, die Welt anhing, bis er erhöht war;
Wer fiel und, bis er unwerth, nie geliebt ward,
Steigt nun im Preiſe, weil er fehlt. Der Haufe,
Gleich einem wurzelloſen Blatt im Strom,
Schwimmt hin und her, dienſtbar der Wechſelflut,
Und fault in dieſem Treiben.

Zweiter Bote (tritt auf).

Cäſar, ich melde dir: Menecrates
Und Menas, die berüchtigten Piraten,
Sind Herrn der See und pflügen tiefe Furchen
Mit Kielen aller Art; manch lecke Landung
Verheert Italien. Alles Küſtenvolk
Erbleicht vor Schreck, und meutriſch gärt die Jugend.
Kein Fahrzeug ſticht in See, das nicht alsbald
Gekapert iſt. Pompejus' bloßer Name
Entſeelt mehr Volk, als offner Krieg.

Cäſar.

Antonius,
Laß deine Buhlerfeſte! Als du damals
Mutina räumen mußteſt, wo du erſt
Die Conſuln Hirtius und Panſa ſchlugſt,
Folgt' Hunger deinen Ferſen; den beſtandſt du,
Obwol ſo weich gewöhnt, mit mehr Geduld,
Als Wilde ſelbſt vermöchten; damals trankſt du
Den Harn der Roſſe und die gelbe Pfütze,
Die Vieh zum Würgen brächte. Nicht verſchmähte
Dein Gaum die herbſte Beer' an rauhſter Hecke;
Ja, wie der Hirſch, wenn Schnee die Weide deckt,
Baumrinden nagteſt du, und auf den Alpen,
So ſagt man, aßeſt du ſo wildes Fleiſch,
Daß mancher ſchon vom Anblick ſtarb. Dies alles
(Nun ſchändet's deine Ehre, daß ich's ſage)
Trugſt du ſo wie ein Krieger, daß die Wange
Nur kaum dir ſchmächt'ger ward.

Lepidus.

's iſt ſchad' um ihn.

Cäſar.

O trieb' ihn bald die Scham nach Rom zurück!

s ist hohe Zeit, daß beide wir im Feld
Uns blicken lassen. Ohne Säumen drum
Laß uns den Rath versammeln; denn Pompejus
Gedeiht bei unserm Nichtsthun.

Lepidus.

                    Morgen, Cäsar,
Werd' ich im Stande sein, genau zu melden,
Wie viel zu Land und Meer ich stellen kann,
Der Zeit die Stirn zu bieten.

Cäsar.

                    Bis dahin
Erfüllt mich gleiche Sorge. Lebe wohl!

Lepidus.

Leb' wohl, mein Freund! Was du indessen hörst
Von diesen Wirren draußen, laß, ich bitte,
Mich alles wissen!

Cäsar.

                    Zweifle nicht, mein Freund;
Ich weiß, dies schuld' ich dir.

(Sie gehen.)

Fünfte Scene.

Alexandria. Ein Zimmer im Palast.

Kleopatra, Charmian, Iras und Mardian (treten auf).

Kleopatra.

Charmian!

Charmian.

Herrin?

Kleopatra.

Ach!
Gib mir Mandragora zu trinken!

Charmian.

                    Herrin,
Warum?

Kleopatra.

Die große Kluft der Zeit zu überschlafen,
Wo mein Antonius fern ist!

Charmian.

Du denkst zu viel an ihn.

Kleopatra.

O Hochverrath,
So nur zu sprechen!

Charmian.

Herrin, nein, das nicht.

Kleopatra.

Du, Hämling, Mardian —

Mardian.

Was befiehlst du, Hoheit?

Kleopatra.

Nicht daß du singen sollst; es kann mich nichts
An einem Hämling freun. Du hast es gut;
Denn, da du ohne Mannheit, schweift dein Sinn
Nicht von Aegypten fort. Hast du auch Triebe?

Mardian.

Ja, gnäd'ge Herrin.

Kleopatra.

In der That?

Mardian.

Nicht in der That. Du weißt, ich kann nichts thun,
Als was man in der That mit Ehren thun kann.
Doch hab' ich heft'ge Triebe, und ich denke,
Was Venus that mit Mars.

Kleopatra.

O Charmian,
Wo mag er jetzt wol sein? Steht oder sitzt er?
Geht er zu Fuße oder spornt sein Roß?
Glückfel'ges Roß, das den Antonius trägt!
Sei stolz, mein Roß; denn weißt du, wen du trägst?
Den zweiten Atlas dieser Welt, den Arm
Und Helm des Volks. — Jetzt spricht er oder murmelt:
„Wo ist nun meine Schlang' am alten Nil?"
So nennt er mich. O wonnevolles Gift,
Womit ich selbst mich nähre! An mich denken,
Schwarz wie ich bin durch Phöbus' Lieblosung
Und runzlig durch die Zeit? Breitstirn'ger Cäsar,
Als du noch hier auf Erden warst, da war ich

Ein Bissen für 'nen König, und Pompejus
Der Große hing sein Aug' an meine Brauen;
Da ging sein Blick vor Anker, und er starb
Im Anschaun seines Lebens.

Aleras (tritt auf).

Heil dir, Kön'gin!

Kleopatra.

Wie ganz unähnlich bist du Marc Anton!
Doch daß du von ihm kommst, ist Wunderbalsam,
Der dich vergoldet.
Wie geht es meinem edeln Marc Anton?

Aleras.

Das letzte, theure Fürstin, was er that:
Er küßte — mit dem letzten vieler Küsse —
Die Perle hier. Sein Wort ruht mir im Herzen.

Kleopatra.

Dort laß mein Ohr es pflücken.

Aleras.

Guter Freund,

So sagt' er, sprich: der treue Römer schickt
Aegyptens großer Kön'gin dieses Kleinod
Von einer Muschel. Ihr zu Füßen will ich,
Die arme Gabe zu verbessern, Reiche
Ausstreun um ihren Thron; der ganze Osten
Soll, sag' ihr das, ihr huld'gen. Damit nick' er
Und stieg gelassen auf ein feurig Streitroß,
Das wieherte so laut, daß statt der Antwort
Ich stumm blieb wie ein Thier.

Kleopatra.

Sag', war er traurig oder froh?

Aleras.

So wie die Jahrszeit in der rechten Mitte
Von Kält' und Hitze — weder froh noch traurig.

Kleopatra.

O trefflich abgewogne Stimmung! Sieh,
Sieh, gute Charmian, das ist Er! Begreifst du?
Er war nicht traurig, die nicht trüb zu machen,

Die ihren Glanz von seinem leihn; nicht froh,
Um anzudeuten, sein Erinnern weile
Mit seinen Freuden hier; nein, zwischen beiden!
O holde Mischung! Ob du froh, ob traurig,
Dich kleidet beides, selbst im Uebermaß,
Wie niemand sonst. — Trafst du auf meine Boten?

Alexas.

Ja, Herrin, zwanzig nacheinander.   Warum
Schickst du so oft?

Kleopatra.

                Wer an dem Tag zur Welt kommt,
Wo ich vergessen an Anton zu senden,
Der sterb' als Bettler! — Bring mir Schreibzeug, Charmian. —
Willkommen, Freund Alexas. — Charmian, hab' ich
Je Cäsar so geliebt?

Charmian.

            O edler Cäsar!

Kleopatra.

Ersticke, wenn du so noch einmal rufst!
Sag': edler Marc Anton!

Charmian.

            O tapfrer Cäsar!

Kleopatra.

Bei Isis, blut'ge Zähne sollst du haben,
Wenn meinen Mann der Männer du noch einmal
Dem Cäsar gleichstellst!

Charmian.

            Mit Erlaubniß, Gnäd'ge,
Ich singe nur dein Lied.

Kleopatra.

                In grüner Jugend,
Als mein Verstand noch unreif. — Pfui, kaltblütig
Zu sprechen, wie ich damals sprach! — Doch komm!
Hol' mir Papier und Tinte;
Mein Gruß soll ihn erreichen Tag für Tag,
Müßt' ich Aegypten auch entvölkern!

(Sie gehen.)

Zweiter Aufzug.

Erste Scene.

Messina.   Ein Zimmer im Hause des Pompejus.

Pompejus, Menecrates und Menas (treten auf).

Pompejus.

Wenn es gerechte Götter gibt, so siegt
Gerechter Menschen Sache.

Menecrates.

   Denk, Pompejus,
Was sie verzögern, ist noch nicht verweigert.

Pompejus.

Indeß wir ihren Thron umbetteln, sinkt,
Was wir erflehn, im Werth.

Menecrates.

   Wir Thoren bitten
Oft unser eignes Leid, das weise Mächte
Versagen, uns zum Heil; so schlägt Fehlbitte
Zu unserm Vortheil aus.

Pompejus.

   Es muß mir glücken!
Beim Volk bin ich beliebt, die See ist mein,
Im Wachsen meine Macht, und Hoffnung weissagt,
Nah sei ihr Vollmond. Marc Antonius sitzt
Bei Tafel in Aegypten, wird nicht draußen
Zu Felde ziehn; Cäsar macht Geld, indeß
Er Herzen einbüßt; Lepidus, der Schmeichler,
Dem beide schmeicheln, hat ein Herz für keinen,
Und keiner fragt nach ihm.

Menecrates.

Cäsar und Lepidus
Stehn schon im Feld mit großer Truppenmacht.

Pompejus.

Das ist nicht wahr. Wer sagt's?

Menecrates.

Ich hab's von Silvius.

Pompejus.

Er träumt. Ich weiß, sie sind in Rom beisammen
Und harren auf Anton. Doch jeder Liebreiz würze,
Verbuhlte Kön'gin, deine welken Lippen;
Zauber erhöh' die Schönheit, Wollust beide;
Fessle den Lüstling durch ein Heer von Festen;
Umneble sein Gehirn; die Kunst der Köche
Schärfe mit feinsten Brühen seine Eßlust,
Und Schlaf und Schwelgen dämpfe seinen Ehrgeiz
Zu Lethe's Stumpfsinn! — Nun, was bringt uns Varrius!

Varrius (tritt auf).

Was ich zu melden hab', ist zuverlässig:
Stündlich wird Marc Anton in Rom erwartet.
Die Zeit, seit er sich eingeschifft, reicht hin
Für einen weitern Weg.

Pompejus.

Geringre Zeitung
Vernähm' ich lieber. — Menas, nimmer dacht' ich,
Daß um so winz'gen Krieg der üpp'ge Buhler
Den Helm aufsetzen würde. Seine Kriegskunst
Wiegt zweimal die der andern beiden auf.
So größrer Ruhm für uns, könnt' unser Zug
Den nie lustsatten Marc Anton dem Schos
Kleopatra's entreißen!

Menecrates.

Schwerlich werden
Cäsar und Marc Anton sich freundlich grüßen.
Sein Weib, das nun gestorben, reizte Cäsar,
Sein Bruder führte Krieg mit ihm, obwol
Nicht auf Antonius' Antrieb.

Pompejus.

Möglich, Menas,
Daß kleinre Feindschaft jetzt der größern weicht.
Wenn wir nicht stünden gegen alle drei,
Geriethen sie ganz sicher aneinander;
Denn Grund und Anlaß haben sie vollauf,
Ihr Schwert zu ziehn. Doch wie die Furcht vor uns
Die Sprünge kitten mag und den geringern
Zwiespalt versöhnen, wissen wir noch nicht.
Geh's, wie die Götter wollen! Gut und Blut
Hängt dran, daß jeder jetzt sein Bestes thut!
Komm, Menas!

(Alle ab.)

Zweite Scene.

Rom.   Ein Zimmer im Hause des Lepidus.

Enobarbus und Lepidus (treten auf).

Lepidus.

Freund Enobarbus, 's ist ein gutes Werk
Und wird dir wohl stehn, wenn du deinen Feldherrn
Zu mildem Wort bewegst.

Enobarbus.

Ich will ihn bitten,
Zu reden seiner würdig. Reizt ihn Cäsar,
So soll Antonius ihn von oben ansehn
Und sprechen laut wie Mars. Bei Jupiter,
Trüg' ich Antonius' Bart, ich würd ihn heut'
Nicht scheren lassen!

Lepidus.

Dies ist keine Zeit
Zum Groll mit seinen Nächsten.

Enobarbus.

Jede Zeit
Taugt für die Dinge, so in ihr entstehn.

Lepidus.

Doch kleine Dinge müssen größern weichen.

Enobarbus.

Nicht, wenn die kleinen vorgehn.

Lepidus.

Du bist zornig.
Doch, bitte, schür' die Asche nicht.   Hier kommt
Der edle Marc Anton.

(Antonius und Ventidius treten auf.)

Enobarbus.

Und dort kommt Cäsar.

(Cäsar, Mäcenas und Agrippa treten auf.)

Antonius.

Wenn der Vergleich hier glückt, dann rasch nach Parthien!
Hörst du, Ventidius?

Cäsar.

Ich weiß es nicht,
Mäcenas; frag' Agrippa!

Lepidus.

Edle Freunde,
Ein wicht'ger Zweck verband uns; laßt nun nicht
Armsel'gen Zwist uns trennen.   Was gefehlt ward,
Sei freundlich angehört.   Besprächen wir
Den nicht'gen Zwiespalt laut, das wäre Mord,
Wo Heilung frommt.   Drum, edle Machtgenossen,
(Auch mir zu Lieb, der ich euch ernstlich bitte),
Gebt auch den herbsten Punkten milde Namen,
Daß Zanken nichts verschlimmre.

Antonius.

Wohl gesprochen!
Vor unsern Heeren und zum Kampf bereit
Grüßt' ich dich so!

(Cäsar die Hand bietend.)

Cäsar.

Willkommen in Rom!

Antonius.

Hab' Dank!

Cäsar.

Nimm Platz!

Antonius.

Erst du!

Cäsar (sich setzend).

Nun denn!

Antonius.

Ich höre, du nimmst übel, was nicht schlimm ist,
Und, wär's, dich nicht betrifft.

Cäsar.

                    Wie lächerlich
Wär's, wenn ich, sei's um nichts, sei's um Geringes,
Mich für beleidigt hielte, vollends gar
Von dir! Noch lächerlicher, hätt' ich schimpflich
Von dir gesprochen, da mir's ferne lag,
Dich nur zu nennen!

Antonius.

                    Daß ich in Aegypten
Verweilte, Cäsar, was lag dir daran?

Cäsar.

Nicht mehr, als mein Verweilen hier in Rom
Dich in Aegypten anging; doch wenn du
Dort plantest gegen mich, so kümmerte
Mich dein Verweilen wohl.

Antonius.

                    Plantest? Was meinst du?

Cäsar.

Du magst, wenn dir's beliebt, mich leicht verstehn
Aus dem, was hier mich traf. Dein Bruder und
Dein Weib bekriegten mich; du warst der Vorwand
Für diesen Streit, dein Name war die Losung.

Antonius.

Du irrst in dieser Ansicht. Niemals zog
Mein Bruder mich ins Spiel; ich forschte nach,
Und was ich hörte, kommt von sichern Zeugen,
Die selbst zu dir gestanden. Setzt' er nicht
Mein Ansehn auch, so gut wie deins, herab,

Und führte Krieg ganz gegen meinen Willen,
Der ich dein Partner war? Aus meinen Briefen
Ging dies hervor. Willst du nun Händel stoppeln,
Die wol aus ganzem Tuch du schneiden kannst,
So sei's doch hieraus nicht.

Cäsar.

Du rühmst dich selbst,
Indem du mich der Thorheit zeihst. So stoppelst
Du nur Entschuldigungen.

Antonius.

Nicht doch! Nicht doch!
Ich bin gewiß, die Schlußkraft des Beweises
Erscheint dir klar genug, daß ich, dein Partner
In jener Sache, gegen die er focht,
Nicht günst'gen Augs den Krieg betrachten konnte,
Der ja mich selbst bedrohte. Was mein Weib
Betrifft, so wollt' ich, deins wär' solch ein Dämon.
Dein ist der dritte Theil der Welt; du lenkst ihn
Mit einem Halfter eh', als solch ein Weib.

Enobarbus.

Wenn wir doch alle solche Weiber hätten! Dann könnten die
Männer mit ihren Weibern in den Krieg ziehen.

Antonius.

Unzähmbar, wie sie war, regt' ihre Hitze,
Der es an schlauer Staatskunst nicht gebrach,
Unruhen auf, die, wie ich selbst beklage,
Dir zu viel Noth gemacht. Dies, sage selbst,
Konnt' ich nicht hindern.

Cäsar.

Doch ich schrieb an dich,
Als du in Alexandria noch schwelgtest.
Du stecktest meine Briefe ein, und wiesest
Den Boten ab, mit Hohn und ungehört.

Antonius.

Er überfiel mich ungemeldet; eben
Hatt' ich drei Könige zu Gast gehabt
Und war nicht mehr wie morgens früh; dies sagt' ich
Ihm selbst am nächsten Tag, was so viel war

Als um Verzeihung bitten. Nein, der Bursch
Bleib' unserm Handel ferne! Wenn wir streiten —
Sein Name sei gestrichen.

Cäsar.

Einen Punkt
In deinem Eide brachst du; dessen kann
Dein Mund mich nicht beschuld'gen.

Lepidus.

Ruhig, Cäsar!

Antonius.

Nein, laß ihn reden, Lepidus.
Die Ehr' ist rein und heilig, die er angreift,
Als hätt' ich sie versehrt. Nur weiter, Cäsar!
Der Punkt in meinem Eide —

Cäsar.

Mir Hülf' und Schutz zu leihn, wenn ich's begehrte,
Was beides du geweigert.

Antonius.

Sag', versäumt,
Und zwar, als ein vergiftet Leben mir
Mein Selbstgefühl geraubt. So weit ich kann,
Will ich dir Reue zeigen. Doch erniedern
Soll mich mein Grabsinn nicht, noch meine Macht
Der Würde mangeln. Es ist wahr, daß Fulvia,
Um mich nach Haus zu locken, Krieg begann,
Wofür ich selbst, unwissentlich die Ursach',
Soweit Verzeihn erbitte, als mir Ehre
In solchem Fall erlaubt.

Lepidus.

Ein edles Wort!

Mäcenas.

Gefiel's euch doch, die wechselseit'gen Klagen
Beruhn zu lassen! Ihr vergäßt sie ganz,
Gedächtet ihr, wie gegenwärt'ge Noth
Euch zur Versöhnung mahnt.

Lepidus.

Ein würd'ges Wort, Mäcenas!

Enobarbus.

Oder wenn einer dem andern seine Freundschaft nur für den Augenblick borgen will, könnt ihr sie euch ja wiedergeben, wenn von Pompejus nicht mehr die Rede ist; ihr werdet noch Zeit genug haben zum Zanken, wenn ihr nichts anderes zu thun habt.

Antonius.

Du bist ein Mann des Krieges nur; sei still!

Enobarbus.

Daß die Wahrheit den Mund halten muß, hätt' ich beinahe vergessen.

Antonius.

Du fällst den andern lästig; drum sei still!

Enobarbus.

Dann nur vorwärts; ergebenst euer bescheidener Stein!

Cäsar.

Mir scheint nicht so uneben, was er sagt,
Nur wie er's sagt. Denn traun, wie sollen wir
In Freundschaft leben, wenn wir so in Denkart
Und Handeln uneins sind. Doch wüßt' ich nur,
Was für ein Reif uns fest verbänd', ich sucht' ihn
Von Pol zu Pol.

Agrippa.

Willst du erlauben, Cäsar —

Cäsar.

Sprich, Agrippa!

Agrippa.

Du hast von Mutterseite eine Schwester,
Die herrliche Octavia; der große Marc Anton
Ist jetzt ein Witwer.

Cäsar.

Sprich nicht so, Agrippa!
Hätt' es Kleopatra gehört, den Vorwurf
Der Uebereilung hätt'st du wol verdient.

Antonius.

Nein, Cäsar, ich bin nicht vermählt. Agrippa
Mag weiter sprechen.

Agrippa.

Um euch in ew'ger Freundschaft zu verbinden,
Euch zu verbrüdern, euer beider Herzen
Unlösbar zu verknüpfen, nehm' Anton
Octavia zur Gemahlin; ihre Schönheit
Ist wol den besten aller Männer werth,
Und mehr als Worte können, rühmt ihr Reiz
Und ihre Tugend sie. Dies Ehebündniß
Tilgt all die kleine Eifersucht, die jetzt
So groß erscheint, und alle große Furcht,
Die jetzt Gefahr droht.
Wahrheit erscheint dann als Geschwätz, wo jetzt
Ein halb Geschwätz schon Wahrheit; sie verknüpft
Mit ihrer Lieb' euch beide, und mit euch
Die Herzen aller. Was ich sprach, verzeiht,
's ist wohlbedacht, nicht blos ein rascher Einfall,
Nach meiner Pflicht geprüft.

Antonius.

Will Cäsar sprechen?

Cäsar.

Erst wenn er hörte, wie Antonius denkt
Von dem, was schon gesprochen.

Antonius.

Was vermag
Agrippa, wenn ich sagte: „Gut! so sei's!"
Es wahr zu machen?

Cäsar.

Ganz so viel wie Cäsar,
Für sich und bei Octavia.

Antonius.

Nimmer will ich
Dem guten Plan, der mir so lockend scheint,
Ein Hemmniß träumen! — Reich mir deine Hand;
Fördre dies Liebeswerk, und von Stund an
Sei Bruderlieb' und Eintracht unsre Richtschnur
Und lenk' all unser Thun!

Cäsar.

Hier meine Hand!
Ich schenk' dir eine Schwester, wie kein Bruder

Je eine zärtlicher geliebt. Sie lebe,
Zu einen so die Reiche wie die Herzen.
Nie lockre sich dies Band!

Lepidus.

Heil euch und Amen!

Antonius.

Ich war nicht willens, gegen den Pompejus
Mein Schwert zu ziehn. Noch jüngst hat er mich höchlich
Verpflichtet; dafür schuld' ich erst ihm Dank,
Sonst nennt der böse Ruf mich unerkenntlich;
Doch gleich hernach laßt uns die Stirn ihm bieten.

Lepidus.

Es eilt. Wir müssen ungesäumt ihn suchen,
Sonst sucht er uns.

Antonius.

Wo ankert seine Flotte?

Cäsar.

Am Vorgebirg Misenum.

Antonius.

Wie groß ist seine Landmacht?

Cäsar.

Groß und noch stets im Wachsen, und das Meer
Beherrscht er unumschränkt.

Antonius.

So sagt man. Hätten
Wir zwei uns doch gesprochen! Jetzt nur schnell!
Doch, ehe wir uns waffnen, sei ins Werk
Gesetzt, was wir beredet.

Cäsar.

Herzlich gern.
Ich lade dich zu meiner Schwester ein
Und führ' dich gleich zu ihr.

Antonius.

Du, Lepidus,
Darfst uns nicht fehlen.

Lepidus.

Edler Marc Anton,
Selbst Krankheit hielte mich nicht ab.

(Trompetenstoß. Cäsar, Antonius und Lepidus gehen ab.)

Mäcenas.

Willkommen von Aegypten, Freund!

Enobarbus.

Du Hälfte von Cäsar's Herzen, würdiger Mäcenas! — Mein
ehrenwerther Freund, Agrippa!

Agrippa.

Wackrer Enobarbus!

Mäcenas.

Wir haben Ursache uns zu freuen, daß die Sachen so gut ge=
schlichtet sind. Ihr habt's euch indessen in Aegyten wohl sein lassen.

Enobarbus.

Ja wohl. Wir schliefen so lange, daß der helle Tag sich schämte,
und tranken, bis der Nacht ein Licht aufging.

Mäcenas.

Acht wilde Eber ganz gebraten zum Frühstück und nur zwölf
Personen dazu; ist das wahr?

Enobarbus.

Das war nur wie eine Fliege gegen einen Adler; wir hatten
noch weit unerhörtere Dinge bei unsern Festen, die wol der Rede
werth wären.

Mäcenas.

Sie ist eine ganz unwiderstehliche Dame, wenn der Ruf nicht
übertreibt.

Enobarbus.

Als sie zuerst mit Marc Anton zusammentraf, stahl sie ihm
gleich das Herz, damals, auf dem Flusse Cydnus.

Agricola.

Da muß sie blendend gewesen sein, oder mein Gewährsmann
hat stark zu ihren Gunsten gefabelt.

Enobarbus.

Ich will es euch erzählen.
Die Barke, drin sie saß, brannt' auf dem Wasser,

Hellglänzend wie ein Thron; der Spiegel Gold,
Die Purpursegel duftend, daß der Wind
Sie liebeskrank umflog; silberne Ruder,
Im Takt bewegt zum Spiel der Flöten, brachten
Die Flut, gleichsam verliebt in ihre Schläge,
Zu rascherm Fließen. Was sie selbst betrifft,
Ist alle Schildrung bettelarm. Sie lag
In ihrem Zelt aus Goldstoff, schöner als
Das Venusbild, an dem wir sehn, wie Kunst
Natur besiegt. Zur Seite holde Knaben
Mit Wangengrübchen, lächelnde Liebesgötter
Mit bunten Fächern, deren kühles Wehn
Die zarten Wangen schien in Glut zu tauchen,
Das Widerspiel von ihrem Thun.

Agricola.

    Welch Schauspiel
Für Marc Anton!

Enobarbus.

   All ihre Dienerinnen,
Als Nereïden, warteten ihr auf,
Und jede Beugung ward zum Schmuck. Am Steuer
Saß eine wie ein Meerweib; seidnes Tauwerk
Bebt' unterm Druck so blumenweicher Hände,
Die flink den Dienst versahn. Der Bark' entströmte
Ein räthselhafter Wohlgeruch, zur Wonne
Für beide Ufer. Alles Volk der Stadt
Ergoß sich ihr entgegen, und Antonius
Blieb, thronend auf dem Marktplatz, ganz allein
Und pfiff der Luft, die, gäb's in der Natur
Ein Leeres, gern sich fortgestohlen hätte,
Kleopatra zu schaun, daß eine Kluft
Entstanden wär' im Raum.

Agrippa.

   Ein Zauberweib!

Enobarbus.

Als sie gelandet, ließ Anton sie laden
Zur Abendmahlzeit. Sie erwiderte,
Es sei ihr lieber, ihn zum Gast zu haben;
Sie bitt' ihn. Unser höflicher Antonius,
Von dem noch nie ein Weib ein „Nein" gehört,
Geht, zehnmal frisch und glatt rasirt, zum Fest,

Wo denn sein Herz die Zeche zahlt für das,
Was nur sein Blick verschlang.

Agrippa.

Die Buhlerfürstin!
Sie lockt' ins Bett das Schwert des großen Cäsar;
Er pflügte sie; sie erntete.

Enobarbus.

Ich sah sie
Einst funfzig Schritt weit durch die Straße hüpfen,
Und da die Luft ihr ausging, keuchte sie
Im Sprechen, daß der Fehler selbst ein Reiz ward
Und athemlos sie Zauber athmete.

Mäcenas.

Nun muß Anton sich völlig ihr entziehn.

Enobarbus.

Niemals! Das wird er nie! Nie kann das Alter
Sie welken, noch Gewohnheit sie verleiden,
So reizt sie ewig neu. Wenn andere Weiber
Die Lust ersätt'gen, schärft sie nur den Hunger,
Je reicher sie ihn stillt; denn so holdselig
Steht ihr das Niedrigste, daß heil'ge Priester
Sie segnen, wenn sie buhlt.

Mäcenas.

Kann Schönheit, kluger Sinn und Sittsamkeit
Antonius fesseln, wird Octavia ihm
Ein glücklich Los bereiten.

Agrippa.

Laßt uns gehn.
Mein wackrer Enobarbus, sei mein Gast,
So lang' du hier verweilst!

Enobarbus.

Freund, besten Dank!

(Alle ab.)

Dritte Scene.

Ebendaselbst. Ein Zimmer in Cäsar's Hause.

Cäsar, Antonius, Octavia zwischen ihnen; Diener.

Antonius.

Die Welt und Herrscherpflichten werden manchmal
Von deiner Brust mich trennen.

Octavia.

All die Zeit
Werd' ich auf meinen Knien die Götter anflehn,
Dir Schutz zu leihn.

Antonius.

Gute Nacht, mein Freund! — Octavia,
Sieh mich so schwarz nicht, wie die Welt mich schildert.
Ich blieb nicht stets in Schranken; doch in Zukunft
Geht alles regelrecht. Nun gute Nacht,
Geliebte! — Gute Nacht, Freund!

Cäsar.

Gute Nacht!

(Cäsar, Octavia und Diener ab. — Ein Wahrsager tritt auf.)

Antonius.

Nun, Mann, sehnst du dich nach Aegypten heim?

Wahrsager.

Ich wollt', ich wäre nie von dort weggegangen, noch du dorthin
gekommen.

Antonius.

Den Grund, wenn du einen weißt!

Wahrsager.

Ich seh' ihn in meinem Geist, hab' ihn nicht auf der Zunge.
Aber dennoch eile dich, wieder nach Aegypten zu gehen!

Antonius.

Sage mir, wessen Glück wird höher steigen, Cäsar's oder meines?

Wahrsager.

Cäsar's.
Drum, Marc Anton, bleib nicht an seiner Seite.
Dein Dämon (jener Geist, der dich beschützt)
Ist edel, kühn, hochherzig, unerreichbar,
Wenn du von Cäsar fern bist; neben ihm
Kommt deinen Engel Furcht und Ohnmacht an.
Laß Raum sein zwischen euch!

Antonius.

Sag' das nie wieder!

Wahrsager.

Niemand als dir; nie mehr, da du's gehört.
Spielst du mit ihm, ist dir in jedem Spiel
Verlust gewiß; sein angebornes Glück
Schlägt dich, trotz jedem Vortheil; dich verdunkelt
Sein hellrer Glanz. Noch einmal: neben ihm
Wird deinem Schutzgeist bange, dich zu lenken,
Der, wenn er fern, so stolz ist.

Antonius.

Heb' dich weg!
Sag' dem Ventidius, sprechen woll' ich ihn.

(Wahrsager ab.)

Er soll nach Parthien. — Sei es Kunst, sei's Zufall,
Er sagte wahr. Der Würfel selbst gehorcht ihm;
In jedem Wettspiel weicht mein feinrer Plan
Vor seinem Glück; beim Losen zieht er stets
Den Treffer, und sein Hahn schlägt noch den meinen,
Wenn alles gegen nichts steht, seine Wachtel
Die mein', im Reif und schwächer. Nach Aegypten!
Und nahm ich auch ein Weib des Friedens wegen:
Im Ost wohnt meine Wonne. —

(Ventidius kommt.)

Komm, Ventidius!
Du sollst nach Parthien; alles ist bereit;
Komm, hol' dir deinen Auftrag!

(Beide ab.)

Vierte Scene.

Ebendaselbst.   Eine Straße.

Lepidus, Mäcenas und **Agrippa** (treten auf).

Lepidus.

Bemüht euch weiter nicht, ich bitt' euch, schickt
Nur rasch die Feldherrn nach!

Agrippa.

    Herr, Marc Anton,
Umarmt nur noch Octavien, dann geht's fort.

Lepidus.

Bis ich im Kriegsgewand euch wiederseh',
Das beiden wohl stehn wird, lebt wohl!

Mäcenas.

     Wir werden,
Kenn' ich die Gegend recht, am Vorgebirg
Vor dir eintreffen.

Lepidus.

   Euer Weg ist kürzer.
Mein Zweck und Plan zwingt mich zu weitem Umweg;
So kommt ihr um zwei Tage mir zuvor.

Mäcenas und Agrippa.

Viel Glück!

Lepidus.

  Lebt wohl!

(Gehen ab.)

Fünfte Scene.

Alexandria.   Ein Zimmer im Palast.

Kleopatra, Charmian, Iras und **Alexas** (treten auf).

Kleopatra.

Macht mir Musik, Musik, schwermüth'ge Nahrung
Für uns verliebten Seelen.

Diener.

He, Musik!

(Mardian tritt ein.)

Kleopatra.

Laßt es nur sein. Folgt mir zum Kugelspiel;
Komm, Charmian!

Charmian.

Mich schmerzt mein Arm; ich bitte, spiel' mit Mardian.

Kleopatra.

Mit einem Hämling spielt ein Weib so gut
Wie mit 'nem Weibe. — Willst du mit mir spielen?

Mardian.

Herrin, so gut ich kann.

Kleopatra.

Wo guter Will' ist, kommt er auch zu kurz,
Spricht man den Thäter frei. — Ich will nun nicht mehr.
Gebt mir die Angel — kommt zum Flusse; dort
Berück' ich, während fern Musik erklingt,
Gelbfloss'ge Fische, mein gekrümmter Haken
Faßt ihre schleim'gen Kiemen, und bei jedem,
Den ich emporzieh', denk' ich mir Anton
Und sag': Aha, du zappelst!

Charmian.

Lustig war's,
Wie du mit ihm wettangeltest, der Taucher
'nen Salzfisch hängt' an seine Schnur, den er
So hitzig aufzog.

Kleopatra.

Damals — sel'ge Zeiten! —
Lacht' ich ihn zornig, und dieselbe Nacht
Lacht' ich ihn wieder gut; und morgens drauf,
Noch vor neun Uhr, trank ich ihn in sein Bett,
Zog meinen Putz ihm an, und ich indeß
Trug sein Philippisch Schwert.

(Ein Bote tritt auf.)

O, von Italien!
Fruchtbare Zeitung gieße mir ins Ohr,
Das lange brach gelegen.

Bote.

Herrin — Herrin —

Kleopatra.

Antonius todt?
Sagst du das, Sklav, so mord'st du deine Kön'gin.
Gesund und frei?
Meld'st du ihn so, nimm, hier ist Gold und hier
Zum Kuß die blau'ste Ader einer Hand,
Die Königslippen zitternd küßten.

Bote.

Herrin,
Zunächst: es geht ihm wohl.

Kleopatra.

Hier, noch mehr Gold! Doch höre, Mensch, wir sagen,
Den Todten geh' es wohl. Meinst du es so,
Das Gold, das ich dir gab, schütt' ich geschmolzen
Dir in die Unheilskehle.

Bote.

Hör' mich, Fürstin!

Kleopatra.

Gut, weiter, ich will hören!
Doch steht nichts Gutes dir im Antlitz. Wär'
Anton gesund und frei — so bittre Miene
Zu solcher frohen Botschaft! Ist er nicht wohl,
Sollt'st du als Furie nahn, umkränzt mit Schlangen,
Nicht als ein Mensch.

Bote.

Geruhst du, mich zu hören?

Kleopatra.

Lust hätt' ich, dich zu schlagen, eh' du sprichst.
Doch wenn du sagst, Antonius lebt, ist wohl,
Ist Freund mit Cäsar, nicht ihm unterwürfig:
Ein Regen dann von Gold, ein Hagelschauer
Von Perlen wartet dein.

Bote.

Frau, er ist wohl.

Kleopatra.

Schön!

Bote.

Cäsar's Freund.

Kleopatra.

Du bist ein wackrer Mann.

Bote.

Cäsar und er sind größre Freund' als je.

Kleopatra.

Die reichste Gnad' erbitte dir!

Bote.

Und doch —

Kleopatra.

Mich ärgert dies „und doch"; den guten Anfang
Macht es zu Schanden; pfui auf das „und doch"!
„Und doch" ist wie ein Kerkervogt, der einen
Hauptmissethäter vorführt. Bitte, Freund,
Schütt' alles nur auf einmal mir ins Ohr,
Zusammen Gut' und Böses! Freund mit Cäsar,
Gesund und wohl, sagst du, und sagst, in Freiheit?

Bote.

In Freiheit, Herrin? Nein, das sagt' ich nicht.
Er ist Octavien verbunden.

Kleopatra.

Für welchen Dienst?

Bote.

Zum besten Dienst — im Bett.

Kleopatra.

Ich bin des Todes, Charmian!

Bote.

Herrin, er ist Octavien vermählt.

Kleopatra.

Die giftigste der Seuchen auf dein Haupt!
(Schlägt ihn nieder.)

Bote.

O gute Fürstin, fasse dich!

Kleopatra.

Was sagst du?

(Schlägt ihn von neuem.)

Fort, niedres Scheusal, oder ich spiele Ball
Mit deinen Augen, raufe dir das Haar aus;

(Sie zerrt ihn auf und nieder.)

Mit Draht laß' ich dich geiseln und dich brühn
In beißend salz'ger Lauge!

Bote.

Gnäd'ge Fürstin,
Die Heirath meld' ich nur, ich schloß sie nicht.

Kleopatra.

Sag', daß du logst, ich schenke dir ein Land
Und Schätze noch in Kauf. Die Schläge seien
Die Buße, daß du mich zur Wuth gereizt;
Und was du sonst nach deinem Stand noch wünschest,
Sei dir gewährt.

Bote.

Herrin, er ist vermählt.

Kleopatra.

Schurke, du hast zu lang gelebt! —

(Zieht einen Dolch.)

Bote.

Dann lauf' ich!
Was willst du, Herrin? Meine Schuld war's nicht.

(Bote ab.)

Charmian.

O liebe Herrin, du bist außer dir!
Der Mann ist schuldlos.

Kleopatra.

Schon manchen traf der Blitz, der schuldlos war.
Aegypten schmelz' im Nil, zur Schlange werde
Die zahmste Creatur! — Ruf' mir den Sklaven!
Obwol ich toll bin, will ich ihn nicht beißen.
Ruf' ihn!

Charmian.

Er fürchtet sich.

Kleopatra.

Ich thu' ihm nichts.

(Charmian ab.)

Ich habe diese Händ' entadelt, da sie
Den schlugen, der geringer ist, als ich.
Und hab' ich selbst nicht ihn befragt? —

(Charmian und der Bote treten wieder ein.)

Komm näher!

Obwol es ehrlich ist, ist's doch nicht gut,
Unheil zu melden; froher Botschaft gebt
Ein Heer von Zungen; böse Zeitung melde
Sich selbst, wenn man sie fühlt.

Bote.

Ich that nur meine Pflicht.

Kleopatra.

Ist er vermählt?
Ich kann nicht mehr dich hassen, als ich thue,
Bejahst du's noch einmal.

Bote.

Er ist es, Herrin.

Kleopatra.

Daß du verflucht seist! Bleibst du stets dabei?

Bote.

Sollt' ich denn lügen, Herrin?

Kleopatra.

Thät'st du's nur!
O wär' mein halb Aegypten überschwemmt,
Ein Pfuhl für schupp'ge Nattern! Heb' dich weg!
Und glichst du dem Narciß, dein Antlitz würde
Mir scheußlich sein! — Er ist vermählt?

Bote.

Ich flehe,
Vergib mir, Königin!

Kleopatra.

Er ist vermählt?

Bote.

Zürne mir nicht, wo ich nichts Uebles that.
Kannst du für das mich strafen, was du selbst
Mir anbefiehlst? — Er ist Octaviens Gatte.

Kleopatra.

O wie dich sein Vergehn zum Schelmen macht,
So wenig du's zu sein denkst! — Heb' dich weg!
Die Waare, die aus Rom du mitgebracht,
Ist mir zu theuer; bleibe sie dir liegen
Und richte dich zu Grunde!

(Bote ab.)

Charmian.

Fassung, Hoheit!

Kleopatra.

Anton zu preisen, sprach ich schlecht von Cäsar.

Charmian.

Ja, Herrin, oft!

Kleopatra.

Das hab' ich nun dafür!
Komm, führ' mich fort!
Mir schwindelt — Iras — Charmian! — Es ist nichts! —
Geh du dem Boten nach, Alexas, laß dir
Octavia's Züge schildern, ihre Jahre
Und Sinnesart; auch soll er dir berichten,
Von welcher Farb' ihr Haar; rasch, bring mir Antwort. —

(Alexas ab.)

Für immer fahr' er hin! — Ach nimmer! — Charmian,
Wenn Eine Seit' an ihm der Gorgo gleicht,
Die andre gleicht dem Mars. —

(Zu Mardian.)

Alexas soll
Auch fragen, hörst du wol, wie groß sie ist. —
Beklag' mich, Charmian, aber sag' mir nichts;
Führ' mich in mein Gemach.

(Alle ab.)

Sechste Scene.

In der Nähe von Misenum.

Trompetenstoß. Von der einen Seite treten auf Pompejus und Menas, mit Trommeln und Trompeten; von der andern Cäsar, Lepidus, Antonius, Enobarbus, Mäcenas, mit Kriegshaufen.

Pompejus.

Ihr gabt mir Geiseln, und empfingt die meinen;
So laßt uns reden, eh' wir kämpfen.

Cäsar.

Gut ist's,
Zuvor zu unterhandeln; darum sandten
Wir schriftlich unsern Sühnversuch voraus.
Hast du ihn nun erwogen, so laß hören,
Ob er dein mißvergnügtes Schwert zurückhält
Und all die frische Jugend nach Sicilien
Heimschickt, die sonst hier fallen muß.

Pompejus.

Ihr drei,
Alleinige Rathsherrn dieser weiten Welt,
Der Gottheit Stellvertreter, hört mich an.
Ich wüßte nicht, wie's meinem Vater sollt'
An Rächern fehlen, da ein Sohn ihm lebt
Und Freunde; sah doch Julius Cäsar, der
Als Geist erschien dem edeln Brutus, wie ihr
Ihn rächtet bei Philippi. Sagt, was trieb
Den bleichen Cassius zur Verschwörung? was
Den allverehrten, biedern Römer Brutus
Sammt all den Buhlern um die schöne Freiheit
Zur Blutthat auf dem Capitol, als nur
Zu zeigen, daß ein Mann ein Mensch wie andre?
Seht, darum rüstet' ich die Flotte, die
Das Meer zornschäumend trägt, mit ihr den Undank
Zu zücht'gen, den das schnöde Rom beging
An meinem edeln Vater.

Cäsar.

Nur gemach!

Antonius.

Wir fürchten deine Flotte nicht, Pompejus.
Wir sprechen uns zur See; wie wir zu Lande
Dich überbieten, weißt du.

Pompejus.

Ueberbotst du
Mich doch zu Land um meines Vaters Haus.
Doch da der Kukuk für sich selbst nicht baut,
Bleib drin, solang' du kannst.

Lepidus.

Nein, bitte, sag' uns
(Denn dies gehört nicht her), wie du dich stellst
Zu unserm Vorschlag.

Cäsar.

Ja, das ist der Punkt.

Antonius.

Zu dem du nicht sollst überredet werden;
Doch wäge, was er werth ist!

Cäsar.

Und wie viel er
Für künftig noch verheißt.

Pompejus.

Ihr bietet mir
Sicilien und Sardinien; dafür soll ich
Die See von Räubern rein'gen und nach Rom
Vorrath von Weizen senden; dann mag jeder
Nach Hause gehn mit unzerhacktem Schwert
Und blankem Schilde.

Cäsar. Antonius. Lepidus.

Dies war unser Vorschlag.

Pompejus.

Wißt denn, ich kam vor euch hierher, entschlossen,
Dies anzunehmen. Doch hat Marc Anton
Ein wenig mich verstimmt. — Verscherz' ich auch
Durch Eigenruhm den Dank, so wisse doch:
Als Cäsar Krieg mit deinem Bruder führte,
Floh deine Mutter nach Sicilien, wo man
Sie gern willkommen hieß.

Antonius.

Ich weiß, Pompejus,
Und bin bereit, dir allen Dank zu sagen,
Den ich dir schulde.

Pompejus.

Gib mir deine Hand!
Ich dachte wahrlich nicht, dich hier zu treffen.

Antonius.

Im Osten war mir weich gebettet. Dir
Verdank' ich's, daß ich früher heimgekehrt,
Denn ich gewann dabei.

Cäsar.

Du bist verändert,
Seit ich zuletzt dich sah.

Pompejus.

Mag sein, daß mir
Das Schicksal krause Ziffern ins Gesicht schrieb;
Doch soll sich's nie in meinen Busen drängen,
Mein Herz zu unterjochen.

Lepidus.

Sei willkommen!

Pompejus.

Das hoff' ich, Lepidus! — So sind wir einig.
Laßt, bitte, den Vergleich uns schriftlich machen
Und unterzeichnen.

Cäsar.

Das soll gleich geschehn.

Pompejus.

Wir wollen uns bewirthen, eh' wir scheiden,
Und losen, wer beginnen soll.

Antonius.

Laß mich,
Pompejus!

Pompejus.

Nein, Antonius, losen wir!
Der erste oder letzte, — deiner feinen

Aegyptischen Kochkunst bleibt der Preis. Ich hörte,
Daß Julius Cäsar dort vom Schmausen fett ward.

Antonius (scharf).

Du hörtest mancherlei.

Pompejus.

Ich meine ja
Nichts Böses, Herr.

Antonius (sich von ihm abwendend).

Und sprichst auch gut genug.

Pompejus.

Nun, was ich hörte, hört' ich;
Auch hört' ich noch, Apollodorus trug —

Enobarbus.

O still! Doch freilich trug er —

Pompejus.

Sagt doch, was?

Enobarbus.

Eine gewisse Königin zum Cäsar
In einer Decke.

Pompejus.

Nun kenn' ich dich; wie geht's, mein Krieger?

Enobarbus.

Gut,
Und hoff', auch so in Zukunft; denn vier Schmäuse
Seh' ich im Anzug.

Pompejus.

Laß die Hand dir schütteln!
Ich war dir niemals gram; ich sah dich fechten,
Und ward mit Neid erfüllt, wie du dich hieltest.

Enobarbus.

Ich war dir nie sehr grün; doch rühmt' ich dich,
Da du noch zehnmal so viel Lob verdientest,
Als ich dir zollte.

Pompejus.

Bleib bei deiner Gradheit;
Sie steht dir wohl. — Ich lad' euch all an Bord
Meiner Galere. Wollt ihr nicht vorangehn?

4*

Cäsar. Antonius. Lepidus.

Zeig' uns den Weg.

Pompejus.

So kommt!

(Pompejus, Cäsar, Antonius, Lepidus, Soldaten und Diener gehen ab.)

Menas (ihm nachblickend, für sich).

Dein Vater, Pompejus, hätte diesen Vertrag nie geschlossen. — Wir zwei sind uns schon begegnet, Freund.

Enobarbus.

Zur See, wo mir recht ist.

Menas.

Allerdings.

Enobarbus.

Du hast dich zu Wasser gut gehalten.

Menas.

Und du zu Lande.

Enobarbus.

Ich werde jeden loben, der mich lobt; übrigens kann niemand leugnen, was ich zu Lande gethan habe.

Menas.

Noch was ich zur See.

Enobarbus.

O doch! Etwas kannst du schon um deiner eignen Sicherheit willen leugnen: du bist ein großer Dieb zur See gewesen.

Menas.

Und du zu Lande.

Enobarbus.

In dem Punkt leugne ich meinen Landdienst ab. Aber gib mir deine Hand, Menas! Wenn unsere Augen Häscher wären, könnten sie hier zwei Diebe abfassen, die sich küssen.

Menas.

Alle Leute haben ehrliche Gesichter, ihre Hände mögen sein wie sie wollen.

Enobarbus.

Aber kein schönes Weib hatte je ein ehrliches Gesicht.

Menas.

Von Rechts wegen; sie stehlen Herzen.

Enobarbus.

Wir kamen her, um mit euch zu fechten.

Menas.

Mir für mein Theil thut es leid, daß es auf ein Trinkgelage hinausläuft. Pompejus lacht sich heute um sein Glück.

Enobarbus.

Wenn er's thut, kann er's freilich nicht wieder zurückweinen.

Menas.

Ja wohl! Wir glaubten nicht, Marc Anton hier zu finden. Sag' doch, ist er mit Kleopatra vermählt?

Enobarbus.

Cäsar's Schwester heißt Octavia.

Menas.

Gewiß. Sie war das Weib des Cajus Marcellus.

Enobarbus.

Und ist jetzt das Weib des Marcus Antonius.

Menas.

Wie sagst du?

Enobarbus.

's ist sicher.

Menas.

Dann sind Cäsar und er für immer miteinander verbunden.

Enobarbus.

Wenn es meines Amts wäre, von dieser Einigkeit zu weissagen, würd' ich das nicht prophezeien.

Menas.

Ich glaube, die politischen Beweggründe haben mehr bei dieser Heirath mitgewirkt, als die Liebe auf beiden Seiten.

Enobarbus.

Das glaube ich auch. Aber du wirst's erleben: das Band, das ihre Freundschaft zu verknüpfen scheint, wird erst recht zur

Schlinge werden, ihre Verbrüderung zu erdrosseln. Octavia ist fromm, kalt und schweigsam im Umgang.

Menas.

Wer wünschte nicht, daß sein Weib so wäre!

Enobarbus.

Der nicht, der selbst nicht so ist; und das ist Marc Anton. Er wird zu seinem ägyptischen Futter zurückkehren. Dann werden Octavia's Seufzer das Feuer in Cäsar anblasen, und wie ich vorhin sagte: das, was jetzt die Stärke ihrer Freundschaft ist, wird dann gerade die Ursache ihrer Entzweiung werden. Antonius wird seiner Neigung leben, da wo sie ihn hinzieht; hier hat er nur seinen Vortheil geheirathet.

Menas.

Mag's drum sein! Komm mit mir an Bord, ich habe eine Gesundheit für dich.

Enobarbus.

Die nehm' ich an; wir haben unsere Gurgeln in Aegypten eingeübt.

Menas.

Komm, laß uns an Bord gehn.

(Beide ab.)

Siebente Scene.

An Bord von Pompejus' Galere, nahe bei Misenum.

Musik. Zwei oder drei Diener kommen mit einem Zechtisch.

Erster Diener.

Hierher kommen sie, Freundchen. Einige von ihren Fußsohlen haben schon nicht mehr festen Grund; der geringste Wind kann sie umblasen.

Zweiter Diener.

Lepidus hat einen rothen Kopf.

Erster Diener.

Den haben sie alle Neigen austrinken lassen.

Zweiter Diener.

Wenn sie sich schrauben und jeder auf die Schwächen des andern losstichelt, ruft er immer: Halt! Dann ergeben sie sich wieder dem Frieden und er dem Trinken.

Erster Diener.

Desto schlimmer wird er selbst sich mit seinen fünf Sinnen überwerfen.

Zweiter Diener.

Ja, so geht's, wenn man sich als Kamerad bei großen Männern anbiedert! Ein Rohr, das mir nichts nutzen kann, wär' mir eben so lieb, wie eine Hellebarte, die ich nicht heben könnte.

Erster Diener.

Wenn einer auf einen hohen Platz berufen ist und man sieht und hört dann weiter nichts von ihm, das ist grade wie Löcher, wo Augen sein sollten, was ein Gesicht jämmerlich entstellt.

(Ein Hornsignal ertönt. Cäsar, Antonius, Pompejus, Lepidus, Agrippa, Mäcenas, Enobarbus, Menas und andere Hauptleute treten auf.)

Antonius (zu Cäsar).

So machen sie's. Sie messen dort die Nilflut
An Pyramidenstufen. Höh' und Tiefe
Und mittler Stand zeigt an, ob Theurung folgt,
Ob Ueberfluß. Je mehr der Nil gestiegen,
Je beßre Aussicht; fällt er dann, so streut
Der Sä'mann auf den schlammigen Grund sein Korn
Und erntet bald darauf.

Lepidus.

Ihr habt seltsame Schlangen dort.

Antonius.

Ja, Lepidus.

Lepidus.

Eure ägyptische Schlange wird also aus euerm Schlamm ausgebrütet durch die Kraft eurer Sonne — und ebenso euer Krokodil?

Antonius.

So ist es.

Pompejus.

Setzt euch! — Schenkt ein! — Das Wohl des Lepidus!

Lepidus.

Mir ist nicht so wohl, wie mir sein sollte. Aber ich will nicht weg.

Enobarbus.

Nicht früher, als du einschläfst; dann, fürcht' ich, wirst du sehr weg sein.

Lepidus.

Nein im Ernst, ich habe gehört, diese ptolemäischen Pyra-mützen seien sehr hübsche Dinger; ohne Widerrede, so hab' ich gehört.

Menas (bei Seite).

Ein Wort, Pompejus.

Pompejus (bei Seite).

Sag' es mir ins Ohr;
Was ist's?

Menas (bei Seite).

Steh auf, ich bitte dich, mein Feldherr,
Und komm und hör' mich.

Pompejus.

Warte bis nachher!
Den Trunk für Lepidus!

Lepidus.

Was für 'ne Art von Ding ist euer Krokodil?

Antonius.

Es sieht aus, Herr, wie es selbst, und ist so breit, wie es Breite hat; es ist gerade so hoch, wie es ist, und bewegt sich mit seinen eigenen Gliedern; es lebt von dem, was seine Nahrung ist, und wenn es sich in seine Elemente auflöst, so begibt sich's auf die Seelenwanderung.

Lepidus.

Welche Farbe hat es?

Antonius.

Auch eben seine eigene Farbe.

Lepidus.

Es muß ein seltsamer Wurm sein.

Antonius.

Das ist es, und seine Thränen sind naß.

Cäsar.

Wird er an dieser Beschreibung genug haben?

Antonius.

Nach allem, was ihm Pompejus zugetrunken, gewiß; sonst ist
er ein wahrer Nimmersatt.

Pompejus (zu Menas bei Seite).

Geh, laß dich hängen. Schweig davon! Hinweg,
Und thu, was ich dich hieß! — Wo bleibt mein Becher?

Menas (bei Seite).

Hast du mich je erprobt, so höre mich
Und steh hier auf!

Pompejus (ihm bei Seite folgend).

Bist du denn toll? Was soll's?

Menas.

Ich diente dir in gut und bösem Glück.

Pompejus.

Du hast mir treu gedient. Was gibt's noch weiter? —
Munter, ihr Herrn!

Antonius.

Hüt' dich vor diesem Triebsand,
Freund Lepidus; du sinkst!

Menas.

Willst du der Herr der Welt sein?

Pompejus.

Mensch, was sprichst du?

Menas.

Willst du der Herr der Welt sein? Noch einmal!

Pompejus.

Wie sollte das geschehn?

Menas.

Geh darauf ein,

Und schein' ich auch nur arm, ich bin der Mann,
Die Welt dir zu verschaffen.

Pompejus.

Bist du trunken?

Menas.

O nein, dem Becher blieb ich fern, Pompejus.
Du bist, wenn du's nur wagst, der irdische Zeus.
So viel das Meer umschließt, der Himmel einfaßt,
Ist dein, wenn du nur willst!

Pompejus.

Zeig' mir den Weg!

Menas.

Die drei Welttheiler dort und Machtgenossen —
Sie sind auf deinem Schiff. Kapp' ich das Tau
Und greif' auf offner See an ihre Kehlen,
Ist alles dein!

Pompejus.

O hättest du's gethan
Und nicht gesagt! Von mir wär's Büberei,
Von dir Diensteifer nur und Treue. Merk' dir:
Mein Vortheil darf nicht meine Ehre leiten,
Ehre soll ihn regieren. Schade, daß
Dein Mund so deine That verrieth! Vollbracht
Ohne mein Wissen, hätt' ich sie hernach
Gebilligt, die ich jetzt verdammen muß.
Steh davon ab und trinke.

Menas (für sich).

Sieht es so aus,
Folg' ich nicht länger deinem blassen Glück.
Wer wünscht, und nicht, wenn sich's ihm bietet, zugreift,
Der findet's nimmermehr.

Pompejus.

Dies bring' ich Lepidus!

Antonius.

Tragt ihn ans Land! — Ich thu' für ihn Bescheid.

Enobarbus.

Hier dein Wohl, Menas!

Menas.

Recht so, Enobarbus!

Pompejus.

Schenkt ein bis an den Rand!

Enobarbus (auf den Diener zeigend, der den Lepidus fortbringt).

Der Bursch hat Kräfte, Freund.

Menas.

Wie so?

Enobarbus.

Er trägt
Den dritten Theil der Welt; Mann, siehst du's nicht?

Menas.

Dann ist ein Drittheil schwer bezecht. Ich wollt',
Die ganze wär's, so ginge sie rundum.

Enobarbus.

Trink nur, damit sie besser rollt.

Menas.

Ja, komm!

Pompejus.

Das ist noch kein ägyptisch Bacchanal.

Antonius.

Es streift schon nah daran. Stoßt an die Becher!
Dies bring' ich Cäsar.

Cäsar.

Lieber ließ' ich's sein.
Ein albernes Geschäft, sein Hirn zu waschen,
Damit es schmuzig wird!

Antonius.

Gehorch' der Stunde!

Cäsar.

Nein, sag' ich, sei ihr Meister. Lieber fast' ich
Vier Tag', als einen nur so viel zu trinken.

Enobarbus (zu Antonius).

Heda, mein tapfrer Imperator, soll'n wir
Nun die ägyptischen Bacchanalien tanzen
Zu Ehren dieses Festes?

Pompejus.

Recht, mein Kriegsmann!

Antonius.

Kommt, faßt euch alle an,
Bis Wein, der Weltbezwinger, unsre Sinne
In sanften Lethe taucht.

Enobarbus.

Schließt nun die Kette!
Bestürmt das Ohr mit schallender Musik;
Indessen ordn' ich euch. Dann singt der Knabe,
Und jeder singt den Rundreim mit, so laut
Als seine Lunge schmettern kann.

(Musik. Enobarbus stellt sie Hand in Hand zum Tanz auf.)

Gesang.

Komm, o Bacchus, Fürst des Weins;
Wessen Auge glänzt wie deins?
Sorge werd' im Faß versenkt,
Traubenkranz ums Haupt gehängt!
Chor: Trinkt, bis sich die Erde schwenkt!
Trinkt, bis sich die Erde schwenkt!

Cäsar.

Was wollt ihr mehr? — Gut' Nacht, Pompejus! — Schwager,
Ich bitte, komm jetzt; unser ernstes Amt
Zürnt diesem Leichtsinn. — Freunde, laßt uns scheiden.
Ihr seht, die Wangen glühn. Held Enobarbus
Ist schwächer als der Wein, und meine Zunge
Spaltet die Worte. Taumel macht uns alle
Zu Possenreißern. — Nichts mehr! Gute Nacht —
Wackrer Antonius, deine Hand!

Pompejus.

Ihr macht es wieder wett

Zu Land.

Antonius.

So sei's! Die Hand darauf!

Pompejus.

Antonius!

O warum haſt du meines Vaters Haus —
Doch ſtille! wir ſind Freunde. Kommt ins Boot!

Enobarbus.

Gebt Acht, daß ihr nicht fallt.

(Pompejus, Cäſar, Antonius und Diener ab.)

Ich, Menas, will

Noch nicht ans Land.

Menas.

Nein, komm in die Kajüte! —
He! Trommeln, Flöten und Trompeten! Was da!
Hör' es, Neptun, wie laut wir Abſchied nehmen
Von dieſen großen Käuzen. — Blaſt, zum Henker!
Blaſt!

(Tuſch von Trompeten und Trommeln.)

Enobarbus (ſeine Müße in die Luft werfend).

Ho, hoioh! Da fliegt die Kappe!

Menas.

Holla! —

Komm, edler Kriegsmann!

(Sie gehen.)

Dritter Aufzug.

Erste Scene.

Eine Ebene in Syrien.

Ventidius tritt auf wie nach einem Siege, mit Silius und andern
römiſchen Hauptleuten und Soldaten; der Leichnam des Pacorus
wird vor ihm hergetragen.

Ventidius.

So, Parthien, brach ich deiner Speere Kraft;
Das Glück vergönnte mir, des Craſſus Tod

Zu rächen. — Tragt des Königssohnes Leiche
Dem Heer voran! — Orodes, dein Pacorus
Büßt so für Marcus Crassus.

Silius.

Edler Ventidius,
Weil noch dein Schwert vom Partherblute raucht,
So scheuch' das flücht'ge Partherheer durch Medien,
Mesopotamien und wohin es sonst
Sich retten mag. Dann wird dein großer Feldherr
Anton dich auf den Siegeswagen setzen
Und dir das Haupt bekränzen.

Ventidius.

Guter Silius,
Ich that genug. Merk' dir's: ein Untergebner
Kann leicht zu Großes thun. Denn wisse, Silius,
Nichts thun, ist besser, als durch unsre Thaten
Zu rühmlich glänzen, wenn die Obern fern.
Cäsar und Marc Antonius siegten stets
Durch andre mehr, als in Person. Sein Hauptmann,
Sossius, der meinen Rang in Syrien hatte,
Verlor durch schnellen Wachsthum seines Ruhms,
Den er im Nu erlangte, seine Gunst.
Wer mehr im Krieg thut, als sein Feldherr kann,
Wird seines Feldherrn Feldherr, und der Ehrgeiz,
Des Kriegers Tugend, zieht dem Sieg, der ihn
Verdunkelt, Niederlagen vor. Ich könnte
Noch mehr thun, was Antonius Vortheil brächte,
Doch würd's ihn kränken, und in seiner Kränkung
Verschwände mein Verdienst.

Silius.

Du hast, Ventidius,
Das, ohne was ein Krieger und sein Schwert
Sich kaum noch unterscheiden. Schreibst du an Anton?

Ventidius.

Bescheiden meld' ich, was durch seinen Namen,
Dies magische Feldgeschrei, uns hier gelang,
Wie sein Panier, sein wohlbesoldet Heer
Die nie zuvor besiegten Partherrosse
In wilde Flucht gejagt.

Dritter Aufzug. Zweite Scene.

Silius.

Wo steht er jetzt?

Ventidius.

Er wollte nach Athen; dort treffen wir,
So rasch als unser schwerer Zug erlaubt,
Noch vor ihm ein. Nun vorwärts! Zieht vorüber!

(Alle ab.)

Zweite Scene.

Rom. Ein Vorzimmer in Cäsar's Hause.

Agrippa und **Enobarbus** (begegnen sich).

Agrippa.

Wie, haben sich die Schwäger schon getrennt?

Enobarbus.

Sie schlossen mit Pompejus ab. Er ging,
Die andern unterzeichnen noch. Octavia
Weint, daß es fortgeht. Cäsar ist betrübt,
Lepidus hat — sagt Menas — Katzenjammer
Seit jenem Fest.

Agrippa.

Ein edler Lepidus!

Enobarbus.

Ein wahrer Ausbund! Und wie liebt er Cäsar!

Agrippa.

Und wie verehrt er zärtlichst Marc Anton!

Enobarbus.

Cäsar? Der ist der Jupiter der Menschen.

Agrippa.

Und Marc Anton? Der Gott des Jupiter.

Enobarbus.

Sprachst du von Cäsar? Ha, der Unerreichte!

Agrippa.

O Marc Anton, du Phönix von Arabien!

Enobarbus.

Willst du den Cäsar loben, sag' nur: „Cäsar!"

Agrippa.

Traun, beide hat er trefflich eingeräuchert.

Enobarbus.

Doch Cäsar liebt er mehr; — nein, auch Anton.
Nicht Herz, Mund, Ziffer, Schreiber, Sänger, Dichter
Denkt, spricht, berechnet, schreibt, singt oder reimt,
Was ihm Antonius ist. Doch Cäsar erst —
Kniet nieder, kniet und staunt!

Agrippa.

Er schwärmt für beide.

Enobarbus.

Die zwei sind dieses Käfers Flügeldecken.

(Trompeten.)

Hörst du? Das heißt: zu Pferd! Leb' wohl, Agrippa!

Agrippa.

Viel Glück, mein werther Krieger, und leb' wohl!

(Cäsar, Antonius, Lepidus und Octavia treten auf.)

Antonius.

Nicht weiter!

Cäsar.

Du nimmst ein groß Stück meiner selbst mit fort;
Zeig' ihm, was ich dir bin. — Du, meine Schwester,
Sei solch ein Weib, wie ich im Geist dich sehe
Und mit dem höchsten Pfand verbürgen will.
Mein edler Marc Anton,
Laß nicht dies Tugendbildniß, das so recht
Als Mörtel zwischen uns den Bau der Liebe
Befest'gen soll, zum Mauerbrecher werden,
Ihr Bollwerk zu zertrümmern; besser stünd's
Um unsre Freundschaft ohne sie, dafern sie
Nicht beiden theuer bleibt.

Antonius.

Willst du mich kränken
Durch Mißtraun?

Cäsar.

Nun genug.

Antonius.

So scharf du prüfst,
Nie sollst du nur die kleinste Ursach' finden
Zu solchem Argwohn. Schützen dich die Götter
Und halten dir der Römer Herz geneigt!
Wir scheiden hier.

Cäsar.

Leb' wohl, geliebte Schwester, lebe wohl!
Die Elemente sei'n dir hold und stimmen
Zur Freude dein Gemüth! Gehab' dich wohl!

Octavia.

Mein edler Bruder! —

Antonius.

April steht ihr im Aug', und diese Schauer
Bedeuten Liebesfrühling. Herz, sei fröhlich!

Octavia.

Sorge für meines Gatten Haus, und —

Cäsar.

Was,
Octavia?

Octavia.

Komm, ich sage dir's ins Ohr.

Antonius (auf Octavia blickend).

Nicht will die Zunge mehr dem Herzen folgen,
Das Herz sie nicht mehr lenken, wie bei Hochflut
Ein Schwanenflaum im Wasser stille steht
Und nirgend hin sich neigt.

Enobarbus (bei Seite zu Agrippa).

Weint Cäsar wol?

Agrippa.

Hm! Eine Wolke steht
Auf seiner Stirn.

Enobarbus.

Das würd' ein Pferd entstellen,
Nun vollends einen Mann!

Agrippa.

Ei, Enobarbus,
Als Marc Anton vor Cäsar's Leiche trat,
Da brüllt er fast vor Jammer, und so weint' er
Auch bei Philippi über Brutus' Tod.

Enobarbus.

In jenem Jahre plagt' ihn wol der Schnupfen.
Bejammern, was er selbst gestürzt? Das glaube,
Wenn du mich weinen siehst!

Cäsar.

Nein, süße Schwester,
Du hörst von mir; dein Angedenken wird
Zu keiner Zeit mir schwinden.

Antonius (zu Cäsar).

Komm nun, komm!
Ich will mit dir an Liebeskraft mich messen.
So halt' ich dich — und so geb' ich dich hin
In gnäd'ger Götter Hand!

Cäsar.

Lebt wohl! Seid glücklich!

Lepidus.

Das ganze Heer der Sterne sende Licht
Auf euren Glückspfad!

Cäsar (Octavia umarmend).

Lebe wohl!

Antonius.

Leb' wohl!

(Trompetenfanfare. Alle ab.)

Dritte Scene.

Alexandria. Ein Zimmer im Palast.

Kleopatra, Charmian, Iras und Alexas (treten auf).

Kleopatra.

Wo ist der Mensch?

Alexas.

Er zittert, dir zu nahn.

Kleopatra.

Ei was! —

(Der Bote tritt auf.)

Komm näher, Freund!

Alexas.

Erhabne Frau,
Herodes von Judäa scheut dein Auge,
Wenn du nicht freundlich bist.

Kleopatra.

Herodes' Haupt
Soll man mir schaffen. Doch wem trag' ich's auf,
Da Marc Anton nicht da ist? — Komm nur näher!

Bote.

O gnäd'ge Majestät —

Kleopatra.

Sahst du Octavia?

Bote.

Ja, hehre Königin.

Kleopatra.

Wo war's?

Bote.

In Rom,
Gebieterin; ich konnt' ihr ins Gesicht sehn.
Ihr Bruder führte sie und Marc Anton.

Kleopatra.

Ist sie so groß wie ich?

5*

Bote.

Nein, gnäd'ge Fürstin.

Kleopatra.

Hört'st du sie sprechen? Sag', ob hell, ob tief?

Bote.

Ich hörte sie; sie spricht mit tiefer Stimme.

Kleopatra.

Das klingt nicht gut; lang' kann er sie nicht lieben.

Charmian.

Sie lieben? Nein, bei Isis, nie und nimmer!

Kleopatra.

So denk' ich auch. Zwerghaft, mit dumpfer Stimme! —
Ist Majestät in ihrem Gang? Besinn' dich,
Wenn je du Majestät gesehn.

Bote.

   Sie schleicht;
Ruh' und Bewegung sehn bei ihr sich gleich.
Sie scheint ein todter Körper, nichts Lebend'ges,
Ein Bild mehr, als beseelt.

Kleopatra.

  Ist das gewiß?

Bote.

So wahr ich Augen habe.

Charmian.

  Drei Aegypter
Sehn nicht so klar wie er.

Kleopatra.

  Er weiß Bescheid,
Das merk' ich wol. — An ihr ist wirklich nichts. —
Der Mensch ist sehr gescheit.

Charmian.

Ganz ungemein.

Kleopatra.

Nun, bitte, schätze mir ihr Alter.

Bote.

Herrin,

Sie war schon Witwe.

Kleopatra.

Witwe? — Hörst du, Charmian?

Bote.

Ich denke, sie ist dreißig.

Kleopatra.

Und ihr Gesicht? Ist's länglich oder rund?

Bote.

Rund bis zum Uebermaß.

Kleopatra.

Ein solch Gesicht
Ist meistens auch ein Zeichen großer Einfalt. —
Ihr Haar, von welcher Farbe?

Bote.

Braun, Königin, und ihre Stirn so niedrig,
Als sie nur wünschen mag.

Kleopatra.

Nimm, hier ist Gold!
Trag' mir die Barschheit von vorhin nicht nach.
Du reisest gleich zurück; ich finde dich
Sehr brauchbar in Geschäften. Mach' dich fertig;
Die Briefe sind bereit.

(Bote ab.)

Charmian.

Ein art'ger Mann.

Kleopatra.

Ja, in der That; es thut mir wirklich leid,
Daß ich so hart ihn anließ. Nun, nach ihm
Ist dies Geschöpf so weit nicht her.

Charmian.

Durchaus nicht.

Kleopatra.

Er sah doch Majestät und muß sie kennen.

Charmian.

Ob der schon Majestät gesehn? Bei Isis!
So lang' in deinem Dienst!

Kleopatra.

Ich muß ihn Eins noch fragen, gute Charmian;
Doch eilt es nicht; du bringst ihn dann zu mir,
Da wo ich schreibe. Alles mag noch gut gehn.

Charmian.

Ja, Herrin, ganz gewiß.

(Sie gehen.)

Vierte Scene.

Athen.   Ein Zimmer in Antonius' Hause.

Antonius und Octavia (treten auf).

Antonius.

Nein, nein, Octavia, 's ist nicht das allein.
Das wär' verzeihlich, das und tausend Dinge
Von ähnlichem Gewicht; doch mit Pompejus
Begann er neuen Krieg und las dem Volk
Sein Testament vor,
Sprach kaum von mir, und mußt' er mich durchaus
Rühmlich erwähnen, that er's kalt und matt
Und maß mir immer mit dem knappsten Maß;
Bot sich der beste Anlaß, schwieg er, oder
Sprach nicht von Herzen.

Octavia.

                        O mein theurer Herr,
Glaub' doch nicht alles, oder mußt du glauben,
Nimm alles nicht so schwer. Entzweit ihr euch,
Stand nie ein Weib unglücklicher dazwischen,
Für beide betend.
Den Hohn der Götter fordr' ich jetzt heraus,
Bet' ich: „O segnet meinen Herrn und Gatten!"
Und widerruf' es dann, gleich brünstig flehend:

„O segnet meinen Bruder!" Welch Gebet auch
Erhört wird, Jammer trifft die Beterin;
Da bleibt kein Mittelweg.

Antonius.

Holde Octavia,
Die beste Liebe wende dahin, wo
Ihr bester Schutz ist. Komm' ich um die Ehre,
So komm' ich um mich selbst; ich wäre lieber
Nicht dein, als dein so schmucklos. Doch du wünschest
Die Mittlerin zu machen; geh, versuch's!
Indessen rüst' ich einen Krieg, der Schmach
Auf deinen Bruder häufen soll. Geh eiligst,
So wird dir, was du wünschest.

Octavia.

Dank dir, mein Gatte! Möchte doch der Gott
Der Macht mich schwaches, schwaches Weib erwählen
Euch zur Versöhnerin. Krieg zwischen euch —
Das wär', als ob die Welt sich spalten sollt'
Und Leichen füllen bis zum Rand die Kluft.

Antonius.

Wenn es dir klar wird, wo der Zwist entsprang,
Lenk' deinen Unmuth dorthin. Unsre Schuld
Kann nie so gleich sein, daß du deine Liebe
Gleichmäßig theilen dürftest. Mach' dich fertig
Und wähle dein Geleit mit so viel Aufwand,
Als irgend dir beliebt!

(Gehen ab.)

Fünfte Scene.

Ebendaselbst. Ein anderes Zimmer.

Enobarbus und **Eros** (begegnen einander).

Enobarbus.

Was gibt's, Freund Eros?

Eros.

Es sind seltsame Neuigkeiten gekommen.

Enobarbus.

Zum Beispiel?

Eros.

Cäsar und Lepidus haben mit Pompejus Krieg angefangen.

Enobarbus.

Das ist schon alt. Aber der Ausgang?

Eros.

Cäsar, der ihn in den Feldzügen gegen Pompejus gebraucht hat, will ihm nun die Genossenschaft nicht mehr zugestehen, noch den Ruhm des Kriegs mit ihm theilen; und damit nicht genug, klagt er ihn noch an wegen gewisser Briefe, die er früher an Pompejus geschrieben; auf diese seine eigene Beschuldigung hin nimmt er ihn fest. So sitzt nun der arme Dritte fest, bis der Tod sein Gefängniß öffnet.

Enobarbus.

Dann, Welt, hast du nur zwei Kinnladen noch;
Wirf all dein Futter zwischen sie — sie werden
Sich endlich selbst zermalmen. — Wo ist Marc Anton?

Eros.

Er wandelt durch den Garten — so! — und stößt
Die Binsen vor sich her, ruft: Lepidus,
Du Tropf! — und droht, den Mörder des Pompejus
Zu hängen.

Enobarbus.

Unsre große Flott' ist fertig.

Eros.

Gen Cäsar und Italien. Hör', Domitius,
Mein Herr verlangt dich; meine Neuigkeiten
Konnt' ich dir später sagen.

Enobarbus.

's wird nichts sein.
Doch meinetwegen, bring mich zu Anton.

Eros.

So komm!

(Sie gehen.)

Sechste Scene.

Rom   Ein Zimmer in Cäsar's Hause.

Cäsar, Agrippa und Mäcenas (treten auf).

Cäsar (einen Brief in der Hand).

Dies alles that er, weil er Rom verachtet.
Und mehr: In Alexandria — hier steht's —
Thront' er auf offnem Markt vor allem Volk
Auf silbernem Gerüst und goldnem Thron
Neben Kleopatra; zu ihren Füßen
Cäsarion, der für meines Vaters Sohn gilt,
Und all die Bastardbrut, die ihrer Buhlschaft
Seitdem entsprungen ist. Da gab er ihr
Die Herrschaft von Aegypten und das Reich
Von Niedersyrien, Cypern, Lydien
Mit unumschränkter Macht.

Mäcenas.

Vor allem Volk?

Cäsar.

Auf offner Bühne, wo sie spielen, macht' er
Zu Kön'gen über Kön'ge seine Söhne;
Großmedien, Parthien und Armenien gab er
An Alexander; Ptolemäus fiel
Syrien, Cilicien und Phönizien zu.
Sie war an jenem Tag als Göttin Isis
Gekleidet, wie sie oft erscheinen soll,
Wenn sie Empfang hält.

Mäcenas.

Sprengt das aus in Rom!

Agrippa.

Die Stadt, schon längst verstimmt durch seinen Hochmuth,
Wird ihre gute Meinung ihm entziehn.

Cäsar.

Das Volk erfuhr es und empfing zugleich
Auch seine Klagen.

Agrippa.

Wen hat er beschuldigt?

Cäsar.

Cäsar. Wir hätten, als wir dem Pompejus
Sicilien nahmen, seinen Antheil ihm
Nicht zugetheilt; gelieh'ne Schiffe hätt' ich
Ihm nicht zurückgeliefert; endlich zürnt er,
Daß Lepidus wir vom Triumvirat
Entsetzt und demgemäß auf sein Vermögen
Beschlag gelegt.

Agrippa.

Herr, das verdient Erwidrung.

Cäsar.

Sie ward schon abgefaßt und fortgesendet.
Ich hab' erwähnt, wie Lepidus sein Ansehn
Mißbraucht und sich in Grausamkeit gefallen,
Somit sein Amt verwirkt hat; theilen würd' ich,
Was ich erobert, wenn er in Armenien
Und andern Reichen, die er eingenommen,
Mir Gleiches zugestünd'.

Mäcenas.

Er wird sich hüten.

Cäsar.

So hüten wir uns auch, ihm zu willfahren.

Octavia (kommt mit ihrem Gefolge).

Heil Cäsar, meinem Herrn! Heil, theurer Cäsar!

Cäsar.

Arme Verstoßne! O daß ich dich je
So nennen mußte!

Octavia.

So nanntest du mich nie, noch hast du Grund.

Cäsar.

Warum denn stahlst du dich hierher? Du kommst nicht
Wie Cäsar's Schwester. Marc Anton's Gemahlin
Sollt' ihre Ankunft durch ein Heer uns melden,
Wiehernde Rosse ihren Zug verkünden,
Lang', eh' sie naht; die Bäum' am Wege sollten

Von Menschen wimmeln, Schaulust bis zur Ohnmacht
Nach ihrer Ankunft schmachten, ja der Staub,
Von tausend Gaffern aufgewühlt, zur Wölbung
Des Himmels steigen. Doch du kamst nach Rom
Wie eine Marktfrau und vereiteltest
Den Festprunk unsrer Liebe; nicht gezeigt,
Wird Liebe nicht bewährt. Wir mußten dich
Zu Land und Meer einholen, Schritt für Schritt
Mit größrer Pracht dich grüßen.

Octavia.

Theurer Herr,
Es zwang mich niemand, so zu kommen; nur
Mein freier Wille war's. Anton, mein Gatte,
Von deiner Rüstung hörend, theilte mir
Die schlimme Botschaft mit; sofort begehrt' ich
Urlaub zur Heimkehr.

Cäsar.

Den er gern gewährte,
Da seiner Lust nun jeder Zügel schwand.

Octavia.

O sprich nicht so!

Cäsar.

Ich hab' ihn stets im Auge,
Und was er vorhat, trägt der Wind mir zu.
Wo weilt er jetzt?

Octavia.

Noch in Athen, mein Bruder.

Cäsar.

Nein, ärmste Schwester! Schon zurückgewinkt
Hat ihn Kleopatra. Er gab sein Reich
An eine Metze, und sie werben nun
Der Erde Kön'ge für den Krieg. Zu ihnen
Steht Bocchus, Libyens König; Archelaus
Von Kappadocien; Philadelphus, König
Von Paphlagonien; Thraciens Fürst, Adallas;
Malchus, Arabiens König; der von Pontus;
Herodes von Judäa; Mithridates
Von Comagene; Polemon und Amintas
Von Lykaonien, und der Meder Kön'ge
Und noch viel andre Scepterträger.

Octavia.

Weh mir,
Daß zwei der Nächsten in mein Herz sich theilten,
Die sich so schwer befehden!

Cäsar.

Sei willkommen!
Nur deine Briefe hemmten noch den Ausbruch,
Bis wir zugleich erkannt, wie man dich täuschte
Und Zögern uns gefährde. Nur getrost!
Die Zeit, die deinen Frieden jetzt erschüttert
Mit herber Drangsal, fechte dich nicht an;
Laß das Verhängniß seinen Weg erfüllen
Und klage nicht! Sei mir gegrüßt in Rom,
Du, theurer mir als alles! Ja, es ward
Maßlos an dir gefrevelt; doch die Götter
Erwählten uns und alle, die dich lieben,
Dir Sühne zu verschaffen. Tröste dich,
Und nochmals, sei gegrüßt!

Agrippa.

Willkommen, Herrin!

Mäcenas.

Willkommen, theure Frau!
Ein jedes Herz in Rom liebt und beklagt dich.
Nur Marc Anton, der schnöde Ehebrecher,
Der Ausbund aller Schändlichkeit, verstößt dich
Und schenkt sein herrschend Ansehn einem Buhlweib,
Das lostobt gegen uns.

Octavia.

Herr, ist das wahr?

Cäsar.

Nur allzu wahr. Willkommen, Schwester. Bitte,
Bleib nur geduldig! — Meine theure Schwester!

(Alle ab.)

Siebente Scene.

Antonius' Lager nahe beim Vorgebirge Actium.

Kleopatra und Enobarbus (treten auf).

Kleopatra.

Das wird dir nicht geschenkt, verlaß dich drauf!

Enobarbus.

Doch was, was, was?

Kleopatra.

Du warst dagegen, daß ich mit zu Feld zog;
Es schicke sich nicht wohl.

Enobarbus.

Nun, schickt sich's? schickt sich's?

Kleopatra.

Uns ward der Krieg erklärt; wie dürften wir
Nicht selbst dabei sein?

Enobarbus (bei Seite).

Hm! Ich könnt' erwidern:
Wenn wir mit Stut' und Hengst zu Felde zögen,
So sei der Hengst zu viel; die Stute trüge
Den Reiter und sein Roß.

Kleopatra.

Was murmelst du?

Enobarbus.

Dein Hiersein muß Antonius irre machen
Und ihm an Herz und Hirn und Zeit entwenden,
Was er nicht übrig hat. Schon hat man ihn
Verschrien um Leichtsinn, und in Rom erzählt man,
Photin und ein Eunuch und deine Zofen
Befehligten den Krieg.

Kleopatra.

Fluch Rom! Die Zunge,
Die dort uns schmäht, verdorre! Mir gebeut
Die Pflicht als Haupt des Reichs, mich auch im Krieg

Als Mann zu zeigen.   Rede nicht dagegen!
Ich bleibe nicht zurück.

Enobarbus.

Nun, ich bin fertig.
Hier kommt der Imperator.

(**Antonius** und **Canidius** treten auf.)

Antonius.

Ist's nicht seltsam,
Canidius, von Tarent um und Brundusium
So rasch die ionische Meerflut zu durchschneiden
Und Toryn zu erobern? — Hörtest du's,
Geliebte?

Kleopatra.

Niemand preist die Raschheit mehr,
Als wer zu säumen pflegt.

Antonius.

Ein guter Vorwurf,
Wie er dem besten Mann wohl anstehn möchte,
Nachlässigkeit zu geiseln. — Wir, Canidius,
Begegnen ihm zur See.

Kleopatra.

Zur See! Wo anders?

Canidius.

Herr, warum dort?

Antonius.

Dort bietet er uns Schlacht.

Enobarbus.

So bot mein Herr auch ihm den Zweikampf an.

Canidius.

Ja, um ihn bei Pharsalus auszufechten,
Wo Cäsar mit Pompejus focht; dies hat er,
Als ihm nicht vortheilhaft, dir ausgeschlagen;
So thu auch du.

Enobarbus.

Die Flott' ist schlecht bemannt,
Statt Seesoldaten Bauern, Maulthiertreiber,
Landvolk, in Eil' gepreßt; auf Cäsar's Flotte
Dient Mannschaft, die schon mit Pompejus focht;

Er hat die leichtern Schiffe. Niemand wird
Dich tadeln, wenn du ihn zur See vermeidest
Und ihn zu Land empfängst.

Antonius.

Zur See, zur See!

Enobarbus.

Mein edler Feldherr, so verzichtest du
Auf deine Meisterfeldherrnschaft im Landkrieg,
Theilst deine Truppen, die zumeist bestehn
Aus kriegserprobtem Fußvolk; müßig bleibt
Dein eigner Schatz an hochberühmter Kriegskunst,
Und statt den Weg zu gehn, der sicher scheint,
Wirfst du dich selbst dem Zufall in den Arm
Und ungewissem Glück.

Antonius.

Ich will den Seekampf.

Kleopatra.

Ich habe sechzig Segel, wie sie Cäsar
Nicht besser hat.

Antonius.

Die überzähl'gen Schiffe
Verbrennen wir, der Rest wird voll bemannt.
Mit ihnen, auf der Höh' von Actium,
Begegn' ich Cäsar. Schlägt es fehl, nun dann
Versucht man's noch einmal zu Land.

(Ein Bote tritt auf.)

Was bringst du?

Bote.

Herr, es ist zuverlässig; man erkannt' ihn.
Cäsar nahm Toryn ein.

Antonius.

Kann er persönlich dort sein? 's ist unmöglich;
Schon Wunder, wenn's sein Heer erreicht. — Canidius,
Dir geb' ich meine neunzehn Landlegionen
Sammt den zwölftausend Pferden. — Nun an Bord!

(Ein Soldat tritt auf.)

Komm, meine Thetis! — Nun, mein braver Kriegsmann?

Soldat.

O edler Feldherr, kämpfe nicht zur See,
Trau' doch den morschen Planken nicht! Mistraust du
Hier diesem Schwert und diesen meinen Wunden?
Laß die Aegypter und Phönizier tauchen;
Wir sind gewohnt, auf festem Grund zu siegen,
Zu fechten Fuß an Fuß.

Antonius.

　　　　　Schon gut! Hinweg!

(Antonius, Kleopatra und Enobarbus gehen ab.)

Soldat.

Beim Hercules, mich dünkt, ich habe recht.

Canidius.

Das hast du, Mann. Doch nicht ganz richtig steht's
Mit diesem ganzen Krieg. Man lenkt den Lenker,
Und wir sind Weiberknechte.

Soldat.

　　　　　　Du bleibst am Land
Mit den Legionen und den Reitern; nicht?

Canidius.

Marcus Octavius und Marcus Justejus,
Publicola und Cälius gehn in See.
Wir bleiben all' am Land. Die Eile Cäsar's
Geht über allen Glauben.

Soldat.

　　　　　　Seine Truppen
Sind so vereinzelt ausgerückt aus Rom,
Daß es geheim blieb.

Canidius.

　　　　Wer führt unter ihm?

Soldat.

Ein Taurus, wie man sagt.

Canidius.

　　　　Den kenn' ich wohl.

(Ein Bote tritt auf.)

Bote.

Der Imperator läßt Canidius rufen.

Canidius.

Mit Neuigkeiten kreißt die Zeit und stündlich
Bringt sie ein paar zur Welt.

(Alle ab.)

Achte Scene.

Ebene bei Actium.

Cäsar, Taurus, Hauptleute und andere (treten auf).

Cäsar.

Taurus!

Taurus.

Herr!

Cäsar.

Schlage keine Landschlacht! Bleib
Gesammelt, bis wir fertig sind zur See.
Handle genau nach Vorschrift dieser Rolle;
Auf diesem Wurf steht unser Glück.

(Alle ab.)

(Antonius und Enobarbus treten auf.)

Antonius.

Jenseit des Hügels stellt die Truppen auf,
Genüber Cäsar's Heer; von jenem Platz
Läßt sich die Zahl der Schiffe überschaun
Und danach handeln.

(Gehen ab.)

(Canidius tritt auf und zieht mit seinem Landheer über die Bühne. Darauf kommt
in der entgegengesetzten Richtung Taurus, Cäsar's Unterfeldherr. Nachdem sie ab-
gegangen, hört man den Lärm einer Seeschlacht.)
(Schlachtruf.)

Enobarbus (tritt wieder auf).

Schmach, Schmach, o Schmach! Ich kann's nicht länger sehn.
Die Antoniad', Aegyptens Admiralschiff,
Kehrt um sammt allen sechzigen und flieht.
Es macht mein Auge krank!

Scarus (tritt auf).

Götter und Göttinnen
Und all ihr hoher Rath!

Enobarbus.

Was jammerst du?

Scarus.

Das größre Stück der Welt so zu verscherzen
Durch puren Unverstand! Wir küßten uns
Um Länder und Provinzen.

Enobarbus.

Wie sieht's aus?

Scarus.

Auf unsrer Seite wie die fleck'ge Pest,
Die sichern Tod bringt. Die ägyptische Schandmähr' —
Der Aussatz treffe sie! — mitten in der Schlacht,
Als Vortheil wie ein Zwillingspaar erschien,
Ganz gleich, der ältre eh' auf unsrer Seite: —
Wie eine bremsentolle Kuh im Juni,
Hißt sie die Segel auf und flieht.

Enobarbus.

Das sah ich;
Die Augen griff mir's an, ich konnt's nicht länger
Ertragen.

Scarus.

Kaum war sie am Wind, so läßt
Das edle Wrack von ihres Zaubers Gnaden,
Anton, die Schlacht im Stich und fliegt ihr nach,
Die Schwinge blähend, wie ein brünst'ger Entrich.
Nie sah ich eine That so voller Schande;
Erfahrung, Mannheit, Ehre haben nie
So schimpflich sich befleckt.

Enobarbus.

O Jammer, Jammer!

Canidius (tritt auf).

Zur See geht unserm Glück der Athem aus;
Hin sinkt es jämmerlich. Wär' unser Feldherr
Sich treu geblieben, ging noch alles gut.

Doch ganz handgreiflich gab er uns das Beispiel,
Zu fliehn, durch seine Flucht.

Enobarbus (für sich).

Seid ihr so weit schon?
Dann freilich gute Nacht!

Canidius.

Sie flohen zum Peloponnes.

Scarus.

Dahin
Gelangt man leicht. Dort will auch ich erwarten,
Was weiter folgt.

Canidius.

Ich überliefre Cäsarn
Mein Fußvolk sammt den Reitern; schon sechs Kön'gen
Konnt' ich es absehn, wie man sich ergibt.

Enobarbus.

Ich folge noch dem wunden Glück Anton's,
Schickt mein Verstand auch Gegenwind.

(Gehen ab.)

Neunte Scene.

Alexandria.   Ein Zimmer im Palast.

Antonius tritt auf, mit Gefolge.

Antonius.

Hört ihr? Der Boden ruft: „Tritt mich nicht mehr!"
Er schämt sich, mich zu tragen. — Freunde, kommt!
Ich bin so sehr verspätet in der Welt,
Nie find' ich mehr den Weg. Ich hab' ein Schiff,
Mit Gold beladen; nehmt das, theilt's und flieht
Und söhnt euch aus mit Cäsar.

Alle.

Fliehn? O nimmer!

Antonius.

Floh ich nicht selbst und lehrte Memmen fliehn
Und ihren Rücken zeigen? — Freunde, geht!
Ich selber bin zu einer Fahrt entschlossen,
Bei der ich eurer nicht bedarf. Geht! geht!
Im Hafen liegt mein Schatz, den theilt euch. — O,
Ich folgte dem, was ich zu schaun erröthe!
Mein Haar sogar empört sich; denn das weiße
Schilt, daß das braune hitzig war, und dieses
Nennt jenes feig und kindisch. Freunde, geht!
Ich geb' euch Briefe mit an ein'ge Freunde,
Die soll'n den Weg euch bahnen. Blickt nicht traurig
Und sträubt euch weiter nicht. Befolgt den Wink,
Den ein Verzweifelter euch gibt: verlassen
Sei, was sich selbst verläßt! Rasch nach der Küste!
Ihr sollt mein Schiff und meinen Schatz besitzen.
Doch, bitte, laßt mich jetzt allein! Ich bitt' euch,
Thut's; denn fürwahr — ich kann nicht mehr befehlen,
Drum bitt' ich nur. Gleich werd' ich bei euch sein.

(Er setzt sich nieder.)

(Eros kommt, dann Kleopatra, von Charmian und Iras geführt.)

Eros.

Nein, gnäd'ge Fürstin, geh zu ihm und tröst' ihn!

Iras.

Thu's, theure Kön'gin!

Charmian.

Thu's; was kannst du sonst?

Kleopatra.

Laßt mich hier niedersitzen. O Juno!

Antonius (für sich brütend, ohne auf Kleopatra zu achten).

Nein, nein, nein, nein, nein!

Eros.

Siehst du, wer hier ist, Herr?

Antonius.

O pfui, pfui, pfui!

Charmian.

Herrin!

Iras.

O güt'ge Königin!

Eros (zu Antonius).

Herr — Herr!

Antonius (wie abwesend).

Ja freilich, Herr! Er führte bei Philippi
Sein Schwert nur wie ein Tänzer, während ich
Den Cassius schlug, den hagern Murrkopf. Ich
Hab' mit dem tollen Brutus aufgeräumt;
Er siegte nur durch andre, blieb ein Neuling
Im tapfern Feld der Schlacht. Doch jetzt — gleichviel!

Kleopatra.

Ach, geht beiseit!

Eros.

Die Kön'gin, Herr, die Kön'gin!

Iras.

Geh zu ihm, Herrin; sprich mit ihm!
Er ist ganz außer sich vor Reu' und Scham.

Kleopatra.

Nun wohl denn — euren Arm! — O!

Eros.

Erhabenster, steh auf; die Kön'gin naht,
Gesenkten Haupts. Ihr ist zum Sterben weh;
Dein Trost nur kann sie heilen.

Antonius.

Ich habe meinen Ruf geschändet;
Erbärmlich, so zu fliehn!

Eros.

Die Kön'gin, Herr!

Antonius.

O, wohin hast du mich gebracht, Aegypten!
Sieh, wie ich meine Scham dir bergen möchte,
Indem ich denke meines alten Ruhms,
Den Schande nun zernagt!

Kleopatra.

O theurer Herr!
Vergib mir meine bange Flucht! Wie dacht' ich,
Du könntest folgen!

Antonius.

Weib, du wußtest wohl,
Mein Herz war an dein Ruder festgebunden
Und ward dir nachgeschleift. Zu gut nur kanntest
Du deine Herrschaft über mich und wußtest,
Daß mich dein Wink selbst dem Gebot der Götter
Zum Trotz regiert.

Kleopatra.

Vergib mir!

Antonius.

Nun in Demuth
Muß ich dem jungen Mann Versöhnung bieten,
Mich drehn und winden in gemeinen Ränken,
Ich, der den halben Weltball spielend wog,
Schicksale schuf und niedertrat. Du wußtest,
Wie du mich unterjocht, und daß mein Schwert,
Entmannt durch meine Liebe, blindlings dir
Gehorchen würde.

Kleopatra.

O vergib, vergib!

Antonius.

Nein, keine Thräne, sag' ich! Eine schon
Wiegt den Verlust mir auf. Komm, küsse mich!
Schon dies ist mir Ersatz. Ist unser Lehrer,
Den wir entsandt, zurück? — Herz, mir ist bleiern schwer. —
Wein, ihr da, und das Mahl! — Das Glück soll sehn,
Daß wir, je mehr es stürmt, je trotz'ger stehn.

(Alle ab.)

Zehnte Scene.

Cäsar's Lager in Aegypten.

Cäsar, Dolabella, Thyreus und andere (treten auf).

Cäsar.

Man bringe mir den Boten des Antonius.
Kennst du ihn?

Dolabella.

        's ist der Lehrer seiner Kinder.
Wie muß er kahlgerupft sein, daß er dir
Solch dürft'ge Feder seiner Schwinge sendet,
Er, der vor wenig Monden Könige noch
Als Boten schickte.

(Euphronius tritt auf.)

Cäsar.

        Tritt heran und sprich!

Euphronius.

So wie ich bin, komm' ich von Marc Anton.
Ich war noch jüngst so winzig ihm genüber,
Wie Morgenthau auf einem Myrtenblatt,
Verglichen mit dem Meer.

Cäsar.

        Schon gut! Dein Auftrag?

Euphronius.

Er grüßt dich, seines Schicksals Herrn, und bittet,
Aegypten ihm zu lassen; wird ihm dies
Versagt, beschränkt er sein Gesuch und wünscht
Nur still zu athmen zwischen Erd' und Himmel,
Als Bürger in Athen. So viel von ihm.
Kleopatra beugt sich vor deiner Größe
Und fleht, sich unterwerfend deiner Macht,
Für ihre Kinder um der Ptolemäer
Kronreif, aus Gnaden.

Cäsar.

        Was Anton betrifft,
Für seine Bitte bin ich taub. Der Kön'gin

Gönn' ich Gehör und thue, was sie wünscht,
Wenn sie den schmachbefleckten Buhlen aus
Aegypten forttreibt oder hier ihn tödtet.
Nur dann wird sie erhört. Dies ihnen beiden!

Euphronius.

Glück sei mit dir!

Cäsar.

　　　Man führ' ihn durch das Heer.

(Euphronius ab. — Cäsar zu Thyreus:)

Nun eil' und zeige deine Redekunst;
Gewinn' ihm seine Kön'gin ab; versprich
In unserm Namen, was sie nur begehrt,
Und biet' ihr, was dir einfällt. Weiber sind
Schon schwach im besten Glück, doch Noth verführt
Selbst der Vestalin Tugend. Handle klug,
Thyreus, und selbst bestimme dann den Preis
Für deine Müh'. Ich zahl' ihn.

Thyreus.

　　　　　Herr, ich gehe.

Cäsar.

Beachte, wie Anton den Stoß erträgt
Und was aus seiner ganzen Haltung spricht,
Bei allem, was er thut.

Thyreus.

　　　Das will ich, Cäsar.

(Alle ab.)

Elfte Scene.

Alexandria.　Ein Zimmer im Palast.

Kleopatra, Enobarbus, Charmian und Iras (treten auf).

Kleopatra.

Was soll'n wir thun, Enobarbus?

Enobarbus.

　　　Denk, und stirb!

Kleopatra.

Hat dies Antonius, haben wir's verschuldet?

Enobarbus.

Anton allein; er machte sein Gelüst
Zum Meister der Vernunft. Wenn du auch flohst
Vorm grausen Bild des Krieges, dessen Schlachtreihn
Einander dräuten, warum mußt' er folgen?
So durfte sein verliebter Kitzel nicht
Mit seiner Würde spielen, in der Stunde,
Da sich die Welt getheilt entgegenstand
Und alles nur um ihn. O, eine Schmach war's,
So groß wie sein Verlust, dir nachzujagen,
Daß seiner Flotte nur das Nachsehn blieb!

Kleopatra.

Ich bitt' dich, schweig.

(Antonius tritt auf mit Euphronius.)

Antonius.

Das seine Antwort?

Euphronius.

Ja, Herr.

Antonius.

Er will der Königin Gunst erweisen, wenn
Sie uns verräth?

Euphronius.

So sagt' er.

Antonius.

Meld' es ihr! —
(Zu Kleopatra.)
Dies graue Haupt send' an den Knaben Cäsar,
Und deine Wünsche füllt er bis zum Rand
Mit Fürstenthümern.

Kleopatra.

Theurer Herr, dies Haupt?

Antonius (zu Euphronius).

Geh wieder hin. Sag' ihm, ihn schmücke noch
Der Jugend Rose; drum erwarte man
Großes von ihm. Gold, Heer und Flotte könn'
Ein Feigling haben, dessen Diener siegten
In eines Knaben Sold so wacker, wie

Nur je auf Cäsar's Wink; ich mahnt' ihn drum,
Den Glanz, den er vorausbat, abzulegen
Und mir Gebeugtem Schwert an Schwert zu stehn,
Nur er und ich. Ich will's ihm schreiben. Komm!

(Antonius und Euphronius ab.)

Enobarbus.

Ja, sehr wahrscheinlich, daß der Sieger Cäsar
Sein Glück aufs Spiel setzt und mit einem Fechter
Den Schaukampf wagt! Ich seh', der Menschen Klugheit
Ist selbst ein Theil von ihrem Glück; das äußre
Geschick zieht oft das innre Wesen nach,
Und beides krankt zugleich. Läßt er sich träumen,
Der beider Maß doch kennt, der reiche Cäsar
Soll seiner Armuth Rede stehn? O Cäsar,
Auch den Verstand hast du ihm unterjocht!

Diener (tritt ein).

Ein Bote Cäsar's!

Kleopatra.

      Wie? So völlig formlos?
Seht, Mädchen, vor der aufgeblühten Rose
Hält der die Nase zu, der einst gekniet
Vor ihren Knospen. — Laß den Boten kommen!

(Diener ab.)

Enobarbus (für sich).

Mit meiner Redlichkeit verfeind' ich mich.
Wer Thoren Treue hält, der macht die Treue
Zur Thorheit; doch wer's über sich gewinnt,
Standhaft zu dienen dem gefallnen Herrn,
Der siegt dem Sieger seines Herren ob
Und erntet einen Platz in der Geschichte.

(Thyreus tritt auf.)

Kleopatra.

Cäsar befiehlt?

Thyreus.

Hör's ohne Zeugen.

Kleopatra.

Dies sind Freunde. Sprich!

Thyreus.

Dann sind sie wol auch Freunde Marc Anton's?

Enobarbus.

Er brauchte wol so viel als Cäsar hat,
Sonst könnt' er uns auch missen.   Winkt ihm Cäsar,
So fliegt er hin und wird sein Freund.   Wir, weißt du,
Sind deß, dem er gehört, will sagen: Cäsar's.

Thyreus.

Wohlan denn, hochberühmte Fürstin: Cäsar
Ersucht dich, nicht an dein Geschick zu denken,
Nur daß er Cäsar ist.

Kleopatra.

Recht fürstlich.   Weiter!

Thyreus.

Er weiß, daß Liebe nicht sowol als Furcht
Dich in Antonius' Arme führte.

Kleopatra (für sich).

O!

Thyreus.

Die wunden Flecken deiner Ehre drum
Beklagt er, als dir aufgezwungne Makel,
An denen du nicht schuld.

Kleopatra.

Er ist ein Gott
Und kennt die Wahrheit.   Meine Ehre ward
Erobert, nicht verschenkt.

Enobarbus (für sich).

Das muß mir erst
Anton bestät'gen.   Armer Herr, du wardst
So leck — wir müssen dich versinken lassen,
Da selbst die Liebsten fliehn.

(Enobarbus ab.)

Thyreus.

Soll ich dem Cäsar deine Wünsche melden?
Er will gebeten sein, um zu gewähren.
Es wär' ihm hocherfreulich,
Wenn du sein Glück als Stab gebrauchen wolltest,

Dich drauf zu lehnen. Vollends freut' es ihn,
Zu hören, daß du Marc Anton verlassen,
Um dich zu bergen unter seinem Schutz,
Dem weltbeherrschenden.

Kleopatra.

Wie heißest du?

Thyreus.

Mein Nam' ist Thyreus.

Kleopatra.

Freundlicher Gesandter,
Sag' dies dem großen Cäsar: Küssen ließ' ich
Die starke Siegerhand; ich sei bereit,
Ihm meine Krone knieend darzubringen.
Sag' ihm, sein allgebietender Hauch entscheide
Aegyptens Schicksal.

Thyreus.

So verfährst du edel.
Wenn Weisheit, feindlich mit dem Glück entzweit,
Nur alles wagt, was sie vermag, so wird
Kein Schicksal sie erschüttern. Gönne mir,
In Ehrerbietung deine Hand zu küssen!

Kleopatra.

Der Vater deines Cäsar ließ gar oft,
Wenn er gebrütet, Reiche zu erobern,
Die Lippen ruhn auf dem unwürd'gen Fleck,
Als regnet's Küsse.

(Antonius und Enobarbus treten wieder auf.)

Antonius.

So vertraut? Beim Donnrer!
Wer bist du, Mensch?

Thyreus.

Ich bin im Auftrag hier
Des Mächtigsten und Größten, der gewohnt ist,
Daß sein Befehl geschieht.

Enobarbus.

Man wird dich peitschen.

Antonius.

Komm her!

(Thyreus bleibt unbeweglich stehen.)

    Ha, Geier du! — Götter und Teufel!
Mein Ansehn schmilzt dahin. Sonst, wenn ich rief:
„Holla!" so stürzten Könige herzu,
Wie Knaben, wo's was aufzuraffen gibt,
Und riefen: „Was befiehlst du?" — Hast du Ohren?
Ich bin Antonius noch. Nehmt den Hansnarrn
Und peitscht ihn!

(Diener sind eingetreten.)

Enobarbus (für sich).

Besser mit eines Löwen Jungen spielen,
Als mit dem alten sterbenden!

Antonius.

    Mond und Sterne!
Peitscht ihn! — Ein Dutzend schutzbefohlne Fürsten,
Die Cäsarn huld'gen — fänd' ich sie so frech,
Die Hand von Der da — (wie nur nenn' ich sie,
Seit sie nicht mehr Kleopatra?) — Fort! peitscht ihn,
Bis wie ein Knab' er sein Gesicht verzieht
Und laut um Gnade winselt. — Fort mit ihm!

Thyreus.

Antonius —

Antonius.

    Schleppt ihn fort! Wenn er gepeitscht ist,
Bringt ihn zurück. — Durch diesen Narren Cäsar's
Woll'n wir ihm Botschaft senden. —

(Diener führen Thyreus ab.)

Du warst schon halb verblüht, eh' ich dich kannte.
Ha, ließ ich dort in Rom mein Kissen leer
Und hab' verschmäht, mir echten Stamm zu zeugen
Vom Kleinod aller Fraun, um Schimpf zu dulden
Von einer, die nach Tellerleckern schielt?

Kleopatra.

Mein theurer Herr —

Antonius.

'ne Wetterfahne warst du stets.

Doch wenn wir hart in unsern Sünden werden,
Verkleben weise Götter uns die Augen
Mit unserm eignen Schmuz, wirr'n unsre Klarheit
Und lachen, wenn wir, unsern Wahn anbetend,
Blind ins Verderben stelzen.

Kleopatra.

Kam es dahin?

Antonius.

Ich fand dich, einen kaltgewordnen Bissen
Auf Cäsar's Teller; ja, ein Brocken warst du
Von des Pompejus Tisch; der heißern Stunden
Zu schweigen, die du sonst im stillen noch
Wollüstig dir zu Nutz gemacht. Denn sicher:
Wenn du auch ahnen kannst, was Keuschheit sei,
Gekannt hast du sie nie.

Kleopatra.

Was soll dies alles?

Antonius.

'nen Burschen, der ein Trinkgeld nehmen würde
Und sagen: „Gott vergelt's!" den kosen lassen
Mit meiner Spielgefährtin, deiner Hand,
Dem königlichen Unterpfand und Siegel
Erhabner Herzen! O daß ich jetzt stünd'
Auf Basans Hügel, die gehörnte Heerde
Zu überbrüllen! Grund zum Wüthen hätt' ich,
Und höflich davon reden, wär', als wenn
Ein Wicht, den Strick am Hals, dem Henker dankt,
Daß er's so flink gemacht. —

(Die Diener kommen zurück mit Thyreus.)

Ward er gepeitscht?

Erster Diener.

Und gründlich, Herr.

Antonius.

Schrie er und bat um Gnade?

Erster Diener.

Er fleht' um Schonung.

Antonius.

Hast du 'nen Vater noch, soll er's beklagen,

Daß du kein Mädchen warbst; nun folge nur
Mit Beben Cäsar's Siegeslauf, da du
Dafür gepeitscht wardst, daß du folgst. Hinfort
Mach' eine weiße Frauenhand dich fiebern,
Ihr Anblick schüttle dich. Geh heim zu Cäsar,
Sag' ihm, wie man dich aufnahm; sag' ihm auch,
Ich sei auf ihn sehr zornig, denn er sehe
In schnöder Hoffart nur, was jetzt ich bin,
Nicht, was ich ehmals war. Er macht mich zornig,
Und das ist leicht gethan in dieser Zeit,
Wo jeder Glücksstern, der mich sonst geführt,
Aus seinem Kreise wich und seinen Glanz
In Höllenabgrund tauchte. Aergert ihn
Mein Reden und mein Thun, so sag', er habe
Hipparchus, meinen Freigelaßnen, den er
Nach Laune peitschen, hängen, foltern mag,
Um mit mir abzurechnen. Sag' ihm das.
Fort jetzt mit deinen Striemen! Geh!

(Thyreus ab.)

Kleopatra.

Ist's nun genug?

Antonius.

Ach, unser irdischer Mond
Ist jetzt verfinstert. Das bedeutet nur
Den Fall Anton's.

Kleopatra.

Ich muß mich noch gedulden!

Antonius.

Cäsarn zu schmeicheln, konntst du mit dem Sklaven
Liebäugeln, der ihm seine Nesteln knüpft?

Kleopatra.

Kennst du mich noch nicht besser?

Antonius.

Kaltherzig gegen mich?

Kleopatra.

O Theurer! Bin ich's,
So mache Zeus mein kaltes Herz zu Hagel,
Vergift' ihn im Entstehn und send' auf mich
Die erste Schloße; wie sie schmilzt, zergehe
Mein Leben auch! Cäsarion treff' es dann,

Bis nach und nach die Sproſſen meines Schoſes
Sammt meinen wackeren Aegyptern allen
Im Thauen dieſes Schloßensturms vergehn,
Grablos, bis ſie die Fliegen und die Mücken
Des Nils als Raub beſtatten.

Antonius.

Genug davon!

Cäſar macht halt in Alexandria,
Da will ich mich ihm ſtellen. Unſre Landmacht
Hielt rühmlich ſtand; auch die zerſprengte Flotte
Schwimmt neuvereint mit ſtolzem Dräun einher.
Wo warſt du nur, mein Herz? — Hörſt du, Geliebte?
Kehr' ich noch einmal aus der Schlacht zurück,
Um dich zu küſſen, komm' ich ganz in Blut.
Ich und mein Schwert woll'n in der Chronik ſtehn;
's iſt noch nicht aus.

Kleopatra.

Das iſt mein tapfrer Held!

Antonius.

Verdreifacht fühl' ich Sehnen, Herz und Muth
Und wüthend will ich fechten. Als mein Tag
Noch leicht und locker war, ſchenkt' ich das Leben
Für einen Spaß; jetzt knirſch' ich mit den Zähnen
Und ſchicke, die mir trotzen, in den Abgrund.
Kommt, kommt! Noch eine luſtige Nacht! Man rufe
All meine düſtern Feldherrn; füllt die Schalen!
Noch einmal ſpotten wir die Mitternacht
Hinweg!

Kleopatra.

's iſt mein Geburtstag; ich gedacht'
Ihn kümmerlich zu feiern. Aber da
Mein Herr Antonius wieder iſt, bin ich
Kleopatra.

Antonius.

Wir kommen noch in Flor.

Kleopatra.

Ruft meinem Herrn all ſeine tapfern Führer.

Antonius.

Thut das; ich will ſie ſprechen, und zu Nacht

Soll Wein aus ihren Narben glühn. Komm, Fürstin;
Noch treibt der Saft. Fecht' ich das nächste mal,
Mach' ich den Tod in mich verliebt; so will ich
Wettmähen selbst mit seiner Völkersense.

(Antonius, Kleopatra und Diener gehen ab.)

Enobarbus.

Nun übertrotzt er noch den Blitz. In Wuth sein,
Heißt aus der Furcht geschreckt sein. So gelaunt
Hackt auf den Weih die Taube; und wohl seh' ich,   •
Was unser Feldherr am Gehirn verliert,
Das stärkt sein Herz. Doch nagt der Muth am Urtheil,
Frißt er das Schwert, mit dem er kämpft. Ich muß
Nur sehn, mich loszumachen.

(Ab.)

Vierter Aufzug.

Erste Scene.

Cäsar's Lager bei Alexandria.

Cäsar tritt auf, einen Brief lesend; Agrippa, Mäcenas und andere.

Cäsar.

Er nennt mich Knabe, schilt, als könnt' er mich
Wegjagen aus Aegypten; meinen Boten
Peitscht er mit Ruthen, trägt mir Zweikampf an,
Anton dem Cäsar! — Sagt dem alten Raufbold,
Zu sterben wüßt' ich noch auf andre Art.
Ich lache seiner Forderung.

Mäcenas.

Herr, bedenk:
Wenn ein so Großer rast, ward er gehetzt
Bis zur Erschöpfung. Gönn' ihm keinen Athem

Antonius und Kleopatra. 7

Und nutze seinen Wahnsinn. Zorn hat nimmer
Sich gut gewahrt.

Cäsar.

Sagt unsern besten Führern,
Daß morgen wir die letzte vieler Schlachten
Zu schlagen denken. Bei den Unsern sind
Von denen, die noch jüngst Anton gedient,
Genug, um ihn zu fangen. Sorgt dafür
Und thut dem Heer von unserm Vorrath gütlich,
Sie haben's wohl verdient. Armer Antonius!

(Alle ab.)

Zweite Scene.

Alexandria.   Ein Zimmer im Palast.

Antonius, Kleopatra, Enobarbus, Charmian, Iras, Alexas
und andere (treten auf).

Antonius.

Er schlägt den Zweikampf aus, Domitius?

Enobarbus.

Ja.

Antonius.

Warum?

Enobarbus.

Er meint wol, weil er zehnmal glücklicher,
Er sei zehn gegen einen.

Antonius.

Morgen, Freund,
Kämpf' ich zu Land und Meer. Kann ich nicht leben,
So will ich sterbend meine Ehre baden
In Blut, das sie verjüngt. Willst du brav fechten?

Enobarbus.

Ich will einhaun und rufen: Alles gilt!

Antonius.

Recht so! Komm her!

(Schüttelt ihm die Hand.)

Ruft meine Diener her! Wir woll'n zu Nacht
Noch fröhlich schmausen.

(Diener treten ein.)

Gib mir deine Hand,
Du warst getreu und redlich; — so auch du —
Und du — und du — und du; ihr dientet wacker,
Und Könige dienten neben euch.

Kleopatra.

Was soll das?

Enobarbus.

Das sind so krause Schwänke, wie sie sprossen
Aus kummervollem Geist.

Antonius.

Auch du bist ehrlich.
Ich wollt', ich könnt' mich in so viele theilen
Und ihr euch all' zusammenthun in Einen
Anton, daß ich euch dann so gut bediente,
Wie ihr es mir gethan.

Diener.

Verhüt's der Himmel!

Antonius.

Nun, gute Bursche, wartet heut' mir auf,
Schenkt mir nicht sparsam ein, und ehrt mich so,
Als wäre noch mein Weltreich eu'r Kam'rad,
Gehorsam meinem Wink.

Kleopatra.

Was meint er nur?

Enobarbus.

Er will sie weinen machen.

Antonius.

Dient mir heut' noch;
Vielleicht geht euer Dienst damit zu Ende.
Wer weiß, ob ihr mich wiederseht, und wenn,
Als blut'gen Schatten nur! ob nicht schon morgen
Ihr einem andern dient! Ich seh' euch an,
Als nähm' ich Abschied. Meine wackern Freunde,
Ich künd' euch nicht den Dienst, nein, bleibe bei euch,
Ein Herr, treu seinen Treuen bis zum Tod.
Bedient mich heut' zwei Stunden noch, nicht mehr,
Und lohnen's euch die Götter!

Enobarbus.

Herr, was thust du?
Du machst sie ganz verstört. Sieh nur, sie weinen;
Mir altem Esel zwiebeln schon die Augen;
Pfui, mach' uns nicht zu Weibern!

Antonius.

Ho ho ho!
Hol' mich die Hexe, wenn ich's so gemeint!
Nun, Raute blüh', wo diese Tropfen fallen!
Ihr nehmt es viel zu traurig, Herzensfreunde;
Ich wollt' euch ja nur trösten, bat, die Nacht
Mit Fackeln hell zu machen. Wißt, ihr Trauten,
Für morgen hoff' ich Glück, und will euch führen,
Wo eher wol ein siegreich Leben winkt,
Als ehrenvoller Tod. Kommt nun zum Nachtmahl
Und spült die Sorgen weg!

(Alle ab.)

Dritte Scene.

Ebendaselbst. Vor dem Palast.

Zwei Soldaten treten auf, Wache haltend.

Erster Soldat.

Gute Wache, Bruder! Morgen ist der Tag.

Zweiter Soldat.

Der macht es aus, so oder so. Leb' wohl! —
Fiel nichts Besondres auf den Straßen vor?

Erster Soldat.

Nichts. Was ist Neues?

Zweiter Soldat.

Vielleicht sind's nur Gerüchte. Gute Nacht!

Erster Soldat.

Gute Nacht, Kamerad!

(Zwei andere Soldaten treten auf.)

Zweiter Soldat.

Die Augen auf, Kamraden!

Dritter Soldat.

Ihr auch! Gut' Nacht, gut' Nacht!

(Alle vier stellen sich auf ihre Posten.)

Vierter Soldat.

Hier stehn wir. Und wenn morgen unsre Flotte
Sich wacker hält, so hoff' ich ganz gewiß,
Das Landheer hilft ihr.

Dritter Soldat.

'S ist ein braves Heer,
Voll Muth und Feuer.

Vierter Soldat.

Still! Was klingt da?

(Musik von Oboen unter der Bühne.)

Erster Soldat.

Horch!

Zweiter Soldat.

Hört nur!

Erster Soldat.

Musik in Lüften!

Dritter Soldat.

Nein, im Boden.

Vierter Soldat.

Das ist ein gutes Zeichen; meint ihr nicht?

Dritter Soldat.

O nein.

Erster Soldat.

Still! sag' ich. Was bedeutet das?

Zweiter Soldat.

Gott Hercules, den Marc Anton geliebt,
Verläßt ihn jetzt.

Erster Soldat.

Geh, sieh, ob andre Wachen
Das Gleiche hören.

(Sie nähern sich einem andern Posten.)

Zweiter Soldat.

Heda, Leute!

Soldaten.

He!

Was gibt's da?   Hört ihr wohl?

Erster Soldat.

Ja! Ist's nicht seltsam?

Dritter Soldat.

Hört ihr's, Kamraden? Hört ihr's?

Erster Soldat.

Wir woll'n dem Klang, soweit wir dürfen, nachgehn;
Gebt Acht, wo er verschwindet.

Soldaten.

Ja. — 's ist seltsam.
(Alle ab.)

Vierte Scene.

Ebendaselbst.   Ein Zimmer im Palast.

Antonius und **Kleopatra** treten auf, **Charmian** und anderes
Gefolge.

Antonius.

Eros! Meine Rüstung, Eros!

Kleopatra.

Schlaf ein wenig!

Antonius.

Nein, Täubchen. — Eros! Meine Rüstung, Eros!
(Eros kommt mit der Rüstung.)

Komm, guter Bursche, hüll' dich auch in Eisen!
Wenn heut' das Glück nicht zu uns steht, so ist's,
Weil wir ihm trotzen. Komm!

Kleopatra.

Ich helf' dir auch.

Wozu ist dies?

Antonius.

O laß nur, laß! Du bist
Mein Herzenswaffner. — Falsch! Erst dieses — dieses!

Kleopatra.

Sacht! Ich will helfen. So ist's recht.

Antonius.

Gut, gut.
Nun muß ich siegen. Siehst du wohl, mein Bursch?
Geh, waffne nun dich selbst!

Eros (noch an der Rüstung beschäftigt).

Im Augenblick.

Kleopatra.

Ist dies nicht gut geschnallt?

Antonius.

Ganz unvergleichlich.
Wer das hier aufschnallt, eh' wir selbst zur Rast
Die Riemen lösen, der wird's stürmen hören. —
Du trödelst, Eros. Meine Kön'gin thut
Weit flinkern Knappendienst. Mach' fort! — O Liebste,
Sähst du doch heut' mich fechten und verstündest
Dies königliche Handwerk — seinen Meister
Erblicktest du! —

(Ein bewaffneter Soldat tritt ein.)

Hab' guten Tag; willkommen!
Man sieht dir's an, daß du den Krieg gelernt hast.
Zu Arbeit, die man liebt, steht man früh auf
Und geht mit Freuden dran.

Soldat.

An tausend, Herr,
So früh es ist, stehn schon im Eisenkleid
Und warten dein am Thor.

(Feldgeschrei, Trompetenfanfare. — Hauptleute und Soldaten treten auf.)

Hauptmann.

Der Tag ist schön. Guten Morgen, Feldherr!

Alle.

Guten Morgen, Feldherr!

Antonius.

    Gut geblasen, Kinder!
Der heut'ge Tag, wie eines Knaben Geist,
Der sich hervorthun wird, beginnt schon früh.

   (Zu Eros und Kleopatra, die ihn waffnen.)

So, so! — Nun das! — Hierher gehört's! — So recht!
Fahr wohl denn, Frau! Was immer komme, dies
Ist eines Kriegers Kuß.

    (Küßt sie.)

     Zu tadeln wär's
Und schämen müßt' ich mich, hielt' ich mich auf
Mit abgedroschnen Abschiedsformeln. Nein,
Ich scheid' als Mann von Stahl. — Wer fechten will,
Der folge mir! Ich führ' euch hin. — Leb' wohl!

  (Antonius, Eros, Hauptleute und Soldaten gehen ab.)

Charmian.

Geliebt dir's, Frau, geh in dein Zimmer!

Kleopatra.

     Führ' mich!
Hin zieht er wie ein Held. O könnte zwischen beiden
Der große Krieg im Zweikampf sich entscheiden,
Dann würd' Anton — Doch so! — Nun, sei's darum!

    (Beide ab.)

Fünfte Scene.

Marc Anton's Lager bei Alexandria.

Trompeten. Antonius und Eros treten auf. Ein Soldat
begegnet ihnen.

Soldat.

Die Götter geben heut' Antonius Glück!

Antonius.

Hätt'st du und deine Narben damals mich
Bestimmt, zu Land zu kämpfen!

Soldat.

     Herr, dann folgten

Die abgefallnen Kön'ge und der Krieger,
Der dich heut' früh verließ, noch beinen Ferſen.

Antonius.

Wer ist heut' früh gegangen?

Soldat.

Wer? Ein Mann,
Der ſtets dir nah ſtand. Ruf' nach Enobarbus,
Er wird nicht hören oder ruft herüber
Von Cäſar's Lager: „Ich bin nicht mehr dein."

Antonius.

Was ſagſt du?

Soldat.

Herr, er iſt bei Cäſar.

Eros.

Doch ſeine Schätz' und Kiſten ließ er hier.

Antonius.

Er iſt gegangen? Wirklich?

Soldat.

Ganz gewiß.

Antonius.

Geh, Eros, ſende ſeinen Schatz ihm nach.
Behalte nichts zurück, hörſt du? Und ſchreib' ihm —
Ich unterzeichn' es — Gruß und Lebewohl.
Sag' ihm, ich wünſcht', er fände nie mehr Urſach,
Den Herrn zu wechſeln. — O, mein böſes Glück
Verführt auch Redliche! — Beſorge dies! —
O Enobarbus!

(Gehen ab.)

Sechste Scene.
Cäsar's Lager vor Alexandria.

Trompetenſtoß. Cäſar tritt auf mit Agrippa, Enobarbus
und andern.

Cäsar.

Vorwärts, Agrippa; laß die Schlacht beginnen!

Ich will, man soll Antonius lebend fangen.
Mach' dies bekannt!

Agrippa.

Es soll geschehen, Cäsar.

(Ab.)

Cäsar.

Die Zeit des allgemeinen Friedens naht!
Bringt dieser Tag uns Glück, so blüht der Oelbaum
Der dreigetheilten Welt.

(Ein Bote tritt auf.)

Bote.

Antonius
Ist schon ins Feld gerückt.

Cäsar.

Geh, heiß' Agrippa
Die Ueberläufer vorn ins Treffen stellen,
Damit Anton sein Wüthen auf sich selbst
Zu richten scheine.

(Cäsar mit seinem Gefolge ab.)

Enobarbus.

Alexas auch fiel ab. Antonius schickt' ihn
Zum König von Judäa, und der große
Herodes ward verführt, von seinem Herrn
Zu Cäsar sich zu wenden. Doch der hängt' ihn
Für diesen Dienst. Canidius und die andern,
Die übergingen, haben Rang und Sold,
Kein ehrenvoll Vertraun. Ich handelte
So schlecht und muß so bitter mich verklagen,
Daß nichts mehr mich erfreuen kann.

(Einer von Cäsar's Soldaten tritt auf.)

Soldat.

Enobarbus,
Anton schickt deinen ganzen Schatz dir nach,
Geschenke noch in Kauf. Der Bote kam
Zu meinem Posten. Jetzt vor deinem Zelt
Lädt er die Mäuler ab.

Enobarbus.

Ich schenk' es dir.

Soldat.

Spotte nicht, Enobarbus!
Ich rede wahr. Schaff' nur den Boten sicher
Durchs Heer zurück. Ich muß auf meinen Posten,
Sonst wollt' ich's selber thun. Eu'r Imperator
Spielt immer noch den Zeus.

(Geht ab.)

Enobarbus.

Ich bin der einz'ge Schurk' auf dieser Erde
Und fühl' es selbst am tiefsten. O Anton,
Goldmine jeder Huld, wie lohntest du
Erst meine Treue, wenn du so mit Gold
Krönst meine Niedertracht! Das schwellt mein Herz!
Bricht's nicht der hast'ge Gram, so überflügelt
Den Schmerz ein schnellres Mittel. Doch der Gram
Wird's thun, ich fühl's. Ich fechten gegen dich?
Nein, ich will gehn und einen Pfuhl mir suchen,
Darin man sterben kann; der modrigste
Steht solchem Lebensschluß am besten an.

(Ab.)

Siebente Scene.

Schlachtfeld zwischen beiden Lagern.

Schlachtlärm. Trommeln und Trompeten. Agrippa tritt auf
mit andern.

Agrippa.

Zieht euch zurück! Wir wagten uns zu weit.
Selbst Cäsar hat zu thun. Der Feind ist stärker,
Als wir gedacht.

(Gehen ab.)

(Schlachtlärm. Antonius und Scarus, verwundet, treten auf.)

Scarus.

Mein tapfrer Feldherr, wahrlich, das heißt fechten!
Wenn wir gleich anfangs so geschlagen hätten,
Sie hätten blutige Köpfe heimgebracht.

Antonius.

Du blutest stark.

Scarus.

Der Hieb war erst ein T,
Nun ward ein H daraus.

Antonius.

Die Feinde weichen.

Scarus.

Wir wollen sie in Abtrittlöcher jagen!
Ich hab' noch für sechs Schmarren Platz.

Eros (tritt auf).

Sie sind geschlagen, Herr, und unser Vortheil
Gleicht einem vollen Sieg.

Scarus.

Kerbt ihre Rücken
Und packt sie hinten, wie man Hasen fängt!
Die Kerls im Laufen klopfen, ist ein Spaß.

Antonius.

Ich lohne dir's; erst deinen muntern Zuspruch,
Und zehnfach deinen wackern Muth.   Nun kommt!

Scarus.

Ich hinke nach.

(Gehen ab.)

Achte Scene.

Unter den Wällen von Alexandria.

Schlachtgeschrei.   Antonius tritt auf mit Scarus und Truppen in
Marschbewegung.

Antonius.

Wir drängten ihn ins Lager.   Lauf nun einer
Und sag' der Kön'gin, daß wir Gäste bringen!
Morgen, bevor es tagt, vergießen wir
Das Blut, das heut' entkam.   Ich dank' euch allen;
Denn ihr habt derbe Fäuste, und sie fochten,
Als gält' es eines jeden eigne Sache,
Nicht meine nur: ein Hektor jeder Kämpfer.

Zieht in die Stadt, herzt eure Freund und Weiber
Und gebt Bericht, indeß mit Freudenthränen
Sie euch das Blut abwaschen und mit Küssen
Die Heldenwunden heilen.

(Zu Scarus.)

Deine Hand!

(Kleopatra tritt auf mit Gefolge.)

Hier dieser großen Fee will ich dich rühmen;
Ihr Dank beglücke dich! — Du Tag der Welt!
Umschling den eh'rnen Hals mir, springe ganz
Mit allem Schmuck durchs Eisen mir ans Herz
Und wiege dich auf seinem Siegespochen.

Kleopatra.

Du Herrscher aller Herrscher!
Abgrund von Muth! Kehrst du so frei und lächelnd
Zurück aus Todesnetzen?

Antonius.

Meine Nachtigall,
Wir hetzten sie zu Bett. Ha, Liebchen, ob auch
Schon etwas Grau ins jüngere Braun sich mengt:
Ein Hirn nährt unsre Sehnen noch, das Sieg
Um Sieg der Jugend abringt. Sieh den Mann hier!
Reich seinen Lippen deine Gnadenhand! —
Ja, küsse sie, mein Held! — Er kämpfte heut',
Als ob ein Gott, der alle Menschen haßte,
In seiner Maske würgt'.

Kleopatra.

Ich schenke dir
Eine goldne Rüstung, Freund; ein König trug sie.

Antonius.

Er ist sie werth, und wär' sie voll Karfunkeln,
Wie Phöbus' heil'ger Wagen. — Deine Hand!
Laß uns die Stadt in frohem Marsch durchziehn;
Tragt die zerhackten Schilde stolz voran!
Hätt' unser Königshaus nur Raum genug
Für dieses Heer, wir speisten alle dort
Und tränken auf das Glück des nächsten Tags,
Der noch glorreiche Noth verheißt. — Drommeten!
Betäubt das Ohr der Stadt mit eurem Erzschall,

Stimmt ein in unsrer Trommeln Wirbelschlag,
Daß Erd' und Himmel dröhnend widerhallen
Zur Feier unsers Kommens!

(Alle ab.)

Neunte Scene.

Cäsar's Lager.

Wachen auf ihren Posten.

Erster Soldat.

Löst man nicht binnen einer Stund' uns ab,
So müssen wir zur Hauptwacht uns zurückziehn.
Der Mond scheint hell; es heißt, die Schlacht beginnt
Früh um die zweite Stunde.

Zweiter Soldat.

     Gestern war
Ein schwerer Tag für uns.

Enobarbus (tritt auf).

     Nacht, sei mein Zeuge —

Dritter Soldat.

Was ist das für ein Mann?

Zweiter Soldat.

    Still! Hört ihm zu!

Enobarbus.

Bezeuge mir's, du segensreiche Luna,
Wenn haßerfüllt die Menschen mein Gedächtniß
Brandmarken, daß der arme Enobarbus
In Reue vor dir stand.

Erster Soldat.

Enobarbus!

Dritter Soldat.

        Sch!

Hört weiter!

Enobarbus.

O königliche Herrin tiefer Schwermuth,
Den gift'gen Dunst der Nacht träuf' über mich,
Damit dies Leben, das dem Willen trotzt,
Nun endlich von mir falle! Laß mein Herz
Am harten Kiesel meiner Schuld zerschellen,
Bis es, von Gram gedörrt, in Staub zerbröckelt
Und nie mehr Falschheit brütet. O Antonius!
Du, der du edler bist, als ich verächtlich,
Vergib mir nur in deinem eignen Herzen,
Dann laß die Welt mich zu der Schar gesellen
Treuloser Diener, feiger Ueberläufer!
Antonius! O Antonius!

(Stirbt.)

Zweiter Soldat.

Kommt! Reden wir ihn an!

Erster Soldat.

                    Ja. Was er sagt,
Kann Cäsar angehn.

Dritter Soldat.

        Thun wir's! — Doch er schläft.

Erster Soldat.

's ist eher Ohnmacht. Ein Gebet wie seins
Hat niemals Schlaf gebracht. Gehn wir nur zu ihm!

Dritter Soldat.

Wach' auf, Herr! Sprich zu uns!

Zweiter Soldat.

                    Hörst du uns, Herr?

Erster Soldat.

Den traf die Hand des Todes. Horch! Die Trommel
Weckt feierlich die Schläfer.

(Trommeln in der Ferne.)

                    Tragen wir
Ihn nach der Wache hin; er ist von Rang.
Kommt, unsre Stund' ist um.

Dritter Soldat.

So laßt uns gehn!
Vielleicht erholt er sich.

(Sie tragen die Leiche fort.)

Zehnte Scene.

Zwischen beiden Lagern.

Antonius und Scarus, mit Truppen im Marsch.

Antonius.

Sie rüsten heute sich zur See. Zu Lande
Gefall'n wir ihnen nicht.

Scarus.

Zu beidem, Herr.

Antonius.

Ich wollt', sie böten Schlacht in Feu'r und Luft;
Wir schlügen sie auch dort. Hör' nun: das Fußvolk
Soll unter unsrer Führung nächst der Stadt
Die Höh'n besetzen. An die Flotte sandt' ich
Befehl. Sie stach in See,
Wo wir am besten ihre Stellung sehn
Und all ihr Thun verfolgen.

(Gehen ab. — Cäsar kommt mit seinen Truppen.)

Cäsar.

Nur wenn er angreift, fechten wir zu Lande.
Doch schwerlich thut er's; mit den besten Truppen
Bemannt' er die Galeren. Nun ins Blachfeld,
Dort unsers Vortheils wahrzunehmen!

(Ab. — Antonius und Scarus kommen zurück.)

Antonius.

Die Schlacht begann noch nicht. Dort bei der Fichte
Kann ich's am besten sehn. Du hörst sogleich,
Wie es sich anläßt.

(Geht ab.)

Scarus.

Schwalben bauten Nester
In den ägyptischen Segeln, und die Augurn
Verstummen, woll'n nichts wissen, blicken finster
Und scheun zu sagen, was sie sahn. Anton
Ist muthig und verzagt; sein morsches Glück
Gibt ihm bald Furcht, bald Hoffnung, zu gewinnen
Und zu verlieren.

(Schlachtlärm in der Ferne wie von einem Seetreffen. Antonius tritt wieder auf.)

Antonius.

Alles ist verloren!
Die schändliche Aegypterin verrieth mich.
Dem Feind ergab sich meine Flotte; dort
Schwenkt man die Mützen, zecht und lärmt, wie wenn
Sich Freunde wiedersehn. Dreifache Metze!
Du hast an diesen Knaben mich verkauft,
Mein Herz bekämpft nur dich! — Heiß' alle fliehn;
Denn hab' ich mich gerächt an meinem Zauber,
Ist alles aus. Geh hin, heiß' alle fliehn!

(Scarus geht ab.)

O Sonne, nie mehr seh' ich deinen Aufgang!
Hier trennen sich Antonius und das Glück;
Hier schütteln wir die Händ' uns. — Kam's so weit?
Herzen, die mir wie Hündlein folgten, denen
Ich nichts verweigert, schmelzen nun entgegen
Dem blüh'nden Cäsar, und die Fichte, die
Sie all' einst überragt, steht rindenlos.
Verrathen bin ich! O das falsche Herz,
O diese Kön'gin, dieser böse Zauber!
Sie äugelte mein Heer in Krieg und wieder
Nach Haus; ihr Busen war mir Kron' und Ziel,
Und sie, ein echt Zigeunerweib, betrog mich
Mit Hexenblendwerk, bis ich bettelarm.
He, Eros, Eros!

(Kleopatra tritt auf.)

Ha du Spuk! Hinweg!

Kleopatra.

Was rast mein Herr so gegen seine Liebste?

Antonius.

Heb' dich hinweg, sonst geb' ich dir den Lohn

Und schände Cäsar den Triumph. Er stelle
Dich hoch zur Schau den jauchzenden Plebejern;
Folg' seinem Wagen, als der größte Schandfleck
Des Frau'ngeschlechts; für schäb'ges Geld, für Heller
Soll man dich zeigen wie ein Unthier, und
Mit scharfen Nägeln furche dir die sanfte
Octavia dein Gesicht!

(Kleopatra geht.)

Gut, daß du gingst,

Wenn's gut ist, daß du lebst; doch besser hätt' ich
Dich in der Wuth erwürgt; der eine Tod,
Er hätte vielen vorgebeugt. — He, Eros!
Das Nessushemde klebt mir an. O lehr' mich,
Mein Ahn, Alcide, deine Raserei,
Daß ich ans Horn des Monds den Lichas schleudre
Und mit der Hand, die Riesenkeulen schwang,
Mein edles Selbst zerstöre! — Sterben muß die Hexe!
Dem römischen Knaben hat sie mich verkauft,
Und diesem Streich erlieg' ich. — Darum stirbt sie!
He, Eros!

(Geht ab.)

Elfte Scene.

Alexandria.   Ein Zimmer im Palast.

Kleopatra, Charmian, Iras und Mardian (treten auf).

Kleopatra.

O helft mir, meine Frau'n! Er rast wie Ajax
Um seinen Schild. Nicht der thessalische Eber
Hat jemals so geschäumt.

Charmian.

Geh in das Grabmal,

Da schließ dich ein, dann meld' ihm, du sei'st todt.
Mehr schmerzt das Scheiden nicht von Seel' und Leib,
Als wenn uns Hoheit untreu wird.

Kleopatra.

Zum Grabmal!

Mardian, geh, sag' ihm, ich erstach mich selbst.

Sag' ihm, mein letzter Seufzer war: Antonius!
Und bitte, sag' es ihm beweglich! Geh,
Mardian, und bring mir Kunde, wie er's aufnimmt. —
Zum Grabmal!

(Gehen ab.)

Zwölfte Scene.

Ebendaselbst. Ein anderes Zimmer.

Antonius und Eros (treten auf).

Antonius.

Eros, siehst du mich noch?

Eros.

Ja, edler Herr.

Antonius.

Manchmal sehn wir Gewölk, das Drachen gleicht,
Ein Dunstbild wie ein Eber oder Leu,
Dann eine Stadt mit Zinnen, Felsenhänge,
Gezackte Berge, blaue Vorgebirge,
Von deren Höh' ein Wald herniederwinkt
Und unsre Augen äfft; oft sahst du schon
Dies Schaugepräng des Abendgrauens.

Eros.

Ja, Herr.

Antonius.

Was jetzt ein Pferd noch ist, gedankenschnell
Verwischt's der Wolkenzug, daß es verschwimmt
Wie Flut in Flut.

Eros.

Ja, Herr, so ist es.

Antonius.

Eros,

Mein braver Bursch, jetzt ward dein Feldherr selbst
Ein solch Gebild. Hier bin ich, Marc Anton;
Doch diese Form, mein Knabe, bleibt mir nicht.
Der Krieg war für Aegypten; und die Kön'gin —
Ich wähnt', ihr Herz sei mein, denn meins war ihr

8*

Und hat, so lang' es mein, zahllose andre
Erobert, die es jetzt verlor — denk', Eros,
Sie hat mit falschen Karten meinen Ruhm
Verspielt an Cäsar, zum Triumph des Feindes!
Nein, guter Eros, weine nicht. Noch blieb
Uns unser Selbst, um mit uns selbst zu enden!

(Mardian tritt auf.)

Ha, deine schnöde Herrin!
Sie hat mein Schwert gestohlen.

Mardian.

Nein, Antonius.
Sie liebte dich, und ihr Geschick war innig
Verknüpft mit deinem.

Antonius.

Frecher Hämling! Schweig!
Verrathen hat sie mich und stirbt des Todes.

Mardian.

Ein jeder hat nur Einen Tod zu sterben;
Sie hat die Schuld getilgt. Was du gewollt,
Ward dir zuvorgethan. Ihr letzter Seufzer
War: Marc Anton — ach, edler Marc Anton!
Dann brach ein schluchzendes Gestöhn den Namen
Mitten entzwei, daß zwischen Herz und Lippen
Er schweben blieb. Sie haucht' ihr Leben aus,
Und ihre Brust ward deines Namens Grab.

Antonius.

Todt, sagst du?

Mardian.

Todt!

Antonius.

Eros, entwaffne mich
Mein langes Tagwerk ist gethan.
Wir müssen schlafen.

(Zu Mardian.)

Daß du heil hinweggehst,
Lohnt reichlich deine Müh'. Fort!

(Mardian geht.)

(Zu Eros.) Flink! Reiß' ab!

Nicht Ajax' siebenhäut'ger Schild beschirmte
Mein Herz vor diesem Sturm. O brich, mein Leib!
Herz, einmal nur sei stärker als dein Busen
Und spreng' dein schwach Gehäuse! — Sput' dich, Eros!
Nie mehr ein Krieger! — Fort, zerhau'ne Waffen!
Ihr dientet ehrenvoll.

(Eros geht.)

Trotz deines Vorsprungs,
Kleopatra, hol' ich dich ein und weine,
Bis du verzeihst. So soll es sein! Denn jetzt
Ist Aufschub Qual. Da diese Fackel auslosch,
Lieg still und schweife nicht mehr. Jedes Thun
Reibt nun sich selber auf; ja, Kraft verwirrt sich
Nur in der Kraft. — Das Siegel drauf und fertig!
Eros! — Ich komme, Kön'gin! — Eros! — Wart' auf mich!
Wo Seelen sich auf Blumen betten, woll'n wir
Hinwandeln Hand in Hand,
Daß unserm freud'gen Gang die Geister staunen,
Selbst Dido und Aeneas einsam stehn
Und alles uns umdrängt. — Komm, Eros! Eros!

Eros (kommt zurück).

Was wünscht mein Herr?

Antonius.

Seitdem die Kön'gin starb,
Leb' ich in solcher Schmach, daß meine Feigheit
Ein Gräu'l den Göttern ist. Ich, dessen Schwert
Die Welt geviertheilt, der auf grüner Meerflut
Aus Schiffen Städte schuf, erfinde mich
Muthloser als ein Weib, von schwächerm Geist
Als sie, die sterbend unserm Cäsar zuruft:
„Ich selbst besiege mich!" Du schwurst mir, Eros,
Wenn es zum Schlimmsten käme — und mich dünkt,
Es kam dazu —, wenn ich an meinen Ferfen
Die unentrinnbar wilde Meute sähe,
Schand' und Verzweiflung, dann auf mein Geheiß
Woll'st du mich tödten. Thu's! die Zeit ist da!
Nicht Marc Anton, Cäsar bringst du zu Fall.
Verfärb' dich nicht!

Eros.

Verhüten das die Götter!
Soll ich das thun, was alle Partherspeere,
Die feindlichen, verfehlt und nicht vermocht?

Antonius.

Eros, möcht'st du am Fenster stehn in Rom,
Und deinen Herrn — so! — mit gebundnen Armen,
Gebeugtem Nacken sehn, das Antlitz glühend
Von tiefster Scham, sehn, wie der Siegerwagen
Des Triumphators Cäsar vor ihm herzieht
Und seine Schande brandmarkt?

Eros.

Nie und nimmer!

Antonius.

So komm; mit einer Wunde heilst du mich.
Zieh dies dein wackres Schwert, das um dein Land
Sich wohl verdient gemacht.

Eros.

O Herr, erlaß mir's!

Antonius.

Als ich dich frei ließ, schworst du damals nicht
Mir dies zu thun, wenn ich's verlangte? Thu's nun,
Thu's, oder deine frühern Dienste sind
Werthloser blinder Zufall. Zieh und komm!

Eros.

So wende denn dein edles Antlitz ab,
Noch von des Weltalls Huldigung verklärt.

Antonius (sich abwendend).

Wohlan!

Eros.

Mein Schwert ist schon gezückt.

Antonius.

So laß es rasch
Das thun, wozu du's zücktest.

Eros.

Theurer Herr,
Mein hoher Imperator, nimm zuletzt noch
Vor diesem blut'gen Streich mein Lebewohl!

Antonius.

So sei's denn, Freund. Leb' wohl!

Eros.

Leb' wohl, Erhabner! Soll ich jetzt —?

Antonius.

Ja, Eros.

Eros.

Nun, da!

(Fällt in sein Schwert.)

So bin ich doch der Qual entrückt,
Um Marc Anton zu trauern.

(Er stirbt.)

Antonius.

Dreimal edler
Als ich! Du lehrst mich, tapfrer Freund, was ich
Gesollt und du nicht konntest. Meine Kön'gin
Und Eros haben durch ihr edles Beispiel
Ruhmwürdig mich beschämt. Nun aber nah' ich
Dem Tode wie ein Bräut'gam, der zum Bett
Der Liebsten eilt. Wohlan! Dein Meister, Eros,
Stirbt als dein Schüler. So zu thun —

(Fällt in sein Schwert.)

hab' ich
Von dir gelernt! — Weh mir! Nicht todt? nicht todt? —
He, Wachen! Ach — gebt mir den Rest!

(Dercetas kommt mit Wachen.)

Erste Wache.

Wer lärmt hier?

Antonius.

Ich hab' es schlecht gemacht. O Freunde, endet,
Was ich begonnen!

Zweite Wache.

Weh! Der Stern ging unter!

Erste Wache.

Die Zeiten sind am Ziel.

Alle.

O weh uns, weh!

Antonius.

O wer mich lieb hat, tödte mich!

Erste Wache.

Nicht ich.

Zweite Wache.

Ich auch nicht.

Dritte Wache.

Keiner hier.

(Wachen ab.)

Dercetas.

Dein Tod und Schicksal scheucht die Deinen. Bring' ich
Dem Cäsar dieses Schwert mit dieser Nachricht,
So ernt' ich Gunst bei ihm.

Diomedes (kommt).

Wo ist Antonius?

Dercetas.

Dort, Diomed, dort.

Diomedes.

Lebt er noch?
Willst du nicht Antwort geben, Freund?

(Dercetas geht ab.)

Antonius.

Bist du hier, Diomed? Komm, zieh dein Schwert —
Gib mir den Todesstreich!

Diomedes.

Erhabner Herr,
Mich sendet meine Königin zu dir.

Antonius.

Wann hat sie dich gesendet?

Diomedes.

Jetzt.

Antonius.

Wo ist sie?

Diomedes.

In ihrem Grabmal. Eine bange Ahnung
Weissagt ihr, was geschehn. Denn als sie sah,

Daß, völlig grundlos, sie dein Argwohn traf,
Sie sei mit Cäsar eins, und daß dein Grimm
Nicht zu besänft'gen, ließ sie todt sich melden.
Doch dann, die Wirkung fürchtend, sandte sie
Mich ab, zu widerrufen; und mir bangt,
Ich kam zu spät.

Antonius.

Ja, guter Diomed,
Zu spät. Ich bitte dich, ruf' meine Wachen.

Diomedes.

Heda! Des Feldherrn Wachen! Wachen, he!
Kommt, euer Herr bedarf euch!

(Einige von der Wache kommen.)

Antonius.

Tragt mich zur Kön'gin, meine guten Freunde;
Dies ist der letzte Dienst, den ich verlange.

Erste Wache.

O Jammer, daß du deine Treuen, Herr,
Nicht überleben sollst!

Alle.

O Tag des Unheils!

Antonius.

Nein, Kinder, laßt das schadenfrohe Schicksal
Nicht eure Trauer sehn; heißt es willkommen,
Wenn es zu strafen kommt; so strafen wir's,
Indem wir zeigen, daß wir leicht es tragen.
Auf denn! Ich führt' euch oft; tragt ihr mich nun,
Und habt für alles Dank!

(Sie gehen ab, Antonius tragend.)

Dreizehnte Scene.

Ebendaselbst.   Ein Grabmal.

Kleopatra, Charmian und Iras erscheinen oben.

Kleopatra.

O Charmian, ich will nie mehr fort von hier!

Charmian.

Tröste dich, theure Herrin!

Kleopatra.

　　　　　Nein, ich will nicht.
Was unerhört und schrecklich, sei willkommen,
Doch Trost verschmähn wir. Unser Kummer soll
So groß und furchtbar wie die Ursach' sein,
Die ihn erregt.
　　　　(Diomedes tritt unten auf.)
　　Wie steht es? Ist er todt?

Diomedes.

Sein Tod umschwebt ihn, doch er athmet noch.
Blick' nach der andern Seite deines Grabmals;
Die Wachen brachten ihn hierher.
　　　(Antonius wird unten von den Wachen hereingetragen.)

Kleopatra.

　　　　　O Sonne,
Brenn' aus den Umkreis deiner Bahn; umnachtet
Sei rings die bunte Welt! O Marc Anton,
Anton, Anton! — Hilf, Charmian! — Iras, hilf! —
Helft, Freunde unten. Laßt ihn uns heraufziehn.

Antonius.

O still! Nicht Cäsar hat Anton besiegt,
Nur seiner eignen Kraft erlag Anton.

Kleopatra.

So sollt' es sein: Anton nur sollt' Anton
Besiegen; aber weh, daß es so kam!

Antonius.

Ich sterb', Aegypten, sterbe! Nur ein Weilchen
Laß' ich den Tod noch warten, bis ich von
Vieltausend Küssen noch den armen letzten
Dir auf die Lippen drückte.

Kleopatra.

　　　　　Ich wag' es nicht,
Mein theurer Herr; vergib, ich wag' es nicht;
Sie möchten sonst mich fangen. Niemals schmück' ich
Cäsar's Triumph, wenn er im Uebermuth

Des Glückes prunkt. Sind Dolche, Gift und Schlangen
Noch bissig, scharf und spitz, bin ich geborgen.
Dein Weib Octavia mit den sanften Augen
Und stiller Tücke soll nicht groß sich dünken,
Wenn sie mich strenge mißt. Komm, komm, Anton! —
Helft, meine Frau'n! — wir müssen dich hinaufziehn.
Ihr Freunde, helft!

Antonius.

O schnell! Sonst bin ich hin.

Kleopatra.

Traun, das ist bittre Kurzweil! — Wie du schwer bist!
All unsre Kraft zerging in Schwermuth; darum
Wiegst du so schwer. Hätt' ich die Macht der Juno,
Mercur, der Kraftbeschwingte, höbe dich
Dem Donnrer an die Seite. — Höher noch! —
Ach, nur die Thoren wünschen! — Komm, o komm!

(Sie ziehen Antonius hinauf.)

Und jetzt willkommen! Stirb wo du gelebt hast.
Mein Kuß belebe dich! O, könnt' er das,
Den Mund zerküßt' ich mir.

Alle.

O Jammeranblick!

Antonius.

Ich sterb', ich sterb', Aegypten.
Reich mir ein wenig Wein; ich will noch sprechen.

Kleopatra.

Nein, ich will sprechen, will so laut Fortuna,
Die falsche Vettel, schelten, daß sie endlich
Im Zorn ihr Rad zerbricht!

Antonius.

Ein Wort, Geliebte.

Such' Ehr' und Sicherheit beim Cäsar — ach!

Kleopatra.

Die zwei gehn nicht zusammen.

Antonius.

Süße, hör' mich!

Trau' keinem dort bei ihm als Proculejus.

Kleopatra.

Nur meinem Muth und meinen Händen trau' ich;
Doch keinem dort bei Cäsar!

Antonius.

Daß ich zuletzt so kläglich enden mußte,
Beklag' es nicht; erheitre dein Gemüth,
An meinem frühern Glück die Seele weidend,
Wie ich gelebt, der größte Fürst der Welt,
Der edelste, und jetzt nicht schimpflich sterbe,
Nicht feig den Helm vom Haupte nahm, dem Landsmann
Zu huldigen — nein, als ein Römer falle,
Mannhaft besiegt vom Römer. So verscheid' ich;
Ich — kann nicht mehr.

                   (Er stirbt.)

Kleopatra.

            O Edelster, du stirbst?
Denkst du denn nicht an mich? Ich soll hier athmen
In dieser dumpfen Welt, die, wenn du fehlst,
Nicht besser als ein Stall ist? Seht, ihr Frauen,
Da schmilzt die Krone dieser Welt. — Mein Herr! —
Ach! hingewelkt ist nun der Kranz des Krieges,
Das Schlachtenbanner fiel; die grünste Jugend
Steht reifen Männern gleich; kein Unterschied,
Nichts ragt mehr über das Gemeine vor,
So weit der Mond herabschaut.

Charmian.

                Fassung, Herrin!

Iras.

Sie stirbt uns auch, die Kön'gin!

Charmian.

             Herrin!

Iras.

                     Fürstin!

Charmian.

O Herrin, theure Herrin!

Iras.

        O erhabne
Monarchin!

Charmian.

Still! Still, Iras!

Kleopatra.

Nichts mehr, nur noch ein Weib, und so beherrscht
Von bitterm Herzweh, wie die Magd, die melkt
Im Tagelohn. Nun sollt' ich wohl mein Scepter
Den hämischen Göttern an die Stirne werfen
Und rufen: Diese Welt wog eure auf,
Bis ihr uns unser Kleinod stahlt. O, alles
Ist Tand! Geduld ist albern, Ungeduld
Ziemt einem tollen Hund. Und wär's denn Sünde,
In das geheime Haus des Tods zu brechen,
Eh' er sich an uns wagt? — Wie geht's euch, Kinder?
Nicht doch! Seid guter Dinge! Nicht doch, Charmian!
Meine braven Mädchen! — Ach, ihr Guten, seht,
Aus, aus ist unsre Leuchte! — Muth, ihr Freunde!

(Zu der Wache unten.)

Erst ihn begraben, dann gescheh', was edel,
Was tapfer ist nach hoher Römer Brauch.
Der Tod sei stolz, uns zu empfangen. Kommt nun!
Kalt ward die Hülle dieses mächt'gen Geists.
Ach, kommt, ihr Frau'n! Wohin ich mich auch wende,
Mir bleibt kein Freund als Muth und schnelles Ende!

(Sie gehen ab. Die Diener oben tragen Antonius' Leiche hinaus.)

Fünfter Aufzug.

Erste Scene.

Cäsar's Lager vor Alexandria.

**Cäsar, Agrippa, Dolabella, Mäcenas, Gallus, Proculejus
und andere (treten auf).**

Cäsar.

Geh zu ihm, Dolabella. Fordr' ihn auf,
Sich zu ergeben. Da es fruchtlos, sei
Sein Zögern eine Posse.

Dolabella.

Herr, ich gehe.

(Ab. — Dercetas tritt auf mit dem Schwert des Antonius.)

Cäsar.

Was soll uns dies?　Wer bist du, der du wagst
Uns so zu nahn?

Dercetas.

Dercetas ist mein Name.
Ich diente Marc Anton, und beßrer Dienste
War niemand besser werth.　So lang' er lebte,
War er mein Herr, und ich besaß mein Leben,
Es einzusetzen gegen seine Feinde.
Nimmst du mich an, so will ich Cäsarn sein,
Was ich Anton war; doch geliebt dir's nicht,
So liefr' ich dir mich aus.

Cäsar.

Was sprichst du da?

Dercetas.

Ich sag', o Cäsar: Marc Anton ist todt.

Cäsar.

Wie? Folgt dem Einsturz solcher Größe nicht
Ein stärkres Krachen?　Treibt erbebend nicht
Die Erde Löwen in bewohnte Gassen
Und Menschen in die Wildniß?　Starb Anton,
So ging kein Einzler unter.　In dem Namen
Lag eine halbe Welt.

Dercetas.

Herr, er ist todt.
Kein Henker tödtet' ihn im Dienst des Rechts,
Noch ein gedungner Stahl.　Dieselbe Hand,
Die seinen Ruhm durch Heldenthat verewigt,
Hat mit dem Muth, den ihr das Herz geliehn,
Das Herz durchbohrt.　Dies ist sein Schwert,
Ich raubt' es seiner Wunde; sieh, so hat es
Sein edles Blut gefärbt.

Cäsar.

Ihr trauert, Freunde?
Beim Zorn der Götter, dies ist eine Kunde,
Die Königsaugen netzt!

Agrippa.

Und doch, 's ist seltsam,
Daß die Natur uns zwingt, das zu betrauern,
Was wir zumeist erstrebt.

Mäcenas.

Es wogen Flecken
Und Glanz sich in ihm auf.

Agrippa.

Ein höh'rer Geist
Hat nie die Menschenwelt gelenkt. Ihr aber,
Ihr Götter, gebt uns Fehler mit, auf daß
Wir Menschen seien! — Cäsar ist bewegt.

Mäcenas.

Wird ihm solch mächt'ger Spiegel vorgehalten,
Muß er sich selbst erblicken.

Cäsar.

O Antonius,
Ich brachte dich so weit! Doch ein Geschwür
Am eignen Leibe sticht man auf. Du hättest
Sonst meinen Untergang gesehn, wenn ich
Nicht deinen sah; für beide war nicht Raum
Im Umkreis dieser Welt. Doch, laß mich trauern
Mit Thränen, kostbar wie mein bestes Herzblut,
Daß du, mein Schwäher und mein Mitbewerber
Um jedes höchste Ziel, mein Machtgenoß,
Freund und Gefährt' im Vorderrang des Krieges,
Arm meines eignen Leibes, Herz, an dem
Das meine sich entflammt, — daß unsre Sterne,
Die unversöhnlichen, so scheiden sollten,
Was treu verbunden schien. — Hört, meine Freunde —
Doch sag' ich's lieber euch zu beßrer Zeit!

(Ein Bote tritt auf.)

Was dieser Mann uns bringt, steht an der Stirn ihm.
Laßt hören. — Woher kommst du?

Bote.

Bin ein armer
Aegypter nur. Die Kön'gin, meine Herrin,
Die nur ihr Grabmal noch zu eigen hat,
Wünscht zu erfahren, Herr, wie du gesinnt bist,

Damit sie im voraus sich schicken könne
In das, was noth.

Cäsar.

Sag' ihr, sie soll getrost sein.
Ich meld' ihr bald durch einige der Meinen,
Welch ehrenvoll und freundlich Schicksal wir
Ihr zugedacht.   Denn nimmermehr kann Cäsar
Ungütig sein.

Bote.

So schützen dich die Götter!

(Ab.)

Cäsar.

Tritt näher, Proculejus.   Geh und sag' ihr:
Wir dächten nicht an Schimpf; spar' keinen Trost,
Der irgend ihrem Schmerze frommen mag,
Daß nicht hochherzig sie mit rascher That
Uns schlägt.   Denn lebend sie in Rom zu zeigen,
Wär' uns ein ewiger Triumph.   Geh hin
Und bring uns eiligst, was sie dir gesagt
Und wie du sie gefunden.

Proculejus.

Herr, ich eile.

(Ab.)

Cäsar.

Begleit' ihn, Gallus!

(Gallus ab.)

Wo ist Dolabella,
Dem Proculejus beizustehn?

Agrippa. Mäcenas.

Dolabella!

Cäsar.

Laßt ihn nur gehn.   Denn jetzt erinnr' ich mich,
Was ich ihm auftrug; es wird bald gethan sein.
Kommt mit mir in mein Zelt; dort sag' ich euch,
Wie schwer ich mich zu diesem Krieg entschlossen,
Wie mild und mäßig meine Sprache blieb
In allen Briefen.   Folgt mir nun und seht
Für all dies die Beweise.

(Sie gehen.)

Zweite Scene.

Alexandria.   Das Grabmal.

Kleopatra, Charmian, Iras (treten oben auf).

Kleopatra.

Schon blüht aus meinem bittern Jammer mir
Ein beßres Leben. Cäsar sein — wie kläglich!
Er ist das Schicksal nicht, nur Sklav des Schicksals,
Nur Diener seines Winks. Groß ist, zu thun
Was allem andern Thun ein Ende macht,
Den Zufall fesselt und den Wechsel hemmt,
Schlaf bringt und nicht mehr speist mit jenem Koth,
Der Bettler nährt und Cäsar.

(Proculejus, Gallus und Soldaten treten auf.)

Proculejus.

Cäsar begrüßt Aegyptens Königin.
Du mögst nachsinnen, welche billigen Wünsche
Er dir gewähren soll.

Kleopatra.

Wie ist dein Name?

Proculejus.

Mein Nam' ist Proculejus.

Kleopatra.

Marc Anton
Hat mir erzählt von dir; dir dürf' ich trauen.
Doch wenig sorg' ich drum, getäuscht zu werden,
Da mir Vertraun nichts hülfe. Wünscht dein Herr,
Daß eine Kön'gin bei ihm bettle, sag' ihm,
Daß Majestät, schon um des Anstands willen,
Nicht wen'ger als ein Reich erbitten dürfe.
Will er Aegypten meinem Sohne schenken,
So gibt er mir so viel vom Meinen, daß ich
Ihm knieend danken will.

Proculejus.

Sei gutes Muths.
Du fielst in Fürstenhände. Fürchte nichts!

Antonius und Kleopatra.   9

Ergib dich ohne Rückhalt meinem Herrn,
Der so voll Huld ist, daß sie überfließt
Auf alle, die in Noth. Laß mich ihm melden,
Daß du dich willig beugst, und einen Sieger
Findst du in ihm, der Freundlichkeit erweist,
Wo man um Gnade nur gekniet.

Kleopatra.

                          O sag' ihm,
Ich sei Vasallin seines Glücks, und trüge
Die Macht ihm an, die er erobert. Stündlich
Lernt' ich Gehorsam, und ich würde gern
Sein Antlitz sehn.

Proculejus.

              Dies meld' ich, theure Fürstin.
Sei nur getrost; ich weiß es, deine Lage
Geht dem zu Herzen, der sie schuf.

Gallus.

Du siehst, wie leicht wir jetzt sie überfallen.

(Proculejus und zwei Wachen ersteigen das Grabmal auf einer Leiter und um-
ringen Kleopatra. Andere riegeln die Thüre auf und öffnen sie.)

Gallus (zu Proculejus und den Wachen).

Bewacht sie gut, bis Cäsar kommt.

(Gallus ab.)

Iras.

                          O Kön'gin!

Charmian.

Kleopatra!   Du bist gefangen, Kön'gin!

Kleopatra (zieht einen Dolch).

Geschwind, ihr Hände!

Proculejus.

              Halt, erhabne Fürstin!

(Ergreift sie und entwaffnet sie.)

Thu dir nicht selbst ein Leids. Dies soll dich retten,
Nicht dich betrügen.

Kleopatra.

              Was?   Auch um den Tod,
Der einen Hund doch schützt vor langer Qual?

Proculejus.

Kleopatra,
Beleid'ge nicht die Güte meines Herrn
Durch Selbstvernichtung. Gönn' es doch der Welt,
Sein edles Herz zu sehn, das, wenn du stirbst,
Sich nicht bewähren kann.

Kleopatra.

Wo bist du, Tod?
Komm her, komm, komm, und hol' dir eine Kön'gin,
Die viele Säuglinge und Bettler aufwiegt!

Proculejus.

O Mäßigung, Fürstin!

Kleopatra.

Nein, Mann, ich will nicht essen, will nicht trinken,
Und wenn uns leeres Schwatzen tödten kann,
So schlaf' ich auch nicht mehr. Zerstören will ich
Dies sterbliche Gebäude. Thu dann Cäsar
Sein Aergstes. Du sollst wissen, Mann, ich will nicht
In Fesseln stehn am Hofe deines Herrn,
Noch soll mich je der kalte Blick durchbohren
Der nüchternen Octavia. Soll man mich
Hochheben, daß Roms jauchzendes Gesindel
Mich beß'r sähe? Lieber sei mein Grab
Ein Pfuhl Aegyptens, lieber bettet mich
Nackt in den Nilschlamm, laßt die Wasserfliegen
Zum Scheusal mich zerstechen, lieber macht
Die hohen Pyramiden meines Reichs
Zum Galgen mir und hängt mich auf in Ketten!

Proculejus.

Du malst dir Schreckensbilder aus, zu denen
Dir Cäsar keinen Anlaß gibt.

Dolabella (tritt auf).

Proculejus,
Cäsar, dein Herr, weiß, was du hier vollführt,
Und läßt dich zu sich rufen. Meiner Obhut
Ist jetzt die Fürstin anvertraut.

Proculejus.

So bin ich's
Zufrieden, Dolabella. Sei ihr freundlich!

(Zu Kleopatra.)

Ich werde Cäsar melden, was du wünschest,
Wenn du mir's aufträgst.

Kleopatra.

Sag', ich wolle sterben.

(Proculejus und die Soldaten gehen ab.)

Dolabella.

Erhabne Fürstin, hörtest du von mir?

Kleopatra.

Ich wüßte nicht.

Dolabella.

Gewiß, du kennst mich schon.

Kleopatra.

Was liegt dran, was ich hört' und sah? Du lachst,
Wenn Fraun und Kinder ihre Träum' erzählen.
Nicht wahr, das thust du?

Dolabella.

Ich versteh' nicht, Herrin —

Kleopatra.

Mir träumt', es war einmal ein Marc Anton —
O noch ein solcher Schlaf, daß nur noch Einmal
Mir solch ein Mann erschiene!

Dolabella.

Willst du nicht —

Kleopatra.

Sein Antlitz glich dem Firmament, geschmückt
Mit Sonn' und Mond, die, ihre Bahn durchkreisend,
Dem kleinen O, der Erde, Licht verliehn.

Dolabella.

Erlauchteste —

Kleopatra.

Den Ocean überschritt sein Fuß. Sein Arm
Hob sich, die Welt zu krönen, seine Stimme
War aller Sphären Klang, doch nur den Freunden;
Wollt' er den Erdkreis bänd'gen und erschüttern,
So dröhnt' er gleich dem Donner. Seine Güte

War ewig ohne Winter, war ein Herbst,
Deß Fülle wuchs durch Ernten. Seine Freuden
Erhoben, gleich Delphinen, seinen Nacken
Hoch aus dem Element, darin sie lebten.
Kronen und Krönlein trugen seine Farben,
Und Königreich' und Inseln fielen ihm
Wie Münzen aus der Tasche.

Dolabella.

Königin —

Kleopatra.

Glaubst du, ein Mann wie der, von dem ich träumte,
Lebt' oder konnte leben?

Dolabella.

Nein, Gebietrin.

Kleopatra.

Du lügst, und deine Lüge schreit gen Himmel!
Doch wenn ein solcher lebt, heut' oder jemals,
Geht's über alle Träume. Hat Natur
Den Stoff, um Phantasie in Wunderbildern
Zu übertrumpfen? Doch daß ein Anton
Ihr je gelungen, wär' ihr Meisterstück,
Das alles Schattenspiel der Phantasie
Weit, weit beschämt.

Dolabella.

Hör' mich, erhabne Frau.
Groß, wie du selbst, ist dein Verlust; du trägst ihn,
Wie's solche Last verdient. Nie mög' ein Wunsch
Mir glücken, wenn der Rückschlag deines Grams
Nicht einen Schmerz mir macht, der bis zur Wurzel
Mein Herz durchdringt.

Kleopatra.

Ich danke dir, mein Freund.
Weißt du, was Cäsar mit mir vorhat?

Dolabella.

Ungern
Sprech' ich es aus, und wollte doch, du wüßtest's.

Kleopatra.

O bitte, Freund!

Dolabella.

Trotz seines hohen Sinns —

Kleopatra (heftig auffahrend).

Er will mich im Triumph aufführen?

Dolabella.

Fürstin, ich weiß, er will's.

(Hinter der Scene:)

Platz! Cäsar naht!

(Cäsar, Gallus, Proculejus, Mäcenas, Seleucus und Diener
treten auf.)

Cäsar.

Wo ist die Königin von Aegypten?

Dolabella.

Der Imperator, Herrin!

(Kleopatra kniet.)

Cäsar.

Steh auf, du sollst nicht knien.
Bitte, steh auf, Aegypten!

Kleopatra.

Herr, dies ist
Der Götter Wille. Meinem Herrn und Meister
Muß ich gehorchen.

Cäsar.

Scheuch' die bange Sorge.
Die Unbill, die du uns gethan, so tief sie
Ins Fleisch uns eingeschnitten, woll'n wir ansehn
Als Werk des Zufalls nur.

Kleopatra.

Allein'ger Herr der Welt,
Ich bin nicht so beredt in eigner Sache,
Um sie zu reinigen; vielmehr bekenn' ich
Mit Schwächen mich beladen, wie schon oft
Sie mein Geschlecht beschämt.

Cäsar.

Kleopatra,
Wir sind zu milde lieber, als zu streng.

Wenn du dich fügsam unsern Wünschen zeigst
(Wir haben's freundlich mit dir vor), so wirst du
Beim Tausch gewinnen; aber bürdest du
Den Schein der Grausamkeit mir auf und wählst
Den Weg Anton's: beraubst du dich des Guten,
Das ich dir zugedacht, und gibst die Kinder
Dem Unheil preis, vor dem ich sie beschütze,
Wenn du mir traust. — Ich will nun gehen.

Kleopatra.

Gehe!

Dir steht die Welt ja offen; sie ist dein.
Wir sind nur deine Schild' und Siegeszeichen,
Uns hängt man auf, wo dir's beliebt. — Sieh hier,
Mein edler Herr —

(Eine Schrift hervorziehend.)

Cäsar.

Du sollst mir selber rathen
In allem, was Kleopatra betrifft.

Kleopatra.

Hier steht verzeichnet, was an Geld und Schmuck
Und Silber mein ist; 's ist genau geschätzt,
Nicht Kleinigkeiten sind's. — Wo ist Seleucus?

Seleucus.

Hier, Herrin.

Kleopatra.

Dies, Herr, ist mein Schatzmeister. Frag' ihn nur
Bei seinem Leben, ob ich irgendwas
Für mich behielt. Seleucus, sprich die Wahrheit.

Seleucus.

Herrin, die Lippen siegl' ich lieber zu,
Als daß ich bei Gefahr des Lebens sage,
Was doch nicht ist.

Kleopatra.

Was hielt ich denn zurück?

Seleucus.

Genug, um das zu kaufen, was du angabst.

Cäsar.

Erröthe nicht, Kleopatra; du thatst nur,
Was Klugheit rieth.

Kleopatra.

Sieh, Cäsar, sieh, wie alles
Der Macht sich schmiegt! Die Meinen sind nun dein,
Und ändert sich das Glück, sind Deine mein.
Der Undank dieses schändlichen Seleucus
Bringt mich in Wuth. — O Sklav, so falsch und treulos
Wie feile Liebe! — Schleichst du fort? Das sollst du,
Ich steh' dir gut dafür! Doch deine Augen
Reiß' ich erst aus, und ob sie Flügel hätten.
Sklav, herzlos niedrer Schurke! Hund! O Ausbund
Von Niedertracht!

Cäsar.

Kön'gin, ich bitte dich —

Kleopatra.

O Herr, wie tief verwundet mich der Schimpf,
Daß, während huldvoll du mich hier besuchst,
Mich, die Gebeugte, ehrst durch deiner Hoheit
Fürstlichen Anblick, daß mein eigner Diener
Die Summe meines Unglücks mehren muß
Mit seiner Tücke! Wär's auch, guter Cäsar,
Daß ich ein wenig Frauentand behalten,
Werthlose Spielereien, Kleinigkeiten,
Wie man sie Alltagsfreunden schenkt, und wär's,
Ich hätt' ein edler Schmuckstück noch verhehlt
Für Livia und Octavia, um ihr Fürwort
Mir zu gewinnen — muß ein Diener, der
Mein Brot aß, mich verrathen? Götter! das
Stürzt mich noch tiefer, als ich schon gefallen.

(Zu Seleucus.)

Ich bitt' dich, heb' dich weg,
Sonst lodert meines Geistes Glut noch einmal
Auf aus der Asche meines Unglücks! Wärst du
Ein Mann, du fühltest Mitleid.

Cäsar.

Geh, Seleucus!

(Seleucus ab.)

Kleopatra.

So werden wir, die Großen, oft verkannt
Um das, was andre thun; und wenn wir fallen,

Büßt unser Name unsrer Diener Schuld.
Ein mitleidswerthes Los!

Cäsar.

Kleopatra,
Nicht was du angabst, noch was du zurückhieltst,
Kommt zu der Siegesbeute; dir verbleib' es,
Nach Wunsch damit zu schalten; glaub' es Cäsar,
Er ist kein Handelsmann, mit dir zu markten
Um Kaufmannswaaren. Darum sei getrost.
Nein, theure Kön'gin, kerkre dich nicht ein
In deinen Wahn. Wir wollen so dich halten,
Wie du uns selber anräthst. Iß und schlaf'.
Wir sind für dich so sorg= und antheilvoll,
Wie nur ein Freund vermag. Und so — leb' wohl!

Kleopatra (will knien).

Herr und Gebieter!

Cäsar (wehrt ab).

Nicht so! Lebe wohl!
(Trompetenstoß. Cäsar geht ab mit seinem Gefolge.)

Kleopatra.

Er trügt mich, Kinder, trügt mich, daß ich nur
Nicht edel an mir handle. Aber höre,
Charmian!
(Spricht leise mit ihr.)

Iras.

Bring' es zu Ende, liebe Herrin;
Der helle Tag ist hin, uns bleibt das Dunkel.

Kleopatra.

Eil' dich! Ich hab's bestellt; es wird bereit sein.
Geh, daß es rasch gebracht wird.

Charmian.

Ja, Gebietrin.

Dolabella (tritt wieder auf).

Wo ist die Königin?

Charmian (im Abgehen).

Dort, Herr.

Kleopatra.

Dolabella?

Dolabella.

Herrin, wie ich gelobt auf dein Geheiß,
Dem zu gehorchen Liebe mir zur Pflicht macht,
Meld' ich dir, was ich hörte: Cäsar denkt
Durch Syrien heimzuziehn und in drei Tagen
Mit deinen Kindern dich vorauszusenden.
Benutze dies, so gut du kannst. Mein Wort
Und deinen Wunsch erfüllt' ich.

Kleopatra.

Dolabella,
Ich bleibe deine Schuldnerin.

Dolabella.

Ich dein Diener.
Kön'gin, leb' wohl; mich ruft mein Dienst zu Cäsar.

Kleopatra.

Leb' wohl und Dank!

(Dolabella geht ab.)

Nun, Iras, sprich, was meinst du?
Zur Schau stehn sollst du, ein ägyptisch Püppchen,
In Rom, so gut wie ich; Handwerkersklaven
Mit schmier'gem Schurzfell, Maß und Hammer heben
Uns hoch, daß man uns sieht; ihr dicker Athem
Umdampft uns rings, nach grober Speise riechend;
Den athmen wir dann ein.

Iras.

Verhüt's der Himmel!

Kleopatra.

Nein, Iras, 's ist gewiß! Lictorenfäuste
Packen uns an wie Dirnen; Bänkelsänger
Schrein uns in Gassenhauern aus; man spielt
Auf Stegreifbühnen uns und unsre Feste
In Alexandria; Anton wird trunken
Hereingeschleppt, und ich muß zusehn, wie
Ein quäkender Junge als Kleopatra
Mit Hurenfrechheit meine Hoheit äfft.

Iras.

O güt'ge Götter!

Kleopatra.

Ja, so kommt's unfehlbar.

Iras.

Das seh' ich nie! Denn meine Nägel, weiß ich,
Sind stärker als die Augen.

Kleopa (vor sich hinsinnend).

Recht! So wird
Ihr Plan vereitelt, und ihr Aberwitz
Siegreich durch uns beschämt.

(Charmian kommt zurück.)

Nun, Charmian?

(Charmian macht ein Zeichen, daß alles bereit sei.)

Jetzt, meine Frauen, schmückt mich königlich,
Holt meinen besten Putz! — Nochmal zum Cydnus
Und Marc Anton entgegen! — Hurtig, Iras!
Nun, edle Charmian, woll'n wir wirklich enden.
Thatst du noch dies, so darfst du spielen bis
Zum jüngsten Tag. Bring' meine Kron' und alles.
Was soll der Lärm?

(Iras geht hinaus. Lärm hinter der Scene. — Einer von der Wache tritt ein.)

Wache.

Hier ist ein Bauernkerl,
Der will durchaus vor deiner Hoheit Antlitz.
Er bringt dir Feigen.

Kleopatra.

Laß ihn herein.

(Wache ab.)

Was für ein armes Werkzeug
Ausreicht zu edler That! Er bringt mir Freiheit.
Entschlossen bin ich nun und habe nichts mehr
Vom Weib in mir. Nun bin ich marmorfest
Vom Kopf zum Fuß; der wandelbare Mond
Ist nicht mehr mein Planet.

(Die Wache kommt zurück mit einem tölpelhaften Bauern, der einen Korb trägt.)

Wache.

Dies ist der Mann.

Kleopatra.

Geh du, und laß ihn hier.

(Die Wache geht ab.)

Hast du den art'gen Nilwurm mitgebracht,
Der schmerzlos tödtet?

Bauer.

Freilich hab' ich ihn; aber ich möchte nicht der Mann sein,
der dir riethe, ihn anzufassen, denn sein Biß ist unsterblich; die
dran sterben, kommen selten oder niemals davon.

Kleopatra.

Weißt du jemand, der daran gestorben ist?

Bauer.

Eine Menge, Mannsbilder und auch Frauensleute. Von einer
hab' ich gehört, erst gestern noch, ein sehr braves Weibsbild, aber
ein bissel aufs Lügen aus, was ein Weibsbild nie sein sollte außer
auf ehrliche Manier, wie die an dem Biß gestorben ist und wie's
ihr weh gethan hat. Meiner Seel', sie sagt dem Wurm alles
Gute nach; aber wer alles glaubt, was die Leute sagen, dem
nutzt nicht die Hälfte von dem, was sie thun. Aber das ist ganz
unzuverläßlich, der Wurm ist ein curioser Wurm.

Kleopatra.

Du kannst nun wieder gehn. Leb' wohl.

Bauer.

Ich wünsch' dir viel Spaß von dem Wurm.

Kleopatra.

Leb' wohl!

Bauer (setzt den Korb nieder).

Du mußt nur bedenken, siehst du: der Wurm läßt nicht
von Art.

Kleopatra.

Ja, ja; leb' wohl!

Bauer.

Siehst du, dem Wurm ist nicht zu trauen, wenn er nicht bei
vorsichtigen Leuten ist; denn 's ist wahrhaftig kein guter Faden an
dem Wurm.

Kleopatra.

Sei unbesorgt; er soll gehütet werden.

Bauer.

Schön. Gib ihm nichts, ich bitte dich, denn er ist sein Futter nicht werth.

Kleopatra.

Wird er mich essen?

Bauer.

Du mußt mich nicht für so dumm halten; ich weiß wol, der Teufel selbst wird kein Weibsbild fressen; nämlich ein Weibsbild ist ein Fressen für die Götter, wenn's der Teufel nicht anrichtet. Aber meiner Seel', diese selbigen Hurensöhne von Teufeln machen den Göttern viel Aerger mit ihren Weibsleuten; denn auf jedes Dutzend, das sie schaffen, verhunzen ihnen die Teufel sechse.

Kleopatra.

Gut! Mach' dich fort! Leb' wohl.

Bauer.

Ja wahrhaftig. Na, ich wünsche dir viel Spaß von dem Wurm.

(Ab. — Iras kommt zurück mit einem Staatskleid, der Krone u. s. w.)

Kleopatra.

Gib mir das Kleid, setz' mir die Krone auf.
Mich dürstet nach Unsterblichkeit. Nun netzt mir
Kein Rebensaft Aegyptens mehr die Lippe.
Rasch, gute Iras, rasch! — Mich dünkt, ich hör'
Antonius rufen; seh' ihn, wie er aufsteht,
Um meine That zu preisen, hör' ihn spotten
Auf Cäsar's Glück, das Götter Menschen gönnen,
Die sie hernach verderben. Mein Gemahl,
Ich komme!
Mein Muth gibt mir ein Recht, dich so zu nennen.
Ich bin nur Feu'r und Luft. Was sonst in mir,
Geb' ich dem Staub zurück. — So. — Seid ihr fertig?
Kommt, nehmt die letzte Wärme meiner Lippen,
Leb' wohl, du gute Charmian; lebe wohl,
Iras, für lange!

(Sie küßt sie. Iras fällt hin und stirbt.)

Hab' ich die Natter auf der Lippe? Fällst du?

Kann die Natur so sanft sich von dir trennen,
So ist der Tod nur wie des Liebsten Fußtritt,
Der schmerzt und dennoch süß ist. Schon so still?
Wenn du so stirbst, sagst du der Welt, sie sei
Nicht werth des Abschiednehmens.

Charmian.

Löse dich

In Regen, trübe Wolke, daß ich denk',
Es weinten selbst die Götter!

Kleopatra.

Dies beschämt mich.

Trifft sie zuerst den lockigen Anton,
Wird er sie fragen und den Kuß ihr gönnen,
Der meine Seligkeit. — Komm, mördrisch Ding,

(Zu der Schlange, die sie an ihre Brust setzt.)

Des Lebens wirren Knoten löse rasch
Mit scharfem Zahn. Du armer, gift'ger Narr,
Sei wild und mach' ein Ende. Könnt'st du sprechen,
So hört' ich dich des großen Cäsar spotten:
Kurzsicht'ger Tropf!

Charmian.

O Stern des Ostens!

Kleopatra.

Still!

Siehst du mein Kindlein nicht an meiner Brust
In Schlaf die Amme saugen?

Charmian (die Hand aufs Herz drückend).

Brich! O brich!

Kleopatra.

So süß wie Balsam, lind wie Luft, so lieblich —
O mein Anton! — Ja, komm, dich nehm' ich auch.

(Sie setzt eine andere Schlange an ihren Arm.)

Was zaudr' ich noch —

(Fällt auf den Pfühl zurück und stirbt.)

Charmian.

— — in dieser schnöden Welt? So leb' denn wohl!

Nun prahle, Tod! In deinen Armen ruht
Die Krone aller Weiber. — Weiche Fenster,
Schließt euch! Nie schaun den goldnen Phöbus mehr
So königliche Augen!'.— Deine Krone
Sitzt schief; ich richte sie. Dann will ich spielen.

(Die Wache stürzt herein.)

Erste Wache.

Wo ist die Königin?

Charmian.

Still! Weckt sie nicht.

Erste Wache.

Cäsar schickt —

Charmian.

— einen viel zu säumigen Boten.

(Sie setzt die Schlange an.)

O komm! Geschwind! Mach' fort! — Ich fühl' dich kaum.

Erste Wache.

Herein! Ein Unglück! Cäsar ist betrogen!

Zweite Wache.

Ruft Dolabella! Cäsar sandt' ihn her.

Erste Wache.

Was ging hier vor? Charmian, ist das auch recht?

Charmian.

Wohl ist es recht und wie es einer Fürstin
Geziemt, die von so vielen Kön'gen stammt.
Ah, Krieger —

(Sie stirbt.)

Dolabella (tritt auf).

Wie steht's hier?

Zweite Wache.

Alle todt!

Dolabella.

Was du gedacht,

O Herr, hier ward es wahr. Nun kommst du selbst

Und siehst vollbracht, was du gefürchtet, was
Du gern gehindert hättest.

(Hinter der Scene:)

Platz da! Macht Cäsar Platz!

(Cäsar tritt auf mit seinem ganzen Gefolge.)

Dolabella.

O Herr, du bist ein allzu sichrer Augur;
Was du besorgt, geschah.

Cäsar.

Erhabnes Ende!

Sie ahnte unsern Plan, und königlich
Ging sie den eignen Weg. — Wie starben sie?
Ich seh' kein Blut.

Dolabella.

Wer war zuletzt bei ihnen?

Erste Wache.

Ein schlichter Bauer, der ihr Feigen brachte.
Dies war sein Korb.

Cäsar.

Dann ist es Gift.

Erste Wache.

O Cäsar,

Noch eben lebte Charmian, stand und sprach.
Ich fand sie, wie sie ihrer todten Herrin
Die Krone rückte. Zitternd stand sie da,
Und plötzlich fiel sie um.

Cäsar.

Hochherz'ge Schwachheit!

Nein, wenn sie Gift genommen, sähe man's
An äußern Zeichen. Doch sie liegt wie schlafend,
Als wollte sie noch einen Marc Anton
Im Netz der Anmuth fangen.

Dolabella.

Auf der Brust hie

Ist Blut ergossen und der Fleck geschwollen.
So auch am Arm hier.

Erste Wache.

Dann ist's ein Schlangenbiß; die Feigenblätter
Sind auch voll Schleim, wie in den Uferhöhlen
Des Nils ihn Schlangen lassen.

Cäsar.

      Höchst wahrscheinlich,
Daß sie so starb. Es sagte mir ihr Arzt,
Sie hab' unzähl'ge Proben angestellt,
Wie man am leichtsten stirbt. — Hebt auf ihr Lager
Und tragt die Mädchen auch vom Grabmal weg.
Bei ihrem Marc Anton sei sie bestattet;
Kein Grab in aller Welt birgt jemals wieder
Ein so erlauchtes Paar. Solch ernst Creigniß
Erschüttert selbst den Feind, und ihr Geschick
Ist so der Thränen werth wie dessen Ruhm,
Der sie zu Fall gebracht. Mit unserm Heere
Vollziehn wir der Bestattung letzte Ehre;
Und dann nach Rom. — Komm, Dolabella; du
Geleite sie mit allem Pomp zur Ruh'.

Anmerkungen zu „Antonius und Kleopatra".

S. 3, Z. 10 v. o.: „Die Lüfte dieſer üppigen Zigeun'-rin." — Der Doppelſinn in gipsy, Zigeunerin und Aegypterin, war nicht wiederzugeben.

S. 5, Z. 3 v. o.: „Ich ſcheine thöricht nun, und bin's doch nicht." I'll seem the fool I am not; Antony will be him-self. — Die Welt wird mich für thöricht halten, weil ich mich an einen Treuloſen hingebe; doch bin ich es nicht, da ich wohl weiß, wie falſch er iſt. Antonius bleibt ſich nur gleich, wenn er auch mir wieder untreu wird. — Einer andern Auffaſſung folgt A. Keller, indem er überſetzt: (bei Seite) „Ich will ſo thun, als glaubt' ich's (nämlich, daß er Fulvia aus Liebe geheirathet). (Laut.) Marc Anton bleibt ſtets ſich gleich! (nämlich im Wankelmuth)." Doch der Gegen-ſatz: I'll seem und Antony will be, ſcheint zu ſtark betont, um die Sätze zu trennen.

S. 7, Z. 2 v. u.: „Dann werden meine Kinder wol keinen Namen bekommen" — d. h. weil ich ehelos bleiben und ſich meine Kinder nicht nach ihrem Vater werden nennen können.

S. 14, Z. 7 v. u.:
> „Vieles gärt,
> Was, gleich dem Roßhaar, erſt das Leben hat,
> Noch nicht das Gift der Schlange."

Der Aberglaube, daß Pferdehaar in Miſtwaſſer gelegt ſich in Gewürm verwandle, kommt bei Shakeſpeare's Zeitgenoſſen öfter vor. (Delius.)

S. 17, Z. 8 v. o.: „Schon nähert drohend Sextus Pom-pejus ſich dem Hafen Roms." — Es iſt hier Oſtia gemeint; port, wie andere thun, mit „Thor" zu überſetzen, ſtreitet gegen die hiſtoriſchen Umſtände.

S. 21, Z. 9 v. o.: „Zweiter Bote (tritt auf)." — Im Engliſchen iſt der Eintritt eines neuen Boten nicht angezeigt, und die Worte: „Caesar, I bring thee word", ſpricht noch der erſte. Doch ſcheint es mir durchaus nöthig, dieſen emphatiſchen Eingang als eine neue Meldung zu faſſen, zumal da kurz vorher geſagt iſt: „Stund' um Stunde, erhabner Cäſar, wirſt du Nachricht haben." Daß der neue Bote nichts weſentlich Neues bringt, iſt bei ſtundenweiſen Rap-porten natürlich.

S. 22, Z. 11 v. o.: „Leb' wohl, mein Freund!" — Die Triumvirn nennen ſich my Lord, was allerdings förmlicher klingt als „mein Freund". Da ich aber durchgehends das englische You in das Du der antiken Anrede verändert habe — mit Hinblick auf eine Bühnendarstellung, bei der das naive Festhalten der englischen Redeweise befremden würde —, so ist „mein Herr" vollends unmöglich geworden, und auch das bloße „Herr" konnte nur gebraucht werden, wo es bedeutsam auftritt.

S. 28, Z. 8 v. u.:
> „Bei Jupiter,
> Trüg' ich Antonius' Bart, ich würd' ihn heut'
> Nicht scheren lassen!" —

um durch vernachlässigtes Aeußere zu zeigen, wie wenig er Octavius respectirt.

S. 42, Z. 2 v. u.:
> „Fruchtbare Zeitung gieße mir ins Ohr,
> Das lange brach gelegen."

Ich lese mit Steevens rain (regne) statt ram (stoße), was zwar in den ältesten Handschriften steht (oder stehen soll, denn ein fehlender i-Punkt kann nicht wohl entscheiden), aber aus dem Bilde des fruitful und barren völlig herausfällt.

S. 49, oben: Nach einer Notiz im Plutarch wurde das Haus des Pompejus bei der öffentlichen Versteigerung von Antonius gekauft. — Eine Anspielung wie diese, ohne Erläuterung hinzuwerfen und den Zuschauer und selbst den Leser rathen zu lassen, wie sie zu verstehen sei, erlaubte sich Shakespeare unbedenklich. Die Uebersetzung hat sich streng jedes erklärenden Zusatzes enthalten, dies der Bühnenbearbeitung überlassend.

S. 65 unten: He has a cloud in 's face. — Die „Wolke", die Agrippa auf Cäsar's Stirne sieht, erinnert den Humoristen Enobarbus an den schwarzen Fleck (cloud) auf der Stirn eines Pferdes.

S. 68 oben: That 's not so good. — Delius erklärt: Das (nämlich daß sie eine tiefe Stimme hat) gefällt mir nicht so gut wie der erste Bescheid, daß sie nicht so groß ist wie ich. Die Worte: he cannot like her long, heißen dann: (trotzdem) kann er sie nicht lange lieben. — Doch streitet dagegen, daß Kleopatra gleich darauf aus dem low-voic'd ein dull of tongue macht und die dumpfe Stimme als einen Fehler neben das dwarfish stellt. Die Uebersetzung: „Das klingt nicht gut", läßt einen Doppelsinn bestehen, nämlich: eine solche Stimme, oder — diese Botschaft.

S. 69, Z. 12 v. u.: „Ihre Stirn so niedrig, als sie nur wünschen mag." — Eine vulgäre Redensart. Niedrige Stirnen galten bekanntlich nicht für wünschenswerth.

S. 82, Z. 10 v. u.: „Das edle Wrack von ihres Zaubers Gnaden." The noble ruin of her magic, Antony. — Was ihre

Zauberkunst an dem ehemals stolzen Anton noch übriggelassen hat.
Noble ist ironisch gemeint.

S. 83, Z. 5 v. u.: „Ich bin so sehr verspätet in der
Welt." — D. h. wie ein von der Nacht überfallener Wanderer, der
in der Dunkelheit sich verirrt.

S. 88, Z. 1 v. u.: „Denk, und stirb!" Think and die. —
Denke nach und, wenn du keinen Weg zur Rettung erdenken kannst,
so stirb. — Ich zweifle aber dennoch, ob man sich bei dieser Erklärung, resp. Lesart beruhigen kann, die dem derben, fast cynischen
Grundton des Enobarbus nicht sonderlich entspricht. Eine Emendation:
Drink and die, empfiehlt sich hier, die wenigstens für die Bühne
vorzuziehen wäre.

S. 95, Z. 13 v. u.: „Ach, unser irdischer Mond" —
Kleopatra ist gemeint.

S. 97, Z. 8 v. o.: „So gelaunt hackt auf den Weih die
Taube." — Eigentlich Falk, dessen Accusativ nur dem Vers wider-
strebt. „Estridge muß hier sein, was im Altenglischen Gui of Warwick «estrich-falcon» heißt, mittellateinisch estricium." (Delius.)

S. 100, Z. 7 v. o.: „Nun, Raute blüh', wo diese
Tropfen fallen!" Im Original: Grace grow, where those
drops fall. — The herb of grace, die Raute, kommt auch in
„Richard dem Zweiten" (Aufzug 3, Sc. 4) vor, als das Kraut,
das da wächst, wo Thränen geflossen sind.

S. 111, Z. 1 v. o.: „O königliche Herrin tiefer Schwermuth" — ist noch an den Mond gerichtet.

S. 129, Z. 7 v. o.:
          .....,,und nicht mehr speist mit jenem Koth,
          Der Bettler nährt und Cäsar."
Die Lesart dug statt dung, die einige neuere Texte, z. B. die
Globe-edition angenommen, und wonach zu übersetzen wäre:
          .....,,und nicht mehr nach der Brust verlangt,
          Die Bettler nährt und Cäsar —"
würde die wehmüthige Bitterkeit der Stimmung schwächen, während
das starke Wort dung zugleich auf Aufzug 1, Sc. 1 zurückweist:
„Die koth'ge Erde nährt so Thier als Menschen."

S. 136, Z. 5 v. u.: „Wärst du ein Mann, du fühltest
Mitleid." — Seleucus ist ein Eunuch.

Druck von F. A. Brockhaus in Leipzig.